JN307601

The Mystery Collection

OUNDREL

虹の彼方に

アイリス・ジョハンセン／酒井裕美 訳

二見文庫

THE BELOVED SCOUNDREL

by

Iris Johansen

Copyright © 1994 by Iris Johansen

Japanese language paperback rights arranged
with Bantam Books, an imprint of The Bantam Dell
publishing Group, a division of Random House, Inc.,
through Japan UNI Agency, Inc., Tokyo

虹の彼方に

主要登場人物

マリアンナ・サンダース……ステンドグラス職人の少女
ジョーダン・ドラケン………イングランドのキャンバロン公爵
グレゴー・ダメック…………ジョーダンの側近
アレックス……………………マリアンナの弟
ザレク・ネブロフ……………モンタヴィアの公爵
マーカス・コステーン………ネブロフの軍の中尉
ニコ……………………………ジョーダンの部下
ドロシー・キンマー…………ジョーダンのいとこ
ヤヌス・ヴィズコース………同右
アナ・ドヴォラック…………カザンのラヴェン

1

一八〇九年二月十六日
バルカン半島モンタヴィア、タレンカ

『天国に続く窓』は跡形もなく破壊されていた。

かつて輝きと美に埋めつくされていたはずの巨大な円形の穴からは、月明かりと身を切るような冷たい風が流れこんでくるだけだった。

その惨状を目の当たりにし、マリアンナは扉にしがみついてどうにか体を支えた。気の遠くなるほど長い旅を耐えてきたというのに、結局、母との約束を守れなかった。パターンは粉々になり、ジェダラーは失われた。なにもかも、あの神をも恐れぬ冒瀆《ぼうとく》行為が家族を打ちのめしたときに、底知れぬ喪失感とともに記憶から抜け落ちた。ジェダラーこそは命にかえても守るべきもの。でもいま、その驚異と美はすべて永遠に失われたのだ。

どうして驚くことがあるだろう？　彼らはわたしの人生のなにもかもを破壊しつくした。最後に残された美のかけらが死に絶えたからといって、なんの不思議もない。

「マリアンナ」ふいにアレックスに腕を引っぱられた。「聞こえるよ。あいつらがやってくる！」

マリアンナはぎくりと身を硬くし、耳を澄ませた。なにも聞こえなかった。砲撃を受け、人っ子ひとりいなくなったタレンカの町を駆け抜ける風の音以外は。教会の床に散乱し、ちらちらと光を放つガラスの破片から目を背け、かろうじて町の名残りをとどめる残骸に目を走らせた。やはりなにも聞こえない。けれど、アレックスはいつだって、わたしよりも多くのものを聞き分けることができる。「間違いない？」

「わからないけど、なにか……」アレックスは小首をかしげた。「ほら聞こえる！」

やはり戻ってくるべきじゃなかったのだ。あの道を南に向かうべきだった。そうしたところで、母さんだって許してくれただろう。やつらになにもかも奪われたわけじゃない。わたしにはまだアレックスがいるのだから。彼だけは、なにがあろうと死なせるわけにはいかない。

マリアンナは真鍮《しんちゅう》の飾りが散りばめられた重たい扉を叩きつけると、アレックスを引きずるようにして、細長い側廊を祭壇めざして大急ぎで進んだ。大理石の床に壊れた鉄製の燭台や太く白い蠟燭《ろうそく》が何本も転がり、足を取られそうになる。兵士たちは教会だろうがおかまいなく、略奪のかぎりを尽くしたのだ。苦々しい思いが胸にわきあがる。多少なりとも価値のありそうなものは、すべて盗まれたか破壊された。かつて『天国に続く窓』の上方に飾られていた金の十字架像も見あたらないし、祭壇の左側に鎮座していた赤子を抱えた聖母マリア像も台座から転げ落ちていた。

「馬だよ」アレックスが小声で訴えた。

いまやマリアンナの耳にも届いていた。玉石の敷きつめられた外の通りを蹄《ひづめ》が蹴《け》りあげる、鋭く乾いた音が。

「大丈夫、見つかりっこない」マリアンナが安心させた。「ここに入るところは見られてないし、あんな野蛮な連中が教会や祈りと関わるはずないもの」祭壇脇の柱の陰に弟を引きこみ、みずからも彼の傍らに体を丸めた。「しばらくここに隠れていればいいわ。そのうち通りすぎていくから」

アレックスが体を震わせ、すり寄ってきた。「もし入ってきたら？」

「入ってこないから安心して」そう言って肩に腕をまわす。先週よりもいっそう細くなっているその肩に、マリアンナははっとした。このところ一日じゅう咳もおさまらない。郊外の荒れ果てた農家でかき集めた残飯程度の食料じゃ、ふたり生き延びるだけで精いっぱいだ。

「入ってきたらどうするの？」アレックスが食いさがった。

頑固さだけは健在らしい。「言ったでしょ、彼らが——」言いかけて口をつぐんだ。公爵の兵が入ってこないなんて、どうして言いきれる？　いまはなにひとつ確信の持てることなどない。あの怪物たちが礼拝にやってくることはありえないにしても、略奪の末に焼き払うことなら彼らの得意技だ。「あいつらがやってきたら、ここに隠れて、立ち去るまでじっとしてるのよ。できるわね？」

アレックスはうなずき、さらに彼女に身を寄せた。「寒いよ、マリアンナ」

「わかってる。彼らが立ち去ったらすぐ、どこかひと晩過ごせそうな場所を探しにいこう」

「火を熾《おこ》せる？」

マリアンナは首を振った。「でも、一枚ぐらいなら毛布が見つかるはずよ」

「マリアンナの分も。二枚だよ」アレックスが微笑んだ。かすかな笑みだったが、一瞬にして天使のような輝きが顔を包みこんだ。母さんが最後の作品でこの子をモデルに使ったのもうなずける。そういえば、アレックスの笑顔を見るのはひさしぶりだ。あの夜以来——母さん——

即座にその思いを払いのけた。あの夜のことなんて、あの夜以来の出来事なんて考えちゃだめ。いまはアレックスのために、気持ちを強く持たなければ。

「そうね、わたしにも一枚」マリアンナは身を乗りだして弟にキスしたい衝動に駆られた。でもアレックスはもう四歳。そんな愛情表現を受け入れるほど自分は子供じゃないと思っている。「彼らが立ち去ったらすぐにね」

しかし、相手に立ち去る気配はなかった。むしろ、いよいよ近づいてくる。教会のすぐ外で馬のいななきが響き、男たちの笑い声やしゃべり声も聞こえてきた。

心臓が跳ねあがり、思わずアレックスを引き寄せた。

彼らを近づかせないで。半狂乱で祈りを唱えた。お願いよ、どうか教会のなかに入らせないで。

石段に足音が響いた。

お腹の筋肉がきゅっと縮みあがる。

「マリアンナ？」

「しーっ」片手でアレックスの口を覆った。

扉がきしみをあげ、勢いよく開いた。万事休す。もはや祈っている場合じゃない。こうなったら母さんに教わったとおりにやるしかない。頼れるのは自分だけだ。

母さん。

悲しみが押し寄せ、胸が押しつぶされそうになった。涙で目の奥がつんとし、戸口に立つ男の姿がぼやけて見えた。

マリアンナはまばたきをした。あの晩以来、涙は封印してきたというのに、ここで泣くわけにはいかない。涙は弱い人間のもの。わたしは強くなると決めたのだ。

男が側廊を進んでくるのが見えた。背が高い。驚くほど高い。大股で決然たる歩きぶりだ。黒っぽいマントがハゲワシの翼のように、後方に大きくふくらんでいる。公爵の兵の仕着せとは違うようだが、かといって敵じゃないとはかぎらない。後方から誰もついてこないのを見て取り、ひとまず胸を撫《な》でおろした。仲間の人でなしは外に置いてきたのだろう。相手がひとりなら、まだチャンスはある。

男は暗闇でよろめき、低く悪態をついた。

手のひらの下で、アレックスがはっと息を呑むのを感じた。あの晩も、数えきれないぐらいの悪態を耳にした。罵《ののし》り、笑い声、悲鳴。アレックスには見せまいと、彼の頭をきつく胸に抱えていた。けれど、耳に入るのを防ぐことは不可能だった。マリアンナは、もう片方の手で弟の細い肩をそっと揉《も》んで落ち着かせた。

男はまたしてもつまずいたかと思うと足を止め、かがみこんで床からなにかを拾いあげた。数分ののち、暗闇に小さな炎が浮かびあがった。拾った蠟燭のかけらに火を灯したのだ。

マリアンナはとっさに陰の奥へと身を退け、相手の弱点を探そうとすばやく男の全身に目を走らせた。

後ろで束ねた黒髪、面長の顔、鋭いきらめきを放つ緑色の瞳。

男は蠟燭を高く掲げた。その目が暗闇のなかをせわしなく探り、やがてかつて『天国に続く窓』があったはずの場所にぱっくり開いた穴に、ぴたりととどまった。蠟燭を握る手に力がこもる。見るまにその顔が、悪魔のごとき怒りを帯びた。「くそっ！」ブーツを履いた足で大理石の床に転がったガラスの破片を蹴り飛ばした。「ちくしょう！」

英語で悪態をついている。ということはイギリス人？ でも、父さんもイギリス人だったけれど、あんなふうに怒り狂った姿は見たことがない。

アレックスが小さく鼻をすすった。

男がはたと動きを止めた。「誰だ、そこにいるのは？」

まっすぐこっちに向かってくる！ 恐怖に胸をわしづかみにされながら、マリアンナは必死に考えをめぐらせた。見つかったら最後、ふたりとも囚《とら》われの身になる以外にない。唯一残されている武器があるとすれば、不意を突くことだけだ。

「ここにいて」マリアンナは囁《ささや》いた。「じっとしてるのよ！」アレックスを柱の陰のさらに奥のほうへ押しやると、脱兎《だっと》のごとく飛びだして男に突進した。

「なんだ、きさま――うっ」頭を低くし、男の胸に体当たりする。床から壊れた燭台を拾うなり、男の両脚の付け根に下から叩きつけた。男は息をあえがせ、苦しげに体をふたつに折った。

「アレックス！ 出てきて！」マリアンナは叫んだ。

ほんの数秒のうちにアレックスが背後にひたと寄り添った。マリアンナは彼の手をつかむと、一散に側廊を駆け抜けた。が、扉に達する前に引き倒され、したたかに床に体を打ちつけた。男のタックルがものの見ごとに決まったのだ。男は彼女を仰向けにし、馬乗りになって押さえつけた。もはやこれまで。あのときの母さんと同じように、わたしもこのまま……

「放して！」やみくもに全身をばたつかせた。

「じっとしてろ」

アレックスが男の背中に飛び乗り、細い腕を男の首に巻きつけた。

「逃げて、アレックス」マリアンナが叫ぶ。「逃げるのよ！」

覆いかぶさった男の体が、にわかにこわばるのがわかった。「くそっ！　このくそガキめが！」立ちあがり、アレックスの腕を払いのける。すかさずマリアンナも起きあがり、さっき取り落とした燭台を引っつかんだ。

「マリアンナ！」

顔をあげると、弟が男の腕にとらわれてもがいていた。マリアンナは燭台を振りあげ、ふたたび男に突進した。だが一瞬早く、アレックスの体が目の前に突きだされた。

「おっと、二度と同じ手は食わない」男は凄みのきいた声で言った。今回はモンタヴィア語だ。「大事なムスコを二度までも叩き潰されちゃたまらない。こいつにはまだまだ働いてもらわないとならないからな」

そうよ、男はみんなやることは同じ。剣さえあったら、そんなもの叩き切ってやるのに。

「彼をおろして」マリアンナは嚙《か》みつかんばかりの調子で迫った。

「いまおろしてやる」いともたやすくアレックスを抱えているところを見ると、腕力にはそうとう自信があるらしい。「ただし、おまえが二度と襲いかからないと約束したらだ」

「彼をおろして」

「いやだと言ったら？」

「もう一度、襲いかかるまでよ」

「そいつは物騒だな。その歳で脅しをかけるとはたいしたものだ」

マリアンナは一歩、足を踏みだした。

男ははっと身構え、彼女の手にした鉄製の武器に用心深く視線を走らせた。「それ以上近づくな」彼女が足を止めたのを見て、いくらかほっとした表情になった。「ひとつ、覚えておけ。獲物を手にしたほうが命令を下す。そしていま、おまえにとって大切なものがおれの手のなかにある」二、三歩、あとずさった。「彼はまだ幼い。幼い子供ってのは簡単に傷つく。違うか？」

恐怖に心臓が縮みあがった。「殺してやるわ。もしその子に――」

「傷つけるつもりはない」男が遮《さえぎ》った。「ただし、おまえの出方しだいでは、やむなく自己防衛せざるをえない場合もある」

マリアンナは男を観察した。束ねてあった豊かな黒髪がほつれ、なんの感情もうかがえないうつろな面長の顔を縁取っている。きらめく緑色の瞳の上に真一文字に描かれた、黒々とした眉。それに鷲鼻《わしばな》。いかつい顔だ。石のように剛直で、どう見ても残忍な男の顔だ。

「質問に答えたら、坊主を放してやる」男が言った。「安心しろ。めったに子供相手に襲いかかったりしない」

その言葉は信じられなかった。けれど、ほかに選択の余地はない。「なにが知りたいの?」

「ここでなにをしていた?」

マリアンナはとっさにもっともらしい言い訳を探した。「外は凍えそうだから、今夜ひと晩、ここで寒さをしのげればと思って」

「あそこの窓が壊れちまってちゃ、寒さをしのぐどころの話じゃないと思うが」男はマリアンナの顔に目を据え、表情をうかがった。信じていないのがありありとわかる。それもそのはず、マリアンナはそもそも嘘をつくのが苦手だった。「おおかた泥棒でもはたらく気だったんだろう。なにかめぼしいものがないかと思ってここに忍びこんだ。そうでもなきゃ――」

「マリアンナは泥棒なんかじゃないや」アレックスが喧嘩《けんか》腰に言い放った。「窓を見たかっただけだよ。それなのになくなっちゃってて。泥棒なんかじゃ……」

「黙って、アレックス」マリアンナが鋭く制した。アレックスが悪いんじゃない。彼はわたしを守ろうとしただけ。そもそもジェダラーがどれほど大切なものかもわかっていないのだ。

「窓?」男は横目で窓を見上げた。「ああ、たしかになくなってる」思い出したように、ふたたび怒りに顔をゆがめた。「くそったれ! あいつのためにわざわざここまでやってきたってのに」

この人も『天国に続く窓』を手に入れに? それじゃやっぱり、連中の仲間なんだ!

「あなた……何者なの?」

男の視線が彼女の顔をとらえた。「悪魔でも見る目つきだな。何者だと思う？」

マリアンナは唇を湿らせた。「ネブロフ公爵に仕えてるんでしょ」

「おれは誰にも仕えたりしない」男は唇を引き結んだ。「ましてや、あんな下衆《げす》野郎に。おれは——痛っ！」

アレックスの歯が彼の手に食いこんでいた。

マリアンナはとっさに身構えた。弟が傷つけられたら飛びかかる覚悟だった。

だが、男は少年を払いのけただけだった。「チビのくせに、姉貴と同じ暴れ馬だな」

「怖がってるのよ。おろしてやって」

「おまえとの取引が先だ。逃げないと約束したら、おろしてやる」

男が公爵を嫌っているのはまんざら芝居でもなさそうだが、かといって、敵じゃないとは言いきれない。「彼をおろして、ここから解放してくれたら、逃げないと約束するわ」

「それじゃ、おれの保障がなくなる」

マリアンナはふてぶてしい笑みを浮かべた。「そういうことよ」

男の口元がゆがんだが、笑みは返ってこなかった。「いいだろう。小娘相手に怖がることもあるまい。武器を捨てろ」

一瞬ためらった末に、燭台を床に落とした。

「よし。約束するな？」

「ええ、約束する」マリアンナはしぶしぶ応じてから、急いで付け加えた。「ただし、アレックスが危険な目に遭わなければの話よ」

男は少年を床におろした。「さあ、これで危険はなくなった」

よく言うわ。実際はそこらじゅう危険だらけで、いっときたりとも気など抜けない。マリアンナはアレックスに言った。「庭に行って、待ってるのよ」

「いやだ、ここにいる」

マリアンナにしても、アレックスを外になどやりたくなかった。夜気は身を刺すほど冷たいし、彼は具合がよくない。彼女自身、いつこのイギリス人から解放されるかもわからないのだ。だが、ほかに選択肢はない。ここはまず、アレックスの身の安全が最優先だ。彼女はウールのショールを脱ぎ、それで弟の体を包んでやった。「だめよ、行かないと」そっと背中を押しだした。「わたしもすぐに追いかけるから」

アレックスはなおもぐずるそぶりを見せたが、マリアンナと目が合うとしかたなく背を向け、側廊の左手にある小さな扉に向かって駆けていった。

これでこの男とふたりきり。母さん。もしこの男が、母さんがされたのと同じようにわたしを傷つけようとしたら？　恐怖で胸が締めつけられ、息をつくのもままならない。全身の血が凍りつくような思いで、マリアンナは男と向きあった。

「おまえのせいで大切な人質を失った」男がからかうように言った。燭台をひとつ床に立てると、さっき取り落とした蠟燭を拾いなおして火を灯した。「おかげでひどく落ち着かない気分だ。さて、これからどうしたものか――どうした？　なにを震えている？」

「震えてなんかいない」少女の目が挑むようにきらめいた。「怖くなんかないもの」

彼女が怯《おび》えているのは明らかだった。となれば、答えを引きだすにはむしろ好都合だ。しかしどういうわけか、この場は彼女のプライドを守ってやらなければならない気がした。「怖がってるとは言ってない。きっと寒さのせいだろう。坊主にショールをやっちまったからな」男はマントを脱いだ。「こっちへ来て、これにくるまれ」

マリアンナは剣でも差しだされたかのように、じっとマントを眺めた。ひと息大きく吸う。「抵抗するつもりはないけど、ひとつだけ約束して。終わったあとに殺さないって。アレックスはわたしを必要としてるの」

「終わったあと?」彼女の顔を探るように見つめ、ようやく納得する。「おれに犯されると思ってるのか?」

「男の人が女相手にすることといったら、それしかないじゃない」

「おまえ、いくつだ?」

「十六歳になったとこ」

「もっと幼く見えるな」みすぼらしいだぶだぶのブラウスとスカートを身にまとったその姿は、胸のふくらみどころか女らしい丸みなどひとつもなく、幼児体型そのものだ。華奢《きゃしゃ》で心許なく、痛々しいほど痩せている。おまけに片方の頬には汚れがこびりついていた。長いおさげに編みこんだ艶《つや》やかな髪が、いっそういたいけな印象を強めている。

少女の目が蔑《さげす》むようにこちらを見据えた。「歳がなんだっていうの? 女でありさえすれば、関係ないんでしょう。それ以外のことなんて気にもしないくせに」

その口調は確信に満ちていた。宿もない彼女の身の上にふと哀れみがわいた。「以前にそういうことがあったのか？」

「わたしにはないけど」突然、歯切れが悪くなった。なにか口にしたくない痛みがあるのか、瞬《またた》く間に自分の殻に引きこもろうとしているのが見える。

「それじゃいまも起こりっこない」彼はにこりともせずに言った。「おれは誘惑に強い人間じゃないが、子供を犯す趣味はない」

ただし、彼女は子供ではなかった。どこかしらまだあどけなさの残る顔には、本来ならむきだしの警戒心ではなく、不安の色が浮かんでいるべきだろう。こちらを見据える澄んだ青い瞳からは、年齢のわりには驚くほどの如才なさがうかがえる。唇の震えを押し殺すように、口元はぎゅっと結ばれていた。この表情には見覚えがある。同じような表情の子供たちを、カザンの国境沿いの町や村で何人も目にした。そのときに感じた怒りが、あらためてよみがえった。「親はどこにいる？」

答えはすぐには返ってこなかった。ようやく聞こえた声はか細くて、聞き耳を立てなければならないほどだった。「死んだわ」

「なにがあった？」

「父さんは二年前に死んだ」

「母親は？」

マリアンナは首を振った。「言いたく……ない」

「母親はどうやって死んだ？」彼がくり返した。

「公爵よ」

そういえば、さっきも公爵がどうとかと言っていた。「ネブロフ公爵か?」

マリアンナはうなずいた。

なるほど、それならありえない話じゃない。ネブロフ公爵はここ一年、力にものを言わせて兄であるジョゼフ王に反旗を翻《ひるがえ》してきた。これまで例を見ないほどのすさまじい戦いで、公爵が敗北を認めざるをえなくなるころには、両軍とも壊滅寸前に追いこまれていた。王の軍隊といえども、もはや体をなさず、ネブロフを自領にまで追いつめるほどの体力は残っていなかった。いまごろネブロフは自領でゆったりと傷を癒《いや》し、新たに軍を組織するのに余念がないことだろう。しかも退却におよんではモンタヴィアで考えつくだけの悪行を尽くし、兵士たちがレイプや略奪をくり返そうがおかまいなしだった。実際に今回、カザンからタレンカへ至る旅の途中でも、この町のように砲撃と略奪のかぎりを尽くされ、住民たちが殺されたり残虐な目に遭った町をいくつも目にしてきた。「公爵の兵士のひとりが母親を殺したと?」

マリアンナはかぶりを振った。「公爵よ」小声で言い、まるで目の前でその光景がくり広げられてでもいるかのように、じっと前方を見据えた。「彼よ。あいつがやったの」

「公爵自身が?」それはいささか尋常じゃない。ザレク・ネブロフは残忍でいかれた男だが、その冷ややかな狂気はたいていは水面下に押し隠され、理由なく自分の手を血で染めることはめったにない。「たしかか?」

「あいつがわたしたちのバンガローにやってきて……間違いない」マリアンナはぶるっと身震いした。「母さんがそう言ったのよ。前にも会ったことがあるって。あいつは……母さんを傷つけて、殺した」

「理由もなく？」

　返答はなかった。

「聞こえなかったのか？」

「聞こえてる」ぎこちなく答えた。「用がないなら、もう行ってもかまわない？」

　彼は自分のなかに、ネブロフと同じ残忍性を認めざるをえなかった。少女は傷つき、途方に暮れている。本来ならグレゴーを呼び寄せ、近くに住む少女の親戚を探しだして送り届けるように命じるべきところだろう。だが、彼女からさらなる情報を引きだす必要があった。この偶然の出会いを見すごす手はない。彼女はあの窓を見たくてここにやってきた。しかもかろうじて訊きだした数少ない言葉から推察するかぎり、母親が拷問の末に殺されたのは間違いないようだ。ネブロフが理由もなくそんな蛮行におよぶとは考えられない。「いや、だめだ」もう一度、マントを差しだした。「これを着ろ」ことさらつれない口調で言いながらも、怖がらせないように会衆席に腰をおろした。立ったままだと、いたいけな少女の行く手を阻《はば》む巨人にでもなったような気がしてくる。「座れよ」

「これ以上は話したくない」マリアンナは動揺をあらわに言った。「なにをしても無駄よ」

　母親に関するつらい記憶こそが彼女の最大の弱点であることは明らかだったが、その点を突く気にはなれなかった。「いいから、ここにいろ。約束するよ。二度とそのことは訊かない」

　少女は戸惑いを見せ、こちらの顔をうかがった。やにわにマントをつかんで体に引っかけたが、座ろうとはしなかった。「どうしていなきゃならないの？」

「さあ、なぜかな」おそらくはここにとどまっても時間の無駄だろう。すべて手は尽くした。窓が破壊されたとわかったいま、唯一残された方策はカザンにメッセージを届けさせ、そのあとでサムダに向けて出発し、例の職人を探しだすことだ。たとえこの娘がほかにも情報を握っているとしても、どのみち窓は返ってはこない。とはいえ、ネブロフに出し抜かれていないという確信を得るまでは、彼女を放っておくわけにもいかなかった。彼はギザギザに割れ残ったガラスに縁取られた穴に、目を戻した。「奇妙だとは思わないか？　おれたちふたり、同じ時間に同じ場所に引きつけられるようにやってきたってのは？　運命を信じるか？」

「いいえ」

「おれは信じる。お袋がタタール族の血筋でね。たぶん、母乳のなかに運命信仰みたいなものが混じってたんだろう」穴から目をそむけずに続けた。「この町はもはや金目のものはすべて奪われ、廃墟と化している。公爵の軍隊が戻ってこないともかぎらない。おまえと弟はぼろをまとい、食う物にも困ってる。それなのに、わざわざ窓を見るためにここに立ち寄った。なぜだ？」

「あなたはどうして？」彼女が切り返した。

「あの窓を手に入れたいと思った。みごとな出来栄えだと聞いていたからな。屋敷に持ち帰りたいと思ったんだ」

「盗もうとしたってことね」

「おまえになにがわかる」

「盗もうとしたんでしょ」マリアンナは頑として譲らなかった。

「いいさ、好きに言え。そうだ。盗もうとした」彼女と目を合わせた。「それで、そっちのほうは？」

荒々しさを秘めた澄んだ目が、つと脇にそれた。「窓がまだあるかどうか、確かめる必要があったのよ」

「なぜだ？」

またしても、だんまりが返ってきた。

「答えたほうが身のためだぞ」

少女は挑戦的な視線をこちらに戻すと、蔑むような口調で彼自身の嘘をそっくりくり返した。「みごとな出来栄えだって聞いてたから、家に持ち帰ろうと思って」

小娘のくせに、なかなかどうしてしたたかだ。依然として怯えながらも、それを悟られまいとしている。ふとわいた賞賛の思いを表さないように、彼は慎重に言葉を選んだ。「庭へ行って、弟をつかまえてきてもいいんだぞ。彼なら素直に話してくれるだろう」

「弟に手を出したら承知しないから！」

「それなら、本当のことを話すんだな」

出し抜けに大声を出した。「あれはわたしのだからよ！」

なんだと？　全身を貫く興奮を彼は押し隠した。「教皇は同意しないだろう。彼の教会にあるものはすべて、神のもの、すなわち彼のものだ」

「わたしのものよ」マリアンナは食いさがった。「おばあちゃんが去年死ぬ間際に、わたしに譲ってくれたんだから」

なおも用心深く平静を装う。「それはまた親切なことで。で、なんの権利があって、彼女はそんな贈り物をした？」

「彼女が製作者だからよ。教会はあの仕事の代金を支払ってくれていないから、あれはまだわたしたちのものなんだって言ってた」

「どうやら、まんまと一杯食わされたようだな。残念ながら、あの窓はアントン・ポガニという偉大な職人の作品だ」

マリアンナは首を振った。「彼はわたしのおじいちゃんよ。でも、本当に手がけたのはおじいちゃんじゃなくて、おばあちゃん」

彼は眉を引きあげた。「まさか女が？」二十三枚ものパネルを使って、地上から天国へとのぼりつめる人間を描いた大作だ。それを製作できるほどの技量と芸術性を備えた女など、いるはずがない。

「そう言われるに決まってるから、おじいちゃんの作品だってことにしてたの。女の人が作ったなんて、誰も信じやしない。実際に作品を手がけるのは、いつだってわたしたち女なのに」

「いつだって？」

マリアンナはうなずいた。「五百年以上も昔から、わたしの一族の女性たちはガラスを扱ってきた。揺りかごの世話にならずにすむようになったら、すぐに修行が始まるの。母さんに言わせると、わたしには特別な才能があるんだって。大人になったら、おばあちゃんみたいな偉大な職人になるだろうって」

彼の内に、にわかに希望がわいた。「で、おまえは『天国に続く窓』のことを、どの程度知っている？」

さりげない口調で訊いたつもりだったが、警戒させてしまったらしい。彼女は黙りこんだ。ここは深追いは避けたほうがいいだろう。彼は即座に話題を変えた。「おまえたち女性がその栄えある作品の製作にかかっているあいだ、男どもはなにをしてる？」

少女の表情がわずかながら緩んだ。「やりたいことはなんだって。いたれり尽くせりの境遇よ」

「それじゃ、女性たちが働いて一族の男どもを養い、世話をしてるというのか？」

少女はいぶかしげな目つきを向けてきた。「もちろんそうに決まってるじゃない。わたしたちはいつだって――どうして、そんな目で見るの？」

「いや、すまん。おれにとっちゃ、信じがたい話だったものだから」

マリアンナは落ち着きなく体を動かした。「もう行かなくちゃ。アレックスが待ってる」

「ふたりでどこへ行くつもりだ？　タレンカの町はめちゃくちゃだ。おまえたちの家だって残ってはいないだろう」

「ここに住んでるわけじゃない。わたしたちのバンガローはサムダの郊外にあったの」

サムダといったら、西へ少なくとも七〇マイルはある。「どうやってここまで来た？」

「歩いて来たのよ」

この戦火のなかをサムダから旅するとなれば、馬にまたがった大の大人でさえ尻込みするほどの危険と苦痛が伴う。それほどまでにして、この教会へ来たかったということか。「サムダには親戚が？」

「親戚なんてどこにもいない」マリアンナは何食わぬ顔で答えたが、言外に寂しさがにじんだ。

彼はすべてのパズルがぴたりとおさまるのを感じた。数々の苦難の果てに、ついに運命は本来のあるべき道へ導いてくれた！　こちらからわざわざポガニのもとへ赴《おもむ》く必要などなかったのだ。ジェダラーのほうからやってくる運命だったとは。「それなら、おれと一緒に来るといい」

少女は目を丸くした。

「一緒に来るんだ」彼がくり返した。その目が剛胆な光を放った。「どうやらおまえは神からの贈り物らしい。それを断るわけにはいかない」

少女はまともでない人間でも見るような目つきで、じりじりとあとずさった。たしかにいまのおれはいささか常軌を逸しているかもしれない。絶望と怒りが瞬時にして希望に変わったのだ。それも、おそらくはとびきり芳醇《ほうじゅん》な。

「誰の助けもなしに、どうやってアレックスとやらの面倒を見る？　彼には温かい食べ物も服も必要だ。おれなら与えてやれる」

マリアンナはためらった。「なぜ……あなたがそんなこと？」

「たぶん、おれのなかのクリスチャンとしての義務感がそうさせるんだろう。身よりのないふたりの子供を助けろと」茶化すように言った。

例の澄んだ青い瞳が探りを入れてくる。「でも、あなたって親切な人間じゃないと思うけど」

「そこまで見抜いてるとはたいしたもんだが、完全に正解というわけでもない。おれだって親切な行ないぐらいする……自分にとって都合がよければな。それがいまってわけだ。おまえとアレックスにとっても悪い話じゃないだろう?」

マリアンナは彼を見据えたまま、首を振った。

彼女が納得する説明を欲しがっていることは痛いほどわかった。簡単なことだ。いくつか相手の聞きたがっている言葉を囁いてやればすむ。女を巧みに説得し、自分の望みどおりに行動させるよう仕向けることは、彼にとってむずかしくもなんともない。それこそ子供部屋を巣立ってからというもの、つねに女を魅了し騙《だま》すすべを磨いてきた。しかし、この目の前の娘に対しては、どういうわけか嘘をつくのがはばかられた。「おまえの言うとおりだ。おれはクリスチャンの義務なんてこれっぽっちも気にしたことはない。そんなもの、恐ろしく退屈なだけだと思ってきた」歯切れのいい口調で続ける。「たしかにおれにはおまえを助けたい事情がある。だが、それをこの場で明かすわけにはいかない。おれと一緒に来る気があるなら、言うとおりにしてもらう。いっさいの口答えなく従うことに同意しろ。そのかわり、おれの保護下にいるかぎり、おまえにも弟にも食事と住む場所と保護は保証してやる。来ないと言うなら、この廃墟にとどまって、弟を飢え死にさせるんだな」

くるりと背を向け、側廊を戻りはじめた。賭《か》けだった。ああは言ったものの、彼女をここに置いていくつもりなど毛頭なかった。たとえ誘拐しようが連れていく。が、ここは彼女に決断させたほうが、あとあとものごとがスムーズに進む。

「待って」

彼は足を止めたが、振り返りはしなかった。「一緒に来るのか？」

「行くわ」マリアンナはつかつかと歩みでて、彼を追い越した。「とりあえずいまのところはね。安全だと確信が持てるまで、アレックスは庭に置いたままにしておく。まずは食べ物と毛布を彼のもとへ運ばせてもらうわ」

「好きにしろ。だが、決断は早いほうがいいぞ。日の出までにはこの町を出る」

「そんなに早く？」マリアンナはうろたえた。

「日の出だ。あの小僧はおまえのことをなんと呼んでいた？　マリアンナか？」

「マリアンナ・サンダース」

「サンダース」彼はマリアンナのために重たい扉を開けてやった。「モンタヴィアの名前じゃないな」

「父さんはイギリス人だった」ちらっと彼に視線を投げた。「あなたと同郷ってこと」

彼は壊れた窓を目にしたときに、思わず英語で悪態をついたことを思い出した。「母親は？」

彼女は目をそらした。「モンタヴィア人よ」答えておいて、すぐさま逆襲に出る。「イギリス人がなぜモンタヴィアなんかにいるの？」

「いたいからいるまでさ」男は嘲《あざけ》るように言った。「どうやらおまえは、おれの名前になど興味はないようだな。これから変わらぬ友情を築こうってときに、それはないだろう」

「なんて名前？」マリアンナはじれったそうに訊いた。

彼はお辞儀をしてみせた。「ジョーダン・ドラケン。お見知りおきを」

身を刺すような突風が吹きすさぶなか、ふたりは階段をおりていった。マリアンナが顔を曇らせた。「さっきより寒くなってる。アレックスにすぐにも毛布を持っていってあげないと。あのまま放っておくなんて――」

「やあ、ジョーダン。教会に入ったまま長いこと出てこないもんだから、てっきり修道士にでもなっちまったかと思ったぞ」闇に声が轟《とどろ》いた。

マリアンナは階段の途中で足を止め、近づいてくる男に目を向けた。ジョーダン・ドラケンも大男だと思ったが、この男にいたっては人間というよりも熊に近い。背丈は七フィートもあろうか。

巨人が頭をのけぞらせたかと思うと、笑い声がふたたび闇を震わせた。「さすがだな。こんな廃墟と化した建物のなかでも女を見つけて楽しんでるとは」近づいてくるにつれ、体つきに劣らず見る者を怯えさせずにはおかない顔が、月明かりに映しだされた。おそらくは四十代だろう。その年月の多くを暴力とともに生きてきたことは、ひとめ見ればわかる。鼻はぺしゃんこに潰れ、灰色の筋の混ざりはじめた黒髪は乱れ放題で、山から切りだしてきたかのような頬骨を縁取っている。白っぽいギザギザの傷跡が左目から頬を通って、口の端まで達していた。

「安心しろ」ドラケンが低い声で言った。「グレゴーだ。なにもしやしない」

そんな言葉、とても信じられるわけがない。マリアンナは巨人の後方に目をやった。男たちの一団が、めいめい馬にまたがって階段の下で待ちかまえている。ゆうに十五人はいる。めらめらと燃える松明《たいまつ》を手にしている者もいて、どの顔もグレゴーと大差ない残忍さを発している。揃いの黒い毛皮の帽子に、キツネの毛皮と羊皮の縁取りがついた、珍妙な形の厚手のキルト地のチュニック。太いズボンの裾《すそ》を、膝まで達する革のブーツのなかにたくしこんでいる。おのおのの鞍《くら》にはホルスターに入ったライフルが備わり、腰には巨大な剣がおさまっていた。ああ、この男たちについていくなんて、なんてばかなことに同意してしまったんだろう。いえ、答えはわかっている。アレックスは病気だ。彼には暖かくて落ち着ける場所が必要だ。彼らがそれを提供してくれるとしたら、これぐらいの危険を冒す価値は充分にある。

「そこにじっとしてろ、グレゴー」巨人は階段の五段めで足を止めた。ドラケンはマリアンナのほうを見た。「誰もおまえを傷つけたりしない。約束したはずだ」

それに、彼は口先だけのでまかせを言って、わたしが一緒に来るように仕向けたわけでもない。選択の余地を残し、わたしがそれを選び取った。ここで怖じ気づくわけにはいかない。マリアンナは肩をいからせて言った。「彼にアレックスの毛布を用意するように言って」

ドラケンの顔に曰《いわ》く言いがたい表情がかすめた。「いいだろう」グレゴーに向かって命じる。「このお嬢さんに毛布を持ってきてやってくれ」

巨人は毛むくじゃらの頭を縦に振り、軽やかに階段を駆けおりると、仲間うちでも格段に大きな馬に近づいた。鞍袋を開けて羊皮の毛布を取りだす。きびすを返し、一度に三段ずつ階段を駆けあがってマリアンナの前までやってきた。「さあ」毛布を差しだし、意外なほどやさしい笑みをはじけさせた。「グレゴー・ダメックだ。醜い化け物みたいな面をしてるが、子供を取って食ったりはしない。安心してくれ」

恐ろしい顔には不釣りあいな、やさしいハシバミ色の瞳。マリアンナはほんの少し胸が熱くなるのを感じながら、毛布を受け取った。「わたしは……マリアンナ」おどおどと、それだけ言った。

「そいつを弟のところへ持っていってやるといい」ドラケンが彼女に言った。「町の北端でキャンプを張る予定だ。温かい食事と焚《た》き火《び》はそこへ行ってからだ」前に向きなおり、階段をおりていく。「ま、おまえがおれを信じればの話だが」

彼はあの窓を手に入れるためにここへやってきた。『天国に続く窓』を欲しがる人間は誰にしろ信用できない。でも、彼はイギリス人だ。イギリス人があの窓を欲しがるとしたら、彼が口にした理由以外はまずありえないだろう。それなら彼のことは信用してもかまわないのかもしれない……とりあえず、ほんの少しなら。

「待って」首元の留め具に手を持っていった。「マント」

「あとで返してくれればいい」ドラケンはしなやかな仕草で馬にまたがると、仲間に向かって手を挙げてみせた。首元には凝った形でスカーフを結んでいる。上質の上着は、かつて父さんがーのズボンに、首元には凝った形でスカーフを結んでいる。上質の上着は、かつて父さんがイングランドからの訪問客を迎えるときに、決まって身につけていた一張羅《いっちょうら》を思い出させた。それでも彼は、奇妙なことに少しも仲間から浮いた印象を与えなかった。彼らに共通する粗暴な雰囲気を持ちあわせているせいかとも思ったが、彼のそれはほかの男たちとは違って、巧みに制御され、奥深く潜行している。

敷石に鈍い蹄の音を響かせながら、男たちは北をめざして出発した。彼はわたしを残して立ち去ろうとしている。またしても、わたしに選択の余地を与えたままで。そう思うとふいに気持ちが高揚した。マリアンナは羊皮の毛布を胸に握りしめ、階段を駆けあがった。

「あんないたいけな少女が。かわいそうに、すっかり怯えてたじゃないか」グレゴーは悲しげな顔で、たったいまマリアンナが消えていった戸口を振り返った。「ここらあたりには、傷ついた子供たちがうようよしてる。なにもしてやれないと思うと心が痛むよ」

「その〝いたいけな少女〟に、もう少しで男として使いものにならなくさせられるところだった」ジョーダンは顔をしかめた。「あいつは〝いたいけ〟なんてものじゃない。立派な鷹《たか》の爪を持ってる」

グレゴーの目がきらめいた。「てことは、やっぱりあの娘にまたがろうとしたのか。恥知らずなやつめ。よりによって神聖な教会で」

「たしかにまたがったさ。だが、おまえが言うような意味じゃない。彼女のほうから、鉄製の燭台を手に襲いかかってきたんだ」

「それはおまえが怖がらせたからだろう。あの娘の弟もなかに？」

「庭にいる」

グレゴーは眉間に皺《しわ》を刻んだ。「おれが戻って、ふたりを連れてきてやろう。そんなに怯えてちゃ、とてもキャンプまでやってくるとは思えないからな」

「放っておけば、彼女のほうからやってくる」

「しかし――」

「『天国に続く窓』は壊されていた」ジョーダンが遮って言った。「跡形もなくめちゃめちゃに」

グレゴーがうめいた。「誰の仕業だ?」

「ネブロフじゃないことはたしかなようだな。おそらく、やつがこの町を攻め落とそうとした際に、どさくさにまぎれて壊れたんだろう」

グレゴーは顔をゆがめた。「そんな恐ろしいへまをやらかした隊の将校じゃなくて、命拾いしたよ。それにしてもネブロフのやつ、首都に攻め入る前になぜこのタレンカを確保しておかなかったんだろう?」

「たかをくくってたのさ。ジョゼフ王から国をまるごと奪い取ってしまえば、『天国に続く窓』を盗む時間ぐらいいくらでもあるはずだと。こてんぱんに打ち負かされてはじめて、差し迫った事態に気づいたってわけだ。ナポレオンの権力と支持を手に入れるためには、交換材料としてなんとしてもあの窓が必要だったんだからな」そこで息をついた。「しかし、窓が壊れたのを知ったとき、どうにかしてミスを取り繕《つくろ》おうとはしたらしい。隊を率いて、アントン・ポガニのバンガローのある西をめざした」

「あの窓を手がけた男か?」

「それが通説だったが、おまえの言う〝いたいけな少女〟の話じゃ、あれは彼女の祖母の作品だったらしい」ジョーダンはマリアンナから聞いた話をかいつまんで説明した。

グレゴーが口笛を吹いた。「気の毒な娘だ。そういうことなら、おまえが彼女にやさしくするのもわからなくはない」

「よしてくれ。やさしくなどしちゃいない。話を聞いてなかったのか？　決して認めやしないだろうが、彼女は間違いなく『天国に続く窓』のことを知っている。幼いころからガラス製造の鍛練を積んできてるんだ。もしかしたらいつか、祖母のような偉大な職人になるかもしれない。こいつはチャンスだ。最後に残された唯一のチャンスなんだ」

「ちゃんと聞いてたよ」グレゴーは微笑んだ。「他人にやさしくすることを恥じることはない。おまえは世間に邪悪な男と思われていたいらしいがな。安心しろ、誰にも言いやしない」

「おれのどこが――」言いかけてやめ、肩をすくめた。「あの娘なら反論するぞ。おれは親切な男じゃないと、さっき言われたところだ」

グレゴーはちらりと後方を振り返った。「やはり戻って、彼女を連れてきたほうがいいようだな。もし逃げられでもしたらどうする？」

ジョーダンは巧みに手綱を操り、角を曲がった。「彼女は逃げやしない。なぜなら、おまえがこれから教会に戻って、向かいの店の陰から見張ってるからさ。ニコをやって、庭の裏口を見張らせろ。彼女がキャンプに向かって出発する際にはくれぐれも気をつけろよ、見つからないように」

「もし出発しなかったら?」

「力ずくで連れてこい」

グレゴーの表情が曇った。「彼女は自分には選択の自由があると思っている。おまえの本心も知らずに」

「嘘は言ってないさ。正しい選択をするかぎりは、彼女は自由だ。間違った方向に飛ばないように、たまには頭巾をかぶせることも鷹には必要だろう」ジョーダンはいらだたしげに続けた。「そんな目で見るな。おまえの大事ないたいけな少女を取って食おうってわけじゃない。さっき無理やり連れてこなかったのは、鞭《むち》より蜜を与えたほうがより多くの見返りがあると考えたからだ。ここはなにがなんでもうまくなだめすかして、おれへの服従を勝ち取る必要がある。二度とおれに歯向かうような真似はさせられない」

その自信たっぷりな物言いが、グレゴーの癇《かん》に触った。これまで何度もジョーダンが女たち相手に蜜をばらまくところを目にしてきた。いっとき甘美な時を味わったあとで、いつもさっさと前言撤回し、女たちを置き去りにする。「その考えには同意しかねる。彼女はおまえが相手にしてきた女たちとは違う。傷ついているんだ」

「おれが彼女を手込めにしようとしてるみたいな言い方だな」ジョーダンはそっけなく言った。「おまえも言ったじゃないか。あの子はまだガキだ」

「いくつ?」

「十六。ついこないだまで勉強部屋に閉じこもっていたような小娘なんか、誰が相手にするものか」

たしかにそうだ。ジョーダンの好みといえば、年上の経験豊かな女。カザンでもロンドンでも、あどけない少女のたぐいは、疫病から逃れるようにとことん避けてきた。とはいえ、数分前に目にしたあの少女への態度にはそれだけでは説明できないものがあると、グレゴーの本能が告げていた。「しかしあの娘はその勉強部屋で、じつに興味深い技術を身につけた。ジェダラーを血眼《ちまなこ》になって探しているおまえのことだ。手に入れるためならどんな手だって使う」

「その点なら、彼女のことはいましばらく心配にはおよばないさ。少なくとも二、三年は彼女からそれを手に入れることは無理だ。いや、もしかしたら永遠に不可能かもしれない」ジョーダンは馬の脇腹を蹴って走りだした。「キャンプで会おう」振り返って付け加える。「ところでグレゴー。あのいたいけな少女を逃がしてやろうなんて目論んでるなら、よく考えることだな。おれの保護を受けないとなったら、あの娘は飢え死にするか、この暗愚な国のどこかで娼婦にでもなるしかないってことを」

もっともな見解だ。走り去るジョーダンの背を見送りながら、グレゴーは暗澹《あんたん》たる思いだった。ジョーダンは容赦ない男だ。それにカザンの問題に直接関わるようになってからは、その冷酷さに磨きがかかってもいる。だが、彼があの少女にどんな運命を用意しているにせよ、ここにとどまるよりはまだましかもしれない。「ニコ!」馬の向きを変え、隊のしんがりに控える頑丈そうな体格の若者に身振りした。「おまえの休みはまだ先だ。片づけてもらいたい仕事がある」

キャンプ地の焚き火が赤々と燃え、暗闇に灯る狼煙《のろし》のように彼女を誘っていた。

「マリアンナ?」アレックスが彼女の手を握りしめてきた。「本当に大丈夫なの?」

そんなことわかるわけがない。ふっと恐怖が胸にきざす。いくら考えたって、安全かどうかなどわかるはずない。実際、何時間もあの教会にとどまって、くり返し考えてみた。ドラケンの仲間は恐ろしく乱暴な男たちに見えたけど、ドラケン自身は……

彼はどんな男だというの?

狂暴で、冷酷で、抜け目がない。ほんの少し一緒にいただけで、それらがことごとく透けて見えた。その一方で、確固たる信念と不器用な正直さも見逃しようがなかった。だけど、正直さと欺瞞《ぎまん》が手を携えて生きられるわけがない。どう考えても、彼はあの窓について真実を語っているようには見えなかった。

アレックスが咳をし、彼女に体をすり寄せてきた。「食べ物のにおいがする。お腹が空いたよ、マリアンナ」

アレックスのための食べ物と避難場所と安全。ドラケンはそれらを約束してくれた。かたや、わたしのほうはなにも約束したわけじゃない。ようは、いよいよ危険となったら、いつだって逃げだせばいいだけのことだ。そのあいだにアレックスの体調も回復するかもしれない。

「もうすぐ食べられるわよ」マリアンナは羊皮の毛布でアレックスの肩を覆ってやると、大きく息を吸い、キャンプファイアめざして決然たる足取りで歩きだした。

2

羊皮の毛布にくるまれたいくつもの人影が、キャンプファイアから少し離れたところで身を寄せあって横たわっていた。ただひとりジョーダン・ドラケンだけが目を覚まし、じっと炎を見つめたまま座っている。

炎の輪のなかに足を踏み入れたとたん、彼が顔をあげた。「ずいぶん時間がかかったな」静かに言ってアレックスを振り返った。「寒さで顔が真っ青じゃないか。さあ、火のそばに寄るといい」

アレックスはちらっとマリアンナの顔をうかがい、彼女がうなずくと見るや、じりじりと焚き火に近づいた。熱が届くところまで来ると、毛布を落とし、両手を炎にかざした。いかにも満足そうにため息をつく。「ああ、いい気持ち」

「そうだろう。今夜はことのほか冷える」ジョーダンは焚き火の上でぐつぐつ煮立っている鍋《なべ》を指し示した。「ウサギのシチューだ。そこのスプーンとボウルで、好きなだけ取り分けろ」

「わたしがやるわ」マリアンナが前に進みでた。が、ジョーダンが首を振るのを見て、足を止めた。「弟は具合がよくないのよ」いらいらと言い訳をする。

「立っていられるんだから、取り分けるぐらいできる」ジョーダンは立ちあがり、自分のすぐ脇に羊皮の寝床を広げてふたたび腰をおろした。「おまえのほうこそ、足元がふらついてる。座れ」

アレックスはすでに無我夢中で熱々のシチューを木のボウルに注いでいる。マリアンナはしかたなしに、羊皮の寝床に腰をおろした。炎のぬくもりがやわらかく体を包む。思わずアレックスがしたように、歓喜のため息を漏らすところだった。「アレックスの面倒を見ないと」

「自分が食べるのが先だ」

「彼の世話ならおれに任せろ」どこからともなくグレゴーが炎の輪のなかに現れた。ボウルにシチューを取り、炎をはさんでマリアンナたちの向かいに腰をおろす。「こっちにおいで、坊主。一緒に座って食べよう。おたがい、オオカミみたいに腹ぺこ同士だ」

見た目だってオオカミそっくりだ。戦闘でできた傷跡が生々しい、獰猛《どうもう》そうな顔つき。アレックスが近寄るわけがない。

アレックスはまじめくさった顔でグレゴーを見つめていたかと思うと、おもむろに口を開いた。「おかしな服を着てるね」

マリアンナの驚いた顔を見て、グレゴーはにやりとした。「彼がおれを怖がるとでも思ったか？　子供ってのは、じつは大人よりもずっと頭が切れる。本能に頼って行動するんだ、目じゃなくてね」アレックスを振り返った。「きみの本能はたいしたもんだ。おれの着てる服は変わってるが、魂はまともだ。ただしこの服も、このなまぬるい低地だからこそ変わって見える。故郷のカザンじゃ、そっちの格好のほうがよっぽどおかしく見える」

「カザン！」マリアンナは北の方角に目をやった。モンタヴィアとカザンを隔てる灰色がかった紫色の山脈が、険しい稜線を描いている。あの伝説に名高い国の人間には、いまのいままでお目にかかったことはなかった。カザンは荒々しい山に囲まれているだけでなく、住人たちもいちように気性が荒く好戦的で、決してよそ者を受け入れないという噂《うわさ》だった。祖母もロシアから逃れる際にいったんはカザンに入ったそうだが、カザンに関する質問となると、いつも煮えきらない返事しか返ってこなかった。カザンとモンタヴィアのあいだに通商はなく、もし彼らが他国との貿易に乗りだすとなれば、まず間違いなく相手は北隣りのロシアだろう。ネブロフとジョゼフ王とのあいだにくり広げられた最近の戦闘にも、われ関せずを決めこんでいた。けれどいま、目の前のグレゴーは、あの不可思議な国から山を越えてやってきたと主張している。「ここでなにをしてるの？」

「そうだな、いまのところはこの坊主に一緒に食事をしてくれと懇願してる」長い顔をゆがませて、いまにも泣きそうな情けない顔をしてみせた。「ひとりで食うのは苦手なんだ。とたんにひどい腹痛《はらいた》を起こしちまう」

アレックスはくすりと笑うと、焚き火をまわってグレゴーの寝床にちょこんと腰を落ち着けた。

グレゴーが満足そうにうなずいた。「それ以外にこの退屈きわまる国でなにをしてるかっていえば……」シチューをひと口ほおばり、ジョーダンのほうに顎をしゃくった。「おれなりの任務を果たしている。ジョーダンのやつが、か弱い少女相手に格闘して怪我《けが》を負ったりしないよう、目を光らせてるってわけだ。ところで、本当にやつの大事な場所に燭台を叩きつけたのか？　そんなことをしたら、女どもがわんさと――」

「いいから、食え」ジョーダンが口をはさんだ。「べちゃくちゃしゃべってないで、さっさとシチューを口に詰めこんじまえ。食わないんだったら、歩哨任務に戻るんだな」

「あのくそ寒いなかに戻れって？　それはないだろう」グレゴーはため息をついておとなしく食べはじめたものの、口元にはまだいたずらっぽい笑みが浮かんでいる。

「ニコはどこだ？」ジョーダンが訊いた。

「しゃべるなと言ったろ」グレゴーはもうひと口ほおばってから答えた。「まだ歩哨任務中だ。町を見渡せる場所に張らせてる。人の気配はないが、なにがあるかわかりゃしないからな」羊皮の毛布でアレックスの細い肩をしっかりと覆ってやった。「全部食えよ。しっかり栄養取らないと、おれみたいにでっかくなれないぞ」

アレックスはまさかというように首を振った。「世界じゅうのシチューを全部食べたって、そんなに大きくなれっこないよ」口答えしながらも、複雑な風味のシチューをせっせとスプーンですくう。

ジョーダンはボウルにシチューを取り分けると、マリアンナに手渡した。「満足しただろう？」

満足なんてほど遠い気分だった。心のなかには質問や不安が渦巻いている。それでも彼女はうなずいて、むさぼるようにいっきに食べはじめた。ウサギの肉は堅かったが、スープは濃厚で、いろいろなハーブの香りがした。ニコと呼ばれていた男がやってきて、ボウルにシチューを注いで立ち去るのを、ぼんやりと目の端でとらえた。グレゴーの野太くて低い声が、焚き火越しに聞こえてくる。アレックスにあれこれ話しかけてからかっているようだが、内容までは聞き取れない。ジョーダンの視線が執拗《しつよう》に追ってくるのを感じたが、かまわなかった。風がうなりをあげ、山のほうから叩きつけるように吹きおろしてくる。けれどいま、ここ数日濡れそぼっていた体はすっかり乾いてぬくもりに包まれ、目の前には残飯のかわりに本物の食事があった。

「おかわりはどうだ？」食べ終わると、ジョーダンが訊いてきた。

マリアンナは首を振り、ボウルを置いた。充分に満腹だった。食欲が満たされると、人間は心までも満たされ、つい気を許してしまうものらしい。焚き火越しに目をやると、アレックスは丸くなってグレゴーにもたれかかり、すでに眠りに落ちていた。その姿を見て、いくらか気持ちが楽になった。ベッドで眠らせてやりたいところだが、地面にじかに敷いた寝床とはいえ、グレゴーの巨体に風を遮られて少なくとも暖かさは確保できている。グレゴーはこちらに向かってウインクをしてみせ、ごろんと身を横たえると、自分とアレックスの体の上にカバーを引きあげた。巨人の親切はありがたかったものの、やはりアレックスが目を覚ましたとき、隣りにいるのはこの自分であるべきだろう。目覚めたとたんにあの傷だらけの顔が目に入ったら、それこそ卒倒しかねない。

「彼なら大丈夫だ」ジョーダンが言った。声がいらだちを帯びている。「横になって眠れ。いまにも倒れそうな顔をしてるぞ」

「そんなことない」マリアンナは体を起こして座りなおし、懸命に背筋を伸ばした。「話をしないと……訊きたいことが――」

「質問にはいっさい答えないと言ったはずだ」

「あの窓について訊いておかなければならないの」マリアンナは彼と目を合わせた。「わたしを連れてきたのは、あの窓のためなんでしょう？」

ジョーダンはしばらく沈黙したのちに言った。「そうだ」

「わたしから、それを取り戻せると思ってるのね」

「そうなればいいと思っている」

「どうして？」

「ナポレオン・ボナパルトのことは、どの程度知ってる？」

ナポレオン。フランス皇帝など、マリアンナにとっては、遠い物語のなかの存在にすぎなかった。父親から話を聞いたことはあるが、はたしてどんな内容だったか。たしか父はナポレオンのずば抜けた存在感を買っていた。でも母親のほうは、彼はヨーロッパ全土を食いつくすまでは決して満足しない人間だと言っていた。二年前にナポレオンがモンタヴィア国境近くまで迫ってきたときには、誰もが声をひそめ、彼が別の地に進軍して脅威が去るまで、緊張の日々が続いた。もっともその後、ネブロフの攻撃がモンタヴィア全土を混沌へ突き落としたおかげで、ナポレオンのことはすぐさま忘れ去られてしまったけれど。「あなたたちと同じように、権力に目がないことだけは知ってるわ」

「おれたち以上だ。おれはなんとしても、やつを阻止したい」

「彼にかわってすべてを手にしたいってこと？」

質問を無視して、ジョーダンは言った。「いまのところ、やつはこの地を攻撃するのはためらっている。だが、それがいつまで続くことか」マリアンナの目を見つめた。「万一進撃を開始したとき、やつの手にジェダラーが渡っていたら大変なことになる」彼女の顔に動揺がかすめるのを見逃さなかった。「知ってるのはネブロフだけだと思ってたのか、あの窓がなぜ貴重なのかを？」

このイギリス人も知っていることはうすうす感づいていたけれど、その直感が間違っていることを祈ってきた。「あの窓に価値があるのは、華麗さと美しさと――」

「知識が備わっているからだ」穏やかに引き取って言う。「おまえはまだ幼いし、守るべき弟もいる。自分では理解すらできない戦いで、人質になるような真似はするな。さっさとおれの望むものを渡してしまえ。そうすれば、おまえたち姉弟の安全は保証する」

「あの窓を利用するつもりなんでしょ？　結局あなたもそのナポレオンと同じじゃない。どっちもどっちのふたりから選ぶなんて、無理よ」

「選ばなきゃ、身の安全は保証されないぞ」

「それなら、誰も信じないことを選ぶわ」マリアンナはきっぱりと宣言した。「わたしはあなたにも、ナポレオンにも、ネブロフ公爵にも利用されない。自分ひとりで、自分のやりたいようにやるわ」

ジョーダンが目を細め、彼女の顔を見据えた。「それで、ジェダラーをどうするつもりだ？」

「わたしの好きなように使うだけよ」彼をにらみつけた。「誰にも教えるものですか。わたしが自分の持ち物をどう使おうが、あなたに質問する権利はないはずよ」

ジョーダンは彼女の表情にじっと目を留めてから言った。「どうやら、意見の一致を見たようだな。当面は、『天国に続く窓』の件は話題にしないということで」

「わたしから手に入れようったって無理よ。絶対に渡さない」

彼が微笑んだ。「そのことはあとで相談するとしよう」

その顔に、思わずマリアンナは見とれた。そういえば彼の笑顔を見るのはこれがはじめてだ。こんなに美しい顔立ちだったなんてはじめて気づいた。みごとなほど整った口元。そんな笑顔を向けられたら、つい言いなりになってしまいそうだ。ほんの少し顔をほころばせただけで、あの細長くていかつい顔がいっきに華やいで、魅力的な顔に変わるなんて。まるで突然目の前で別人に変身したみたい。

さながら堕落した大天使、ルシフェルだ。魔法使いにして、変身が得意で、まじないで相手を惑わせる。彼を闇の王のモデルにして『天国に続く窓』を描いたら、それはみごとな作品になるだろう。

なにを恐れているの、ばかばかしい。サタンにでくわしたら、闘えばいいだけのことだ。

ジョーダンは笑みをおさめ、ふたたび炎に目をやった。「ネブロフ公爵がおまえを探していると考えたことはないのか？」

そのことは、あの晩以来、絶えず悪夢となって彼女を苦しめていた。「たぶん……彼には見られてないと思う。母さんに言われて林のなかに隠れてたから」さらに力を込めて続けた。

「大丈夫よ。絶対に見つかってない」

「ネブロフのことだ。おまえの母親が死んだあとも、決してあきらめたりしなかっただろう。どんな些細《ささい》な情報でも見逃すまいと、家じゅうを探しまわったに決まっている。近所に部下をやって、あれこれ聞きこみもさせただろう」

「そんな余裕はなかったはずよ。サムダはもう少しでジョゼフ王に占領されそうで、ネブロフの首に懸賞金がかかってたぐらいなんだから。わたしたちは安全だって母さんは思ってた。それにわたしたちのバンガローは町の中心から何マイルも離れてたけど——」マリアンナはぶるっと身震いした。「彼が立ち去るとき、悪態をついたり怒鳴り散らしたりする声が聞こえたもの。ひどく怒ってた」

「やつがそれだけの危険を冒したってことは、これから先、また戻ってきたり、部下を送って探らせないともかぎらない。そしたら近所の連中は話すだろう、おまえと……アレックスのことを」ジョーダンはひと息ついた。「おれは望みのものを手に入れるために、おまえの弟を利用した。ネブロフがおれよりも情け深い男だとでも？」

「まさか」マリアンナが囁いた。胃がむかついて吐きそうになる。あの怪物よりも残酷な人間なんていやしない。「ありえない」

「それにもうひとつ教えておいてやる。ネブロフは性悪なだけじゃなく、執念深いときてる。絶対にあきらめない」

その確信に満ちた口ぶりに、思わずマリアンナは訊いた。「会ったことがあるの？」

「何度もある」とっさに警戒した彼女の様子を認め、ジョーダンは首を振った。「やつの領土がカザンと国境を接してるんだ。当然ながら、やつはおれたちの軍の力を値踏みしにやってきた。そして自分の兄の王国のほうが与《くみ》しやすしと判断したってわけだ」

マリアンナは廃墟と化したタレンカの町を覆いつくす闇に、おそるおそる目を向けた。ネブロフはモンタヴィアとその住人たちをほぼ壊滅状態に追いこんだ。ただ権力に対する自分の欲望を満足させたいがために。「悪魔の仕業よ……」

「それじゃ同意するんだな。アレックスをモンタヴィアから連れだす必要があるという判断には」さっとこちらを向いた彼女の視線をとらえて、ジョーダンはうなずいた。「イングランドだ」

イングランド。はるか彼方の異国の地。父親からときおり聞かされたことがあった。彼はモンタヴィアをこよなく愛し、そのぶんイングランドを憎んでいた。「わたしたちをイングランドに連れていく気？」

「いくらネブロフとはいえ、地球を半周してまでおまえを探しにいこうとは思わないだろう。アレックスの身の安全は確保できる」

わたしが安全だとは言わなかった。その愚直なまでの正直さに、マリアンナはうろたえた。ようは、彼自身がわたしにとっての脅威になりかねないということだ。

「その寝床を使って眠るといい」ジョーダンはそう言うと、ふたたびくだんの微笑みを向けてきた。「ゆっくり休めば、正しい判断もできるはずだ」羊皮の寝床の上にやさしく彼女を押し倒し、毛布をかける。「アレックスのために」

眠るですって？　マリアンナは声をあげて笑いそうになった。得体の知れない国に連れていかれると聞いたばかりで、どうすればゆっくり眠れるというの？　彼以外には誰ひとり頼る人間もいなくなって、いまよりもずっと心細い気持ちになるに決まっている。

ジョーダンは少し離れた場所で横になり、カバーを首元まで引きあげた。

静寂のなかに、薪《まき》のはじける乾いた音だけが響いた。

「頼むから、震えるのはやめてくれ」ジョーダンが出し抜けに言った。

震えてるだなんて、気づかなかった。全身の筋肉に力を入れたものの、震えは止まらない。

「だって……寒くて」

「嘘をつけ」彼が寝床の上に起きあがった。「教会のなかでこそ我慢したが、もううんざりだ。グレゴーみたいに強いふりをするおまえを見るのがな」ふいに身を寄せてきたかと思うと、両腕で彼女の体を抱きすくめた。

マリアンナは思わず体をこわばらせ、あわてて振りほどこうとした。

「じっとしてろ」ジョーダンはぶっきらぼうに言って、マリアンナの体を揺すった。「傷つける気はない」がさつな物言いながらも、彼女の顔から髪の毛を払いのける仕草は驚くほどやさしかった。「今夜のところは、誰もおまえを傷つけたりはしない。怖がる必要はない」

「そんなこと、わからないわ」ことアレックスとジェダラーに関するかぎりは、恐れこそが安全を保証する唯一の防衛手段だ。小刻みだった体の震えはわななきに変わり、マリアンナは下唇をぎゅっと噛んだ。「ごめんなさい……なぜだかわからないけど……あの晩からずっと……」

ジョーダンは低くうめくと、傍らに横たわってマリアンナの体を引き寄せた。しゃにむに抗《あらが》おうとする彼女を寝床に押さえつけ、じっと目をのぞきこむ。「おれを見ろ。おまえを傷つけようとしてるように見えるか?」

なかばやけくその気分で、彼の目を見返した。淡い緑の瞳が見下ろしている。透きとおったその目に見つめられると、催眠術にでもかけられたように信じてしまいそうになる。マリアンナはゆっくりと首を振った。

ジョーダンは彼女の顔を肩のくぼみに押しつけ、抱きしめた。革とムスクと、松の香りの混ざった焚き火の煙のにおいがする。「安心しろ。疲れも恐れも問題ない。放っておけば、そのうち消える」

ぬくもり。安心。強さ。たくましい羽に守られているような気分だった。どんな邪悪な敵もわたしには近づけない。ほんのつかの間でもこのままこうしていられたら……

「その調子だ」彼の声が陽光のように頭上から注ぎ、マリアンナは全身がぬくもるのを覚えた。人はそれぞれ、声に色を帯びているとつねづね思ってきた。彼の場合はどこまでも深い色合いのバーガンディ。「なにも心配しなくていい。すべておれに任せておけ。おまえはこうしてゆっくり休んでいればいい」

彼の手を振りほどくべきだと、頭の片隅で声が警告した。このまま横になっていては危険だ。それは、母親と同じように傷つけられるかもしれないという恐れではなく、いまにも彼と同化してしまいそうな奇妙な感覚のせいだった。

敵の体の一部になってしまったら、どうやって闘うというの?

それでも彼女は動かなかった。闘うのは明日、力を取り戻してからにしよう。いまはなんの危険もない。ジョーダン・ドラケンと一緒にいながら安心するなんて奇妙だけれど、どのみち今夜起こったことはどれもこれも奇妙なことだらけで……

だめよ！

突然、マリアンナは彼の体から転がりおり、起きあがった。カバーをつかんで首元まで引きあげ、激しく胸を上下させる。

ジョーダンの顔に緊張の色がよぎった。無理やり引き戻されるかと思ったが、そうはならなかった。彼はただ体を起こし、片手で頬杖をついた。「どうしても、事態をややこしくしたいらしいな」

「だって、もともとややこしいじゃない」マリアンナは唇を濡らした。「すごく疲れてるの。横になってもいい？」

ジョーダンはやわらかな笑みを湛《たた》え、わずかに脇にずれた。「もちろん喜んで。願ってもない――」彼女と目線を合わせるや、笑みが消散した。「そんな目で見るな。くそっ、忘れてたよ。ある種の状況になると、考えずとも習慣的に口から言葉があふれてくる」

彼の笑みはいかにも相手をそそるたぐいのものだった。彼の言ったある種の状況はおおよそ想像がつく。少なくとも彼は、言葉の重みを鑑《かんが》みずに発するような人間じゃないはずだ。それなのについ本能的に反応してしまうとは、いったいどれほどの女性とベッドをともにしてきたのだろう？

ジョーダンが静かに諭した。「ついさっきはくつろいでいただろう。なにも変わっちゃいない」自分の寝床に移り、腰をおろした。「おまえが愚かにも拒否しようとしてるだけだ。本当に必要なものを」

マリアンナは寝床に横たわり、カバーを体の上に引きあげた。「あなたなんか必要じゃない」

「慰めは必要なはずだ。それを与えてやりたいだけだ」彼がじっとこちらの顔を見つめているのがわかる。「そうやって横になっていても、すぐにまたあれこれ考えて不安になる。体が震えてくる」

「あんなの、ほんのいっときのことよ。言ったでしょ。ちょっと疲れていただけ。いまはもう気分がよくなったわ」

「さあ、どうかな」

返答はない。

「ガラス製造の話を聞かせてくれないか」マリアンナが体を緊張させるのを感じ取り、ジョーダンはじれったそうに言い添えた。「『天国に続く窓』のことじゃない。あの話はしないことになったはずだろう」

そう、いまのところは。だけど、そのうちあれこれ質問されるだろう。そしてわたしが彼の望みを叶えられることを知ったら、そのときこそ――

「おまえの仕事について話してくれ」

「どうして？　あなたにはどうでもいいことじゃない」

「仕事が好きなのか？」

「当たり前よ。ばかなことを訊かないで」

「仕事をしているときは、どんな気分だ？」

そんなこと、考えたこともなかった。仕事はつねにそこにあり、言ってみれば体の一部だ。窓ガラスと色を分けることが不可能なように、仕事と人生を切り離すことはできない。「いいときもあるし、悪いときもある。それにときどき頭にくる」

「どうして？」

「あなたにわかるはずないわ」

「そりゃもっともだ。説明してくれないと、わかりようがない」

答えたところでかまわないだろう。たわいのない世間話だ。「頭のなかに思い描くものはあるんだけど、自分の手が言うことをきかなかったり、色が濁ったりぴったりこなかったりで、太陽の光に報いることができないときがあるの」

「太陽の光に報いる？」

「窓から差しこんでガラスに生気を与えてくれるのは、光よ。その光に報いることができなきゃ、作ってる意味がないわ」

「太陽の神を崇拝してるみたいな言い方をするんだな」

マリアンナは顔をしかめた。「わたしは異教徒じゃない」

「まあいい。で、うまくいったときはどんな気持ちになる？」

どうやって説明すればいいだろう。適当な言葉が見つからない。「なんていうか……体のなかでなにかがはじける感じ」

「それはまた、痛そうだな」

「痛くなんかないわ。ただ作業中は、体じゅうが激しい熱を帯びているようで……といってもいやな気分じゃないの。そして終わったあとは、それはもう、すばらしく穏やかな気持ちになる」マリアンナは力なく首を振った。「だから言ったでしょ、あなたにはわかるわけないって」

「いやいやどうして、的確な説明だ。おれにも充分思いあたる感覚だよ」ジョーダンは心底おもしろがっているふうに笑った。「じつによくわかる」

マリアンナは不思議そうに眉をひそめた。「あなたも芸術家か職人なの？」

「おれの技も、芸術の域に達してると言えたらいいんだがな。最初の作品はどんなものだ？」

「花よ」まぶたの裏に思い描こうとするように、目を伏せた。「ちっぽけなパネル。少しも豪華じゃないけど、黄色いスイセンが鮮やかで。おばあちゃんは花が大好きだった」

「おばあさんが先生ってわけか？」

「おばあちゃんと母さんの両方」にわかに胸の痛みがぶり返した。母さん。

「スイセンの話を聞かせてくれ。そいつも太陽の光に報いたのか？」

あでやかな黄色い花を陽光が貫くと同時に、命がほとばしり、みごとな模様が描かれる。祖母は誇らしげに孫に向かって微笑みかけた。「ええ、そう」マリアンナは小声で答えた。「すごくきれいだった。あの日はなにもかも美しかった」

「スイセンには葉も？」

「もちろんよ。たった四枚だけだったけど、葉っぱを忘れるわけがない。薄い緑色で……あの色は本物とはちょっと違ったけど、そんなに悪くはなかった……」大きくあくびをした。

「おばあちゃんのお気に入りだった。おばあちゃんは花ならなんでも大好きだったの。あら、その話はもうしたかしら？」

「さあ、どうだったかな」

「翌年のおばあちゃんの誕生日に、今度はバラの花のパネルを作ったの。ピンク色のバラ……太陽の光が差しこむとね、パネルの縁が金で縁取られてるみたいにきらきら輝いた。たまたま傷ができちゃってそう見えたんだけど、おばあちゃんはわたしがわざとやったんだと言ってきかなくて。そのまた翌年、今度は失敗のない完璧な作品をあげたけど、おばあちゃんは最初のほうが好きだって言ってたわ」

ピンク色のバラ。黄金色に輝く縁取り。スイセン。思いやりと愛にあふれた思い出たち。それらはみな、一枚のステンドグラスが放つさまざまな色のごとく、美しく混じりあっている。

「そうだろうね」

マリアンナは重たくなったまぶたを持ちあげた。彼がこちらを見つめていた。その表情はどこか得体が知れなくて、緑の瞳はスイセンの葉を思い起こさせた。

「バラの花の話をもっと聞かせてくれ」

冗談じゃない。もう話しすぎたくらいだ。きっぱりと押しのけたはずなのに、相手は素知らぬ顔でぐるりと一巡して、また戻ってきた。しかも今度は抱きすくめられたときよりも、いっそう親密さを増して。彼の勝ちだ。

いいえ、違う。勝ったのはわたしのほう。彼のおかげで、苦痛でしかなかった過去の出来事にかえて、数々のいとしい思い出がよみがえった。彼の思惑がどこにあるのかはわからないけれど、少なくとも、傷を癒し、ふたたび力を取り戻す手だてとなったことはたしかだ。

「いやよ」マリアンナは寝返りを打ち、顔をそむけた。「バラの花はわたしのものよ」目を閉じて彼を閉めだした。もう一度、あのころに戻りたかった。笑い声とあふれんばかりの日射し以外はなにもなかったあのころ。母さんとおばあちゃんが、金色にきらめく縁取りを褒めてくれて……


「起きて、マリアンナ」アレックスが彼女の体を揺り動かした。「急がないとだめだよ。イングランドに行くんだから！　父さんが生まれた場所だよ！」

目を開けると、興奮したアレックスの顔が目に前にあった。

「船で行くんだ。おっきな船だよ。ジョーダンが言ってた。かもめやイルカや――」

「しーっ」マリアンナはのろのろと体を起こし、額から髪の毛を払いのけた。「そう急かさないで。まずは――」はっと言葉を呑んだ。アレックスのすぐ後ろに、ピンクがかった真珠色の夜明けの空を背景にして、ジョーダンが立っている。

「アレックスの言うとおりだ。もうじき出発だぞ」彼は少年の肩に手を置き、少し先に見える池のほうに顎をしゃくった。「顔を洗ってきて、パンとチーズを食べろ。夜まで休めないからな」くるりと背を向け、悠々とした足取りで焚き火のほうへ戻っていった。火のそばで、グレゴーがブーツを履いているのが見える。

まるでなにもかも決定済みのような言い方だ。アレックスにまでイングランドへ行くことを話すなんて。マリアンナは立ちあがり、池をめざして丘をおりはじめた。

アレックスが大急ぎで追いついてきた。「ドマージョっていう港町まで行くんだって。そこで船が待ってるんだ。丸一日かかるってジョーダンが言ってたよ」

アレックスの頬には赤みが差していた。ここ数日、目にしたことがないほど活気にあふれている。新しい生活が始まることに、心の底から興奮しているのだろう。そう思うと、よけいに判断がつきかねた。どの道が最善だろうか。モンタヴィアは唯一慣れ親しんできた故郷だ。そこを去るというのは、どうにも踏んぎりがつかない。

もちろん、ここに残るという選択肢もあるにはある。手に職がないわけじゃないし、首都まで足を伸ばせば、たぶん仕事が見つかるだろう。

でも、それは楽観視しすぎというものだ。だいいち、女性を受け入れてくれるギルドなどあるわけがない。母さんもおばあちゃんも、そのせいで何年も闘いつづけてきた。万一、生活費を稼げなかったら、アレックスを抱えてどうやって生きていかれるだろう。モンタヴィアは公爵が仕掛けた戦争によって、いまや丸裸状態だ。サムダからの旅の途中で出会った人たちは、誰もが生き延びて生活を立てなおすのに精いっぱいだった。嬉々として廃墟をうろついていたのは、それこそ泥棒と娼婦だけだ。

通りがかった町で見かけた派手な化粧を施した女たちを思い出し、全身に震えがきた。あんな生活はまず耐えられない。

いいえ、もちろん耐えられる。アレックスのためならば。

だけど、それは最後の手段。あらゆる方策を試したあとの話だ。

ジェダラー。幼いころからつねに言い聞かされてきた。行動すべき時がきたら、ジェダラーを守ることを第一義に考えるべし、と。母さんにとことん教えこまれたせいで、大切な秘密も従うべき行動プランも、しっかり頭に刻まれている。

けれど、母さんは『天国に続く窓』が壊されたことを知らないままに亡くなった。いまのわたしにはまだ、ジェダラーを生き返らせるだけの技術は備わっていない。ほんのいっときアレックスと自分のための安全を選んだからといって、誰にもとがめられることはないだろう。

イングランドか。

ジョーダン・ドラケンが欲しいのは、わたしの技術とジェダラーであって、この体じゃない。それなら、彼についてイングランドに行ったところで情婦になる必要はない。そのうえ、アレックスはネブロフ公爵の手から逃れられる。

マリアンナは丘の頂をちらりと見上げた。ジョーダンはまだグレゴーと話をしている。自信に満ちあふれ、わたしを意のままに操れると確信している。唐突に怒りがわいてきた。そんなことさせるものですか。必要なものだけもらったら、さっさとイングランドを離れて、好きなところに逃げてみせる。

きびすを返し、勢いよく顔に水をかけた。

「急いで、マリアンナ」アレックスがせっついた。「ぼくはグレゴーと一緒に馬に乗るらしいよ。彼の馬を見た？　カザンで買ったんだって。カザンの馬はみんなあんなにおっきいって言ってたけど、本当かな？」

「グレゴーにからかわれてるのよ」マリアンナは顔をぬぐい、髪を整えた。「あの人たちの言うことをすべて真に受けないように、気をつけなきゃだめよ」

「いかにもそのとおり」顔をあげると、すぐそばにジョーダンが立っていた。ものやわらかな口調でさらに言う。「グレゴーは物語を脚色するのが得意でね。それが人生をおもしろくするコツなんだそうだ」

「でも、あなたはいつも真実を口にする」マリアンナが皮肉たっぷりに応じた。

「もちろん可能なときはそうすることにしている。グレゴーの意見には賛成しかねるよ。嘘はものごとを複雑にするだけだ。おれは単純明快が好みなんだ」アレックスを振り返った。

「グレゴーが待ってるぞ」

アレックスは丘を駆けあがっていった。

「おまえはおれと一緒に乗るんだ」ジョーダンはマリアンナに言った。「よぶんな馬はないからしかたない。急ぐ旅だったから、荷物用の馬を連れてきていないものでね」

「べつにかまわないわ。どうせ、わたしもアレックスも馬の乗り方なんて知らないんだから」

ジョーダンの眉が引きあがった。「ほう。それじゃイングランドに着いたら、さっそく教えないとな」

「一緒に行くなんて言ってない」

「でも、行くことになる。おまえは小娘にしては度胸があるが、こう勝負があからさまじゃ度胸も役立たない。おまえは頭もいい。これが最善の方法であることぐらい、わかってるはずだ」

「ええ、言われなくたって最善にしてみせる。あなたからもらえるものはすべてもらって、見返りはなにも与えなきゃいいんだから」

「そういう扱いには慣れてるよ。おれはいつだってその手の役まわりだ」その皮肉はどこか捨て鉢な響きを帯びていた。「ただし、ここ何年も騙された経験はない。かならずやおれも、欲しいものを手に入れてみせるさ」

「今回ばかりはあきらめるしかないと思うけど」

「それじゃおまえは、これ以上技術を向上させないために、あえて仕事を断念するとでもいうのか？　できるわけがない。昨夜ひと晩一緒にいたおかげで、少しはおまえのことを理解できるようになった。おまえは仕事を愛している。仕事をせずにはいられない。いわば情熱だ」にやりとする。「情熱なら、おれにも理解できる」

「言っとくけど、充分な技術が身についたからって、『天国に続く窓』を作るとはかぎらないわよ」

「なるほど、もっともだ。だが、挑戦の余地はある」彼は坂道をのぼりはじめた。「おれにはわかる。おまえはあの窓を作りたがっている。おれが作らせたいと思うのと同じぐらいにな。キャンバロンに着いたら、製作に必要なあらゆる道具を揃えてやる。いつまで誘惑に抗えるものか、見ものだな」

「キャンバロンって、あなたの故郷？」

ジョーダンはうなずいた。「さっさと行って、朝飯を食え。そのあいだに馬の鞍つけを終えておく」

キャンバロン。マリアンナは両手を脇で拳にかため、歩き去る彼の後ろ姿を見送った。わたしは彼のことも、これから連れていかれる場所のことも、なにも知らない。それなのに、昨夜は彼にあまりにも多くの手の内をさらけだしてしまった。そう思うと空恐ろしくなり、心細くもあった。

大丈夫。これから形勢逆転する方法を見つければいいことだわ。

ジョーダンが振り返った。「来ないのか？」

丘の頂に戻ると、アレックスはすでに大きな鹿毛《かげ》の馬の背に、グレゴーに抱えられるようにしてまたがっていた。

「おはよう」グレゴーが声をかけてきた。小さな革の包みをこちらに差しだす。「パンとチーズだ。取っておいてやったよ。この飢えた連中相手に食料をせしめるのは、よほど早起きしないとむずかしいからな」

「お腹は空いてない」

「いいから食べるんだ。昨夜はほとんど食べていないじゃないか」ジョーダンが馬に飛び乗った。「待っててやる」

すでに自分の無力さをいやというほど思い知らされてるというのに、こんな些細なことまで命令されるのは我慢ならなかった。「お腹が空いてないって言ったでしょう」頑として突っぱねた。

拍子抜けするほどあっさり、彼は引きさがった。「好きにしろ」自分の馬を前に進ませる。

「そのかわり、途中で腹が減っても文句を言うなよ」

「文句なんて言わない」

「そうだろうな。おまえなら黙って耐える」前屈みになり、マリアンナの体を持ちあげると、鞍の前のほうにおろした。「信念に殉ずる者は、すべからくそういうものだ」

ジョーダンの腕が体に絡みつき、体の熱が背中から伝わってきた。「力を抜け」耳元で彼の声がした。「さもないと、ドマージョに着くまでに打ち身だらけになるぞ」

「言ったでしょ、馬に乗るのは慣れてないの」それに、これほど引き締まった男らしい体に寄り添うのにも慣れていない。なんだか昨夜とは具合が違う。あのときは彼が差しだしてくれた慰めばかりに気を取られていたけれど、今日はなにもかもが気になってしかたない。彼の筋肉、肌の感触、におい。どうも調子が狂う。「なんだか、居心地が悪いわ」

「おたがいさまだ」

「たぶん……アレックスと交換したほうがいいのよ」早口で付け加えた。「グレゴーの馬のほうが大きいし」

「そのぶんグレゴーの体もでかい。おまえはここに甘んじるしかないんだ」ジョーダンが苦笑いをした。「それにドマージョに着くころには、いやでもおたがいに慣れるさ」マリアンナの体を引き寄せた。「目を閉じろ」

「どうして?」

「上等の馬車に乗ってる気分になれる。おれに抱えられてるよりは、そう想像してたほうが少しはましだろう」

言われるがままに目を伏せてはみたものの、すぐにそれほどいいものじゃないことが判明した。それどころか、おおいに具合が悪い。またしても彼と同化してしまいそうな気がして、落ち着かなくなった。

ぱっと目を開けた。「想像の世界より、現実を見てるほうがいいわ」

「物好きな。想像の世界ならよほど魅力的な顔を目にしていられるというのに。しかたない。このおれの顔で我慢するんだな」

潮の香りを含んだ湿った風が顔を打つ。

屈託なくはしゃぎまわる人たちの甲高い声も聞こえる。

「彼女を連れていってやってくれ、グレゴー。体がこちこちで、立ってもいられないだろう」

マリアンナはそろそろと目を開けた。緑の瞳がこちらをのぞきこんでいる。例によってみごとに形の整った口元も見える。その唇が、もう一度微笑んでくれたらどんなにか……

ふわりと馬から持ちあげてくれたその手は、異様なほど大きかった。グレゴーの手だ。ジョーダンのかわりに彼が微笑みかけていた。目を覚ましたアレックスがこの傷跡の残る顔を見たら卒倒するだなんて、わたしったらばかなことを心配したものだわ。誰が見ても、人好きするやさしい笑顔でしかないのに。「着いたの?」と小声で訊いた。

彼はうなずいた。「しんどい旅だったろう。よく我慢したな」

灰色がかった白い帆が、闇にきらめいて見える。

グレゴーは大股で船に向かっていく。

「アレックスは？」

「きみよりよほどタフだな。桟橋を走りまわってる」

「海に落ちたら大変！」にわかに目が覚め、グレゴーの腕のなかで身もだえした。「おろして」

「キャビンに着いてからだ。ジョーダンの言うとおりだぞ、少し休まないと。体がこちこちだ」そう言って道板をのぼっていく。「坊主のことは心配するな。ニコが面倒を見てる」

こんなふうに抱かれて運ばれるなんて、わたしのほうこそ惨めな子供みたい。「ちゃんと歩けるわよ」ちらりと後方に目をやると、巨大な箱の上にアレックスが飛び乗るところが見えた。傍らにはニコが立っている。

「ニコにも何人か子供がいる。しっかり目を光らせてるよ」

グレゴーの言葉を裏づけるように、ニコが笑いながらアレックスの体を持ちあげ、手慣れた仕草で橋の上におろした。「でも、おりたいのよ、グレゴー」

グレゴーはこちらの顔をじっと見下ろしたかと思うと、素直におろした。それでも、腰に手をまわして支えることだけは忘れない。「人の世話を受けるのは好きじゃないということか。たいていの女は甘やかしてやってりゃ、機嫌がいいもんだがな」

「わたしは慣れてないの、そういう扱いに」地面に足が着いてほっとしたものの、グレゴーの支えはありがたかった。両脚は痺《しび》れて感覚がないし、背中にいたっては体ごとハンガーに吊されているみたいな違和感がある。「ミスター・ドラケンはどこ？」

「ジョーダンか？」グレゴーは桟橋の先の小さな建物のほうに、顎をしゃくった。「ヤヌスと打ち合わせ中だ。じきに戻ってくる。真夜中に出航するはずだからな」

「ヤヌスって？」

「ヤヌス・ヴィズコース。ジョーダンのいとこだ」男がひとり近づいてくるのに気づいて、振り返った。「これはこれはブレイスウェイト船長。あんたの笑ってる顔を見られるとは光栄だよ。おれたちが現れないんじゃないかと、気を揉んでたんじゃないのか？」

目の前で立ち止まった男の顔は、笑顔とはほど遠かった。深く皺が刻まれた馬面は、そもそも笑うこと自体、不可能なように見える。その顔がグレゴーに向かって、不機嫌そうなまなざしを向けた。「ずいぶん時間がかかったもんだな。こちとら延々とこの港に座らされてたせいで、ケツにフジツボが――」

「悪いな、ちょっくら乗客を紹介させてくれ」グレゴーがすばやく口をはさんだ。「ジョン・ブレイスウェイト船長、こちらミス・マリアンナ・サンダースだ」

船長のいかにも意地悪そうな視線が彼女の全身を舐《な》めまわしたあげく、ぼろぼろの衣服に留まった。「おれの船にゃ断じて売春婦は乗せねえと、閣下には言っといたはずだがな」

グレゴーの顔から笑みが消えた。「こいつはジョーダンの船だ。それに彼女のことを侮辱したと知ったら、やつの雷が落ちるぜ。こちらは彼の……彼の……」言葉に詰まったが、すぐに満面の笑みを浮かべて言った。「被後見人だ」

「被後見人？」ブレイスウェイトが胡散臭《うさんくさ》そうにくり返した。

グレゴーがうなずいた。「彼女はジョーダンの親友、ジャスティン・サンダースの娘さんだ。父上は数週間前にこの悲惨な土地で亡くなってね、気の毒に。数々の試練と屈辱に耐えて、どうにか生き延びてきたんだ。ジャスティンの死を知ったとき、おれたちは血眼になって探しまわったよ。そしてようやく彼女と幼い弟を見つけだしたんだ」

マリアンナはあんぐりと口を開けて彼を眺めた。

グレゴーは瞳を潤ませてさえいる。「ふたりはどこにいたと思う？　え？　教会だよ。救いを求めて祈ってたんだ。このかわいそうな少女を見つけたときのジョーダンの様子といったら……感動するやら悲嘆にくれるやら……見ていられなかったほどだ」

感動？　悲嘆？　マリアンナは燭台を股に叩きつけたときのジョーダンの苦悶の表情を思い出した。グレゴーがまつげの下から、横目でちらっと彼女の顔をうかがったが、哀れを誘うその表情は少しも揺らがない。「彼になにができた？」彼の話は続く。「クリスチャンの魂を持った人間なら、こうするしかないだろう。そう、彼女をイングランドに連れて帰り、教育を受けさせ、しかるべき男と結婚させて悲惨な過去を忘れさせてやることだ」

「そんなたわごと、誰が信じるかよ」船長がぶすっと言った。「おまえさんの作り話は聞き飽きてる」マリアンナに向きなおった。「あんた、名前は？」

「マリアンナ・サンダース」マリアンナは彼の目をまっすぐに見つめた。「父親は死んだけど、わたしは娼婦じゃないわ」

船長はひとしきり彼女の顔を眺めてから、ゆっくりうなずいた。「信じよう」くるりと背を向け、道板に向かう。「お涙ちょうだい話なら、今後はこの子に任せるんだな。簡潔さの極意ってやつを心得てる」

グレゴーは憤懣《ふんまん》やるかたないといった顔で、彼を見送った。「いい出来だと思ったんだがな。これまでのなかでも十本の指に入る。真実味を加えるために、適当に事実も織りこんだし」マリアンナの腕を取り、デッキを進むように促した。「とっさに思いついたにしちゃ上出来だ」

「彼に嘘をつく必要があったの？」

グレゴーは肩をすくめた。「きみを侮辱させたままにしておけなかった。やつは体だけじゃなく、心までも細っこいときてる。だが、船乗りとしちゃ優秀だ。イングランドは地中海を支配してはいるが、いったん大西洋に出たら、ナポレオンの海軍を避けるために優れた船長が必要になる。やつの頭をかち割るよりは、ああするのが得策だと考えたんだ」

マリアンナは思わず笑った。「ずっとましよ」

「とはいえ、今後のこともある。きみのことをもう少し知っておく必要があるな。父親の名前はなんていった？」

「ジャスティンじゃないことはたしかよ。ローレンス」

「じゃ、そいつをミドルネームってことにしよう。父親はジャスティン・ローレンス・サンダース。なかなかいい響きだ。仕事はなにをしてた？」

「詩人よ」

「ジョーダンは文学なんぞ縁のない生活だからな」顔をしかめた。「よし、ふたりは少年時代にオックスフォードで知りあったことにしよう」

マリアンナは当惑げに首を振った。「こんなこと、どうして必要なの？」

「イングランドじゃ、なにごともこことは事情が違う。船長みたいな連中がうようよしているんだ。きみには……少々居心地が悪いかもしれない」彼は微笑んだ。「だから、胡散臭い目で見られたり蔑まれたりしないように、準備を整えておく必要があるわけだ」

その思いやりに胸が熱くなる思いがしたが、頑として首を振った。「イングランド人のことも、その人たちにどう思われようがかまわない。わたしは働くつもりよ。それ以外のことはどうでもいいわ」

「それならなおのことだ。きみが快適に働けるように、それに世間の連中にあれこれ陰口を叩かれないようにしないとな」グレゴーが真剣な口調になった。「実際に、世間の風当たりの強いのは、きみよりアレックスのほうだ。彼が悪口を言われて苦しむ姿は見たくないだろう。きみはいつだって、彼のことをいちばんに考えてる」

「弟はまだ無邪気な子供よ。いったい、どんな悪口を言われるっていうの？」

「万一きみがおかしなレッテルを貼られたら、彼も中傷されることになる。そんなこと、望んじゃいないだろう？」

「当たり前よ」なんだか少しずつ、イングランドという国が嫌いになっていく気がする。マリアンナはじれったそうに手を打ち振った。「いいわ。それじゃ、あなたの考えてる話というのを言ってみて」

グレゴーはにやりとした。「これまでで最高の出来にすると約束するよ。いくつかアイディアがある。まずは、そうだな、王女の娘になりたくはないか？」

「わたしは放っておいてほしいだけ」

「残念ながら、ジョーダンの地位を考えたら、そいつはちょっとありえない。キャンバロンにはつねに大勢の人間がいる」

ジョーダンの地位。そういえば、船長は彼のことをなんて呼んでいたっけ。閣下？　「彼の地位って？」

「なんだ、聞いてないのか？」グレゴーは心底驚いたようだった。「ジョーダンはキャンバロン公爵だ」

「知らなかった」

権力。ジョーダン・ドラケンは、あのネブロフ公爵がモンタヴィアで手中にしていたような力をイングランドで謳歌《おうか》している。そう思うと恐怖で身がすくみ、イングランドへのこの旅もただならぬものに思えてきた。「だって、誰も彼のことを閣下なんて呼んでなかった」

「そりゃそうさ。カザンの人間は自分たちのラヴェンが授与した称号しか認めない」

「ラヴェン？」

「われわれのリーダーだ。きみの国のジョゼフ王みたいなものさ」

カザン君主制の込み入った事情になど、興味はない。「そのイングランドの公爵が、カザンでなにをやってたの？」

はじめてグレゴーの返答によどみが生じた。「それは言えない」

「『天国に続く窓』と関係があるのね？」

「全部が全部というわけじゃないが」煮えきらない返事をする。「ジョーダンがカザンを訪れるのはめずらしいことじゃないんだ」

「どうしてカザンが――」

彼の大きな手のひらが、マリアンナの口をそっと覆った。「それ以上、訊くんじゃない。きみが不安で怯えてることも、事情を知ればいくらか気持ちが落ち着くことも承知してる。だが、カザンのことは話せない。おれにはその権利がないんだ」

同情に満ちた表情でありながらも、妥協の余地がないことをマリアンナは察した。頭を振って彼の手を払いのける。「それじゃ、キャンバロンの話をして」

「ああ、あそこはいいところだ。イングランドのなかでも豊かな土地だ」ふたたびグレゴーはデッキを歩きだした。「きっと気に入る」

「豊か？」ドラケンが地位だけじゃなく、お金も持っているとしたら、事態は最悪だ。彼の武器はうなぎのぼりに増えていくばかりだ。

「ああ、えらい金持ちだ」グレゴーが顔を輝かせた。「ジョーダンがまだ十二のころ、父親が亡くなってね。採鉱と輸送の巨大事業を引き継いだ」

「それは恵まれてること」

「恵まれちゃいるが、好ましいこととは言えない。ありあまる金は堕落を生む。実際、かつてのジョーダンは放蕩三昧《ほうとうざんまい》だった。ずいぶん心配したものだよ」

「子供のころの彼を知ってるの？」

「まあな」磨き抜かれたオーク材の扉の前で立ち止まった。「ここがきみのキャビンだ。アレックスは隣り。腹は減ってないか？」

減ってるどころか飢え死に寸前だ。悔しいがジョーダンの予想どおりだ。「空いてるわ」

「調理室に行って、なにか食う物を探してこよう。アレックスも食べるだろうからな」容赦ない彼の視線を体に感じた。「そんなに痩せた体じゃ……」

マリアンナは微笑んだ。「わたしを太らせようっていうの？」

グレゴーが低く笑った。「そうじゃない。食べ物を探しあてたら、陸に戻ってきみたちの服を調達してくるよ。その痩せぎすの体を隠すためにね。ジョーダンから言われている。そのぼろ布以外に、旅のあいだに着られるものを用意してやるようにと」

「閣下の言うことに逆らうわけにはいかないものね」マリアンナは嫌味たらしく言った。

「いかにも」グレゴーは彼女のために扉を開けてやった。「ジョーダンだって、いまのきみたちよりもずっとみすぼらしい格好をしてることもある。ただ、きみたちに快適に過ごさせたいと思ってるだけさ」

「彼の望みはそれだけじゃないと思うけど」

グレゴーの笑みが消えた。「たしかにそのとおりだ。彼はあの窓を手に入れたがっている。願いを叶えてやれるのか？」

「なにがあっても彼には渡さないわ」このときとばかり力を込めた。

「〝渡せない〟と〝渡さない〟じゃ、意味が違ってくる。ようするに、可能だとは言ってるわけだ」彼は首を振った。「どうせなら、渡せないと言ってほしかったよ」

「嘘は嫌いよ」

「そのほうが安全ってこともある。ジョーダンは手に入れるまで決してあきらめないぞ」グレゴーは重荷をおろすかのように、分厚い肩を上下に揺らした。「だが、いまそのことを心配したところでしかたがない。まあ、せいぜい楽しんで、心配は明日までとっておこう」

「心配するつもりなんかひとつもないわ」ふいに笑顔をこしらえ、神妙な声を出した。「でも、気にかけてくれてありがとう、グレゴー」

「警告したまでだ」彼はため息をつき、きびすを返した。「さてと、それじゃニコに言ってアレックスを連れてこさせるよ」

「ニコやほかの人たちもイングランドに行くの?」

「いや、連中はヤヌスと一緒にカザンに戻る」にやりとする。「つまり、きみが対峙すべき相手は、ジョーダンとおれだけだ。少しはほっとしたか?」

彼は答えを待たずにさっさと立ち去った。

マリアンナは扉のそばの小さなテーブルに置かれた蠟燭に火を灯し、こぢんまりしたキャビンのなかをぐるりと見まわした。家具らしきものといえば、たんすと造りつけの寝台と洗面台ぐらいだが、室内は清潔だった。この部屋のなかで唯一汚れた存在はわたしだけだ、と情けない気持ちで思う。体じゅうに馬の臭いがしみついているし、汚れがこびりついて、洗面台で洗ったぐらいで落ちるかどうか怪しいものだ。

しかたない。とりあえずできるかぎりのことをしておいて、あとでバスタブに浸かれるか訊いてみることにしよう。さっぱり身ぎれいになれば、少なくともグレゴーから入手した不穏な情報以外のことも、考える気になれるはず。

ジョーダンは桟橋を大股で近づいてくるグレゴーを眺めた。両手いっぱいに抱えた箱や布包みの上から、かろうじて両目をのぞかせている。

「ドマージョの店を買い占めたのか？」ジョーダンが冷めた口調で訊いた。

「冗談を言うな。ほとんどの店が閉まっちまってて、どうにかこうにか説得して開けてもらったんだぜ」

グレゴーの説得術は幾度となく目にしてきた。最初こそ笑顔から始まるのだが、最後はたいてい扉を叩き壊して終わる。「旅のあいだの服だけあれば充分だと言ったはずだぞ。ドマージョが流行の発信地というわけでもあるまいし」

「そんなこと、マリアンナにはわかりゃしないさ。それにきれいなガウンでも身につければ、気分も浮き立つってものだ。これでも足りないぐらいだ」慎重にバランスを取りながら、道板をのぼってくる。「ヤヌスはなんと？」

「予想どおりだ。喜んじゃいなかった」

「ラヴェンはもっと喜ばないな」

「残念だが、おれはやれるだけのことはやっている」

「彼らもわかってるさ」グレゴーが静かに言った。「ただ、がっかりするだろうがな。誰もがナポレオンのことを懸念してる。やつがすぐにも行動を起こすんじゃないかと」

「世界じゅうがナポレオンに怯えてるんだ」

「やつにむかつくからって、おれにあたるのはよしてくれよ」グレゴーがにやりと歯を剥《む》いた。「さもないと、この道板から海に叩き落としてくれる。幼いころのおまえなら軽々だった」

ジョーダンがしぶしぶ笑顔を見せた。「そんなことできやしないくせに。いたいけな少女とやらのために買った服を、落とすわけにはいかないだろう」

「そりゃそうだな。まあ、その話はあとだ」グレゴーはよっこらしょと箱を持ち替えた。「ブリッジに船長がいる。おまえにも知っておいてもらいたいことがあってね。マリアンナとアレックスはおまえの被後見人だと、やつには話しておいた。戦争で死んだふたりの父親は、おまえと同級生だったということになってる。父親の名前はジャスティン・ローレンス・サンダース。詩人だ」

「被後見人?」ジョーダンがすっとんきょうな声をあげた。

「とっさのことでほかに思いつかなかったんだ」グレゴーは渋い顔をした。「たしかに、後見人なんていう謹厳な役まわりはおまえには無理があるがな」

「いくらなんでも突飛すぎる」

「やってもらうしかない」グレゴーの顎がぎゅっと引き締まった。「なんとしてもジェダラーを手に入れなきゃならないのはわかるが、これ以上ふたりを傷つけるのはごめんだ」

ジョーダンは唇を引き結んだ。「傷つけるつもりはない」

「おまえの存在そのものが、傷つけることになる」

「悪魔の化身というわけか?」ジョーダンは皮肉めいた言い方をした。

「それほど全能じゃないだろう。たかがダイヤモンド公爵だ」グレゴーはしかめ面をした。「それでも、罪のないあの子たちを潰すには充分だよ。ふたりはおまえと同類に見られるんだからな」

ダイヤモンド公爵。その滑稽《こっけい》な称号を思い出すと、口のなかに酸っぱいものがこみあげてきた。その渾名《あだな》をおもしろがり、むしろ嬉々としてみずからその名を触れまわっていたときの記憶がよみがえってくる。だが、あれは昔の話だ。欲望のおもむくままにあらゆる快楽をむさぼり、道楽ぶりで悪名高い宮廷においてさえも、語り草になっていた時代。「おれはあんな小娘と同類視されるのはお断りだ」

「それじゃ、彼女を地下牢にでも閉じこめておいて、自分が欲しいものを手に入れるときにだけ、日の光のもとに引きずりだすとでも言うのか?」

「そうは言ってない」ジョーダンが不機嫌そうに応じた。

「あるいは、ここに置き去りにしていくか。そうだな、ニコに言えば、彼女が安全に暮らせる場所ぐらい見つけてくれるだろう。これは賭けだとおまえも言った。彼女からジェダラーを手に入れられるとはかぎらないんだからな」

「おれはその賭けに乗る気でいる」

「それなら、彼女が快適に過ごせるように最善を尽くしてやるのが筋ってものだろう」

「その点についてはこれから考えるさ」

「おれがかわりに考えておいてやった。彼女はおまえの被後見人だ。そしてキャンバロンに到着したら、彼女つきのメイドと……えっと、なんて言ったかな……侍女?」

「付き添いのことか?」

「そうそう、それを雇ってやる。それからおれたちみんなで、いつまでも幸せに暮らす」と、ずる賢い目つきをジョーダンに向けた。「ついでに、突然善行に目覚めたおまえの姿は、バースの貴婦人たちの評判をふたたび勝ち取るって寸法だ」

「修道士にでもならないかぎり、そいつは不可能だ」

「たしかにおまえは罪の意識のかけらもないやつと思われているが、この世の中、どんなことだって起こりえる」船長がブリッジの階段をおりてくるのを見て、グレゴーは早口で言い添えた。「いずれにせよ、たいしたことじゃない。あの娘を守ったところで、おまえにはなんの不都合もないはずだ」

「彼女がおれの保護を望まなかったらどうする?」

「あの子は弟のためなら、なんだって応じるさ」

それは充分にありうる話だ。事実、アレックスを守るためなら火のなかだって歩きかねない。「だとしても、おれは気に入らない」

「そのようだな。しかも、ふたたび貴婦人たちの気に入りになるのが理由じゃないと見た。彼女を守ること自体が気に入らないわけだ。なぜだ?」

「彼女は言わば人質だ」ジョーダンは皮肉たっぷりに微笑んだ。「ただでさえ、彼女からジェダラーを手に入れるのはむずかしそうな雲行きなんだ。相手をできるだけ無防備な立場に置いておくべきときに、どうして立場を強めるようなプランに手を貸さなきゃならない」

グレゴーの視線がジョーダンの顔を探る。ほどなくゆっくりと首を振った。「いや、違うな。それが本当の理由じゃない。たしかにおまえは彼女を弱い立場に置いておきたいんだろうが――」

「弱いなんて言っちゃいない」

「そりゃそうだ。あれほど強くて大胆不敵な女性にそんなことを言うのは、冒瀆にあたる」

グレゴーはぶつぶつ言った。「そういや、おまえさんは強さを重んじるんだったな。強いものには、異常なほどに引きつけられる。たぶん本当の望みは——」

「根拠のない戯言《ざれごと》を言うおまえの口をふさいでやることだよ」ジョーダンは背を向け、船長に近づいていった。

「明日の朝食で会おう」グレゴーは彼の背中に向かって呼びかけ、ついでに声高に付け加えた。「この箱は、おまえの気の毒な被後見人のところへ運んでおくよ」

船長に聞かせるようにわざと大声で言いやがって。おれが気に入ろうが入るまいが、グレゴーはあのいたいけな少女の快適な生活を確保しようとするに決まっている。

3

日射しを受けて水面が銀色がかったブルーにきらめき、まぶしくてとても直視できないほどだった。

「おはよう。昨晩はよく眠れたかい？」

マリアンナは振り返った。ジョーダン・ドラケンが近づいてくる。黒と白という隙のない服装が、あでやかな海の青とくっきりと対比をなしている。「ええ、ぐっすり」答えてから、わざと付け加えた。「閣下」

ジョーダンの顔がほころんだ。「取ってつけたような呼び方だな。むしろ、ジョーダンと呼んでくれたほうがいい」

「そうはいきません、閣下」

ジョーダンは彼女の顔を見つめた。「今朝はまた、いちだんと機嫌が悪いらしい。どうなってる？」片肘を手すりについた。「なぜだ？」

「公爵は好きじゃないの」

「なるほど。おれもおまえの立場なら、そう思うだろう。だが、おれはネブロフ公爵とは違う」

「あなたがわたしの立場になることはありえない」つい、むきになった。「それに、あなたがネブロフ公爵と違うかなんてわかるもんですか。しょせんは同じ人種よ」

「どういう意味だ？」

「権力を欲しがってる。違う？」

「違うな。おれはすでに自分の身の丈以上の権力を手に入れてしまった」ジョーダンは彼女の表情がかすかに揺らぐのを見て取った。「そのことを恐れてるのか？　おれが権力を駆使して、おまえからジェダラーを取りあげると？」

「恐れてなどいないわよ」疑わしげな彼の目を見つめて、言い返す。「それに、あなたがどんな武器を使おうと驚かないわ。母さんが言ってたもの。そのうちにきっと、誰もがあらゆる手段を使ってジェダラーを手に入れようとするだろうって。もしもわたしが――」

「なんだ？」

「いいの、気にしないで。たいしたことじゃないから」

彼の視線が無遠慮に顔に注がれる。「そう言われると、よけいに気になる」

マリアンナは彼の気をそらそうとして言った。「母さんは正しかった。そうでしょ？　あなたはどんな手を使っても手に入れようとする」

ジョーダンは面倒くさそうに首を縦に振った。「ああ、そのとおりだ。で、アレックスはどこだ？」ふいに話題を変えた。

「グレゴーが船長に会わせるって連れていった」

「ふたりとも朝食は？」

「食べたわ」

ジョーダンが茶化すように笑った。「おれがいかに気配りのできる人間かわかるだろう？いたいけな子供たちを守る完璧な後見人だ」

「そんな作り話、ばからしいってグレゴーに言ってやったわ。あなたには後見人の資質なんてこれっぽっちもないもの」

「同感だ。だが、グレゴーは一度言いだしたらあとへは引かない。ふたりとも従うしかないと思うぞ」

「どうして？」にわかに好奇心がわいた。「グレゴーってあなたのなに？」

「友だちだ」

「彼はあなたの世話をしてるって言ってたけど」

「かつてはそういうときもあった。だがグレゴーという男は、誰かれかまわず世話をしまくる。そういう性分なんだよ」海面を眺めやり、唐突に訊いた。「チェスはやるか？」

マリアンナは困惑したように彼を見た。「ええ、父さんとよくやってた」

「それじゃ、そこそこの腕前なわけだ」

「いいえ、そこそこじゃない。凄腕よ」

ジョーダンはいかにもおかしそうに笑った。「こいつは失礼した。侮辱するつもりはなかった。初心者を相手にするのが苦手なものでね」

「わたしは初心者じゃないわ。習って一年で、いつだって父さんを負かすようになったんだから」

「それなら、おれも気が抜けない」

「わたしとチェスをしたいってこと？」

「暇つぶしにはなる。イングランドまでは数週間かかるし、船の旅はときに退屈きわまる」

「だったら、グレゴーとやればいいわ」

「彼はゲームを覚えようとしない。じつに落ち着きのない男なんだ」

「あなただって、同類だと思うけど」

「こう見えて、おれはなかなか忍耐強い。もっとも、それだけの見返りがある場合にかぎられるが」ジョーダンは穏やかに続けた。「たしかにおまえなら好敵手になるだろう。ゲームに必要な一途さを備えてる」

「ゲームなんてやってる暇はないの。アレックスの世話をしなきゃならないんだから」

「ああ、そうだったな。家族としての務めだ。だが、あの坊主なら喜んでグレゴーが面倒を見てくれる」彼女の顔に視線を戻した。「おもしろそうだとは思わないか？　考えてもみろ。盤の上でおれのプライドを打ち砕き、ことごとく弱みを暴きだすチャンスなんだぞ」

彼の保護を受けざるをえないいまの状況を顧みれば、たしかにその考えはひどくそそられるものがある。「あなたにも同じことをするチャンスがある」

「いかにも。だが、おまえがその挑戦に怖じ気づくとは思えない」にやりとした。「それに、退屈で頭が狂いそうにならずにすむ。見たところ、おまえはなにもせずにいられる人間じゃない。一時間後にマスターキャビンでどうだ？」

彼の言うとおりだった。マリアンナは夜明けから夕暮れまで働くことに慣れてきた人間だ。

ひたすら海を眺めること以外にやることがない旅など、退屈で耐えがたいものになるのは目に見えている。

「いつまでもおれのことを警戒しつづけるのは、おまえも疲れるし居心地が悪いだろう」言いながら、ジョーダンは彼女の気持ちが揺らぐのを感じ取った。「おたがいを知れば、少しは……受け入れられるようになる」

「受け入れるんじゃなくて、我慢するんだわ」

「あくまでそういう態度なら、それもけっこう」

「ええ、こういう態度よ」マリアンナは眉をひそめた。「キャビンに行っても、質問にはいっさい答える気はないから」

「それなら、どうやってたがいを知る？」

「わたしのほうがあなたに質問するのよ」

「ずいぶんと勝手な言い分だな」

「それがいやなら、おたがいに黙ったままでいればいいわ」

「残念ながらおれは、浅はかな人間でね。長い沈黙には耐えられない」

マリアンナが鼻を鳴らした。よく言うわ。この海みたいに底知れない人間のくせに。

「そいつはまた、淑女らしからぬ振る舞いだな。女性がそんな奇怪な音を発したのは聞いたことがない」

マリアンナは気弱な目つきで彼の顔をうかがった。緑の瞳がいたずらっぽくきらめいている。「いやだ……からかったのね」

「さすがに鋭いな。ただし、ここは笑うところだ。そういえばおまえの笑顔は見たことがない」ジョーダンは片手を挙げた。「気にするな。それもまた挑戦と思えばいいことだ」

「最近は笑うようなことなんてなかったものですから、閣下」

ジョーダンの顔に名状しがたい表情がかすめた。「ああ、そうだな。だが、これから新しい人生の始まりだ。ところで、その呼び方はなにか？　おれの生まれを知って、尊敬すべき相手だと認めたということか？」

「尊敬すべき相手だなんて思ってないわ。尊敬というのは自分で勝ち取るものでしょ、与えられるものじゃなくて。あなたがわたしの尊敬を勝ち取るような真似を、なにかしたとでもいうの？　みごとなガラスのパネルを製作した？　美しい絵を描いてみせた？」

「いや、近ごろはないな」ジョーダンは素直に答えた。「それなら、なおさら名前で呼ぶのが適当というものだろう」

それぐらい譲歩したところで、対等に近い立場が得られるなら悪くないかもしれない。対等の関係こそ、いまは肝心だ。「ジョーダン」おどおどと呼んでみた。

「そのほうがずっといい。ところでそのガウン姿、なかなか魅力的だよ、マリアンナ」

魅力的だなんて、またからかわれてる？　マリアンナは身につけたハイウェストの白いガウンを見下ろした。やっぱりそうだ。どう見たってぶかぶかだし、ことに、胸のあたりのもたつきはいかんともしがたいものがある。「こんなもの、見飽きてるはずでしょ。グレゴーがドマージョで買ってきてくれた既製品よ」

「見飽きるものか。おれは白い服に目がない」

「父さんも白が好きだった」うっかり言葉が口をついて出た。

「ほう？　それじゃ、とりあえずおれの趣味は合格ってことだな」ジョーダンはきびすを返し、おもむろに歩きだした。「もっとも、親父さんと一緒にされてもいい気分じゃないが。後見人役というだけでも、充分にへこんでる」

マリアンナは思案顔で彼の後ろ姿を見つめた。軽口を叩きながらも端々に棘《とげ》が感じられる。おそらく、わたし同様、グレゴーの作り話によって押しつけられた役まわりが気に入らないのだろう。彼の堅固な防御にかすかに走ったこの亀裂を、ぜひとも心に留めておかなくては。武器など多くは望めないときにあって、唯一有益な手段となるかもしれないのだから。


ガラスパネル上の図柄はきわめて単純だった。スイセンの花が丹念に描かれている。しかし、熟練の職人の技というにはいささかお粗末なことは明らかだった。

「これをバンガローで？」ザレク・ネブロフは小さなパネルを光にかざしたかと思うと、ひょいとテーブルの上に放り投げた。「くだらん。こんなもの、『天国に続く窓』となんの関係があるというのだ。この役立たずめ」

マーカス・コステーンが反論した。「じつは、例の小娘と弟についての情報を仕入れてまいりました」

「ふたりとも、いまごろは死んでるに決まっとるわ」ネブロフはのっそりと窓際に近づき、中庭を見下ろした。「もっと早く見つけていれば、うまく利用して女の口を割らすこともできただろうに」

「あの晩はずいぶん急いでおられたようなので」コステーンが感情を押し殺して言った。

そのうえ、よりによってあの窓を壊してしまったことで、ネブロフは激怒してもいた。もはやすべてを失う瀬戸際だというのに、あのいまいましい女ときたら、肝心なことはなにひとつしゃべろうとしない。あれほど頭に血がのぼっていなかったら、ここに連れ帰り、時間をかけてじわじわと口を割らせてやっただろう。だが、いまさら悔やんだところで、ジェダラーが戻ってくるはずもない。

「隣りに住む者の話によると、これはあの小娘が四歳のころに作ったものだとか。その男の娘に見せようと、持ってきたそうです。となれば、よもやいまごろはかなりの技術を身につけているかもしれません」

「その者が匿《かくま》っているということはないのか？」

コステーンは首を振った。「いえ、それはありえません。なにしろひどく怯えていて、とても嘘をつける状態ではありませんでしたから」

「それでは、モンタヴィアのどこかにいるということか。娘の顔かたちはわかっているんだろうな？」

コステーンがうなずいた。

「ならば、さっさと探せ」

「なかなかそう簡単には」

「弟は置いていったのか？」

「いえ、男の話では一緒のようです」

「まずは売春宿をあたれ。娘が手っ取り早く飯代を稼ぐとなると、それしかあるまい。幼い弟を連れた女なら、目につくはずだ」

「いまやモンタヴィアをうろつきまわるのは不可能です。ジョゼフ王が西部で力を盛り返してきておりますもので」

いまいましい。こっちはジョゼフが侵攻してきやしないかとひやひやして、自国から一歩も出られずにいるというのに。あらためて怒りがわいてきたが、ネブロフはどうにか押し殺した。本来ならモンタヴィアの王座に就いてるはずのいま、こうして惨めに傷を舐めているのは、ほかならぬみずからの短気と過信が原因だった。二度と同じ過ちは犯せない。

「それなら、目立たないようにやるんだな。だが、かならず見つけろ。あの娘の技術がどうあれ、ジェダラーの秘密でも握っていれば御の字だ。製作は誰か別の職人に任せればいい」

コステーンは煮えきらない態度だった。「そうおっしゃられましても——」

「やるんだ」ネブロフが凄みをきかせて命じた。テーブルの上のスイセンのパネルを指し示す。「それから、二度とこんながらくたを持ってくるな。わたしが欲しいのは娘本人だ」

コステーンは肩をすくめた。「お望みのとおりに、閣下」くるりと背を向け、部屋を出ていった。

望みのとおりだと？　なにひとつ、望みどおりになど運んでいない。

まあいい、これから状況を変えればすむことだ。まずは敵が侵攻してきた場合に備えて軍隊を立てなおし、次の手を考えるとしよう。ジョゼフ相手に二度までも奇襲攻撃はできない。となると、モンタヴィアはあきらめるしかないかもしれない。

カザンにするか？　いや、あそこはモンタヴィアより手強いときている。いずれにせよ、どこかの国を乗っ取るにはそれなりの助けが必要になる。ナポレオン。やはり彼と手を組むしかないのか。だが、皇帝が黙ってカザンやモンタヴィアを差しだしてくれるわけもない。なにか同等の見返りを用意しなければ。ジェダラーしかない。


マリアンナはナイトの駒を動かした。「カザンにいたのはどうして？」

ジョーダンは顔をあげて微笑んだ。「いたかったからだ」

「モンタヴィアのときとそっくり同じ台詞《せりふ》」

「悪いな、工夫がなくて。真実ってのは往々にして独創性に欠けるものなんだ。グレゴーならこう言うだろうがな、嘘をつくには創造性が必要なんだと」

「どんなふう？」

「カザンのことか？」

「決まってるじゃない。カザンの話をしてたんだから」マリアンナはじれったそうに言った。

「おれに言わせれば、話などしてない。おまえが勝手に質問していただけだ」ジョーダンはクイーンを動かした。「なぜ突然、カザンに興味を持つ？」

「モンタヴィアの人間は誰だろうとカザンに興味津々よ」マリアンナはチェス盤をしげしげと見つめた。まずい、戦局が怪しくなってきた。「なにひとつ情報がないんだもの」

「それこそカザンの住民が聞いたら、してやったりだ。連中はよそ者を閉めだして、自分たちだけで生きることをこのうえない喜びにしている」

「そんなの事実だとは思えない。グレゴーみたいな人たちがそんなことを思うなんて」

「グレゴーみたいな人間ばかりじゃない。彼は特別だ」

自分だって同じじゃない、マリアンナは内心ひとりごちた。この二週間、間近で観察したおかげで、彼の人となりがいくらかわかってきた。ジョーダンは『天国に続く窓』に負けず劣らず複雑な人間だ。あるときは警戒しきって相手を威嚇《いかく》するほどの雰囲気を漂わせておきながら、別のときはとびきり魅力的で軽妙洒脱、彼女の不信感など存在しないかのように無視してみせる。そのみごとな変身ぶりは不思議に人を引きつけると同時に、落ち着かない気持ちにさせた。生まれてこのかたサムダから一歩も出たことのなかったマリアンナは、当然、知りあいの数も多くはない。それでも、ジョーダン・ドラケンみたいな人間はこの世界にふたりといるわけがないことは確信できた。

「グレゴーのことがすごく好きなのね？」

「当たり前だ。愛しているよ」素直に認めた。「だからといって、やつが寛容な人間というわけじゃない。それはもう、おまえもうすうすわかってきているだろう。実際、おれのほうは距離を置こうとしてるのに、あっちは頑として受け入れない」

「どうして距離を置きたいの？」

「それはつまり、おれとおまえは似たもの同士だからさ」ジョーダンは顔をあげ、彼女と目を合わせた。「ふたりとも奪われることを恐れて、多くを与えたがらない」

「わたしはあなたとは違う」少なくとも、愛するものをすべて失う前は。そう思ったとたんに胸がちくりと差しこんだ。あの恐るべき夜の前は、わたしだってアレックスと同じように開けっぴろげで自由だった。

「駒を動かす気はあるのか？　それともサウスウィックに着くまで、そうしてじっと座っているつもりか？」

ジョーダンの顔は無表情そのものだ。なのに、どこか気持ちがざわついた。まるでこちらのつらい記憶を見透かして、気をまぎらわそうとしてくれたような気がした。「急かさないでよ」とちらりと盤に目を落とす。まずい、間違いなく追いつめられている。「サウスウィックってどこにあるの？　てっきりロンドンをめざしてるのかと思ってたのに」

「イングランドと言ったはずだ。あの国に町はひとつきりというわけじゃない。サウスウィックはキャンバロンに近い港町だ。馬で半日も走れば着く」

「馬？」用心深く声をあげた。ドマージョまで走ったときの、体と体が密着する感覚がよみがえってくる。またあんな思いをしなくちゃならないなんて。

またしてもあのまなざしだ。今度もまた、彼はわたしの内心の不安を腹立たしいほど正確に嗅ぎ取っている。もしここ数時間一緒に過ごしたことで、おたがいの理解を深めることができたとしたら、その恩恵をより多くこうむっているのは間違いなくジョーダンのほうだ。ときおり、心のなかをまるごと見透かされている気がすることさえある。

「おまえとアレックス用におとなしい馬を用意して、ゆっくり進むことにするよ」

「すごくゆっくりよ」マリアンナが強調した。

「場合によっておれが忍耐力を発揮することは、もう実証済みだろう」ジョーダンの目がきらめいた。「たとえばさっきから、かれこれ十分間もここに座って、おまえが窮地から脱するのをじっと待っている」

「窮地だなんて、まだわからないわ」マリアンナは盤を見下ろした。「たとえそうだとしても、かならず脱する方法があるはずよ」

「なら、さっさと見つけるんだな」

言われなくても努力はしているが、それもどうやら無駄骨になりそうだ。「グレゴーが言ってた。カザンの君主はラヴェンというんでしょ」

「ああ、そうだ」ジョーダンは椅子にそっくり返った。「なぜ、これから住む場所じゃなくてカザンのことばかり気にする？　この二週間、キャンバロンについて訊いたことは一度もないじゃないか」

「そのうち、この目で確かめられるもの」

「それにカザンははるか彼方だが、キャンバロンは間近に迫った存在で、考えるのも怖い」

ずばり、そのとおりだった。それにしても、自分がこれほどわかりやすい人間だったなんて。マリアンナはどうでもいいように肩をすくめてみせた。「そのうちに慣れるわ」

「ああ、慣れる」ジョーダンが穏やかに同意した。「おまえが一緒に来ると同意したときに約束したはずだ。おれがふたりを守ると。そのおれがおまえたちを地下牢に閉じこめるわけがない」

「地下牢があるの？」

彼の唇がゆがんだ。「ひどくちっぽけなやつで、ほとんど使われてないがな」

「地下牢だなんて……お城かなにかみたいね」

「まあ、そんなとこだ」

「お城なんてはじめてよ。サムダの町はずれにもあることはあったけど……」たどたどしく説明する。「住んでいたバンガロー以外のことは、なにも知らなかったから」

「城といっても、単に部屋数の多いバンガローみたいなものだ」

「嘘ばっかり。でたらめを言って慰めてくれなくてもけっこうよ」マリアンナはクイーンの駒を動かした。「立派なお城を見るのがはじめてだからって――」

「チェックメイト」

なんですって？　このタイミングで？　マリアンナはむすっと言った。「気をそらすなんてずるいじゃない」

ジョーダンが低く笑う。「二手も前から、負ける覚悟はできていたはずだろう」

マリアンナは顎に力を入れた。「チャンスはあったわ」

「ゲームのルールを変える以外は無理だね」

「そんなの嘘よ。だってわたし――」頭のなかが真っ白になって、笑うしかなくなった。

「負けるのが嫌いなのよ」

「気づいてたよ。何十回もそんな顔をしてた」

「何十回だなんて大げさね。いつだって互角の勝負をしてきたはずよ。わたしが負けた数はほんの――どうしてそんなふうに見るの？」

「おまえが笑っているからさ。グレゴーとアレックス以外に笑顔を見せたのは、はじめてだな」たちどころにその笑みが消え去るのを見て、ジョーダンは残念そうに首を振った。「おっと、消えちまった。じつに名残り惜しい」

マリアンナは椅子を押しさげて、立ちあがった。「アレックスを探しにいかなきゃ」

「逃げたいというなら、引きとめはしない」ジョーダンも立ちあがり、うやうやしくお辞儀をした。「心ならずも、気を許しつつある兆候を露呈してしまったんだ。このままここにとどまったら、もう一度微笑んでしまわないともかぎらないからな」

「まさか」マリアンナは戸口に向かった。「さっきのは、負けたショックでどうかしてただけ。言っとくけど、あんなことは二度とありえないわ」

おれに憎まれ口を叩く間も与えずに立ち去ったところを見ると、よほど腹に据えかねたのだろう。

口元に笑みを湛えたまま、ジョーダンは駒を集めて革の箱のなかに戻した。あのいかにも憎々しげな捨て台詞は、彼女の負けず嫌いを示す最たるものだ。最近の彼は、それがいつ飛んでくるかと、身構えつつも待ち望んでいた。そう、まるでフェンシングのコーチが気に入りの生徒の突きを待ちかまえるように。

「マリアンナに聞いたぞ。今日はおまえが勝ったそうだな」グレゴーがふらりとキャビンに入ってきた。「さぞやいい気分だろう。最近じゃ、勝利を手にすることもままならなかったからな」

「わざわざ思い出させてくれるとは、親切このうえないな」ジョーダンは椅子の背にもたれかかった。「おまえのほうこそどうだった？　楽しい午後を？」

「そりゃもう。われらが気むずかしい船長が、船の操縦をアレックスに仕込んでる」にやりとした。「ブレイスウェイトといえども、あの坊主の手にかかっちゃかたなしだ。えらい見ものだぞ。ほかの誰ともうち解けようとしないあの男のあんな面は」サイドボードに近づき、グラスにウイスキーを注ぐと、ぐっとひと息に飲み干した。「じつに愉快だった」

「そいつはなによりだ。ところでおまえのおかげで、この船の蓄えがいちじるしく減ってることはわかってるんだろうな」グレゴーという男は、こと肉体的快楽となると、酒をはじめとして際限なくむさぼる性分だった。だが、彼の酔っぱらった姿をジョーダンは一度も目にしたことがない。まさかあの巨大な体のどこかにひそかにアルコールが蓄えられ、やがてその影響が霧消するのをじっと待っているというわけじゃないだろうが。

「湿気でべたべただ」グレゴーはふたたびグラスを満たした。「寒いだけなら我慢もできるが、湿気と寒さが一緒くたというんだからたまらない」ぼやきながら、なおも注ぎ足す。

「地中海に出れば、寒さからは解放される」

「そりゃそうだが、湿気と暑さが一緒ってのも苦手だ」グレゴーは腰をおろし、両脚を前に投げだした。「アレックスはキャンバロンに行くと聞いて、大騒ぎだ。質問攻めでえらい目に遭った」

「姉貴とは大違いだな」

「彼女のほうは怖がってる？」

「それはない」

「いやにすばやく否定したもんだな」グレゴーが揶揄《やゆ》するように笑った。「まるで娘を自慢する父親みたいな口ぶりだ」

「ばかを言うな。的はずれもいいところだ。彼女が気を許してるのはおまえのほうだ」

「それが気に食わないのか？　たしかおまえは言ったはずだぞ。彼女を心細くて無防備な状態に置いておきたいと。少しばかり矛盾してる気がするが」

「気に食わないなんて言っちゃいない」

グレゴーは酒をあおった。「それに彼女を恐れさせたいなら、わざと負けるような真似は控えたほうがいい」

「わざと負けてるわけじゃない。彼女はなかなかの腕前だ」

「ほう。おれはまたてっきり、練りに練った作戦かと思ってたよ。すっかり安心させておいてから、こっぴどく打ちのめす」グレゴーはにこやかに微笑んだ。「まあ、いい。どっちにしろ結果は同じだ。しょっちゅう負けてるばかりか、むしろそれを自慢げに語るような男を、どうして恐れる？」

「自慢なんてするものか。おれは大の負けず嫌いだぞ」

「だが、彼女のことを誇りに思ってる」グレゴーは穏やかに切り返した。「ふたりが一緒にいるところをずっと見てきた。奇妙な感じがしたよ。まるで本物の親子を見てるようだった」

「ばか言え」ジョーダンは言下に否定した。「言ったはずだ。少なくともおれは父親らしい感情などこれっぽっちも抱いてない」

「ということは、別の可能性を考えざるをえないな」

「別の可能性なんてあるものか」

「おまえが一度も考えたことがないと言うなら別だが。なぜそう言いきれる？」

「ようするに、おれには彼女に対して下心があると言いたいんだろう？」ジョーダンはテーブルの引き出しを開け、チェスの駒の入った箱を押しこむと、必要以上に力を入れてばたんと閉めた。「子供は相手にしないと言ったはずだ、グレゴー」

「カザンじゃ、十六は女のうちだ」

「この娘は特別だ。女の域に達するまでにはまだまだ時間がかかる」

「たしかに、彼女はどっちとも言いかねるな。ときどき驚くほど子供じみた表情を見せることがあるし」

ジョーダンは向かいに座っていたマリアンナの姿を思い起こした。チェス盤をじっと見据えたまま、何食わぬ顔でキャンバロンのことを訊いてきた。見知らぬ土地に対する不安と恐れを悟られたくはないものの、かといって訊かずにもいられなかったのだろう。ふだん強がっているだけに、なにかの折りにもろさを見せられると、よけいにはっと胸を突かれる。

「ずいぶん元気そうになってきたと思わないか、彼女？」グレゴーはぐっと酒をあおった。「頬にも赤みが差してきたし、体重も増えてきた。いまにいい女になるぞ」

「そうだな」キャビン内が暖かかったせいだろう、マリアンナは白いガウンの袖をまくりあげ、ふくよかな丸みを帯びた両腕をあらわにしていた。たしかにこのところ、体つきがどことなく円熟味を帯びてきて、美しい髪はきっちり三つ編みに編んでいても、艶やかな輝きを隠せずにいる。

「少しずつ女になってるってことだ。もうタレンカで拾ったいたいけな少女じゃない」グレゴーが言った。

しかし、あのいたいけな少女の一挙手一投足を輝かせていた内なる炎は、いまもなお健在だ。グレゴーの意味ありげな視線を感じ取り、ジョーダンはあわてて無表情を装った。

「いったいなにが言いたい？」相手の目を真正面から見返した。「おれに彼女をベッドに引きずりこめとでも？」

「とんでもない。それこそ、おれがもっとも恐れてる事態だ。おまえにも彼女にとっても最悪のシナリオだよ」

「それにしちゃ、不自然なほど彼女を褒めるじゃないか。競売にかけられた奴隷《どれい》みたいに」

「それはだな、おまえが彼女の美しさに気づいていながら、それを懸命に無視しようとしてるからさ。きわめて危険な兆候だ」グレゴーは穏やかに顔をほころばせた。「おまえは彼女に惹かれてる。それを認めず内に秘めたままだと、いつかかならず抑えきれなくなって奪い取ろうとするだろう。日一日と、確実にそのときは近づいてるよ」

「くだらなくて話にならない」

「そうか。ベッドに入っても眠れない日が続いていると読んだがな」

「いい加減にしろ、グレゴー。カザンを出てからずっと女っ気なしで過ごしてきたんだぞ。おれにとって簡単じゃないことぐらい、わかってるはずだろう」

「夢に出てくる女の顔はどんなだ？」

「知るか。顔なんてない。肝心なのは顔じゃないからな。いいか、グレゴー、おれはな、いくら欲求不満だからって手近な女に襲いかかるような真似はしない」

「そりゃそうだ。そんなの間違ってる。かならず後悔することになる」グレゴーの顔は真剣そのものだ。「おまえがなんのためらいもなく人を殺すところをさんざん目にしてきた。だが彼女を傷つけようものなら、自分の魂をも蝕《むしば》むことになるぞ」

「相手が望んだら話は別だ」うっかり言葉が口をついて出た。グレゴーの顔色がさっと変わるのがわかった。くそっ、ろくでもない舌め。

「そういうことだ」グレゴーが悲しげにうなずいた。「自分じゃ気づいていなかったかもしれんが、欲望は存在する。おまえが女をその気にさせるのが得意なことは承知してる。だが今度ばかりはやめておけ。これ以上、キャビンでふたりきりで過ごすのは賛成できない」

「おれの勝手だろう」ジョーダンは立ちあがってサイドボードに向かい、ウイスキーをグラスに注いだ。「彼女は日に日におれにうち解けつつある。自分に対する自信も芽生えてきてるんだ」

「そんなもの、一瞬にして元の木阿弥《もくあみ》だぞ、万一おまえが――」

「彼女と寝るつもりはない」ジョーダンはきつく嚙みあわせた歯の隙間から吐きだした。

「それじゃ、あくまで彼女とふたりの時間をあきらめないというんだな。それがおまえにさらなる危険をもたらすことになるとは考えたことないのか？」

「ふん、おまえの言う別の可能性とやらのことか？」

「愛情だよ」グレゴーが静かに言った。「おまえは彼女のことをえらく買っている。賞賛あるところには、ほどなくして愛情が育つ」

「おれはナポレオンの知性も軍事力も買ってるが、だからといって、やつの心臓をえぐり取ってやりたいという気持ちに変わりはない」

「それと彼女のことは同じじゃない」

「安心しろ、グレゴー」ジョーダンは振り向き、ふてぶてしい笑みを浮かべてグラスを掲げてみせた。「ふたつの可能性のうちのどっちかと言われたら、間違いなくおれは先のほうを選ぶ」

「どっちも選ぶんじゃない。そのほうが安泰だ」グレゴーは立ちあがり、重い足取りで戸口へ向かった。「夕飯で会おう。よく考えてみるんだな、おれの言ったことを」

「いやだなんて言おうものなら、しつこくつきまとわれる」

「そういうことだ」振り返ってにやりと歯を剥いた。「もっとも、そんな必要はないだろう。おまえは冷徹な男だが、無力な相手を故意に傷つけたりはしない。ただちょっと、間違った道に迷いこみつつあることを指摘してやればすむことだ」

扉が閉まると見るやジョーダンはウイスキーを飲み干し、グラスをテーブルに置いた。グレゴーめ、よくもあれだけでたらめを言えたものだ。マリアンナとはこれからもいままでどおり接していくに決まっている。

このおれが、小娘相手に欲情するはずがない。

愛情を抱くことなどありえるものか。

彼女に心を動かされて、本来の目的を見失うなんてことがあってたまるか。

もう一方の可能性だと？　ふざけるな。

彼は腰を浮かせ、内奥深く貫こうと身構えた。

ついに彼女の内におさまるときがきた。きつく締まったぬくもりに満たされれば、この苦しいほどに高まった欲望からも解放される。

彼女の青い瞳がこちらを見上げている。剛胆なきらめき。訴えかけるようなまなざし。

それにしても奇妙だ。これまでは気づかなかったなんて。彼女の目がこれほど……

ジョーダンははっと目を覚ました。下半身が硬くうずいていた。暗闇に横たわったまま、荒い呼吸に合わせて胸を上下させる。

やがておもむろに起きあがり、裸のまま窓際に立った。窓を開け放ち、風に乗って夜気が入りこむにまかせて、体のほてりを冷ます。このままじゃ、眠れない。

くそっ、マリアンナ。


マリアンナはチェス盤の向こうから上目遣いでうかがった。「どうしてそんな目で見るの？」

「そんな目って？」

彼女は眉をひそめた。「なんだかいつもと違う感じ。今日も負けそうな雲行きだから、いらいらしてるんでしょ」

「負けるのは好きじゃない」ジョーダンは生返事を返した。

マリアンナは頰に手を当てた。「どこかおかしい？」

ジョーダンは彼女の顔をしげしげと観察した。欠点といえるものならいくらでも見つけられる。整った顔立ちだが典型的な美人というわけじゃない。目は強すぎるし、唇は形はいいが、めったに彼に向かって微笑みかけることはない。

なんといっても気に入らないのは、もはや子供とは呼べないその顔つきだった。無垢《むく》な小娘、それも人生はステンドグラスの窓を通して眺めるべきものと考えている小娘相手に、欲情するわけにはいかない。このおれをチェスで打ち負かしておきながら、痛快な気持ちにさせるような少女をベッドに連れこむことなどありえない。

「誰の顔にだって欠点ぐらいある」クイーンの駒をもてあそぶ彼女の手に目を落とした。「その手のひらはどうした？」

「これ？　ただのかすり傷よ。前に見せたはずだけど」

「いや、これは知らなかった」彼女の手を取り、ひっくり返した。手のひらに無数の傷が刻まれている。真ん中あたりを走る細長く白っぽい傷に触れた。「かなり深く切ったんだろう」

「ガラスを使って作業していれば、たまにはこういうことだってあるわ。なにかの拍子にテーブルからパネルが滑り落ちて、急いでつかもうとしたんだけど、間に合わずに床に落ちて割れたの」

ふいに怒りがわいた。見たところそうとう古い傷だ。よほど幼いころに切ったものに違いない。まわりの人間がなぜ目を離した？　なぜ気をつけてやらなかった？「へたをすれば手がちぎれるところだったぞ」

「ガラスを使って仕事してるのよ、わたし」マリアンナがくり返す。「でも、そんなへまをやったのはそのときかぎりよ」

彼女の脈が指を通して伝わってくる。傷跡をそっとこすった。

マリアンナがごくりと唾を呑んだ。「よして。なんだかすごく変な感じがする」

「痛いか?」

「そうじゃないけど」

痛い思いをしているのは彼のほうだった。居心地の悪さは刻々とつのってくる。子供だったらいまのような受け答えはまずしないだろう。彼女はまぎれもなく女だ。長年馴染んできた戯れの格好のターゲットじゃないか。

くそっ、おれとしたことが。彼女を口説く台詞に頭を悩ませているなんて。

手を離し、唐突に立ちあがった。「ここは暑いな。今日はもうやめにしよう」

マリアンナが驚いて彼の顔を見上げた。「暑いですって?」

「ああ、暑くて体がほてってる。デッキに出て涼んでくるよ」さりげない足取りで戸口に向かった。「夕食で会おう」

適当な距離を置きさえすれば、もやもやしたこの思いもおさまるだろう。そうさ、放埒《ほうらつ》に生きてきたおかげで、女と見れば本能的にベッドへ誘うことを考えてしまう。その相手がいま、たまたまマリアンナだった。それだけのことだ。

「いやにしけた顔してるな」グレゴーがデッキに出てきて、隣りに並んだ。「マリアンナはどうした?」

「裸でベッドに横たわり、すすり泣いたりしてないから安心しろ」

「おれのアドバイスが功を奏したわけだ」グレゴーの両眉が引きあがった。「たしかに言ったとおりにしているらしいな。その景気の悪そうな顔つきを見りゃわかる」

「なにもかも表にあぶりだせば問題が解決するとでも思ったのか？」

「いや、自分の気持ちに気づいたら最後、おまえはひどく動揺すると思ってたよ。危険はあった。だが、放っておいたほうがもっと脅威だと読んだ」

ジョーダンは自嘲気味に笑った。「おれの本能は放っておいたら破壊をもたらすと？」

「いや、おまえの本能は健全だ。ただ、奪い取ることが習慣になっちまってる。身についた習慣を正すのは簡単なことじゃない」ジョーダンの肩を軽く叩いた。「ま、それでも日々、よくなってはいるがな」

「それはどうも」皮肉たっぷりに返した。「だが、驚いてくれるなよ。今回その習慣とやらが勝利をおさめても」

「驚くとも」グレゴーが真顔で言った。「それに失望する」

ジョーダンは複雑な思いに貫かれて、グレゴーを見つめた。腹立たしさ、いらだち、それに愛情。最後に吐いたひと言がことのほか彼の胸にこたえることぐらい、グレゴーはちゃんと計算している。幼いころ――グレゴーがはめようとする足枷《あしかせ》をまだそれほどうるさいとは思わなかったころ――彼に褒めてもらいたいばかりに日々奮闘していた。この扱いにくい荒くれ男が好きでたまらなかった。ジョーダンは顔をほころばせた。「嫌味なやつだ」

「ほう、少しは機嫌が直ったようだな」グレゴーはにやりとした。「それじゃ、イルカでも見にいくとしよう。イルカのジャンプを見たら、どんな人間だろうが機嫌の悪いままじゃいられないさ」

彼が見ている。
夕食のあいだじゅう、ジョーダンはアレックスをからかい、グレゴーと軽口を叩きながら
も、つねに目はこちらをとらえて離さなかった。落ち着かないことこのうえない。
もちろん彼に見られることに慣れてないというわけじゃない。実際、この二週間というも
の、彼はチェス盤をはさんでこちらの顔の造作のひとつひとつ、細かい表情のひとつひとつ
を記憶に刻みこんだはずだ。それはマリアンナのほうも同じだ。
だけど、今晩はどこか様子が違う。
食事が終わったのを見計らって、ジョーダンが椅子を押しさげて立ちあがった。「今夜は
満月だし、空は澄みわたっている。どうだ、グレゴー、アレックスをブリッジに連れていっ
て、星の話をしてやったら？」アレックスを振り返る。「グレゴーは星座の話が得意なんだ。
子供のころはよく森に行って、いろんな話をしてもらったもんだ。だが海から見るほうが、
空はずっと賑やかだぞ」
「ほんと？　聞かせてくれる、グレゴー？」アレックスが目を輝かせた。
グレゴーは一瞬ジョーダンに目をくれてから、うなずいた。「ああ、少しだけな」マリア
ンナに目を移した。「一緒にどうだ？」
「マリアンナは疲れている。おれがキャビンへ送り届けるよ」ジョーダンが口をはさんだ。

「少し、話しあうべきこともあるし」

マリアンナは困惑したように彼の顔を見た。ほんの二、三時間前まで一緒にいたのだ。大事な話があるなら、そのときに話してくれればよかったのに。

ジョーダンがこちらに顔を向けた。「一緒に来るか？」

タレンカの教会でも、同じ台詞を彼の口から聞いた。

例によって心の内を見透かされたのだろう。彼が笑顔をこしらえ、穏やかに訊いてきた。

「約束どおり、ここまではそれほど悪い展開じゃなかった。違うか？」

説得力たっぷりの笑みの前では、抵抗してみたところで徒労に終わる。彼はなんとしても、わたしにうんと言わせる気なのだ。

「違うか？」ジョーダンは再度、迫ってきた。

マリアンナはゆっくりとうなずいた。

「話ならあとでできるだろう」グレゴーが茶々を入れた。「そんなもの――」マリアンナの表情を目にして押し黙る。肩をすくめ、立ちあがった。「それじゃ、彼女のことは任せた。アレックスには話して聞かせることにするよ。星まわりで定められたことは変えようがないとな」

「おまえならどんな手を使おうが、変えてみせるだろう」とジョーダン。

「それはこっちの台詞だ。マントを着ろ、アレックス」

「着なくたって平気だよ」アレックスが逆らった。

グレゴーは母親顔負けの気遣いあふれる仕草で、アレックスにマントを着せた。「夜風は冷える。また咳が出たら大変だろう」

グレゴーがアレックスの手を引いてキャビンから出ていく様子を見送り、マリアンナはかぶりを振った。「彼の手にかかったらアレックスも言いなりね。マジックでも見てるみたい」

「あいつは相手が誰だろうが自分の思いどおりにできる。ただし、長いこと口を閉じているのだけは苦手だがな」マリアンナのマントをつかみ、彼女の肩にかけてやった。「行くぞ」

「話ってなに？」ジョーダンのあとについて、キャビンからデッキへと歩きながら、マリアンナが訊いた。南風がやわらかく頰を撫でる一方で、ジョーダンの仕草からはやさしさが嘘のように消えていた。欲しいものが手に入ったら、もう相手を惑わすほどの魅力的な笑顔は必要ないというのか。突如人が変わったようで、周到に押し隠された狂暴さの放つにおいまで嗅ぎ取れる気がする。ひとつの考えがひらめき、マリアンナははっと警戒した。「あの窓の話なら、するつもりはないわよ」

「そんなことをして時間を無駄にするほど、おれはばかじゃない」

「それじゃどうして——」

「子供のころはなにをしていた？」

「えっ？」呆気《あっけ》に取られて訊き返す。

「なにをしてた？　貴重なガラス相手の仕事に熱中してただけじゃないだろう」

「そりゃそうだけど」

「なら、聞かせてくれ」

「どうして？」

「おまえのことを子供として見ていたいんだ」

その答えは、おかしな質問以上に納得のいかないものだった。「なにが訊きたいのか、さっぱりよ」

「子供のころにした遊びだ。なにをして遊んだ？」

「ガラスの作業はわたしにとっては遊びみたいなものだったわ」

「馬には乗らないと言ったな。それじゃ、散歩は？」

「ときどきピクニックに行ったり、長いこと丘を歩いたりしたことはあったけど」

「それだ。ようやく子供時代らしくなってきたな。ひょっとしておまえは、その格好のままステンドグラスから飛びだしてきたのかと思ってたよ」

理由はともかく、彼がいらだっているのは間違いない。これ以上あたりちらされるのはうんざりだ。「ばかなことを言わないで」

「父親の話はほとんど聞いてない。数年前に亡くなったとしか。彼のことを話してくれ」

「父さんのこと？ そうね、とびきりのハンサムだった。艶やかな金髪で目鼻立ちも整っていて、よく笑ってたわ」思い出すように、短く押し黙った。「いつだって笑ってた」

「おれの想像する詩人の姿とはえらい違いだな。詩人ってのは、涙や悲哀を食って生きてる人種だとばかり思ってた」

マリアンナは首を振った。「父さんは笑うことが好きだった。人生は笑ってこそ生きている意味があるって」

「働くためにあるんじゃないと？」ジョーダンが痛烈なひと言を放った。

「働いてたわ」マリアンナが言い返した。「美しい詩を書いていた。庭の木の下に座って、何時間も書いていた」

「自分の妻がテーブルにパンを載せるために、身を粉にして働いているときに？」

「母さんは気にしてなかった。あれがふたりに合った生き方だったのよ」

「なるほど。それでおまえも、ハンサムな詩人が現れたら養ってやるつもりってわけだ」

「わたしはかまわないわ。父さんみたいな人だって」俄然《がぜん》、喧嘩腰になる。

その答えも彼の望んでいたものではなかったらしい。「それで父親はなにをしてた？　木の下に座って詩を書いてる以外は？」

「わたしの勉強を見てくれた。フランス語も英語も数学も教えてくれた。詩を書くことも教えようとしてくれたけど、わたし、才能がなかったのね」

「そんなことは彼にはどうでもよかった。おまえにはステンドグラスの才能があって、それで晩年の彼を支えられたんだからな」

「ちゃんと聞くつもりがないなら、これ以上話したくない」

「おれだって聞きたくないね。どのみち、作戦失敗だ」

「作戦失敗ってどういう意味よ？」腹に据えかねて訊いた。

ジョーダンは質問を無視してだんまりを決めこんだかと思うと、唐突に宣言した。「チェスはもうやめだ」

「どうして？」

「飽きたからさ」皮肉めいた笑い。「グレゴーに訊けばわかる。おれは手応えのない相手だとすぐに飽きる」

得体の知れない痛みがマリアンナの胸を突いた。べつに傷ついたわけじゃなくて、ただ納得がいかないだけだ。たしかに今日の午後の彼の様子は少し奇妙だったけれど、どう見ても退屈しているふうじゃなかった。いいえ、そんなことはわからない。わたしはジョーダンみたいに正確に人の心を読み取れるわけじゃない。きっと一緒にいるあいだじゅう、彼のほうは飽き飽きしていたのだ。彼女はぐっと顎を持ちあげた。「願ってもない提案ね。わたしのほうも退屈してたところよ。これでアレックスと過ごせる時間が増えるわ」

マリアンナのキャビンに着くと、ジョーダンが荒々しく扉を開け放った。そのまま立ちつくし、全身に緊張感をみなぎらせて暗闇を見つめている。闇のなかで何者かが待ち受けてるとでもいうような風情だ。

「ジョーダン？」

彼がこちらを振り返った。その表情を目にするや、マリアンナはどきんとした。

唇を湿らせて訊く。「なにか……よくないことでも？」

「そうかもな」薄緑色の瞳が不敵な光を放ち、口元に淫《みだ》らな笑みが漂う。「だが、よくないことというのはいつだって、もっとも邪悪な喜びだ。そうだろう？」

「言ってる意味がわからないけど」

「それなら教えてやろう。おれはおまえを――」マリアンナが反射的にあとずさるのを見て、口をつぐんだ。深々と嘆息し、きびすを返す。「おやすみ」

マリアンナは遠ざかっていくジョーダンの後ろ姿を見つめた。黒髪が月明かりにきらめき、大きな歩幅で悠々と歩く姿は野獣を思い起こさせた。それにしても、彼のことがようやく少しわかりかけてきたと思った矢先に、この体たらくだ。今夜の彼といったら奇妙で不可解で不気味な存在そのもの。腹が立ってもいいはずなのに、なぜか傷つけられた気がして、少し恐ろしくもあった。

たぶん、自分で思っている以上に、キャンバロンのことを不安に感じているせいなのだろう。お城や公爵どころか、そもそも父親が嫌っていたこの国のこと自体、なにひとつ知らないのだ。生まれてこのかたマリアンナの世界はちっぽけで窮屈で、そのかわり深い愛情に満ちていた。それがいま、にわかに拡大し、彼女を呑みこもうと身構える怪物のようにぱっくりと口を開けている。

しかしその一方で、今夜いわれもなく突っかかってきた男を相手にするぐらいなら、大勢のキャンバロンの住民と向きあうほうがまだましな気もした。ジョーダンに対しては完璧な防御を固めていたはずだった。それなのに、傷をこうむるほど近づかせてしまうとは、なんて迂闊《うかつ》だったのだろう？

4

　キャンバロンの四つの塔は、遠くからでも確認できた。堂々とした灰色火山岩造りの城の上空に、モンタヴィアで見たものよりずっと立派な三角旗がたなびいている。堅固で冷淡で、よそ者を受けつけない雰囲気が漂っていた。日射しが惜しげもなく降り注いでいるにもかかわらず、マリアンナは思わずマントを体に引き寄せた。

「ねえ、見た？」グレゴーと並んで先を行っていたアレックスが、速足で戻ってくるなり、目の前で手綱を引いた。「お城だよ、マリアンナ！」

　マリアンナは穏やかならぬ心中をあわてて隠し、そっけなく言った。「見えないわけがないでしょ？　お城っていうのは目立つように造られてるんだから」

「先に行ってもかまわない？　グレゴーが厩舎《きゅうしゃ》を見せてくれるっていうんだ」

　マリアンナはうなずいた。「でも気をつけてね。ゆっくり行くのよ」

「それ以上歩調を緩めたら、キャンバロンのほうを引っぱってこなきゃならなくなる」ジョーダンが横やりを入れた。「そのうち慣れたら、もう少し元気のある馬を探してやらないとな」

「ぼく、この馬が気に入ってるよ」アレックスがポニーの首を軽く叩いた。「なんて名前をつけたらいいと思う?」

「重大な決断だな。ゆっくり考えたらどうだ?」

「うん、そうする」ポニーの鼻面を方向転換させ、グレゴーのもとへ駆け戻っていく。「急いで、マリアンナ!」

ジョーダンのほうを見ずに、マリアンナが言った。「あなたも先に行って。のろまなわたしのあとを、ぐずぐずついてくる必要ないわ」

「そうでもない。おれはおまえの弟と違い、代々続く自分の家に飛んで帰りたいとは思ってない」ジョーダンは顔をほころばせた。「それに、おまえをほっぽりだすなんて、後見人としての義務に反するだろう」

「そんな話、あなただってばからしいと思ってるくせに」

「ばからしい話でもしがみついてないと、もっとばからしいことになりかねない」

妙に謎めいたその台詞の意味を、マリアンナはあえて追求しようとは思わなかった。とにかくいまは、一刻も早く彼の目から逃れたかった。遠くに見えるお城が気になって落ち着かないし、今朝サウスウィックで船をおりてからというもの、隣りにいながらひと言も話しかけてこなかったジョーダンにいらだってもいた。「いいから先に行ってよ」そうくり返した。「わたしとつきあうのは退屈だって自分で言ってたじゃない」数日前のあの夜以来、食事のとき以外はほとんど彼と顔を合わせずにきた。彼のほうもお決まりの挨拶以外は知らんぷりで、たいていはグレゴーや船長と一緒に過ごし、アレックスに対してさえ、声をかけることはなかった。

「おれが？　おまえとつきあうのが退屈だなどと言った覚えはない。ゲームが退屈だと言ったんだ」ジョーダンは自分の馬を促して、彼女の隣りに並んだ。「しかもそのゲームときたら、日を追うごとに退屈どころか興味深いものになっている」

結局、わたしはからかわれているだけなんだ。意外なことに胸の奥がちくりとした。マリアンナは素知らぬ顔で城に目を戻した。「どうしてあそこが好きじゃないの？　自分の家なのに」

ジョーダンは肩をすくめた。「家なんて、べつに特別な場所じゃない」

マリアンナにとっては特別な場所だった。この世に生まれ落ちてからあの悪夢の夜までを過ごしたバンガローを、こよなく愛していた。「ここで過ごした子供時代が楽しくなかったってこと？」

彼は眉を吊りあげた。「おれの秘密を探ろうという気か？」

「文句はないはずよ。あなただって、わたしやアレックスのことを根掘り葉掘り訊いたでしょう」

「いかにも」少し沈黙したあとで、努めて軽い調子で答えた。「残念ながら、おれには披露するほどの悲劇的な秘密などない。二歳のときにお袋が死んで以来、周囲の人間からとことん甘やかされて育った。城の召使いたちはみな、おれをいかに堕落させるかで競ってた」

「お父さんはどうだったの？」

「ああ、甘い父親だった。時間がありさえすればな。ただし、イングランド一の大酒飲みの放蕩者になるつもりだったらしく、実際には一緒にいる時間などほとんどなかった」そこでおかしくもなさそうに笑った。「あのままだったら、その目標は楽々達成できたはずだった。ところが、おれが十二のときに、落馬して首の骨を折って死んだ。惨めなもんだ」

「お父さんのこと、愛してなかったの?」

「たぶん昔は愛していたんだろう。憎めない人間だったし、よき手本だったからな。親父の死後、おれも同じように究極の放蕩者になることを人生の目的にした。親父の分もやり遂げてみせるはずだったんだ、おかしな道にそれたりしなけりゃ」

「道にそれたって、なにが原因で?」

「なにがじゃない。誰がだ。グレゴーがおれの人生に乱入してきた」小川の手前で手綱を引き、馬の背からおりた。「おれがこんなに自分をさらけだすとは驚きだな。これじゃ、無防備もいいところだ」

とんでもない。彼のまわりに築かれた堅固な壁は少しも損なわれてはいない。あいかわらず、美しい切り子面を刻んだガラスのようにきらめいている。それにしても、これほど率直な彼の態度は意外だった。「どうしてそんな話を?」

「おれがいかに無害な人間かということを、おまえに示したくてね」思わせぶりに間を置いた。「そうすればおまえのほうも、不要な壁を取っ払う気になるんじゃないかと思って」

「まさか」

「必要なことだ」ジョーダンがまじめくさった言い方をした。「おたがいに礼節を保って一緒に住むとなれば」

一緒に住む。その言葉の親密な響きに胸がどきっとした。

「シーストーム号の上じゃ、怒らせたことは承知している」一心不乱に水を飲んでいる馬の首を、ジョーダンはやさしく叩いた。「おれの態度は最悪だった」

「そう、最悪。だけど、いかにもあなたらしい態度よ」

「なるほど」ジョーダンは媚《こび》を売るように笑顔を作った。「悪かった。いかようにも埋めあわせをすると約束するよ」

キャビンでのあの夜以来、ひさしぶりに彼の笑顔を見た。「埋めあわせなんてけっこう」

「無理するな。誰だってなにかをもらえるとなれば喜ぶものだ」妙に確信に満ちた答えが、即座に返ってきた。

「経験にもとづいた見解ってこと？　誰もがあなたから贈り物をもらいたがったと？」

ジョーダンは皮肉っぽく笑った。「おれは生まれたその日から、インド帰りの成金みたいに金持ちだった。揺りかごを出る前から、褒美の与え方を心得ていた」

見返りを求めない愛を知らずに育った幼い少年を想像して、マリアンナは不覚にも憐れみに胸を突かれた。すかさずその思いを払いのける。たしかにその少年は同情に値するけれど、目の前に立つ男とは別人だ。「それで、わたしも欲しがるだろうと？」

「それはそうだろう。おれと取引できるとなれば、おまえにとってこれほどのチャンスはない。なんといっても、おまえの置かれた立場はきわめて脆弱《ぜいじゃく》だ。おれならほんのひと声で、状況を好転させてやることもできる」

「なにをくれるつもり？」マリアンナは興味をそそられて訊いた。

いわく言いがたい表情がジョーダンの顔をかすめた。失望の色に見えたのは気のせいだろうか。「なんなりと。ダイヤモンドか？　女はすべからく、きらきら光るものが好きだ」

なんでも好きなもの……

マリアンナの視線が不気味な塔へ戻った。

「言ってみろ」ジョーダンがせっついてくる。「自分の要求をひけらかすことに関しちゃ、女というのはたいてい恥ずかしがったりしないものだ」

つまりジョーダンは、よほど大勢の女性とたがいの要求を満たしあう体験をしたということなのだろう。そう思うと、筋の通らない怒りが胸を締めつけた。「それはそうでしょ。女性たちは男たちの目が気になって、自分から手を伸ばして欲しいものを手に入れることなんてめったにできないんだから。女らしくないとか、不作法だとか言われて」

ジョーダンが彼女の顔に見入った。「なるほど、自分の力で獲得するほうがいいと？　その手の積極果敢さに道を譲るのはやぶさかじゃない。いずれにせよ、それでおまえが満足するならな」

「もともとわたしの権利だったものを与えておいて、満足させるもないわ」

ジョーダンは肩をすくめた。「残念ながら、さすがのおれにも世の中の仕組みを変えることはできない」

「そんな世の中、わたしは認めない」マリアンナはもう一度塔を見やった。「わたし……行きたくないの……あの塔に」

ジョーダンははたと押し黙り、彼女の顔を見つめた。「それじゃ、どこへ行くつもりだ？　ロンドンか？」

「ロンドン？」困惑しきった目を向ける。「どうしてロンドンに？」

「しゃれた店に劇場に仮面舞踏会……それに、女たちが欲しがるきれいでかわいらしいものがあふれている」

「そんなものになんの意味があるの？」

ジョーダンはしばし思案してから、ゆっくり首を振った。「そうだな。意味がない。なんだかおまえに不本意な役まわりを押しつけているようで、気が引けてきたよ」

マリアンナはほとんど聞いていなかった。落ち着かない仕草で馬のたてがみを引っぱった。

「自分だけのバンガローが欲しい。アレックスとふたりで住めるような本当に小さなものでかまわないから」

ジョーダンがかぶりを振った。「城の外に住まわせるわけにはいかない」

「欲しいものはなんだってくれると言ったはずでしょ」

「あれは嘘だ。おれの性格を知りつくしてるおまえのことだ、驚くことじゃないだろう」

「だけど、ダイヤモンドをくれるって言ったわ。バンガローならずっと安上がりじゃない」

「城壁の外で生活するには、おまえはいかにも心許ない。いまのところはネブロフに居所を知られた気配はないが、今後どうなるかはわからない」

マリアンナは憎々しげに笑った。「彼に連れ去られるような危険な真似はさせられないってわけね」

「おまえだって、アレックスを連れ去られる危険は冒せないだろう」

「それとこれとは話が別よ。わたしはアレックスを愛してる。でもあなたはわたしたちのことなんて、これっぽっちも気にしてない」

「なるほど。それじゃ、傲慢《ごうまん》で無愛想なおれの態度に耐えて、せいぜい教育してくれよ、その愛ってやつを。なに、不可能な仕事じゃないさ。実際、グレゴーがやってきたことだ」

「誰もが当たり前にできることを、なぜわざわざ教えなくちゃならないの」マリアンナは手綱を握りしめた。「いいわ、住めばいいんでしょ……あの場所に。だけど条件がある。仕事部屋と必要な道具一式を用意して。それから誰にも邪魔されないで仕事ができる自由も」傲然としたまなざしを向けた。「文句はないはずよね。そのためにわたしはここにいるんだから」

「もちろんだとも」ジョーダンは静かに答えた。「ただし、まだ訊いてないぞ。埋めあわせとしてなにをもらいたいか」

マリアンナは面倒くさそうに手を打ち振った。「仕事こそが贈り物よ。わたしには仕事が必要なの」

「本気で言ってるのか?」ジョーダンは、彼女の紅潮した頰ときつく引き結ばれた唇をとくと見つめた。「どうやらそのようだな。そういうことなら、もちろん用意しよう」

「すぐに?」

「ああ、すぐに」ジョーダンは馬を蹴って駆けだした。「おまえにわからせるいい機会だからな。ひと言頼みさえすれば、おれがあらゆる必要を満たしてやるってことを」

ジョーダンと連れ立って門をくぐったとたん、アレックスが大急ぎで中庭を駆けてやってきた。「すごいよ、マリアンナ。どの馬もみんな立派なんだ。毎年春にはジョーダンがイングランドの半分の馬を招いて、ここでレースをやるんだって、グレゴーが言ってたよ」「ロンドンの半分だ」グレゴーが訂正した。「いくらキャンバロンとはいえ、イングランドの半分もの馬は収容しきれないからな」

「レースはぜったいに見にこなくちゃ」アレックスは興奮しきっている。「マリアンナも一緒に行こうよ。すごい雄馬がいるんだ。ジョーダンがベルベル人の長老から買ったんだって」と、鼻に皺を寄せた。「長老ってなに？」

「グレゴーに訊けば喜んで説明してくれるわ」父親から話を聞いた気はするが、詳しくは覚えていない。たしか、このいまいましいイングランドの地のあちこちに、ベルベル人の長老が住んでいるのだとか。

アレックスが目を輝かせた。「とにかく馬を見なくちゃだめだよ。一緒に来て。ぼくが案内してあげる！」

「いまはだめだ」マリアンナを鞍から持ちあげながら、グレゴーがたしなめた。「姉さんは一日じゅう、いやってほど馬の臭いを吸ってきたんだぞ。部屋に連れていって休ませてやらないと」

「休むって？」アレックスが怪訝《けげん》そうに彼を見上げた。「どうして？　マリアンナは少しも休みたいように見えないよ」

「アレックスに南側の牧場に造ったレースコースを見せてやったらいい、グレゴー」ジョーダンがマリアンナの肘を取った。「そのあいだにおれがマリアンナをみなに紹介して、部屋に案内しておこう」

　ジョーダンは完璧にくつろいだ格好で立っていた。まぎれもなくこの荘厳な城の主なのだ。権力を振りかざし、時に応じて恩恵や復讐を施す。何世紀にもわたって彼の祖先がやってきたように。

　権力。

　彼につかまれた腕の箇所がぴりぴりうずくような気がした。圧倒的な力に呑みこまれそうで、にわかに息苦しくなる。このままではいられない。「それなら、あとでグレゴーにお願いするわ。厩舎を見にいってくる」ジョーダンの手を振り払い、アレックスの手を取った。

「さあ、行こう、アレックス」

　ジョーダンはおもむろに両手を拳に固め、中庭を遠ざかっていくマリアンナとアレックスを見送った。「なにをぼさっと突っ立ってる？」グレゴーに向かってぶっきらぼうに命じた。

「早く追いかけていけ」

「すぐに行くさ。アレックスが最初の厩舎を案内するのに少し時間がかかるだろう」グレゴーは厩舎のなかにふたりが入ったのを見届けた。「彼女は怯えてるな」

「ああ」ジョーダンはせせら笑った。「言っとくが、おれに対してじゃないぞ」

「おまえのことも少しは恐れてる。新しい世界に連れてこられて、おまえはそこの王だ。少しは気持ちを楽にしてやれよ」

「努力はしたさ」ジョーダンは彼をにらみつけた。「いったいなにが狙いだ？　彼女から距離を置けと言ってみたかと思うと、今度は近づけと言う」

「近づきすぎるのはよくない。バランスを保つことが肝心だ」

「あいにく綱渡りは得意じゃなくてね。おまえが自分でやったらいい」

「おれはおれでやるべきことをやる」グレゴーは顔をほころばせた。「シーストーム号じゃ、よく踏ん張ったな。あの晩は、ひょっとしたらだめかもしれないと覚悟を決めてた」

「お褒めの言葉をいただけるとは嬉しいかぎり。それこそおれの人生の最大の目標だからな」

「なぜそう突っかかる？　おれの言ったことが正しいと思ったからこそ、アドバイスに従ったんだろう？　そうでなきゃ、あのまま感情に流されて手遅れになってたはずだ」

そして、シーストーム号でもこのキャンバロンでも、マリアンナはおれとベッドをともにしていただろう。グレゴーの言うところのなりゆきまかせは、さらに加速していったろう。手を替え品を替えて彼女を誘惑し、たぶらかす。おれを喜ばせる方法を伝授し、太腿を開いてあのきつく締まったなかへおれを迎え入れる方法を教えこむ。そう、グレゴーから禁止令が出されたあのときから、頭を離れることのない、引き締まった感触。いまでは、彼女の姿を見るたびに股間がこわばってくる。「あれがおれの望みだと、よく見透かしたものだな」

「そりゃそうだ。おまえの一部だからな。おれがはじめてキャンバロンにやってきたときの、堕落しきった少年だ」

「あのときの少年は、いまだにおれの一部だよ」

「だが、成長した大人の男によってコントロールされている」

「さあ、どうだか」ジョーダンは厩舎を振り返った。マリアンナに対する欲望にかぎっては、そのコントロールも役立たずのような気がした。抑えこむほどに欲望がたぎり、ますます想像がたくましくなる。「あまり期待しないほうがいいぞ、グレゴー」

「おおいに期待してる」グレゴーが落ち着き払って言った。

「マリアンナを訓練しておれを喜ばせるように仕向けたほうが、彼女を説得してあの窓を手に入れるよりも近道だと、考えなおしたかもしれない」

「それはフェアな考え方じゃない。おまえはフェアな男だ」グレゴーは中庭を歩きはじめた。

「だが、これだけは言っておこう。一刻も早くマダム・カラセーズのところへ行ったほうがいい。女っ気なしで過ごすのが長すぎたのはたしかだ」

言われなくてもわかっている。キャンバロンに着いたらすぐにも、この燃えたぎる欲望を鎮めにいくつもりだった。マダム・カラセーズのもとを訪れて――くそっ、ローラ・カラセーズがなんだというんだ? いつもなら心をくすぐる彼女のふくよかな肢体や飽くことのない欲望を思い浮かべても、少しもときめかない。

それに、これから待ち受けているひと仕事についても、うんざりだった。召使いたちに事情を説明し、グレゴーが考えたマリアンナ姉弟の作り話のために地固めをし、誘惑など決して不可能な立場に彼女を落ち着かせてやる。

いや、不可能というわけじゃない。少々むずかしいというだけのことだ。もしおれがその気になって障害をくぐり抜ければ、不可能ではない。

もしおれがその気になれば……

「こちらがミセス・ジェンソン」グレゴーは、ぽっちゃりした灰色の髪の女性に向かって、微笑みかけた。「城いちばんのやさしい女性だから、どんな願いでも喜んで聞いてくれる。元気かい、ジェニー？」

「おかげさまで、ミスター・ダメック」彼女も微笑み返した。「キャンバロンへようこそいらっしゃいました、お嬢さま。あの異教の国での災難をうかがって、わたしどもみんな、心を痛めておりますよ」

女は膝を曲げてお辞儀をした。

マリアンナの頬がぱっと赤らんだ。「ありがとう」と弱々しい声で答える。

「あら、気の毒な坊やはどこですの？」

たぶんアレックスのことを言っているのだ。「あの……厩舎に」

「馬に夢中でなかなか離れようとしなくてね。ウィリアムが世話をしてくれてるから、そのうち連れてくるだろう」グレゴーがかわって答えた。

「ええ、ええ。ウィリアム・ストーンハムなら安心ですとも」もう一度マリアンナに向かってお辞儀をした。「直接お部屋にご案内するようにと、閣下から申しつけられております。よろしいでしょうか？」答えを待たずにきびきびとした足取りでロビーを横切り、天国まで伸びているかのような壮大な石造りの階段に向かった。

ミセス・ジェンソンの声がロビーの高い丸天井に反響して、くぐもった音を生みだした。

マリアンナはできるだけ周囲に目を向けないよう気をつけながら、あとについて階段をのぼった。ここに到着してからまだ二時間だというのに、吸収すべきことが次つぎに襲いかかってきて、頭のなかはパンク寸前だ。いくつもの立派な厩舎や馬車用車庫があるかと思えば、今度は洞窟《どうくつ》みたいに薄暗いお城の内部。言ってみれば、キャンバロンというのは、単なる私有地どころかひとつの王国そのものだ。サムダの村の住人よりも大勢の男女が、たったひとりの男性に仕えるために働いている。

ミセス・ジェンソンが言った。「専属のメイドとしてメアリーを選んでおきました。若いですが、とても気が利く子なんですよ」

メイド？　驚いてグレゴーのほうを見ると、彼が安心させるように笑みを返してきた。

「ミス・サンダースはしばらくひとりで好きなようにやらせたほうがいいだろう。どうやら人見知りをするらしいんでね」

「そうは言っても――」マリアンナと視線が合うや言葉をおさめ、やさしい笑顔をこしらえた。「もちろんですとも。あんな恐ろしい体験をなさったんじゃ、立ちなおるのに時間がかかりますやね」さらに階段をのぼる。「そのあいだは、なにかあったら呼び鈴の取っ手を引いてくだされば、誰かしら飛んでまいりますから」

呼び鈴を鳴らすぐらいなら、この巨大な階段のてっぺんから飛びおりたほうがましだ、とマリアンナは切実に思った。いまはただ部屋に閉じこもり、この恐ろしく広いお城に慣れるまで誰も彼も閉めだしてしまいたい。

ようやく、細長くほの暗い廊下に到達した。両側にはさまざまな大きさの肖像画がずらりと飾られている。「これらの絵はみな、閣下のご一族を描いたものなんですよ」マリアンナが興味を示していると見て、ミセス・ジェンソンが説明した。顎髭《あごひげ》をたくわえ、腰まで届く長いブーツと腰のあたりがふくらんだ袖なしの上着を身にまとった男性の、ひときわ大きな肖像画を指し示す。「こちらがランドルフ・パーシヴァル・ドラケン。五代めのキャンバロン公爵です。エリザベス女王のご寵愛を一身に集めていらして。女王さまが何度かここに滞在なさったこともあるんですよ、ご存じでしょうけど」

「いいえ、知らなかったわ」けれど、さほど驚きはしなかった。エリザベスが王室メンバー全員を引き連れてきたにしろ、いったんこの城のなかに入ってしまえば、まず世間の目に触れることなく過ごすことができただろう。

「そして、こちらが奥方」いかにも上品で華奢《きゃしゃ》な体つきをし、ゴールドが散りばめられたガウンに、幅広のひだの入った飾り襟を首に巻いた女性を指さす。「当時、もっとも美しい女性のひとりと噂されていたんですよ」

すねたように尖らせた口元に大きな青い瞳、きつくカールされたブロンド。たしかに美しい女性だ。「ほんとにきれいな――あら、こちらは？」

ミセス・ジェンソンの視線がマリアンナのまなざしを追って、数フィート先に飾られた肖像画に向けられた。「ああ、あれは閣下のお母さまですよ。キャンバロンにいらしてから一年後に描かれたものです」

マリアンナは肖像画に歩み寄り、ジョーダンの面影を探してみた。薄暗い明かりの下でも、絵のなかの大柄な女性は生命力に輝いて見えた。艶《つや》やかな黒髪は息子のそれよりも黒々として癖《くせ》も強く、エメラルド飾りのついた二本の髪留めで額の生え際をきっちりと押さえてある。

息子と同じ緑色で、両端がわずかに吊りあがった瞳。タタール族。そうだ、母親はタタール族の血筋だとジョーダンが言っていた。スカート部分が大きくふくらんだ緑のベルベットのガウンは、背が高くたくましい彼女の体つきを引き立ててはいるが、どこか不似合いな気がしてならない。この女性だったらもっと別の……

「異国の女性だったんですよ。まったくの異国の」ミセス・ジェンソンは奥歯にもののはさまったような言い方をし、申し訳なさそうにグレゴーを見た。「ごめんなさいね、あなたの国でもあるのに。でも、あなたとはまるで別の人種よ。むしろ、つい最近までの閣下みたいで……」

「この絵のモデルになったときは、まだ十七歳だった」グレゴーはかすかに口元を緩めて、肖像画を眺めた。「あんたの言うとおりだ。彼女はジョーダンそっくりだった。荒々しくて扱いづらいくせに、愛さずにはいられない魅力を備えてた」

「まあ、そう思う人もいたんでしょうけど」彼女自身がそう思っていないことは明らかだった。

「それじゃ、彼女もカザンの出身？」マリアンナが訊いた。

ミセス・ジェンソンはうなずいた。「それまでは、誰もあの土地のことなど聞いたこともありゃしませんでした。なんでも、彼女はパリの学校に通っていたところを、旅行中の閣下のお父上に見初められて、イングランドまで連れてこられたとか。あんな身分の低い女性と結婚するなんてと、それはもう、大変な騒ぎでしたよ」

「カザンの人間もみんな、同じことを思ってたよ」グレゴーが言った。「彼女はカザンの貴族だったから、身分上はいかなるイングランド人よりも上だった。ようするに、ああやって駆け落ちでもしなきゃ、ドラケンと結婚することなんぞ認められなかったんだ」

ミセス・ジェンソンはいくらかショックを受けたようだった。「閣下との結婚を認められないですって？　とんでもないでたらめだわ」

「彼女がはじめてやってきたとき、あなたもここに？」マリアンナが尋ねた。「彼女のことを覚えていますか？」

「ええ、ええ。忘れようったって、忘れられるものですか」歯に衣《きぬ》着せぬ言い方だ。「亡くなるまでの三年間というもの、そりゃもう毎日がしっちゃかめっちゃかで」

「つまりはこういうことだ。アナはなにごとにつけ自分のやり方が気に入っていて、なんとしてもそれを押し通そうとした」グレゴーがにやりとした。「それでたぶん、城のなかは大混乱に陥ったというわけだ」

「しっちゃかめっちゃかだったんですってば」ミセス・ジェンソンはぶつぶつ言いながら、廊下を進んだ。「それなのに閣下のお父上ときたら、奥さまが亡くなったとき、ひどいお嘆きようでしてねえ」廊下の突きあたりの扉を勢いよく開けた。「ここが青の部屋です。お坊ちゃまのお部屋はすぐそばですから。気に入っていただけるとよろしいんですが」

広々としたその部屋は城内のほかの場所と同じく、薄暗くて息詰まるような雰囲気を醸していた。ダークブルーのベルベットがたおやかなひだを描く巨大な四柱式のベッドに、壁際に置かれた大型の衣装だんす。ほとんどの家具が艶やかな黒檀かマホガニー製だ。カーブを描くどっしりした脚のついた大きな机が、かろうじて光が差しこむ長細い窓の真正面のスペースを占拠している。

マリアンナは慣れ親しんだバンガローの小さな部屋を思い出し、懐かしさに胸が掻きむしられる気がした。十歳の誕生日に祖母が作ってくれた色とりどりのステンドグラスの窓から、目もくらむほどの日射しが差しこみ、部屋の隅々まで満たしていた。どんなときも心に虹を持つべきだと、祖母は言った。人生の嵐は永遠に続かないことを忘れてはならないと。毎朝あの窮屈な簡易ベッドで目覚めるたび、さまざまな色と光と美しさが目に飛びこんできたものだった。

この部屋を気に入るかですって？　胸が締めつけられて、息さえまともにつけないというのに。このままここにいたら、いまにきっと窒息する。

「マリアンナ？」グレゴーがさりげなく促した。

マリアンナはぐっと唾を呑んだ。「すごく気に入ったわ」言いながら、この部屋のいいところを懸命に見つけようとした。そう、清潔。あのシーストーム号のキャビンと同じように染みひとつない。「できたら、お風呂に入りたいんだけど、ミセス・ジェンソン？」

「承知しました」ミセス・ジェンソンが意気揚々と答えた。「すぐにバスタブを運ばせましょう。それから、ほんとにメアリーには――」

「ジェニー、悪いが下におりて、ウィリアムが坊主を連れてくるのを待っていてやってくれないか？」グレゴーがすばやく口をはさんだ。

ミセス・ジェンソンはうなずき、またしても膝を折ってお辞儀をしてから立ち去った。

「いつもあんなことをするの？」マントの紐《ひも》をほどきながら、マリアンナが訊いた。

「お辞儀のことか？　ジェニーは子供のころから、あらゆる人に対して敬意と服従を示すように訓練されている」

「好きじゃないわ、わたし」

「やめてくれなんて言ったら、彼女のほうが困る。慣れるしかないな」グレゴーはやさしく言い添えた。「そのうち、なにもかも慣れるさ、マリアンナ」

「わかってる……ただわたし……」髪にさっと指を走らせた。「この部屋、ずいぶん暑いんじゃない？」

「そういや、ほっぺたがいい色だ」グレゴーは部屋に足を踏み入れると脇によけ、マリアンナに入るように促した。「この部屋もそれほど捨てたものじゃないぞ。なにか必要なものがあったら、ジョーダンに言えばいい。彼の望みはきみがここで何不自由なく暮らすことだ」

部屋の奥の、オーク材の衣装だんすのほうにうなずいてみせる。「たぶんあのなかに、何枚かガウンが入ってるはずだ。ロンドンから仕立て屋が来るまではそれでなんとかなるだろう」

「仕立て屋？」マリアンナが振り返った。「ガウンを二、三枚用意するぐらい、この村の人でもできるんじゃないの？」

「言ったはずだ。きみの幸せこそジョーダンの幸せだと。彼の経験で言えば、女というものはある程度の優雅さが伴わないと、幸せにはなれないそうだ」

「幸せにしてやれば、そのぶん一生懸命働くだろうってこと？」マリアンナはずかずかと衣装だんすに近づき、扉を開けた。色とりどりのあらゆる素材やデザインのガウンが、あふれんばかりに詰めこまれている。「こんなにたくさん、いったい誰の？」

グレゴーが肩をすくめた。「さあ、ジョーダンも覚えちゃいないだろう。ジョーダンのつきあう女たちは、自分の持ち物にさほどこだわらない連中ばかりだからな。ハウスパーティのあとはいつも、なにかしら忘れ物がある」

その言葉は否応なしに、ひとつのイメージを呼び起こした。しゃれた服を身にまとった大勢の女性たちが、すぐそこの廊下や、入念に手入れを施された芝生の上をあちらこちらと歩きまわる。やわらかな肢体にかぐわしい香水の香り、念入りにカールされた艶やかな髪。なにもかも、たったひとりの男を喜ばせて、虜《とりこ》にするため。

ジョーダン・ドラケン、キャンバロン公爵その人を。

「かまわなければ、そろそろおれは失礼するよ」グレゴーが言って、きびすを返した。「ジョーダンと話をしないとならないもんでね。バスタブと熱い湯を持ってこさせよう」

扉が閉まるや、パニックに近い恐怖が心をわしづかみにした。こんな独房みたいな部屋にひとりでいたくない。

落ち着くのよ。ここは地下牢じゃないし、いまにきっと慣れるとグレゴーも言っていた。

マリアンナはマントを脱ぎ、衣装だんすのなかに吊りさげた。ガウンの山から甘ったるい香水の香りがふわりと運ばれ、思わず鼻に皺を寄せた。染みだらけで皺くしゃのガウンから解放されるのはありがたいにしても、グレゴーが言うところの、ジョーダンの記憶にさえ残っていない女性たちと同じにおいをまとうのは、どうにも納得がいかない。ガウンの山に手を突っこんでぱらぱらと物色し、シンプルなデザインのブルーのシルクのガウンを引っつかむと、それを開き窓まで運んでいった。窓を開け放ち、窓枠の上にガウンを広げて外気にさらす。

少しぐらいの香りなら気にならないはずだった。ふだんなら、そんな些細なことに煩《わずら》わされたりしない。

でも、今日にかぎっては鼻についてしかたがない。

これほど気持ちが落ち着かないのはどうしてだろう。いつの間にか、かつてこのガウンを身につけた女性が乗り移ったかのように、憂鬱《ゆううつ》な気分に陥っている。こんなばかげたことはもううんざり。早くいつもの自分に戻らなくては。

そう、仕事だ。

慣れ親しんだ愛すべき世界に身も心も投じられたら、すぐにも気分が晴れるはず。こんな得体の知れない不安など追い払ってしまえる。そう、いつだって仕事こそ解決策なのだから。

お湯からあがるとブルーのガウンを身につけ、マリアンナはジョーダンを探しに部屋を出た。途中迷子になり、やむなく仕着せ姿のふたりの召使いに方向を尋ねたあげく、ようやく書斎でグレゴーと話をしているジョーダンを見つけた。部屋に入っていくと、ふたりはさっと会話を切りあげた。

「これはこれは」ジョーダンは低く感嘆の声をあげ、彼女の体にすばやく視線を走らせた。「白以外の服を着ているのははじめて見た。ブルーがことのほかよく似合うな」

マリアンナは鼻を鳴らした。「好きで選んだわけじゃないわ。ちゃらちゃらリボンのついた服ばかりで、唯一これだけがましだったのよ。はなから着飾るつもりなんてないんだから。わたしの望みはただ忙しくしていたいだけ」

「どうやらご機嫌ななめのようだな」

「仕事部屋よ」マリアンナが無愛想に言った。「仕事部屋が見たいの」

「なんと、おれとしたことが」パチンと指を鳴らした。「城に到着してから三時間もたったというのに、最大の願いを叶えてやっていないとは。ただちに手配させていただこう」さっさと戸口に向かいながら、グレゴーを振り返った。「夕食で会おう、グレゴー」

グレゴーはためらいを見せた。「おれも一緒に行こうか」

ジョーダンがちらりと横目で見た。「安心しろ。仕事部屋には、われらが懸案事項に必要な家具はなにひとつ置いてない」

「たしか草原地帯の村じゃ、家具など必要としなかったことが幾度もあった気がするが」

マリアンナはじれったそうにグレゴーとジョーダンに交互に目をやった。「なんの話だか知らないけど、家具なんてどうでもいいわよ。必要なものはあとで教えるから。とにかくすぐに仕事部屋が見たいの」

「そうまで言われては、断るわけにはいかない」ジョーダンは書斎をあとにした。「アレックスを頼む、グレゴー。マリアンナはおれがちゃんと面倒を見る」

「ああ、くれぐれもそう願いたいところだ」グレゴーが背中に声をかけた。

ジョーダンの足取りは速く、マリアンナは急ぎ足で追いかけなければならなかった。ロビーを通り、くだんの立派な石造りの階段をのぼる。「どこへ行くの?」

「塔の部屋のひとつが最適じゃないかと思ってね。誰にも邪魔されないし、四方八方から光が差しこむ」二階に達すると、目の前の扉を開け、マリアンナを促してその先に伸びた螺旋《らせん》階段をのぼっていく。「それなら文句はないだろう?」

「見てみなきゃわからない。それに道具も用意してくれるんでしょうね」

「その点についても調べさせた。目下、四人の職人がメドランの大聖堂の窓を製作中だそうでね。使いの者をひとりやって、彼らから手に入れられそうな道具はすべて買ってくるよう命じた。馬で走ればほんの一時間ほどだから、暗くなるまでには戻ってくるだろう」

マリアンナは目を白黒させた。「もうそんな手配を?」

「必要だと言ったのはおまえだろう」

「ほかにも必要なものがあるわ。色を焼きつけるための窯《かま》に、ガラスを作るための吹管と鍋《なべ》」

「ガラスも自分で作るのか?」

「当たり前よ。本物の職人は誰だって、自分なりのガラス製法を持ってるものなの。厚さや配合が少し違うだけで、まるで色が変わってくるんだから」

「すまないな、無知なもので。そのなにやら特殊な品々を用意するには少々時間がかかる。明日でどうだ?」

マリアンナはうなずいた。「とくに大切な仕事をするわけじゃないから、ほかのガラスでなんとか間に合わせておく」

「ほっとしたよ。ひょっとしたら、真夜中におれが自分でメドランまで走らなきゃならないかと思った」扉を開け、なかに入った。「眼鏡にかなってくれるとありがたいんだが」

光！

小ぢんまりした円形の部屋には家具はひとつもないが、そんなことは少しも問題ではなかった。六つの細長い窓から、燦爛《きんらん》たる光が差しこんでくる。ああ、この光こそ……

マリアンナは知らぬ間に部屋の中央に向かって足を踏みだしていた。目を閉じ、顎をあげて、神々しいほどのぬくもりを顔いっぱいに浴びる。キャンバロンに着いてからというもの体の奥にきざしはじめた氷の塊が、じょじょに溶けていく気がした。「ああ、これよ」部屋に満ちる色合いや光輝をイメージしてみる。「なんてすばらしいの」

「すばらしい、か」

奇妙な声の響きに振り返ると、ジョーダンがこちらをじっと見つめていた。

「ダイヤモンドの首飾りをプレゼントしたわけでもないのに」かすれ声で言う。

マリアンナは首を振った。「太陽の光。この地球上でこれほど美しいものはないわ。たとえあなたでも、それをプレゼントするなんて不可能よ」

「でも、おれのおかげで手に入れられた、違うか？」答えを待たずに、近づいてきた。「サウスウィックからの道中でも太陽は燦々と輝いてたのに、おまえはそんな顔を見せなかった。どこが違う？」

「窓よ。わたしの手にかかれば、この部屋は生き返るわ」

ジョーダンはじっと彼女の顔に目を据えた。「むしろ、おまえのほうが生き生きして見える」

たしかにそのとおりだった。全身の血管という血管を血液が駆けめぐり、かつて味わったことないほど活力がみなぎるのを感じた。ジョーダンはほんの二、三フィート先に立っていた。強烈な日射しが彼を包み、容赦なく全身を浮きあがらせている。目の縁の皺や、顎先にできたちょっとしたくぼみ、唇や下顎のラインまでもがはっきり見て取れる。瞳は薄い緑色にきらめき、その奥にはなにかこう……。マリアンナはわれ知らず魅せられたように彼の姿に見入った。そういえばいつだったか、彼をルシフェルのモデルにして、『天国に続く窓』に描こうと考えたこともあった。どうして彼を悪の化身のように思ったりしたのだろう。彼は光を恐れてなどいない。むしろ、その世界に住むべき人間だ。思わず手を伸ばし、両手を彼の体にかざしてみたくなった。日射しを顔に浴びながら彼の体のぬくもりを感じるのは、どんな気分だろう。

そのとき、彼のほうから近づいてくる気配がした。

マリアンナははっと息を詰めて身構えた。ぴくりとも身動きできない。彼の顔から目を離すこともできない。手のひらも、足裏も、胸の先端までもが、どういうわけかちくちくとうずいた。

ジョーダンが足を止めた。「ほかに必要なものは?」声がしゃがれている。

大丈夫、難は去ったらしい。ごくんと唾を呑み、気を取りなおして言った。「蠟燭。たくさんの蠟燭。それに長くて頑丈なテーブル。それとインク壺《つぼ》と大きな紙を何枚か」

「明日の朝までには届けさせよう」

マリアンナはかぶりを振った。「今日お願い。道具は午後遅くまでには届くと言ったはずよ。夜には始めたいの」

ジョーダンは彼女の顔をじっと見つめ、やがて表情を緩めた。「今日だ」戸口へ向かう。

「せめて夕食後まで猶予をくれると助かるんだが」

彼と同じテーブルに座るなんて、考えただけで憂鬱になった。同じ部屋にいるだけでも、耐えられそうにないのに。「お腹は空いてない」

「でも、アレックスはそうはいかないだろう。おまえが一緒なら、彼も安心する。なんといっても、今夜は彼にとってキャンバロンでの最初の夜なんだからな。弟をがっかりさせるもんじゃない」

清澄な日射しのなかに浮かんだものがなんだったにしろ、それは彼の顔から跡形もなく消え、いつもの嘲《あざけ》るような表情に取ってかわっていた。マリアンナはほっとする思いだった。なにもかも自分の思いどおりに動かそうとするジョーダン・ドラケンのほうが、ずっと与《くみ》しやすしというものだ。「考えとく」

彼が立ち去ると、太陽が雲間に隠れてしまったかのように部屋が暗くなった気がした。気のせいよ。あいかわらず陽光は惜しげもなく差しこんでいる。

ふと、吐き気をもよおすほどの甘ったるい香りが、かすかに鼻をかすめた。身につけたガウンから漂ってくる。わずかな残り香さえないことを確かめて部屋を出たというのに、なぜまたいまになって。

これも気のせいだ、きっと。このガウンを着たせいで、かつてこれを身につけた女性がジョーダンと一緒にいたときの気分までが、つかの間乗り移っただけのこと。女らしくて、どこかふわふわして……物欲しげな気分に。
ぶるっと震えがきて、あわてて目を伏せた。
物欲しげな気分？　冗談じゃない。
やっぱり気のせいに決まっている。

5

軍隊さながらの召使いたちの一団が、オーク材の鏡板を張ったダイニングルームをせわしなく動き、かつてのマリアンナの家族なら一年分にでも相当しそうな量の食事を手際よく配ってまわっていた。

ジョーダンは磨きあげられた細長いテーブルの上席に座っていた。薄いグレーと白で決めた気品あふれる姿が、背後の壁に掛けられた、そこはかとなく高貴さを醸しだす時代がかったタペストリーとみごとな対をなしている。

彼はくつろいだ様子でグレゴーと言葉を交わしていた。興奮しきった様子のアレックスのおしゃべりにも辛抱強く耳を貸し、マリアンナに対しても、過剰ともいえるほどの礼儀正しさで接している。

しかしマリアンナのほうはといえば、ジョーダンに視線を投げかけられるたび、塔の部屋での一瞬が思い出されて落ち着かなくなった。

ついに耐えられなくなり、マリアンナは適当な言い訳をして逃げるように退席した。アレックスをベッドに寝かしつけ、おやすみのキスをしてから、追い立てられるように塔の部屋に駆けこんだ。

重たい扉をばたんと後ろ手に閉める。

ここなら安全だ。

多少の寒ささえ我慢すればだけど。塔の外では風がうなりをあげ、開け放たれた窓から部屋に吹きこんでくる。

それもかえって好都合というもの。ひんやりした夜気がほてった頬に心地いい。熱があるのかもしれない。いいえ、まさか。病気なわけないわ。

いまや完璧に家具がしつらえられた部屋をぐるりと見まわした。細長いテーブルに置かれた、黒い鉄製の燭台の蠟燭《ろうそく》に火を灯し、同じくテーブルに重ね置かれた紙の山から、大きめの紙を一枚引きだした。

腰掛けに座ると、さっそくスケッチに取りかかった。

今回のパネルには、それほど思いを込めないようにしなくては。残していっても心が痛まないように。


塔の部屋に明かりが灯っている。

彼女があそこにいる。

そう思うだけで、興奮が稲妻のようにジョーダンの体を突き抜けた。くそっ、女を知ってからというもの、こんな思いにとらわれたのははじめてだ。

「マダム・カラセーズのところへは行かなかったようだな」背後からグレゴーの声がした。

「ああ、行かなかった」ジョーダンは書斎の窓から離れて振り返った。「この先も行くつもりはない」あてこするように付け加えてから、相手の出方をじっと待つ。

が、返答はなかった。

「反論はなしか?」

「おれはおれで、できるだけの手は打った。マリアンナが欲しいのか? それなら奪っちまえ。相手は単なる女だ……まあ、正確にはまだ女とは言えないがな。だが、そんなことはこの際たいした問題じゃない」

ジョーダンはふたたび塔に目を戻した。「お袋がおれを産んだのは、マリアンナよりほんのひとつ年上のときだ」

「なんと、彼女に子供を産ませたいのか?」

「まさか、そんなことは思っちゃいない」ジョーダンは食いしばった歯の隙間から言った。

「おれはただ――」

「自己弁護か。なぜそんなことをする? いつだって好きなときに好きなことをしてきたはずだろう。夕食の席じゃ、さかりのついた雌馬に襲いかかる種馬みたいに、強烈なシグナルを発してた。もっともあの雌馬じゃ、さかりがつくわけがないが」

「そうでもないぞ」ジョーダンがくるりと振り返った。その目が蠟燭の明かりにぎらついて見える。「残念だが、グレゴー、彼女はその気になっている」

「つまりなにか? 彼女が女の性《さが》に目覚めつつあると? だから、破滅に追いやってもかまわないと?」

「おれはなにも――」小さく悪態をつき背を向けると、おもむろに書斎をあとにした。グレゴーもばかなことを言う。マリアンナをベッドに引き入れたとして、どうしてそれが彼女を破滅させることになる？　彼女には金も身よりもない。この先、おれが与えてやる人生よりましな一生を送れる可能性はかぎりなく低い。おれなら必要なものはすべて与えてやれる。どうにか説得してジェダラーを手にしたあかつきには、愛人にしてやればいい。自分の家を持たせ、ありあまるほどの贈り物と気遣いを示してやる。あらゆる点で何不自由のない暮らしを保証してやる。だいいち、経験豊富なこのおれが、相手が発する欲望のシグナルを見落とすものか。

若いとはいえ、マリアンナは今日の午後、あの塔の部屋でたしかにおれを欲していた。

おざなりのノックの音が響いたかと思うと、塔の部屋の扉がさっと開いた。「入ってもかまわないか？」ジョーダンの声だ。

マリアンナはびくっと身構えた。「だめ。ひとりにしておいて……閣下」

「ジョーダンだ」景気のいい音を響かせて、扉を閉めた。「むちゃなことを言うな。時計の針は戻せない。おまえが望んだんだからな」ぶらぶらと近づいてくる。彼女が作業している大きな紙に目を留めた。「なにをしてる？」

「話したところでわかるわけがないわ」一拍置いて、わざと付け加えた。「閣下」

「前にもそう言われた」

最初の晩に落ちこんでいたとき、子供のころの思い出を彼が鮮やかによみがえらせてくれたことを思い出した。急いでそれを振り払う。今夜のところは、あんな甘い記憶に浸っているわけにはいかない。

「おれにだって、それなりの知性はある」例によってとらえどころのない魅力的な笑みがはじけた。「ゆっくりと明瞭に説明してくれたら、理解できると思うんだが、マリアンナ」

彼の舌にかかると、マリアンナという名前も一風変わって聞こえる。どこか謎めいて、それでいてなめらかで、日射しで暖められたガラスみたいに小さく波立っている。彼女はしかたなくペンをホルダーに戻した。「ガラスに取りかかる前に、まずはデザインを考えなきゃならないの」

「それは見ればわかる。どうやら、よほど小さなパネルを作る気らしいな」

「これはまだ、最初のスケッチの段階。おばあちゃんがいつも言ってた。最初のスケッチは心を解き放つためのものだって。二番めのはバランスも寸法も正確じゃないとならない。そのあと薄いカードをスケッチごとに押しつけて、模様に沿ってカットするの。それからカットラインを加える」

「カットライン？」

「ガラスにカットすべき模様をトレースすることよ。だいたいのデザインを見れば、細かい部分ごとのリズムが感じられるわ」

「たしかにリズムは肝心だ」ジョーダンは真顔で応じた。「その点はおれも――」

「邪魔されずに仕事できるって、あなた言ったはずよね」マリアンナは遮《さえぎ》った。「あれこれ訊かれて邪魔されたくないの」

「邪魔しているつもりはない。ただ様子を見にきただけだ」くるりと背を向け、手近な窓に歩み寄った。「地獄みたいな寒さじゃないか。鎧戸《よろいど》を閉めてやろう」

「いいの」

不審顔で、ジョーダンが振り返った。

「寒いのが気に入ってるの。気持ちが張ったままでいられるから」

「目が覚めるってわけか」言いながら、彼女の目の下に幾重にも筋が走っているのを見て取った。「長い一日を過ごしたあとで、何時間もここにこもりっぱなしだ。そろそろ寝たらどうだ？」

「疲れてないわ。あなたこそ、どうぞ眠ったら？」

ジョーダンはぐるっと部屋を見渡した。「ここにはくつろぐための家具がなにもない。大きな椅子とクッションを、明日運ばせよう」

「けっこうよ。ここには仕事をするために来るんだから。サムダの仕事部屋に比べれば、これでもずっと家具が揃ってるほうよ。くつろぐための家具なんて使わないわ」

「おれが使う」ジョーダンは部屋のなかをうろつきまわり、ときおり足を止めては八つあるうちのひとつの窓から外をうかがった。自嘲気味の声音で言い訳する。「こういった簡素な雰囲気は肌に合わなくてね。寒さも居心地の悪さも苦手だ。虫唾《むしず》が走る。言ったはずだ、おれはとことん甘やかされた駄目男だと」

突然マリアンナは、あの教会の床で自分にのしかかり、羽交い締めにしてきたジョーダンの姿を思い出した。たくましくて荒々しく、目の前にいる洗練された男とは似ても似つかない。それにしてもいまの言葉。今回が唯一の訪問ではないことを暗に示した言い方に、みぞおちに一撃を食らったような衝撃を覚えた。「最初から、あなたにはなにも期待してないわよ。あるとすればひとつだけ。わたしをひとりにして」

ジョーダンがちらりと彼女に目をやった。「それはできない。どうやら、ステンドグラスの製作の技というものに心底魅せられてしまったようだ。おまえが説明してくれないなら、自分の目で見て学ぶしかない」

マリアンナは大きくため息を漏らし、テーブルに戻った。「言い争ったところで無駄ってわけね。どうせあなたは、自分以外の人間の要求には、これっぽっちも耳を貸さない傲慢な人間なんだから。立ち去らない気なら、せめて口は閉じていて」

彼の視線を痛いほど意識しつつ、ペンを手に取った。頼むから、部屋を出ていってちょうだい。

彼は出ていかなかった。動きまわる気配はあるものの、どうも戸口のほうではなさそうだ。こうなったら無視する以外にない。目の前の紙にじっと神経を集中させる。

「蠟燭の明かりを受けて、髪が輝いている」

マリアンナはデザインの上端に、バラ飾りを描きはじめた。

「でも、今日の午後の輝きとは比べものにならない。自分は異教徒とは違うと言ったおまえの言葉、嘘じゃないかという気になってきたよ。陽光を燦々と浴びて立っていたおまえの姿、太陽神を崇めるエジプトの女祭司そのものだった。それこそ恍惚《こうこつ》状態だった。色は太陽の光に報いるべきだと言ったおまえの言葉を思い出した」ひと息ついた。「たしかにおまえは太陽の光に報いていたよ、マリアンナ」

ジョーダンの声は部屋の奥の暗闇から届いてきた。肉体を離れた芳醇《ほうじゅん》な響き。温かな息がこちらの体にかかるような気さえする。

「おまえの体に触れたかった。なぜそうしなかったか、わかるか?」

手が震えて思うように動かない。懸命に落ち着かせて、どうにかバラ飾りを仕上げた。

「あれ以上、おまえを夢見心地にさせるわけにはいかなかった」彼はおかしくもなさそうに笑った。「というのは嘘だ。おれの魅力に酔ってくれるというなら、恍惚でも失神でもしてくれてかまわない。ただあの陽光におれが取ってかわりたかった。おまえの体を温め、おれに対して心を開かせたかった」

言ってるそばから、彼が発する熱がこちらまで伝わってくるような気がした。

「チャンスというものは、たとえそれが自分の願ってるものと多少違っていたとしても、手に入れられるときにつかみ取っておかなければならない。あのとき、おまえが差しだしてくれたものをとりあえず受け取っておくべきだった。残りはのちのち寄せ集めていけばいい。部屋を立ち去ってすぐ、後悔したよ。いまでも後悔している」

不覚にもマリアンナは顔をあげた。「なにも差しだしたりしてないわ」

「そうかな」ジョーダンは窓の下の床に腰をおろし、両脚を軽く組んでいた。森のなかで立ち話をしていたときや、今夜テーブルについていたときと同じように、完璧にくつろいでいる。蠟燭のもたらす明かりの輪からはずれているせいで、表情は見えず、こちらを見つめる緑色の瞳だけが暗闇にきらめいている。「よく思い出してみるといい」

冗談じゃない。思い出してたまるものですか。自分でも戸惑うほどに弱さを露呈してしまったあのときのことは、むしろ忘れようとしていたのだから。そう、なんとしても忘れなくては。「どうでもいいけど、仕事の邪魔よ」

「それが狙いだ」

マリアンナはもう一度説得を試みた。「これ以上、ここにいてほしくないの。それから、扉に鍵を取りつけてちょうだい」

「おれは毎日でもここへ来る。それにおれとおまえのあいだには、今後も鍵は必要ない。絶対にだ」

「それなら、無視するだけよ」マリアンナはふてくされた口調で言った。「そこに座ってひとりでぶつぶつしゃべってればいいわ。退屈するに決まってるけど」

「退屈なものか。おまえを見ているだけで楽しい。邪魔はしないと約束するよ。ここに座って、おれはおれで考えごとに集中する」顔をほころばせた。「たまに話をするぐらいはかまわないだろう」

「かまうわよ」

「それは残念だ。しかし、おれのほうは精いっぱい自制して、この程度の要求でよしとしているんだ。これぐらいは認めてくれてもいいだろう。こんなことはおれも望んじゃいなかった。でも、実際に目の前にある。となれば、おたがいに認めるしかない」

「感じてもいないことを認められるわけがないわ」

「いまに……感じる」

マリアンナはテーブルに目を戻し、縁取りのトレースに取りかかった。彼の存在は無視すればいい。彼はここにはいない。仕事こそが唯一、意味のあること。彼なんてここにはいない。

実際は目の前にいた。黙って神経を張りつめ、威圧するような目を向けてくる。

こんなこと、もう耐えられない。

縁取りがにじみ、ぼんやりとかすんだ。

「くそっ、泣くな」ジョーダンがうろたえて言った。「泣くんじゃない！」

涙が頬を伝い落ちた。「蠟燭の煙のせいよ」手の甲で涙を拭う。「それに、あなたには関係ないことじゃない」ペンをインク壺に浸した。「気に入らないなら、出ていってよ」

「ああ、気に入らないとも」ふいにジョーダンは、マリアンナの前の床に膝をついた。彼女の手からペンを奪い、インク壺に投げ入れる。「それに立ち去る気もない。おまえをこんな――」彼女を椅子から立ちあがらせ、自分の前にひざまずかせると、乱暴にその体を揺すった。「泣くなと言っただろ！」

言われたところで涙はとどまるところを知らなかった。かえって次つぎにあふれでてくる。

「わたしがどんな気持ちで――」込みあげる嗚咽《おえつ》に言葉が詰まった。「こんなところ、大嫌い！　だだっぴろくて薄暗くて、そこらじゅうに人がうじゃうじゃしてて」

「頼む、やめてくれ」ジョーダンがとっさに両腕で彼女を掻き抱いた。頭の後ろに手を当て、自分の肩に押しつける。

「離して」

「静かにしろ」

「ここにいたくない。だって……みんながわたしに向かってお辞儀するのよ」

「ひどいことをする。すぐにもやめさせてやる」

「どうせ、わたしのことを笑ってるくせに」

返ってきたのはしゃがれ声だった。「笑うものか。おかしいことなんて少しもない」

彼にしがみついている自分が、怖い夢を見てむしゃぶりついてくるアレックスの姿にだぶって思える。押しのけようとしてみたが、かえってきつく抱きすくめられるだけだった。

「おとなしくしてろ。傷つけるつもりはない」

「嘘よ。母さんを傷つけたあの男たちみたいにするんでしょう」

「あれとは別物だ。おまえだってきっと気に入る。保証するよ、かならず気に入る」ジョーダンはためらいがちに彼女の髪を撫《な》で、すぐにあきらめたように言った。「いや、気に入ったただろうに残念だという話だ」

「気に入るもんですか。それよりなんだかおかしな感じ。体が熱くて……それに……」

「しーっ、黙って。この状況でおまえの感想をあれこれ聞かされるのはいただけない」レースの縁取りのついたハンカチを袖口から取りだし、彼女の頬に軽く押しあてた。「間違っても、おれがどう感じてるかなんて訊いてくれるなよ」

マリアンナはたどたどしく息を吸い、思いきって彼の体を押しやった。「わたしはやらないわ……その、あなたが言う……それを」

「ああ、わかってる」ジョーダンは彼女にハンカチを手渡した。「洟《はな》をかめ」

マリアンナはいかにも上質のリネンの布にじっと目を凝らし、かぶりを振った。

「いいから、かむんだ」ジョーダンが命令した。「これぐらい言うとおりにしてくれ」

いざかんでみると、思いのほか気分がすっきりした。

ジョーダンは立ちあがり、彼女を持ちあげて椅子に座らせてやった。「せいぜいあと一時間ぐらいにするんだな」言い含めて、戸口へ向かう。「明日はゆっくり朝寝坊でもしろ」

彼が立ち去ろうとしている。マリアンナは意外な思いで見守った。「朝寝坊なんてしたことないもの」

「明日はやってみろ。さもないと、おれがベッドに連れ戻してやる」

「そんなこと——」ジョーダンと目が合い、口をつぐんだ。

「そうだ、させるんじゃない。グレゴーに言わせると、おれには綱渡りのようなバランス感覚が必要なんだそうだ。しかし、おまえが同じように用心してくれないと、そいつを習得できるか自信がない。なにせ、それには時間と自制心が必要ときてる」扉を開け放つと、隙間風が吹きこんで蠟燭の明かりが揺らいだ。「時間ならある。だが自制心となると、いかにおれに欠如していることか。グレゴーに訊いてみればわかる」

たしかにいまのジョーダンほど抑制とか自制心という言葉が不似合いな人間はいない。筋肉は張りつめ、蠟燭の明かりを受けて一対の緑の瞳が不敵にぎらついている。「どこへ……どこへ行くつもり？」

「知り合いの女性を訪問しにいってくる。ふたりでなにをするか話してほしいか？」

聞かされるまでもなく想像はついた。ベッドに横たわる彼の姿までもが見えるような気がする。ふだんは束ねた髪もばさりとほどけ、その目は荒々しく——「けっこうよ！」

「どのみち話すつもりはない。後見人の振舞いとしちゃ、いちじるしく逸脱した行為だからな」乱暴に扉を閉めた。「おやすみ、マリアンナ」

グレゴーが厩舎の石壁に寄りかかっていると、ジョーダンが馬にまたがって中庭に姿を現した。

「なにも聞きたくないからな」先手を打って釘を刺す。

グレゴーは無視して言った。「やっぱり、彼女はその気になってなかったというわけか」

「そうだ」ジョーダンは前を見据えたままで答えた。「よりによって、大泣きした」

「そりゃびっくりだ。おまえの手にかかれば、嬉し泣きする女はいても本気で泣く女はいなかったからな」

「それを見たら、なんだか——その気が失せた」仏頂面をグレゴーに向ける。「もう少しで勘ぐるところだったよ。ひょっとしたらおまえが、望みどおりの結果を手にするために、彼女にそれらしき台詞を言わせたんじゃないかとね」

「そんなこと、するまでもない。彼女は彼女のままで充分だ。で、どこへ行く?」

「訊かなくてもわかるだろ」

ジョーダンは馬の腹を蹴《け》り、門を出て疾駆《しっく》していった。

グレゴーはほっとため息を漏らし、塔を見上げた。「間一髪セーフってところだ、マリアンナ」とひとりごちる。長いことジョーダンをそばで見つづけてきたが、ひとりの女に対してあれほど執着を見せるのははじめてだった。たしかに彼は、あらゆる場面で自分のなかの荒々しい天性と折りあいをつけるすべを身につけてきた。とはいえ、アナの息子であることに変わりはない。禁断のにおいは、闇に輝く狼煙《のろし》のようにつねに彼を引きつけてやまない。しかし、今回の禁断の実にかぎっては、彼自身が口にしないと心に決めたのだ。それなら、マリアンナが彼の手から逃れられる可能性もないわけじゃない。あとは時機が訪れるのを待って、見届ければいいということか。

「おや、やけに早いな」マリアンナが階段をおりてくるのを見て、グレゴーが声をかけた。「感心だ」

「そうかしら」朝寝坊をしろと言ったジョーダンの言葉には、どうあっても従うわけにはいかなかった。彼が塔の部屋を去ってから数分もたたないうちに、醜態をさらけだしてしまったことが恥ずかしいやら腹が立つやらで、マリアンナはすっかり打ちのめされた気分になった。「それほど早くないわ。ふだんは夜明け前に起きるんだもの」

「なんと恐ろしい習慣だ。こっちは隙あらば寝坊したいというのに」

「それじゃ、今日はどうしてこんな時間に起きてるの？」ついで、さりげない様子で訊く。「ジョーダンはどこ？」

「彼はいない」詳しく説明したものかどうか思案するように、押し黙った。「マダム・カラセーズのところへ行っている。彼女はまあ、幼馴染みみたいなものだ」

その女性のベッドでひと晩過ごし、いまだに一緒にいるということだ。胸の奥がめらっと熱くなり、うずいた。べつに怒っているわけじゃない、と自分に言い聞かす。そもそも、わたしが怒る理由などひとつもない。

グレゴーが彼女の手を取り、ダイニングルームへ案内した。「そのうちに戻ってくる」

やっぱり怒っているんだ、わたし。ただしそれは、ジョーダンの欲望のはけ口にされた女性があまりに気の毒だというだけのこと。

ジョーダンのことをこれ以上考えるのはやめにしよう。「どうして早起きしたの？」もう一度訊いてみた。

「きみに気分よく過ごしてもらえるよう、ささやかながら相手でもさせてもらおうと思ってね」

その気遣いに心がふっとぬくもる気がした。「居心地はいいわ。それなりだけど」

「おれもここに来たばかりのころは、落ち着かなかった」グレゴーはマリアンナを長テーブルにつかせてから、自分も傍らに腰をおろした。「カザンにはこんな豪奢な建物などないからな。誰もがじつにシンプルに生きている」ため息をついた。「懐かしいよ」

「どうしてここへ？」

「ジョーダンの世話をするためだ」

「護衛として雇われたということ？」

「そうじゃない。ただ自分から来ただけだ」納得しかねるマリアンナの表情を見て、首を振った。「前にも言ったが、カザンのことは話すわけにはいかない。ただひとつ言えるのは、ジョーダンはわれわれカザンの人間の一部だということだ。その彼が腐って朽ち果てつつあるのを黙って見てるわけにはいかない。そこで、彼の面倒を見にきたわけだ」

マリアンナは手元の皿に目を落とした。「彼は自分の面倒ぐらい自分で見られる人間だと思うけど」

グレゴーがおおいに笑った。「たしかにそのとおり。当時もそうだったよ。まだ十九だというのに、三十過ぎた親父みたいに世をすねた雰囲気を漂わせていた。誰もが、まるで全世界が彼を楽しませるためだけに創られてるような接し方をしていた。それを見て、なるほどなと思ったね。あれほど甘やかされて育った少年にはお目にかかったことがない」渋面を作った。「そのうえ、ひどい短気ときた。たがいに折りあいがつくまでに、何度ぶつかったことか」

「折りあいって、どっちが折れたの？」

「もちろん、やつに決まってる」グレゴーが驚いてみせた。「ほかにありえないだろう。ジョーダンは自制ってものを学ばなけりゃならなかった。さもないと、永遠に我慢のならない腐れ男のままだった」

いまだって、充分に我慢のならない男だ。「そんな話、聞いてるだけでうんざりする。あなたがどうしてとどまったのか、理解できないわ」

「そう悪いことばかりじゃなかったさ。ジョーダンはあれでなかなか口がうまくてね。つい甘言に釣られてその気になる」

「それでなにもかも帳消しになった？」

グレゴーはうなずいた。「まわりの人間に作りあげられた自分じゃなくて、本当の自分に戻ったときには、ジョーダンはじつに思いやりあふれる少年の一面を見せた」マリアンナの前に置かれたカップのほうを顎でしゃくった。「今朝は朝食抜きでと願いたいところだが、そうもいかない。栄養は取らないとな。飲み物を用意させた。チョコレートだ」

「チョコレート?」マリアンナはカップに手を伸ばした。「飲んだことがないの。父さんがあまりのおいしさにびっくりしてたことはあったけど」

「まさに楽園の飲み物だよ」

マリアンナはこわごわとカップに口をつけてから、思いきってごくんと飲んだ。「おいしい」

「おれも気に入ってる」グレゴーはいっきに飲み干すと、召使いを呼び寄せてふたたびなみなみと注がせた。「邪悪なこの色。それに、変わっているところがおれの趣味に合ってる」

「それなら、ジョーダンのことが好きでも不思議じゃないわね」マリアンナが冷めた口調で言った。「彼は両方あてはまるもの」

「彼のこと、まだ怒っているのか? ことときみに関しちゃ、ジョーダンにしてはめずらしく善良な振舞いをしてるんだがな」チョコレートを口元に運んだ。「だが、きみのほうでも彼に協力してやってくれないと困る」

「冗談でしょ、彼に協力するなんて。わたしがここにいるのは、仕事とアレックスの世話をするためよ」

「それが彼の助けになる。彼と顔を合わせる時間が少なければ少ないほどいい」グレゴーはいっとき口をつぐんだ。「それから、彼の目に触れるときには挑発的な態度は慎むんだ。アレックスのように、ひたすら無邪気な子供を装う」

「装うなんて、わたしには無理よ」

「そのほうが、きみにとっても楽なんだが」彼女の表情を目にし、気落ちしたようにため息をついた。「まあいい。それなら好きにやればいい。おれが体を張って守ってやればいいことだ」

「それはどうも」マリアンナは彼の大きな手を軽く叩いた。「ほんとは守ってもらう必要なんてないけど。あなたって親切で心の広い人なのね」

「きみのことを気に入ってる。もっとも、そうじゃなくても、同じことをするだろう。これはおれの義務なんだ。放っておけば、ジョーダンにとってもよくない事態を招く」グレゴーはカップのなかにじっと見入った。「おれは彼の体だけじゃなく、魂をも守るために送りこまれたんだ」

「体を守ることに集中したほうがいいと思うけど」マリアンナが辛辣《しんらつ》に言う。「彼のなかの魂らしきものには、一度もお目にかかったことがないもの」

「おれはある」グレゴーが静かに言った。「子供の死に直面して涙を流したところを見たことがあるし、大草原のまっただなかで、怪我を負った男を担いで二〇マイルもの距離を歩いたときも一緒にいた。心がひどく傷ついていてもだえ苦しんでいるところだって見た。何日間もひと言も口をきかなかったよ。決して表に出すことはないが、たしかに彼のなかに魂は存在する」ふと頬を緩めた。「そしてわれわれふたりは、彼がみずから許されざる行為をすることでその魂を損なうことのないよう、協力する必要がある。さあ、チョコレートを飲んでしまえ」

マリアンナはおとなしく飲み干すと、カップをテーブルに戻した。

グレゴーは手を伸ばし、ナプキンで彼女の口をやさしく拭ってやった。「楽園はときに、その喜びを味わうものに印を残す」そう言って立ちあがる。「さあ、厩舎に行くぞ」

マリアンナはかぶりを振った。「仕事部屋に行かなきゃ」

「今日はだめだ。今日はアレックスとふたりで乗馬のレッスンを受けてもらう。腹をいっぱいにしちゃ困ると言ったのはそのためだ」

マリアンナは額に皺《しわ》を寄せた。「別の日にやればいいでしょ」

「今日だ。それから明日はダンスのレッスン、明後日はアレックスと一緒に司祭から勉強を教わる」

「いやよ、そんなの」

「いいから、やるんだ。ジョーダンの目からも逃れられる」

マリアンナは口を尖らせた。「ジョーダンから隠れまわるなんてまっぴらよ。たとえそれが彼の崇高な魂を救うためでもね。彼の目から逃れさせたいなら、仕事をさせて」

「仕事を取りあげるつもりはない。明日は夜明けから昼までたっぷり仕事をしたらいい。午前中のほうが光の加減もいいだろう」にこやかに微笑んだ。「そうすりゃ、午後はずっと暇になる」

「ダンスのレッスンなんて必要ない。父さんが言ってたもの。父さんが教えてくれたことは、たいていの紳士が受ける教育よりも――」

「そういうことなら、司祭はさぞかし感心するだろうさ」グレゴーは彼女を戸口のほうへ促した。「でも、乗馬の練習が必要なことは認めざるをえないだろう？」

「そりゃそうだけど——」彼と目が合い、しかたなく引きさがった。なるほど納得だ。乱暴者の放蕩息子、すなわち若き日のジョーダン・ドラケンを最終的には押さえつけてしまったというのもうなずける。グレゴーの表情はあくまで穏やかだけれど、なにものをも寄せつけない容赦のなさがうかがえる。マリアンナはか弱い声で訴えた。「わたしには仕事が必要なの」

「レッスンのあとだ」さらに付け加える。「それに、熱い湯に浸かったあとだ。最初のうちはあちこち傷もできるだろうからな。さてと、まずは適当な乗馬服を用意しなけりゃ。たぶん衣装だんすのなかになにかあるはず……」

「閣下がお目にかかりたいそうです、お嬢さま」一陣の風が塔の部屋に吹きこみ、ミセス・ジェンソンはぶるっと体を震わせた。「中庭にいらっしゃるようにとのことです」

マリアンナは全身の筋肉がこわばるのを感じた。さりげなく手元のスケッチに目を落とす。

「いまは忙しいと伝えて」

その答えは明らかに、ミセス・ジェンソンには信じがたいものだったようだ。「閣下がすぐに、とおっしゃっているのですよ、お嬢さま。お出かけになる前にひと言お別れをおっしゃりたいとかで」

マリアンナの顔がつと持ちあがった。「出かける？　どこかへ行くの？」

「ロンドンだとうかがってます」ふたたび身震いすると、ショールをきつく体に巻きつけた。

「鎧戸を閉めたほうがよろしいと思いますよ。こんなに寒くて、風邪でもひいたらどうします?」

「いいのよ、これで」マリアンナはうわの空で答えた。ジョーダンが出かける。この一週間というもの、徹底して彼を避けてきたけれど、その必要も、もうなくなる? ほっとしていいはずなのに、少しも気持ちが浮き立たないのはどうしてだろう。「グレゴーも一緒に?」

「さあ、それはどうですか」ミセス・ジェンソンはいよいよ咎《とが》めるような口調になった。「閣下をお待たせしているんですよ」

そう、そんなことはあってはならないことだ。ミセス・ジェンソンにとってジョーダンの言葉はまさに神のお告げ、すべては彼の命じるままに正確に達成されなくてはならない。彼女だけではなかった。キャンバロンに住む誰もがジョーダンに並々ならぬ愛情を示し、それはもう、媚びへつらいといってもいいほどの域に達していた。グレゴーから聞いた若かりしころの公爵の性格を思い出すにつけ、その事実はどうにも理解しがたく思えた。

マリアンナはインク壺にペンを戻し、立ちあがった。「そうよね。一分だろうが閣下を待たせるなんて、とんでもないことだわ」

ミセス・ジェンソンはにっこりとし、お辞儀をしかけた。途中ではっと動きを止め、とんだ失敗をしでかしたとばかりに眉をひそめた。「申し訳ございません、お嬢さま。ばかな年寄りだとお思いでしょう」

塔の部屋で迎えたあの夜以降、ジョーダンが彼女に言い含めたのは間違いない。生まれてこのかた染みついてきた習慣を改めようとまでするのだから。二回に一回は失敗する彼女を見て、衝動に駆られたとはいえ、あんなことをジョーダンの前で口走ったことが申し訳なく思えてくる。ついため息が漏れた。「気にしなくていいのよ、ミセス・ジェンソン。あなたの好きにやってくれてかまわないから」

「そうはいきません。閣下のご機嫌を損ねることになります」

「閣下にはわたしから話しておくわ」マリアンナは戸口へ向かって歩いた。「こういう挨拶に慣れていなかっただけなの。でもいまはもうだいぶ慣れたし」

それは嘘だった。居心地の悪さは到着したころからほとんど解消していない。アレックスのようにはなれそうになかった。弟はといえばじつに鮮やかに適応してみせ、顔を合わせるたびにますます輝きを増している。無理もないだろう。なにもかも失ったあげくにキャンバロンに連れてこられたら、そこには彼を甘やかしたり楽しませようとうずうずしている召使いがわんさといて、王子さえ羨むような遊び場もある。ここにいるあいだにちやほやされすぎて鼻持ちならない人間にならないか、そっちのほうが心配になるほどだ。なぜなら、ここを去ったら最後、わたしが用意してあげられるのはせいぜい狩場番人のバンガローがいいところなのだから。

ジョーダンは、美しい二頭の鹿毛《かげ》につながれた四輪馬車の傍らに立って待っていた。「ずいぶん時間がかかったな」厩舎係の少年を手招きして馬を預けると、マリアンナの腕を取った。「少し歩こう」

とっさに身構えた彼女を見て、せせら笑う。「怖がることはない。さすがのおれも、こんな中庭の真ん中で、しかもこれだけ大勢の人間の前で襲いかかったりはしない」彼女を引っぱるようにして、中庭の真ん中にある噴水に向かって歩いた。

「怖がってなんかいないわ。触られるのが好きじゃないだけ」

「年若い生娘にしては、あっぱれな態度だが」とジョーダン。「おれが後見人でなければ、異論のひとつも唱えたところだぞ。たぶんおまえは触られることが好きなはずだ。おれの目はごまかせない」振りほどこうとするマリアンナの腕をぎゅっと握った。「もっとも、いまのところは後見人の役割に甘んじようと決めたわけだから、そんなことは口が裂けても言わないが」

マリアンナは鼻を鳴らした。

ジョーダンがにやりとした。「じつを言うと、決して上品とは言いがたいその音を聞けないと妙に寂しくてな。ロンドンの女性たちなら卒倒するところ――」

「ロンドンの女性がなにをしようが知ったことじゃないわ。グレゴーが言ってたけど、彼女たちのやることって、せいぜいがティーカップに絵を描くか、どんなガウンを着るかで頭を悩ませるぐらいなんでしょう」

「いや、浅い水辺に繰りだすぐらいのことならたまにはやる」

「マダム・カラセーズみたいに?」しまった。こんなことを言うつもりじゃなかったのに。

彼の笑みが消えた。「グレゴーのやつ、分別に欠ける男だ」

「彼はただ……」マリアンナは何食わぬ顔で肩をすくめた。「二日間、彼女のところにいたんでしょ」

「ローラは寂しい女性でね。結婚してわずか三年で未亡人になった。話し相手が欲しいんだ」

「言い訳する必要はないわよ。父さんが言ってたもの。イギリスの紳士が愛人を持つのは当然なんだって」

ジョーダンの口元が引き締まった。「おまえの父親もグレゴーに劣らず分別に欠ける」

「言論と精神はつねに自由であるべきというのが、彼の信念だったの。それに、他人の考えにあれこれ口出しするなってこともね」

「なるほど。おまえから詩人だったと聞かされてなくても、その哲学的な一節でそれと想像つくところだったよ。それで、おまえも信じてるのか、精神は自由であるべきだと？」

「もちろんよ。あなたはどう？」

「おれの信念は場合によると、おまえにとって危険なものになるかもしれない。ローラは愛人なんかじゃない。おたがいに楽しんでいるだけの仲だ」そこでひと息ついた。「愛人の身分についてなら、あとで説明してやろう」

空気がにわかに重苦しくなり、息をするのさえままならない。「愛人だかなんだか知らないけど、そんなもの、わたしはちっとも興味――」

「けっこう。おれもこれ以上話をするつもりはない」ジョーダンは噴水の縁にもたれかかった。「年端も行かぬ生娘に聞かせるような話じゃ――」

「その呼び方はやめて！」

「つねに自分に言い聞かせておかなきゃならないものでね。そのうちグレゴーから聞くだろうが、おれは自分に都合がいいことにかけては、すこぶる記憶力が悪い」噴水の水を見下ろした。「もっとも、今回の場合はそれほど都合がいいというわけじゃない。おまえが生娘だろうがそうでなかろうが、どうでもいいことだ。未知の喜びを教えることに多少興味をそそられはするが」

マリアンナの頬が熱を帯びた。「わたしにお別れを言いたいんだって、ミセス・ジェンソンから聞いたわ。それじゃ、さよなら、閣下」

「ほかにも少し話したいことがあった」ジョーダンが水面から目をあげた。「おまえが欲しい」

剣でひと突きされたような衝撃だった。まさかこんなあからさまな言葉を耳にするなんて。

「欲望のはけ口が欲しいなら、ミセス・カラセーズのところへ行けばいいわ」

「ああ、そうしたいさ。女ならほかにもたくさんいる。できることなら、いつの日か敵にまわることになるかもしれない生意気で強情な小娘相手に、こんな情熱を抱きたくはない。これが一時的な気の迷いであってほしいとも願ってる」ジョーダンはマリアンナの目をじっとのぞきこんだ。「今回のことについては、おれなりに正直になろうとしている。だからこの言葉を信用してもらってかまわない」いっとき黙りこくった。「おれは……おまえのことが好きだし……ある意味買ってもいる。だからその、時間をかければ、友だちになるのも不可能じゃないと思う」

マリアンナは呆気に取られて彼を見つめた。

「いいか？　シーストーム号で、おまえがおれのベッドに引きずりこまれずにすんだのはなぜだと思う？　おまえがおれを縛りつけて身動きできなくしたからだ。塔の部屋でも同じだ」

「そんなことしてない」

「おれを縛りつけた」ジョーダンは絞りだすように言った。「それが気に入らない」深くため息をついたかと思うと、一転、いつもの嘲るような表情に戻った。「だが、それも受け入れたよ。そしていま、新たな展開を生みだそうと躍起になっている」

「新たな展開って？」

「ふたりが友だちになる」

マリアンナは狂人でも見るような目つきで首を振った。

「何度でも言うさ。友だちになるんだ」

まじめくさったその口調に、マリアンナはつい顔をほころばせた。「さもないと、わたしの首をはねる？」

「おれの選択肢にそれはない」ジョーダンは背を向け、四輪馬車に向かって大股で戻っていった。「言いたかったのはそれだけだ。おれがロンドンから戻るまでに、じっくり考えておいてくれ」

マリアンナは彼の後ろを歩きながら、まっすぐに伸びたその背筋をぼんやり眺めた。「いつ戻ってくるの？」

「二週間後だ」

「そんなに長く猶予をくれるなんて親切なこと。あなたの忍耐力には、ほとほと頭がさがるわ」嫌味たらしく言う。

「おれは忍耐強いなどと言った覚えはないぞ。むしろ、なにごともすぐにやらないと気がすまないほうでね」ジョーダンは馬車に乗りこみ、手綱を手に取った。「留守のあいだ、退屈するようなことはまずないだろうが、グレゴーは置いていくよ。楽しませてもらうといい」

マリアンナは安堵《あんど》の色を慎重に押し隠した。「楽しませてくれるの？　それとも見張るの？」

「おまえが逃げだすとは思ってない。当面は、失うものが多すぎるだろう。金はない。おまえがモンタヴィアで直面したような状況に、アレックスを放りこむわけにもいかない。言っておくが、イングランドは貧しい者にはときとして残酷だぞ」

「ここにいるのは、いたいと思うあいだだけよ」

「それじゃ、ぜひともいたいと思わせないとな。たがいの目的が達成されるまでは」

ジェダラーのことだ。

ジョーダンは彼女の目を見据え、うなずいた。「いまに、おれに渡してもいいという気になる。一緒に働けばいい。そのほうが、おまえにとってもずっと楽だ」

「冗談じゃないわ。そういうことは、おたがいの目的が一致してる場合に言うことでしょ」

マリアンナは階段をのぼりはじめた。「せいぜい楽しい旅をどうぞ」

「そうそう、今日の午後、おまえ専任の付き添いの婦人がやってくる」彼の声が背中で言った。

驚いて振り返った。「付き添いって？」

「グレゴーから、おまえの世話を専門でする人間を雇ったほうがいいと提案があってね。だが、おれとしちゃ、おまえとのあいだにはもっと堅固な壁が必要だと考えた」しかめ面をする。「相手を怖じ気づかせるほど迫力のある人間といったら、いとこのドロシーしか思い浮かばない。で、彼女を呼び寄せたわけだ」

「付き添いなんてけっこうよ。あんなに大勢人がいて、まだ足りないっていうの?」

「まあ、彼女が到着してみればわかる」ぱちんと手綱を鳴らすや、馬は勢いよく駆けだした。

「それじゃ、ごきげんよう」

「いとこのドロシー?」折よくグレゴーが階段をおりてきた。「彼女がどうしたって?」

マリアンナは門を走り抜けていくジョーダンの姿を見送った。「わたしの付き添いとして、ここにやってくるの。彼が呼び寄せたんですって。ドロシーって誰?」

「ドーチェスターに住むレディ・ドロシー・キンマー、正確にはジョーダンの又いとこだ」

突然、グレゴーの顔が輝いた。「なるほど、それはいい。ジョーダンは長年、彼女のことを苦手にしてるからな」

「いいわけないわ。付き添いなんて必要ない。どうして誰も耳を貸してくれないの? わたしは仕事さえできればいいのよ」

「きみほど付き添いを必要としてる人間はいないね。それにドロシーなら、まさに適役だ」グレゴーは彼女の肩を叩いた。「心配するな。きみなら彼女のことを気に入るよ。コブラみたいな毒のある舌を持っているが、気持ちは悪くない。それに女性のわりには恐ろしく博学だ。たしかみんなからなんとかって呼ばれてたが……」額に皺を走らせ、言葉を探す。「そう、インテリ女だ」

「どう呼ばれていようが関係ないわ。彼女が来たら、すぐに帰ってもらって」

グレゴーはかぶりを振った。「もしそうしたいなら、自分でやることだな」にたっと歯を剝く。「おれはここで高みの見物とさせてもらうよ。こんなおもしろそうなこと、見逃すわけにはいかない」

6

「彼女はどこ?」グレゴーの女性版とでもいうような声が、ロビーの丸天井に反響して轟《とどろ》いた。「彼女に会わせてちょうだい」

「いとこのドロシーだ」グレゴーがつぶやき、先に立って書斎を出ていくようマリアンナに身振りする。「急げ。彼女を追い返すんだろう?」

ロビーの真ん中に立ちつくす大柄の女性は、おそらく三十近いだろう。六フィートを超える長身からは恐ろしく勇ましい雰囲気がにじみでていた。いかにも今風の紫のシルクのガウンが、色白の肌と茶色がかった赤い髪をみごとに引き立てている。揃いの紫の花飾りのついた小ぶりの帽子が、広い額の上にちょこんと乗っかり、後ろで束ねた髪の異様なほどの多さをうまく隠しているというよりは、かえって目立たせていた。端正な顔立ちという言葉はあてはまりそうにないが、きらめく茶色い瞳は生気に満ちあふれ、背筋をきりりと伸ばした姿勢はじつに堂々としている。グレゴーとマリアンナがロビーに現れると、さっと振り返った。

「ごきげんよう、グレゴー」マリアンナに目を移す。「こちらがその娘ね?」

「マリアンナ・サンダースと申します、奥さま」

「なるほど、ジョーダンがわざわざあたくしを呼び寄せたのもうなずけるわね」頭の先からつま先までマリアンナの体を容赦なく眺めつくす。「美しい娘ね。歳はいくつ?」

「十六だ」グレゴーが答えた。

「それで、彼の保護を受けるようになってからどれぐらい?」

「キャンバロンでは一週間」

「その前は?」

「モンタヴィアから連れてきた」

ドロシー・キンマーは不満げにうめき声を漏らした。「それでこのあたくしになんとかしろと? これじゃ、噂《うわさ》にならないほうがおかしいものね」

「彼はあなたを全面的に信頼している」

マリアンナは自分の頭の上で交わされる会話に、しだいに腹が立ってきた。「わたしには付き添いなど必要ありません。わざわざいらしてくださったことには感謝しますけど、このままお引き取り――」

「お黙りなさい」ドロシーは下唇を嚙《か》んだ。「不可能じゃないわ。でもありったけの知力を総動員することになりそうね」

「黙りません」マリアンナが食いさがった。こんな茶番劇はもうたくさん。懸命につま先立ちしてみせるものの、女巨人に比べたら惨めなほどの背の低さだ。「それに、その言い方は失礼というものだわ。あなたは必要ないし、お世話をしてもらうつもりもありません。ではごきげんよう」くるっときびすを返すと、足早に階段をのぼった。グレゴーのくすくす笑いが背中で聞こえ、呆気に取られたドロシーの鋭い視線がいつまでも背中を追いかけてくる。

塔の部屋に飛びこみ、ばたんと扉を閉める。急いでテーブルに駆け寄った。たちまち安らかな空気が心に染みわたり、猛り狂っていたはずの怒りもすっと鎮まった。これこそがわたしの世界。ここなら安全だ。誰だろうがこれを奪わせてたまるものですか。このあいだはグレゴーがつまらないレッスンを押しつけてきたかと思ったら、今度はあの雌ドラゴンみたいな女性だ。まるで煙突掃除で見落とされた埃《ほこり》の塊でも見るように、人のことを見下して……

「あなたにはあたくしが必要よ」

はっと体をこわばらせ、戸口に目をやった。ドロシー・キンマーが部屋に入り、扉を閉めた。がらんとした塔の部屋をすばやく見まわす。「いい部屋ね」

マリアンナは驚いて彼女を見つめた。

「そう思わない？」

「思いますけど、みんなは味も素っ気もない部屋だって」

「詩神におりてきてもらいたいと願うときは、居心地のよさなんて必要ないわ。あたくしもドーチェスターの家にこれと同じような部屋を持ってるの。そこで書き物をしているわ」ドロシーは微笑んだ。「ただし、あたくしの部屋のほうがずっと暖かいわね」

彼女の笑みは意外なほど美しかった。剛胆な印象の顔つきを輝かせ、一瞬にして人なつこい表情に変える。マリアンナもつられて口元を緩めた。「わたしも厚着をしてます、じつは。文章を書かれているんですか？」

「何冊か本を書いたわ。われらが社会における女性の自由の欠如についてね」誇らしげに付け加える。「メアリ・ウルストンクラフトが直筆のお手紙で、初期の作品を褒めてくださったこともあるのよ」

そのメアリ・ウルストンクラフトとやらのことは、知っていて当然ということらしい。

「素敵ですね」

ドロシーはあらためて部屋のなかを見まわした。「あまり仕事のほうは進んでいないみたいね」

「いろいろと邪魔が入るものですから。できるだけ避けようとはしているんですけど」

あからさまなあてこすりをドロシーは無視した。「ステンドグラスの腕前はどの程度のものなの？」

「得意です、すごく。これからもっとうまくなるつもりです」

このときばかりはドロシーの笑顔がはじけ、整った大きな前歯までがあらわになった。

「どうやらあなた、うつむいてつまらない謙遜《けんそん》を言うようなタイプじゃないみたいね。たしかに女性は自信を持つべきだわ。言いたいことがあったら、言うべきなのよ。あなたのお父さまも作家だったとグレゴーから聞いたけど？」

「父は詩人でした」

「ああ、そうだったわね。あたくしはめったに詩は読まないんだけど」言いながら、テーブルに近づいてくる。「彼の名前は聞いたことがないわ」

「詩人といっても、五年前に一篇、発表したきりですから。『秋の日に寄せる歌』というタイトルで、すばらしい詩でした」

ドロシーが探るように彼女の顔をうかがった。「それ、本心かしら？」

あろうことか、マリアンナは考える間もなく事実を口にしていた。「いいえ、父は詩人としてはぱっとしませんでした。人間的にはすばらしい人でしたが」

「それであなたは嘘をついてお父さまの詩を褒め、彼を幸せな気分にしてあげた」ドロシーの口の両端が持ちあがった。「つまり、圧制者の言いなりになって言うべきことも言えなかったと」

「父は人を無理やり抑えつけるような人じゃありませんでした。それに自分の愛する人を幸せにしてあげることが悪いことだとは思いません」なりゆきとはいえ、愛する父親を弁護している自分にうんざりしてきた。「そろそろお引き取り願えますか、奥さま?」

「ドロシーでけっこう」面倒くさそうに手を振ってみせる。「怒らせてしまったみたいね。あたくしってこういう人間なのよ、いまにわかるでしょうけど。言葉の加減というものができないのね」再度、仕事部屋を眺めまわした。「思っていたよりうまくやっていけそうだわ。どうやらあなたは、めそめそした覇気《はき》のない娘とは違うみたいだし。じつを言うとね、ひと言痛烈な嫌がらせを言おうものなら、卒倒するんじゃないかと想像してたの」そう言って顔をしかめる。「そういうばかな娘には我慢ならない」

「ドーチェスターにいらっしゃれば、我慢しなきゃならないことなんてひとつもないでしょうに」マリアンナは間を置いて、もう一度言った。「あなたにここにいていただく必要はないんです」

「グレゴーはそうは思ってないわ。それにジョーダンだって、よほどの理由がないかぎり、あたくしを呼び寄せたりしないはずよ」ドロシーの目が狭まり、マリアンナの顔にじっと据えられた。「あなた、彼に言い寄られたわね？」

あまりにあけすけな言い方に、マリアンナは顔を真っ赤にするしかなかった。

「答えなくてけっこう、顔を見ればわかるわ。それにしてもめずらしいこと。ジョーダンはいつもなら決して若い娘は相手にしないはずだけれど」ドロシーは皮肉っぽい笑みを浮かべた。「もっとも、そのあなたを自分の手から遠ざけたいというんだから、もっと驚きだわね」

窓際に歩み寄り、彼方に見える丘陵地帯を眺めやった。「あなたなら、どうにか上流社会に受け入れられるようにしてあげられるかもしれないわね。だけど――」

「受け入れてもらわなくてけっこうです。わたしは放っておいてほしいだけですから」

「弟さんはどうなの？　子供というのはときに恐ろしく残酷になるし、親の振舞いを真似るものよ。村の子供たちから石を投げられたり淫らな言葉を投げつけられてもかまわないというの？　あなたが情婦だという噂が流れたら、そういうことにもなりかねないわ」

「やめて！」

「それなら、そんな噂が流れないようにすることね」

たしかグレゴーも同じ理屈を並べていた。反駁《はんばく》の余地のない言い分だ。「あなたがいるだけで、そういう事態を防げると？」

「それほど簡単にはいかないでしょう。でも、まあ、あたくしにはある種の威厳というものが備わっているみたいだから、怖がりの人には効果を発揮するかもしれないわね」

怖がりじゃなくたって、彼女を前にしたらたじろがざるをえない。

「それに、恥知らずで噂好きの父親のおかげで、上流階級のほぼすべての人間のスキャンダラスな秘密を握っているのよ」

「そんなことがなにかの役に立つんですか?」

ドロシーの眉が引きあがった。「はじめて子供らしいうぶさを見せたわね。うっかりしてると、ついあなたの歳を忘れちゃうところよ。それがあなたの武器ね」彼女がしゃんと背筋を伸ばすと、圧倒するような風格を否応にも意識させられる。「さてと、それじゃ、話をまとめましょうか。社交界の人間ともあなたともよけいな摩擦は避けたいの。協力してくれる気はあるの?」

アレックスを守らなければならないというのに、ほかにどうすることができるだろう。キャンバロンでの生活はますますややこしくなってきた。「納得のいく範囲のことなら」と答えてから、急いで言い添える。「それから、仕事の邪魔にならないということなら」

「いいわ。それでいきましょ」ドロシーは眉間に皺を寄せた。「なにかうまい話を考えないとね」

「作り話を? そんなグレゴーみたいなこと」

「たしかにグレゴーの話はみごとだったけれど、今回はさらに慎重にやらないと。そうね、あなたは十五歳ということにしましょ、十六じゃなくて。たった一歳のことだけど、ジョーダンの少女嫌いはつとに知れわたっているから、多少なりとも効果はあるでしょう。それから、勉強と趣味にしか興味のない堅物の文学少女ってことにするの」

「ガラスの作業は趣味じゃありません」

「いまはそういうことにしておくの。職人なんて上流社会に受け入れられるはずがないんだから」

「それならなおのこと、わざわざ彼女たちの仲間に入れてもらわなくてけっこうだわ」

「弟さんはどうするの」ドロシーがくり返した。「こんなばかげたこと、必要がなくなったら即刻やめますから」

マリアンナはぎゅっとペンを握りしめた。

「心配しなくていいわ。あなたがそんなに長くもつとは期待していませんから。そのうちなにもかもぶちこわしてくれるでしょう」ドロシーは顔をしかめた。「それから、ジョーダンがいるときには、かならずいつも誰かゲストを招待しておくこと。間違っても、彼とふたりきりになってはだめよ」

「何百人も使用人がいるし、グレゴーだっているのに、ふたりきりになんてほとんど――」

「それとは別の次元の話よ」いらいらと口をはさむ。「それから彼にはあたくしから言い聞かせておくわ。おおやけの場ではあなたに対して、娘に甘い父親のような態度で臨むようにと。周囲があきれるぐらい大げさにやってもらわないと」うんざりしたように首を振った。

「まったくばかげてるったらないわね。ほかの人間ならいざ知らず、ダイヤモンド公爵相手じゃ、誰もこんなこと信じやしない」

「ダイヤモンド公爵?」

「ジョーダンの称号のひとつよ。ただし生得権として登録されたものじゃなくて、彼が自分で獲得したものだけど」マリアンナが興味を示したのを見て、先を続けた。「彼は十六で大学を辞めてからというもの、このキャンバロンだけでなく、社交界じゅうの人気者になったの。二十一になるまでは父親の遺産を受け継ぐわけにはいかなかったけれど、ほかにいくらでも使える遺産を相続したということよ。ほどなく女たらしとギャンブラーとしての才能を開花させて、考えつくだけの悪業にとことん手を染めた」

ジョーダンの口から直接聞いた話と同じだ。「それでダイヤモンドって――」

「ジョーダンが相続した遺産のなかに、アフリカのダイヤモンド鉱山があったの。彼はつねにいくつものポーチのなかにダイヤモンドを忍ばせていた。遊び相手のくだらない女たちに配ってまわるためにね」

〝ダイヤモンドはどうだ？　女はすべからくきらきら光るものが好きだ〟たしかジョーダンはそう言った。

経験から口をついた言葉だとわかってはいたものの、実際に目の前に突きつけられると奇妙に胸の奥がうずいた。「彼女たちにダイヤモンドをプレゼントしたと？」

はじめてドロシーの顔に煮えきらない表情が浮かんだ。「さあ、それはどうか……わからないけれど。でも、ダイヤモンドの話題になるとあちこちで忍び笑いが生じたのはたしかよ」話題を打ちきるそぶりを見せる。「とにかく、何年ものあいだ彼は、間違いなくどうしようもない悪党だったの」

「グレゴーが現れるまで？」

「それからも二、三年は変わらなかったわ。ジョーダンを手なずけるのは簡単じゃないから。落ち着きはじめたのは、ナポレオンの存在が鼻につくようになってからね」ドロシーは片手を挙げた。「もっとも、ナポレオンがなにをしたのか、あたくしは知りはしないけれど。チビのコルシカ人のことになどこれっぽっちも興味がないの。権力の侵害ならそこらじゅうに転がっていて、わざわざ海峡を越えて探しにいくほどのこともないわ。でもまあ、ありがたいことに最近のジョーダンは彼のことで頭がいっぱいのようだから、キャンバロンを留守にすることが多くなりそうね」

「よかった」

「それなら笑いなさい。あなたはまじめすぎるわ。真剣になるのは、人生を左右するような重大な事柄にでくわしたときだけでいいの。それでなくても、落ちこむようなことばかりなんだから」ドロシーは戸口に向かいかけた。「それじゃ、あたくしは荷物をほどいて御者をドーチェスターに送り返してくるわ。あなたの部屋はどこ?」

「青の部屋です」

「まあ、とんでもないこと。ジョーダンの恋人たちにはあの部屋はぴったりでしょうけど。どうせ昼も夜もわからない人たちなんだから。でもあなたはあそこじゃ、息もできないでしょう。どうりで、この塔に引きこもりきりのはずね。いいわ、あたくしが部屋を替えてもらうように交渉してあげる。もっと明るくて開放的な部屋に」マリアンナの戸惑ったような顔を見て、さらに言う。「気に入らないなら、どうして替えてもらわなかったの?」

「どの部屋も同じだと思ったんです。実際、アレックスの部屋もたいして変わりはなかったし」

「彼はなんて?」

「気にも留めてないみたい。どうせ眠るか、雨の日に遊ぶための場所にすぎませんから。一日じゅう、厩舎に通いづめで」

「でも、あなたはなにもかもが気になってしかたがない」ドロシーはマリアンナの顔にしばし目を留め、静かに諭した。「いい、マリアンナ？　ここはあなたにとって新しい世界だから怖いのは当たり前よ。あなたは勇敢な女性だとグレゴーが言ってたけれど、それだけじゃだめ。こう考えてみたらどう？　このキャンバロンは巨大なガラス窓のひとつにすぎない。自分の好きなように変えたりアレンジしなおすことができるって。そう思ったら、幸せな気持ちにならない？」

「変える？」マリアンナは驚いて訊き返した。

「まさかキャンバロンが六百年ものあいだ、ひとつも変わらずにいただなんて思ってないでしょうね。壁を壊したりしなければ、ジョーダンだって文句は言わないわ。かえって喜ぶはずよ。彼もこの屋敷を気に入ってるわけじゃないんだから」ドロシーはいたずらっぽく笑った。「それに彼が帰ってくるころには、おおかたの変更は終わってるわ。事後承諾ということね」

　マリアンナは急に目の前が明るく開けた気がした。そうだ、わたしが憂鬱だったのはこの建物そのもののせいではなく、自分の思うままに変えたり手を加えたりできないせいだったんだ。でもいま、さながら監獄《かんごく》だったこの家の門を、ドロシーが大きく開け放ってくれた。

「そんなことができるなんて信じられない。本当にジョーダンが許してくれるかしら」

「ジョーダンからはあなたを満足させてやってくれと言われてるの。結果的にはそうなるわけだから、彼が文句を言うはずはないわ」

キャンバロンが巨大なガラスパネルになる。太陽の光に報いられるように作り変える。遠慮がちに心の隅を占めていた喜びが、じょじょに大きくわきあがってきた。

「そしてあたくしたちふたりでジョーダンのお金を使って愉快に暮らすの。情婦になるより、よほどいい生活よ」ドロシーは扉を開けた。

「待って！　ジョーダンに呼ばれたからって、どうしてわざわざやってきたんですか？」マリアンナが不思議そうに訊いた。

「あの悪党のことは好きよ。好きと、認めることとは別物だけど。彼は同い年で、子供のころはしょっちゅう顔を合わせてた。喧嘩もするけど、彼の顔が見えないと寂しいのよ」ドロシーは顔をしかめてみせた。「それに、ドーチェスターは恐ろしく退屈なところなの。少なくともジョーダンのそばにいれば人生に飽きることはないわ」

「それだけですか？」

ドロシーの顔にためらいがよぎったが、すぐに肩をすくめた。「彼に借りがあるのよ。昔のことだけど、すごくよくしてもらったから」話題を変えた。「あと四時間ほどはここで仕事を続けるといいわ。そのあとは一緒に寝室選びよ。まだ日のあるうちにね」後ろ手に静かに扉を閉めた。

キャンバロンに来てはじめて、マリアンナは希望が胸にきざすのを覚えた。タレンカの教会にたどり着いたあのときから、油断のならない泥沼のなかを、どこをめざしているのかもわからずにただひたすら歩いてきた。危険とこれまで味わったことのない感情にがんじがらめになりながら。

でもいま、足元の地面は少しずつ堅固さを増し、かすかながらも遠くに一本の道筋が見えはじめた。

彼が帰ってきた！

鹿毛が二頭、威勢のいい蹄《ひづめ》の音を響かせて、こちらに向かって道をひた走ってくるのが見える。ジョーダンが巧みに手綱を操っていた。これほどの猛スピードでやってくるとは予想外だった。いまここで止めなければ、あっという間に駆け抜け、あとには埃だらけの顔をしたわたしが取り残されるだけだ。

マリアンナは大きく息を吸い、思いきって下生えから踏みだすと、道の真ん中に進みでた。

その瞬間、馬が前足を高々と持ちあげた。

四輪馬車が大きく傾き、ジョーダンが立ちあがって懸命に馬をコントロールしようとする。

マリアンナは目を見開いた。

ジョーダンが低く悪態をつき、どうにかこうにか馬を鎮めた。「くそっ、どういうつもりだ？　おれと心中する気か？」

マリアンナはびくりと身構えた。「そんなにばかな馬だとは知らなかったんだもの。わたしの馬なら、この程度で暴れたりしないわ」

「こいつらはスタミナとスピードが命なんだ。扱いやすさじゃない」マリアンナをにらみつける。「突然前に飛びだしておいて、その言いぐさはないだろう」

「だけど、あなたがもっとちゃんとしつけておけば――」マリアンナは途中で口を閉ざし、しかめ面をした。「そうね、わたしが悪かった。あんなことするべきじゃなかったわ」

「ああ、おまえが悪い」ジョーダンは思案げな目を向けた。「それにしても、そう簡単に認めるとはおまえらしくないな。どんないたずらをやらかしたんだ？」

「いたずらだなんて。アレックスとは違うのよ。子供扱いしないで」

「ここ数日、そう思いこもうと努力してたものでね。しかし、アレックスだって馬の前に飛びだすようなばかな真似はしないぞ」

マリアンナはじれったそうに手を振った。「話がしたかったのよ。お願いしたいことがあるの」

「キャンバロンに着くまで待てなかったのか？」

「あそこにはドロシーがいるし、彼女の前だと……。ドロシーは自分のやり方に自信を持っていて、なにを言っても耳を貸してくれないわ。あなたは気にしないって彼女は言うけど、わたしにはそう思えないの」

「どうやら長い話になりそうだな。このまま馬を立たせておくのは忍びない」ジョーダンは片手を差しだした。「馬車に乗れ」

マリアンナは馬たちに用心深く視線をはりつけたまま、そろそろと脇をすり抜けた。ジョーダンに引きあげられ、彼の隣りに座りながら、不安で胸が押しつぶされそうになった。覆いのない馬車は、恐ろしいほど地面から高く感じる。「馬車なんかおりて、歩きながら話したほうがいいと思うんだけど」

「冗談言うな」ジョーダンの握る手綱が鋭い音をたて、馬車は勢いよく動きだした。「で、願いごとというのは？」

マリアンナは思いきってひと息にしゃべった。「ドロシーが言ったのよ。お城の窓にステンドグラスのパネルをはめこんでも、あなたは怒らないだろうって」あわてて付け加える。「それから、いくつかの壁に飾りをつけることも」

「そりゃかまわないとも。立派な仕事なら、城の見た目も改善されるわけだからな」目を細め、マリアンナの顔を探る。「それだけか？」

「じつはほかにもあるの」マリアンナは唇を湿らせた。「天井に穴を開けてもかまわないかなと思って」

ジョーダンはまばたきをした。「失礼。よく意味がわからないんだが。ひょっとして、隙間風が吹きこむことになるのか？」

「屋根全部じゃなくて、ボールルームのある南棟のほうだけ」

「なるほど」ジョーダンはまじめくさった顔で言った。「多少なりとも暴風雨をしのげる場所があると聞いて、ほっとしたよ。おまえがキャンバロンを気に入ってないことは知っていたが、壊すというのはいくらなんでもやりすぎじゃないか？」

ジョーダンときたら、まるで本気に受け取っていない。「ほんの少しのあいだだけよ。穴を開けたあとは、準備が整うまでなにかで覆っておけば問題ないわけだし」

「準備が整うとは？」

「ドームよ」マリアンナは意気込んで説明した。「ドームを作ることをずっと夢見てきたの。美しいステンドグラスのドーム。花や蔓《つる》や鳥なんかが描かれて。素敵だと思わない？」

ジョーダンは物思いにふけるような目で、彼女を見つめた。「夢みたいな話だ。だが簡単じゃないだろう。おまえにそれだけのものを作る力があるのか？」

マリアンナはうなずいた。「パネルそのものを作るのはそれほどむずかしくないけれど、パネルをドームにはめこむ際に、正確さとバランスが要求されるの。そこがいちばんむずかしいところ。でもいまのわたしはかなり上達したし、複雑な仕事のほうが、より高い技術を発揮できると思う」いささか挑戦的な口調で付け加えた。「それに、わたしの腕があがればあなたにとっても好都合でしょ？　そのためにわたしはここにいるんだから」

ジョーダンは挑発には乗ってこなかった。「で、そのプロジェクトにはどれぐらいの時間がかかる？」

「さあ。長くかかるのはたしかよ。必要な作業が山のようにあるから」

「そうだろうな。それじゃ、そのあいだずっと、おれは巨大な穴の開いた屋根の下で生活するわけか？」

マリアンナの顔が失望感で曇った。「そう」唇を嚙む。「あなたの言うとおりね。とんでもないお願いだわ」

一瞬、沈黙があった。「どれぐらいの大きさの穴だ？」

マリアンナの胸ににわかに希望がきざした。「ボールルーム全体ってわけじゃない。ドームは真ん中に作るつもりなの」

「ほっとしたよ」

マリアンナは息を詰めて待った。

「くそっ、どうにでもなれだ」ジョーダンはやけ気味に笑った。「城を壊されたってかまうものか。とっととやってくれ」

「本気で言ってるの？」

「もちろん本気だ」輝くばかりのマリアンナの表情を見て、首を振った。「おまえを喜ばせるのは簡単だな」

「簡単だなんて」マリアンナは興奮しきって、じっと座っているのもままならなかった。「一介の職人がこんなプロジェクトに取り組めるなんてこと、めったにないのよ。おばあちゃんだって、死ぬまでに手がけたドームはふたつだけなんだから」

「そうかもしれないが、体を揺らすのをやめないと、ドームを完成させる前に死んじまうぞ。馬たちがひどく落ち着きを失ってる」

それがどうしたというの？　いまいましい馬たちが脅しをかけてこようが、この胸にあふれる喜びをとどめることなどできない。「あなたの腕にかかれば、馬たちだっておとなしくなるんじゃないの？」

「やってみるか？」

マリアンナは驚いて彼を見た。「わたしが？」

「新たな体験だ」ジョーダンは左腕をマリアンナの体にまわし、彼女の手に手綱を握らせると、その上から自分の手を重ねた。「しっかり握れ。ただし、引っぱったらだめだ」

手綱を通して力が伝わってくる。新たな興奮が体を駆けめぐった。強烈な力で引っぱろうともがく馬を、このわたしがコントロールして思うがままに操縦するなんて。

ジョーダンが横で低く笑った。「気に入ったらしいな」

「ええ、最高」マリアンナは息をはずませた。「すごくいい気分よ。ねえ、手を離して。ひとりでやらせて」

「今日はだめだ」ジョーダンは彼女の体から腕をほどき、手綱を自分で握りなおした。「今度キャンバロンに戻ってきたときに、手綱の扱い方を教えてやる」

「約束よ」

「ああ、約束だ」子供に甘い父親のような笑みを見せた。「ほかのことに気をそらしておけば、雪がやむまではどうにか屋根に穴を開けさせずにすむかもしれない」

雪が降りだす前にドームが完成するのは間違いない。でもたぶん、そのことはいま話すべきではないのだろう。「またどこかへ行くの？」

「明朝出かける」

「どうして？」

「海外で片づけなきゃならない仕事があるんだ」

「いつ戻ってくるの？」

ジョーダンは肩をすくめた。「さあ、いつかな。おそらく春になるだろう」

春。春まで彼は戻ってこない。邪魔されたり心を乱されることなく、仕事に没頭できる。そのことがまだ実感としてわいてこないのだろう。だから、少しもわくわくしてこないんだわ、きっと。

キャンバロンの門が目前に迫ってきた。それを目にして、心の奥がうずくのが自分でも意外だった。ふたりで肩を並べて馬車に座っていた短い時間は、驚くほど心地よいひとときだった。ジョーダンの態度には欲望をにおわすところは少しもない。まるで妹に接するかのように気さくでやさしかった。

マリアンナは目の端でちらりと彼の顔をうかがった。穏やかな表情からはなんの感情も読み取れない。ほんの少しおもしろがっているようにも見える。それにしても、奇妙なほどものやわらかな表情だ。まるで仮面でもかぶっているみたい。

そう、彼は仮面をかぶっているんだ。突然思いあたった。彼の口から聞かないかぎり、なにを考えているのかわかりようもない。

「今度はなにを企んでる？」ジョーダンがわざと脅すような口調で訊いてきた。「ボールルームはしかたないとしても、厩舎の屋根に穴を開けることだけは断じて認めないぞ。馬たちは人間よりも、よっぽど感じやすい動物なんだ」

その仮面の下になにが隠れていようとかまわない。彼はイエスと言った。ドームを作るチャンスを与えてくれたのだ。「そんなこと考えてないわ」嬉しそうに笑った。「人間より馬のほうが好きなのは、あなただけじゃないのよ。アレックスだって許してくれるわけないわ」

「来年になったら、もっと大きな馬に乗れるだろうってウィリアムが言うんだ」おしゃべりを続けるアレックスを、マリアンナはベッドカバーでくるんでやった。「だけどグレゴーは、彼の馬みたいに大きいのはまだ無理だろうって」

「そりゃそうよ」マリアンナは彼に微笑みかけた。「そんな大きな馬じゃ、噴水の縁につま先立ちでもしなきゃ、背中に乗れないでしょ」顔にかかった髪を払いのけてやる。「でもいまのポニーにそのまま乗ることになっても、文句を言ったらだめよ。馬を買うにはたくさんのお金がいるんだから。わたしたちにはなにもおねだりする権利なんてないのよ」

「ねだらなくたって、みんなのほうからくれるんだ」アレックスはあくびをした。「ジョーダンだって反対しないよ。彼はね、五歳のときにはじめて買ってもらったポニーにずっと乗ってたんだって。体重が重くなりすぎて乗れなくなるまで」

「どうして？」

「新しい友だちが来たからって、古い友だちを見捨てるようなことはしちゃだめなんだって」アレックスは眠たそうな顔で微笑んだ。「だからぼくもキーリーを見捨てたりしないよ。ただ新しい友だちを作るだけ」

「ここではいっぱい友だちができるわね」

アレックスはうなずいた。「みんな、ぼくたちのことが好きなんだよ」言ってからむずかしい顔になる。「だけど、ちょっと心配なんだ。母さんがいつも言ってたでしょ。自分が与えられないならもらっちゃだめだって。ぼく、もらってばかりだよ、マリアンナ」

わたしだってもらってばかりよ。マリアンナはあらためて思い知らされた。ジョーダンはアレックスを守ると約束してくれたけれど、それ以外にもこと細かな心遣いを示してくれている。まるで、アレックスがわがままな弟であるかのように。

だけど、それもこれもすべてジェダラーを手に入れたいがためだ。

いや、それは違う。もしそうなら、仕事部屋だけ提供すればすむことだ。ステンドグラスの製作チャンスを目前にぶらさげられたらわたしが抵抗できないことぐらい、とっくに見抜いていたはず。わざわざ親切にしたり気前よくものを振る舞ってくれる必要はない。たぶん、彼の親切の裏には、例の下心があるということなのだろう。

でも、彼の欲望には計算しつくされたようなところはひとつもない。ただ、夏の嵐のように突如荒々しく頭をもたげるだけだ。しかもその嵐がわたしを傷つけるとなれば、無理にでも押しこめようとする。

「マリアンナ、ぼく、ジョーダンになにをあげられるかな」アレックスが訊いた。「彼はなんでも持ってるし……」

「あわてなくても大丈夫。彼は春まで戻らないのよ。ゆっくり考えればいいわ」マリアンナはやさしく諭した。身を乗りだして、弟の頬にさっとキスをする。「驚かせるのも、効果的なプレゼントよ。おやすみ、アレックス」

蠟燭を吹き消して、戸口へ向かった。

アレックスのほうがわたしよりもずっと大人だ。マリアンナは情けない気持ちで思った。わたしときたら、もらえるものはすべて受け取るけれど、見返りは与えないだなんて宣言したりして。そんなことをすれば自分自身の内面を破滅させることになるのは、わかりきっていたはずだ。たとえどんな理由にせよ、他人が与えてくれる贈り物にはそれなりの見返りで応えなくてはならない。それにしても、ジョーダンが憎き敵のままでいてくれたほうが、はるかにやりやすかった。いまの彼はわたしたちの生活に深く入りこんで、それこそなくてはならない存在になりつつある。

もしこのキャンバロンで、本気で新たな人生を始めようとするなら、まずはその点をどうにか改善する必要があるだろう。わたしたちは友だちになれるはずだとジョーダンは言った。もしかしたら彼は、わたしに友情を差しだすことで、ジェダラーを手放すよう説得できると考えているのかもしれない。たしかに相手が敵ではなく友人となれば、ずっと拒否しにくくなる。

だけど、それもまたジョーダンの真の姿ではないのかもしれない。ふたりの関係がいまよりずっと友好的になったからといって、無理やり自分の希望を押しつけるような真似を彼がするだろうか？

友好的？　ことジョーダン・ドラケンに関しては、滑稽《こっけい》なほど不似合いな言葉だ。彼に会った瞬間から、わたしの人生はまさしく葛藤《かっとう》と不安に彩られることになったのだから。でも、シーストーム号の船上では、たしかに心が通いあったりユーモアを分かちあえるような瞬間が存在した。今日の午後だって兄のような頼もしさを示してくれた。ふたりが友だちになるというのも、まんざら不可能ではないかもしれない。

一八〇九年四月十五日
モンタヴィア、ペクバール

「で、なにがわかった？　彼女が見つかったのか？」ネブロフが尋ねた。

「はっきりそうとは申しあげられないのですが」コステーンはぐずぐずと答えた。「ひょっとしたら、居所がつかめたのではないかと」

「それならどうして、彼女がここにいない？」

「いささか面倒な事情がありまして——」

「言い訳は聞きたくない。聞きたいのは、おまえがいかに勇敢にあの姉弟を奪い去ってきたかということだ」

「お耳に入れるべきかどうか迷ったのですが」彼は言いよどんだ。「どうやら例の姉弟は、キャンバロン公爵の保護下に置かれているようなのです」

「ドラケンか？」ネブロフは顔をしかめ、口汚く悪態をついた。「なるほど。驚く話じゃない。あいつはいつだってわたしにつきまとう疫病神だ。間違いないのか？」

コステーンは首を振った。「ただ二、三カ月前に、彼がドマージョから出航していることはたしかでして。埠頭で話を聞いたところによると、なんでもタレンカから直接やってきたそうです」

「『天国に続く窓』か」ネブロフの唇がゆがんだ。「ふん、少なくともやつの手にも渡ってはいない」

「ですが、子供たちを連れ去った可能性はあります。われわれが母親を殺したあとに、ふたりがタレンカに逃げたと考えれば辻褄《つじつま》が合う。ドラケンの部下のグレゴー・ダメックが出発前に片っ端から店をあさって、男の子と少女の服をごっそり買いこんでいったそうです。真夜中にイングランドに向けて出発するために、それはえらくあわてた様子で」

「そういう話なら、まずやつがふたりを抱えていると考えて間違いないな」ネブロフがつぶやいた。

「それでは、彼も子供たちの価値を承知していると？」

「当然だ。やつはカザンとゆかりが深い。おおかたこのわたしを出し抜こうと、タレンカに飛んでいったのだろう」ネブロフはにやついた。「粉々に砕けた窓を目にしたときのやつの顔を見てみたかったものだな」

「しかし、あの小娘がパターンを記憶してるとなれば、新たに作ることも不可能ではありません」

「そんなこと、させるものか！」ネブロフはテーブルの上に置いた手を拳に固めた。イングランドか。ドラケンのやつ、よりによってなぜ、イングランドなどにあのガキを連れていった？　このわたしが手出しできない場所に。

いや、待てよ。手出しができないなんて誰が言った？　充分な知恵と忍耐さえ持ちあわせていれば、いかなる要塞だろうと突破できる。ドラケンは手強い相手には違いないが、あいつの弱点ならとっくにお見通しだ。敵を殺すことにかけては躊躇《ちゅうちょ》のかけらも見せないが、子供を拷問してジェダラーの情報を引きだすとなれば、とたんに尻込みするのは目に見えている。忍耐していれば勝利は転がりこむ。あえてあわてる必要はない。やつのあの弱点が、そのうちこちらにチャンスをもたらしてくれる。

いいとも、見返りが大きい場合には、いくらだって忍耐してみせる。せいぜいドラケンには時間と努力を費やしてもらい、充分に機が熟したのを見て、横から戦果をいただくとしようじゃないか。

「イングランドに行ってこい、マーカス」彼はコステーンに向かって命じた。「キャンバロンでなにが起こっているか、知る必要がある」

7

一八〇九年六月三十日
イングランド、キャンバロン

「なんの知らせもよこさないなんて、いかにもあなたらしいわね、ジョーダン。それでいきなり、七十五人をパーティに招待ですって？　奇跡でも起こせというの？」ドロシーは城の石段に立ち、ジョーダンが二頭馬車から降り立つのを見守った。「世界じゅうの誰もが、あなたの命令に従おうとつねに待ちかまえてるわけじゃないのよ」

「いいや、おれにはわかってる。きみが願いさえすれば、奇跡はいつだって起きるってことをね」ジョーダンは微笑んだ。「とくに今回はそのためにここに来てもらってるんだから。じつは昨夜、仮面舞踏会に出席していて、突然、家に帰ろうと決めたんだ。でも女っ気なしで帰ってくるときみがうるさいだろう。それならいっそ、全員を招待してしまおうと考えたわけだ」

「それにしても突然帰ってくる気になるとは驚きね。春には戻ると言っておいて、いまじゃすっかり夏なんだから」

「おれがいなくて寂しかったと？」からかうような口調で訊く。

「そんな暇があると思って？　あれこれ心配が山積みで、あなたのことを考えてる暇なんてなかったわ」ジョーダンの顔をうかがう。「疲れてるみたいね」

「遊び疲れだ」

「あたくしが見抜けないとでも思うの？　どこか具合でも悪いとか？」

「まさか。たぶん少し疲れてるんだろう。昨日の午後、フランスから戻ったばかりだから」

「また、あのコルシカ人ね」ドロシーはげんなりと手を振った。「彼の話は聞きたくないわ。それで、お客さまがたはいついらっしゃるの？」

「今日と明日に分かれて到着する予定だ。最初のグループは、あと二、三時間もすれば着くだろう」ジョーダンは階段をのぼって彼女に近づいてきた。「で、元気だったかい、いとこどの？」

「それはつまり、監視役を押しつけられたあの頑固な小娘とうまくやっていたかということね？　そういうことなら、いまじゃおたがいすっかり良好な関係よ」

「きみなら彼女と気が合うと思ってたよ。彼女はきみの本に書かれてる素質をいくつも備えてるからな」

「すばらしい良識の持ち主であることは認めるわ。それに、例のステンドグラスに関しても、びっくりするぐらいの才能を備えてる」

「ほんとか？」とたんに心が沸き返った。と同時に、フランスにおけるナポレオンの威勢を弱体化させようとひそかに画策してきたこの無益な二カ月間、内心にはびこっていた無気力感と失望が吹き飛ぶような気がした。あの怪物はいまやヨーロッパ全土のほぼ半分を掌握し、すでに東洋にも矛先を向けようと機会をうかがっている。「彼女の作品は見たことがない」

「職人というよりも芸術家の域に達しているわね。階段の踊り場の窓用に、木の上から飛びかかろうとしている虎を描いたの。それはみごとな出来栄えで」ドロシーはぶるっと体を震わせた。「ぞっとするぐらい」

「そいつは楽しみだな」

「まだ仕事部屋に置いてあるわ。最近じゃ、また別の作品に取り組んでるみたいだけど」

ジェダラーか？　いや、それを期待するのは早計にすぎる。「で、その驚くべき芸術家はどこにいる？」

「アレックスと一緒に厩舎にいるはずよ。彼がポニーに芸を仕込んだらしくて、それを見せるんだとか」言いながら、ジョーダンの肩越しに視線を注いだ。「あら、噂をすればなんとやらね」

ジョーダンは努めてさりげない様子を装い、ゆっくりと振り返った。「どうやら彼女もきみと同じようにおれに会うのが待ちきれない——なんてこった。彼女になにをした？」

ドロシーは悦に入った表情でマリアンナを見つめた。彼女はちょうど厩舎から出てきたところで、なかにいる誰かと肩越しに言葉を交わしている。「なにって、あなたに頼まれたとおりにしたまでよ」満足げに微笑んだ。「ずいぶん若く見えるでしょう？　あの仕立て屋、なかなかの仕事をしてくれたわ」

マリアンナはゆったりしたシルエットの、襟の高い白のガウンを身につけていた。身頃の下に縫いつけられた青い飾り帯が体の線を完全に隠している。歩くたびに、スカートの裾《すそ》から刺繍《ししゅう》の施された白いスリッパが見え隠れした。飾り帯とおそろいの青いリボンで二本のおさげに編みこまれた髪が、日射しを浴びてきらめいている。肌までもが、少女しか持ちえない輝きで燃え立つように見える。

「あれじゃまるで、子供部屋から出てきた少女そのものじゃないか」

「おかしなことを言うもんじゃないわ。まさしくあるべき姿そのものよ。いい機会だからお客さまにもお披露目することにしましょう。少しでも姿を見せれば、みなさんの好奇心も満たされておとなしくなるでしょうから。それにしても、あの整った顔立ちだけはどうにも隠しようがなくて、困ったものだわ」

「ああ、隠せるわけがない」この二カ月、マリアンナに会いたいという強烈な思いがわきあがるたび、頑《かたく》なにそれに気づかない振りをしてきた。それなのにいま、踏みにじられたような憤りに打ち震えている。まるで彼女を盗み取られたような気分に。目の前のマリアンナは、かつての女になりかけた少女ではなかった。こんな幼な子相手に誰が手出しできる？　その一方で腹立たしいほどの確信が込みあげてきた。あのあどけない仮面の下になおも女が存在し、彼を嘲っているという確信が。彼は無理やり目をそらした。「グレゴーはどこだ？」

「朝からずっと見かけてないわ」ドロシーは声を張りあげた。「マリアンナ！」

　マリアンナの頭がくるりとこちらを向いたかと思うと、ジョーダンを目にしてその顔に警戒の色を浮かべた。「いま行くわ」軽やかに中庭を駆けてくるその姿は、以前よりもずっと幼く見える。ジョーダンの前で横滑りしつつ急停止すると、膝を曲げてお辞儀をした。「閣下」

ジョーダンは驚いて目を剝《む》いた。「なんの真似だ？」

マリアンナは顔をあげ、無邪気に微笑んでみせた。「ドロシーに言われてるの。あなたに馴れなれしい態度を取るのは無作法だって。それにお辞儀というのは、あなたみたいに年上でそれなりの地位のある人に敬意を表す方法としては、当たり前の仕草だって。あなたも同感でしょう？」

おれが同意するはずのないことは、彼女も重々承知しているはずだ。彼女自身、お辞儀をされることをあれほど嫌っていたのに。小娘め、明らかにおれをからかっている。残念ながら、こっちはそれをおもしろがるような気分じゃない。「いや、気に入らない。やめてくれ」

「仰せのとおりに」マリアンナは体を起こし、まっすぐ彼を見つめた。「あら、ひどい顔」

ドロシーの含み笑いには悪意がこもっていた。

「なるほど、それがきみらふたりの総意ってわけか。悪いが、この顔は年齢とそれなりの地位のせいだ。わかったら、さっさとどこかへ行って、おもちゃで遊んでろ」ジョーダンは階段をのぼりはじめた。「おれはグレゴーを探しにいく」

意外にもマリアンナがついてくる。「わたしも一緒に行く」

ドロシーがあわてて首を振った。「いけません、そんな――」

マリアンナがすぐさま反論した。「大丈夫よ、ドロシー。噂になるわけがないわ。まだ誰もお客さんはいないんだから」急ぎ足でジョーダンを追い、ロビーに入った。「だいたいそんな心配をすること自体、おかしいのよ」

「それほどまでにおれと一緒にいたがるとは感激だな」

マリアンナは無視して言った。「グレゴーを探してるなら、あなたの寝室にいるわ」

「どうして知ってる？」

「わたしが彼に頼みごとをしたから」

「おれのベッドに蛇を隠してるとか？」

「まさか。もっと別のものよ。とてもびっくりするもの」

「そいつは興味津々だな。前回グレゴーがおれの寝室に用意してくれたびっくりプレゼントには、まさしく度肝を抜かれた」

「今回はわたしからのプレゼントよ」マリアンナは額に皺を刻んだ。「それから、不愉快になるようなことを言うのはやめて。これまでいろいろと親切にしてもらって、せっかくあなたのことをよく思おうと努力してるところなんだから」

「それはまた難題に取り組んだものだ」

「相手がはるか彼方のロンドンにいるとなれば、そうむずかしくもないわよ」

ジョーダンは吹きだした。ずっとそばにいて困らせてやれてたら、さぞ愉快だったものを。

「それには納得だ」口元をほころばせたままで訊く。「で、おれがおまえにどんな親切をしてやった？」

「わかってるくせに」マリアンナはにわかに居心地悪そうにした。「アレックスのこと。窓のこと。作業員たちに新しい窓を作らせて、ガラスのドーム用に屋根を切り取ることも認めてくれた。すごくお金がかかったはずよ」

「おれはとびきりの金持ちだ」

マリアンナはつんと顎を突きだした。「そうだった。それにドロシーが言ってたわ。わたしたちのほうが、あなたの情婦よりもずっと有効にお金を使えるって」

「いかにもドロシーらしい言いぐさだ。どうやら、彼女を差し向けたことは怒っちゃいないようだな」

「もちろんよ。彼女のことは大好き」

「こうしろああしろと命令されないときは、だろう?」

「それだって、かえってありがたいくらいよ。だって彼女は、いつでもよかれと思って言ってくれてるんだから」マリアンナの口調が切なさを帯びた。「誰かが心から自分のことを気遣ってくれるなんて、ずいぶんひさしぶりの気がする」

悲しみを背負いこんだ幼い少女が目の前にいた。手を伸ばしてそのおさげ髪を引っぱり、ほっぺたをつねって笑わせてやりたい。冗談じゃない。ついでに頭を撫でて、枕元でおやすみ前の話でも聞かせてやるとでも? いや、だめだ。いまはなるべくベッドに近づかないほうが賢明というものだ。「彼女と気が合うならなによりだ」

マリアンナがちらっと鋭い視線を投げてきた。「あなたは合わないの?」

「ドロシーはいつだって世界を変える気でいる。しかもこのおれがその格好のターゲットだと思ってるんだ。子供のころから、ことあるごとにおれを変えようと隙を狙ってる」

「彼女はあなたのことが好きだって」

「おれはえらく人好きのする人間でね。もっとも、機嫌がいいときにかぎるが。おれがどれだけ大勢の人間から好かれてるか目の当たりにしたら、おまえだってびっくりする」

マリアンナは目を落とした。「そうね、きっと」小声で答えた。

「なんだ、調子狂うな。ここは同意するところじゃないぞ。丁重に異議を申し立てるというのが、おまえの役まわりだったはずだろうが」ジョーダンは自分の寝室の前まで来た。「入る前に声をかけるべきか。おまえのプレゼントを台なしにはしたくない」

「おかしなことを言わないで。グレゴーはただ、ふたりの召使いの作業を監督してるだけ。それにもうなかにいないかもしれないし。だいいち、ここはあなたの部屋でしょ」マリアンナは小さく身震いした。「よくもこんな部屋で耐えられると思うけど……わたしの最初の部屋よりもさらにだだっぴろくて、薄暗くて」

「住めば都だ」ジョーダンは扉を開けた。「主人の寝室はここと決まっている。おれだってときには伝統にも従うさ。ドロシーに言わせりゃ、おれらしくないと――なんてこった」戸口に突っ立ったまま、部屋の奥の窓に吸いこまれるように見入った。

暗い部屋のなかで、複雑なカットを施された五フィートほどの大きさのステンドグラスのパネルが、蠟燭のように燦然たる光を放っていた。黒髪の女性が黒い雄馬にまたがった姿が描かれている。あでやかな紫のガウンに銀の鎧の胸当て、手には三角旗を握っている。背景には霞《かすみ》のかかった灰色を帯びた紫の山並みが描かれているものの、それらはほとんど目を引かなかった。見る者の視線を一身に浴びる女性は、髪を風になびかせ、その緑の瞳は生気にあふれてきらめいている。

「お袋か」ジョーダンがぽつりと言った。

「勝手なことをして悪かったけど」マリアンナは早口で説明した。「ロビーの肖像画を参考にさせてもらったの。ガラスだと肖像画を描くのはすごくむずかしくて。たいていはどう頑張っても、それらしい感じにしか仕上がらないものなんだけど、彼女の場合は目鼻立ちがはっきりしてるから、かなりいい感じに仕上がったと思ってる。どう、似てる?」

「ああ、よく似てる」

「夜会服は彼女に似合わない。彼女はなんていうか……とにかく似合わないと思ったの」

「鎧の胸当てなら似合うと?」

「そう」マリアンナは唇を濡らした。「肖像画をじっと見てたら、ガラハッドやアーサー王のイメージが浮んできて――」

「それにジャンヌ・ダルク?」

マリアンナは首を振った。「それはないけど」

ジョーダンが振り返った。「なぜこれを作った?」

「言ったはずよ。あなたはアレックスに親切にしてくれてる。あなたのおかげで、ドロシーやグレゴーとも出会えた」マリアンナは肩をすくめた。「見返りなんて必要ないと思ってたけど、そんなことはできないと気づいたの」

ジョーダンは窓のほうに顎をしゃくった。「それで、なぜ彼女を選んだ?」

「なんとなく思ったのよ……あなたはお母さまのことをほんとはよく知らないんじゃないかって。それは悲しいことだし――」口ごもり、声を落とした。「わたしは母さんが恋しい。母さんの思い出が、あんな暗くて冷たい肖像画だけだったら耐えられない。だからあなたのお母さまも、日射しを浴びてもっと生き生きと輝けば嬉しいと思って」

ジョーダンがこちらに顔を向けた。「ああ、間違いなくそうなる」

マリアンナはしばしためらいを見せたあと、ひと息に言った。「それなら、どうしてなにも言ってくれないの？　この絵が嫌い？　お母さまを侮辱されたと思ってるの？　もし気に入らないなら、グレゴーに言ってここから持ちだしてもらう。だけど壊すわけにはいかないわ。だってこんなにすばらしい出来なんだもの、絶対に——」

「この窓を壊すやつがいたら、おれが叩き切る」

「気に入ってくれたの？」マリアンナが意気込んで訊いた。

ジョーダンは努めて軽く答えようとしたものの、実際に耳にした声はうわずっていた。「感動したよ。ありきたりな言葉じゃ、この気持ちは表しようがない。どう言っていいのか、面食らってる」マリアンナの顔をしかと見つめた。「ありがとう」

今度はマリアンナのほうが言葉を失った。彼の目を見つめ返し、そっけなくうなずく。「気に入ってくれてよかった」くるりと背中を向け、足早に部屋を出ていった。

ジョーダンはそのあとゆうに十分間、窓の前に立ちつくしたままだった。きらびやかな色の海に身を浸し、窓のなかの女性とじっと向きあう。やがてきびすを返して部屋をあとにした。

それからさらに十五分が経過したころ、部屋の隅の暗闇に置かれた一脚の椅子の陰から、グレゴーがぬっと姿を現した。大股で窓の前に進みでる。

「頭の切れる子だ。そう思わないか、アナ？」グレゴーはくすっと笑った。「たしかにきみはジャンヌ・ダルクじゃない」

その女性の艶やかな髪は薄茶色で、瞳はスミレ色に輝いていた。これほど美しい女性は、マリアンナの短い人生ではそうそうお目にかかったことはない。

ジョーダンはその女性の手を取って馬車からおろし、耳元でなにやら思わせぶりに囁《ささや》いた。とたんに女性は大げさに笑い声をあげてみせ、上目遣いに意味ありげな視線を彼に投げた。

「彼女は誰？」マリアンナがドロシーに囁いた。

「ダイアナ・マーチマウント。ラルボン伯爵夫人よ」

「きれいな人」

「野心家よ」ドロシーが突き放した言い方をした。「ジョーダンと永久不変の関係を持ちたいと狙ってるの」

永久不変の関係。おそらく結婚のことを意味しているのだ。そう思ったとたん、胸の奥がちくりとした。そういえば、ジョーダンが結婚するなんて、想像したこともなかった。考えてみればおかしなことだ。とびきりの人気者なんだし、あれほどの地位の人間なら自分の血筋を後世にまで延々と残したいと願うのは当然のことだ。「結婚したがってるってこと？」

「まさか」ドロシーは顔をしかめた。「まあ、でも、本音はそうしたいところでしょうね。もしまだ結婚してなければの話だけど。でもそうなったら、今度はジョーダンが関係を持とうとはしなかったはずよ。彼はいつだって結婚には逃げ腰なんだから」

「どうして？」

ドロシーは肩をすくめた。「たぶん、彼はつむじ曲がりのうえに、結婚の必要性があまりないからでしょうね。伯爵夫人みたいな女性が自分から進んで体を投げだしてくれるのに、なぜ結婚なんか、というわけよ」

「彼女のご主人はなにも言わないの？」

「むしろ喜んで彼女を共有しようとしてるわ。彼はお金持ちじゃないし、ジョーダンが恋人に対してかなり気前がいいことはつとに有名だから」ドロシーが続ける。「どうやら今回は、伯爵は一緒じゃないみたいね。いつもなら、彼女がキャンバロンに来るときはかならずついてくるのに。そうすれば、多少なりとも世間的に体裁を取り繕《つくろ》えると思っているのね」

マリアンナは呆《あき》れ返ってかぶりを振った。こうした世界の住人たちも、彼らの暗黙の掟《おきて》も、彼女の理解をはるかに超えている。ドロシーの考えによれば、マリアンナの少々無作法な振舞いには目をつぶるわけにはいかないけれど、世間を騒がせない程度であれば、女性は夫の完全な同意を得て、別の男性のベッドに潜りこむことができるらしい。

ドロシーは低い声で付け加えた。「今週は部屋に鍵をかけておきなさいね。こういう人たちが滞在するときは、廊下だろうが寝室だろうがかまわずに、あるまじき行為が横行するものなの。間違って誰かが部屋に入ってこないともかぎらないわ」

「すでに彼の愛人なんでしょう、あの人は。なのに、ほかになにを手に入れようとしてるの？」マリアンナはあいかわらず伯爵夫人に目を留めたまま訊いた。

「ジョーダンに愛人なんていやしないわ。彼はただ気が向いたときに、彼女を利用して慰めを得ているだけ」ジョーダンが伯爵夫人に向かって慇懃《いんぎん》にお辞儀をする様子を眺めながら、ドロシーが言う。「でも、どうやら今回彼が帰ってきた目的は彼女にあるみたいね」マリアンナの肘をつかみ、階段をおりるように軽く促した。「さっさと行って、ジョーダンに彼女に紹介してもらいなさい。彼女はジョーダンに夢中で、あなたのことはほとんど目に入らないでしょうから、ちょうどいいわ」

マリアンナは動こうとしなかった。それどころか、この場にいたくないという強烈な思いが突如わいてきた。ジョーダンが伯爵夫人を見つめるときの、いやらしい口元が気に入らない。その彼にうっとりしたまなざしで応える彼女を見るのもいやだった。ふたりはマリアンナがルールさえ知りえない不可思議なゲームに入りこもうとしている。できるものなら、時計の針を今朝に戻したかった。窓を壊す人間はこの手で殺すと言ったジョーダンを、取り戻したかった。

「マリアンナ」ドロシーがせっついた。

マリアンナは大きく息を吸い、階段に足をかけた。なにをばかなことを。そもそもわたしが腹を立てる理由などない。わたしとジョーダンは、目の前のふたりとはまったく違う関係を築こうと決めたばかりなのだから。この女性もその夫も、わたしとは縁のない世界の話だ。わたしはキャンバロンに腰を落ち着けようと決心した。そしてジョーダン・ドラケンこそがキャンバロンなのだ。この手に負えない欲望もまた彼の人生の本質に含まれるのだとしたら、わたしはそれに慣れるしかない。

いいえ、慣れるなんて冗談じゃない。

そうこうするうちに、馬車に到達してしまった。ふたりはマリアンナがそこにいることすら気づかない。そのことが理屈に合わない怒りを彼女に引き起こした。もはやこの場がどうなろうと知ったことじゃない。必死に考えをめぐらせ、ドロシーが苦心して練りあげた作り話を台なしにすることなく、ジョーダンに強烈なパンチを見舞う方法を探す。

マリアンナは手を伸ばし、すっかりへそを曲げた子供のような仕草で、ジョーダンの上着の袖を引っぱった。驚いて彼が振り返ると、子供らしい屈託のない笑顔を向け、必要以上に深々と膝を折ってお辞儀をした。「閣下、よろしかったら、その美しいご婦人にご紹介していただけません？」


寝室の戸が勢いよく開き、マリアンナははっと目を覚ました。

「一緒に来るんだ」ジョーダンがずかずかと入ってきた。「急げ！」

こんな彼の姿を見るのははじめてだった。ジャケットも身につけず、目はらんらんと光を放ち、髪は乱れ放題だ。

マリアンナはベッドの上に起きあがり、不安に駆られて目を見開いた。「いったいどうしたと――」

ジョーダンはベッドカバーを引きはがし、乱暴に彼女をベッドから引きずりだした。「静かにしろ！　みんなが起きてきたらどうする？」椅子からローブを拾いあげ、彼女に押しつけると、引きずるようにして戸口まで連れていく。「真夜中なんだぞ」

「そんなことはわかってる。だから、いったいなにが――離してよ」彼につかまれた手首を振りほどこうとする。「気でも狂ったの？」

「そうじゃない」あらためて質問を反芻《はんすう》し、マリアンナをちらりと見た。「いや、ただひどく酔ってるだけだ」

鼻をかすめるブランデーと香水のにおいが、それを裏づけていた。そういうことなら、おとなしく相手をする必要はない。「それなら部屋に戻って、さっさと寝ればいいのよ」

ジョーダンは答えず、階段をおりはじめた。

「あるいはラルボン伯爵夫人のところへ行くとか。彼女ならこんな酔っぱらいだって喜んで相手して――」

「うんざりだ……どいつもこいつもくそおもしろくもない。退屈なだけだ……」

「今日の午後は彼女と一緒で楽しそうに見えたけど」マリアンナが嫌味たらしく言った。

「夕食のときだって」

「おまえがいらいらしていたのはわかってた」

いらいらなんて生やさしいものじゃなく、完全に頭に血がのぼっていて、どうすれば逆に彼を怒らせられるか、それしか考えられなかった。もっとも、なにをしてみたところで、内心で荒れ狂う怒りがおさまるようには思えなかったが。「離して。部屋に帰るんだから」

「だめだ。これからふたりで出かける。旅に出るんだ」

「旅？」ジョーダンは踊り場に達し、その先の階段に足をかけた。マリアンナは引きずられて大きくよろめいた。「こんな状態で旅だなんて、墓場にでも行くつもり？　ふたりとも生きて帰れっこないわよ」

「ばか言え。おれは酔っぱらってても足元はしゃんとしてる」いささかろれつのまわらない口調で言い返す。「グレゴーに訊いてみろ」

「そうね。それじゃグレゴーのところに行きましょ。きっと――」

ジョーダンはかぶりを振った。「グレゴーのやつは邪魔するだけだ」正面玄関の扉を勢いよく開く。「だから部屋に閉じこめてきた。いつまでおとなしくしてるか、わかりゃしないがな」

「それなら、ドロシーに話しにいきましょうよ」

「彼女にはもう話した。喜んじゃいなかったが、行き先は承知してる。彼女に黙っているわけにはいかないからな。後見人としてあるまじき行為だが……おまえは熱を出して部屋に閉じこもっていることになってる」マリアンナの手を引っぱって玄関の石段をおり、待たせていた馬車へ向かう。「おれには言い訳は必要ない。おれがホストとしての良識のかけらもないことは周知の事実だ」

「旅に出るなら、着替えなくちゃ」マリアンナは言い張った。「なんにせよ部屋にさえ戻れれば、そのまま鍵をかけて閉じこもってしまえばいい。「部屋に戻して。急いで――」

ジョーダンは頑として首を振り、唇に指を当てた。「時間がないんだ。誰にも見つからないように真夜中のうちに出発しないと。褒められた話じゃないが……」馬車の扉を開け放ち、マリアンナの体をなかば押しこむようにして座席に座らせ、自分も向かいに腰をおろす。「やってくれ、ジョージ」声を張りあげた。

馬車はがくんと一度傾いて動きだすと、たちまち加速した。「スピードを落とすように言ってよ」

ジョーダンは首を振った。「二日で帰るとドロシーに約束したんだ。急がないと」

「二日！」

「ジョージに任せておけば大丈夫だ」ジョーダンは椅子の隅に腰を落ち着けると、頭を壁にもたせかけた。「馬の扱いにかけちゃピカイチだ……」

「お城に戻して。こんな旅、わたしは行きたくも――」

早くもジョーダンは眠りに落ちていた。どういうことよ、いったい。この酔っぱらいのろくでなしが眠ってしまうだなんて！

手を伸ばし、彼の体を揺り動かす。

反応はなし。

「ジョーダン！」必死に声を張りあげる。

ジョーダンは小さくため息をつくだけだった。

マリアンナは窓から頭を突きだした。この御者のこと、ジョーダンはなんて呼んでいた？

「ジョージ、お城へ連れて帰ってちょうだい」

男は沈黙したままだった。なるほど、驚くに値しない反応だ。わたしはキャンバロンではよそ者。それにジョージにとっては、ジョーダンが女性をさらうような茶番劇などめずらしくもないのだろう。きっといつものお決まり行事なのだ。

こうなった以上はジョーダンが目を覚まし、しらふに戻ってまともな判断がつくようになるまで待つしかない。しかたなく座席のクッションに寄りかかってみた。眠れるわけがなかった。なにせ揺れが激しくて、上下の歯がぶつかってガチガチ音をたてるくらいなのだから。

ついでに窓から風が吹きこみ、身につけた薄手のコットンのナイトガウンを突き抜けて、体をぶるっと震わせた。急いでブルーのウールのローブを羽織った。きわめつけは裸足だ。それに気づいてあらためて怒りがわいた。このろくでなしのせいで、靴を履く暇さえなかったなんて。とうとう堪忍袋の緒が切れた。

もはや目が覚めるまで待ってはいられない。

ジョーダンは翌日の午後なかば、いよいよもってマリアンナの怒りが手に負えなくなったころに、ようやく目を覚ました。

彼女の表情に目を留めるなり、あわてて目を伏せる。「くそっ」

「キャンバロンに連れ帰って」マリアンナは食いしばった歯の隙間から、一語一語きっぱりと発音した。「いますぐ」

「じきに帰るさ」

「いますぐよ!」さらに詰め寄った。「真夜中に人をベッドから引きずりだして、裸足のまろくに服も着せずにこの恐ろしく乗り心地の悪い馬車に押しこんでおいて、自分だけ酔い潰れて眠っちゃうなんて、どういう神経? おかげで全身痣《あざ》だらけよ。それもこれもあなたが御者に――」

「静かにしてくれ」ジョーダンはふたたび目を開け、こちらをねめつけた。「頭が割れそうなんだ。おまえのその声、ハゲワシのくちばしみたいに頭に突き刺さる」

「いい気味よ」マリアンナが勝ち誇ったように笑った。「その腐った頭、延々とつついていまにかち割ってやるから。お城に戻るように御者に命令しないかぎりね」

ジョーダンは力なく首を振った。

「こんなこと許されると思ってるの？　酔っぱらいの気まぐれにつきあわされるなんてまっぴらよ」

ジョーダンは目をつぶり、またしてもクッションに頭を沈めた。

わたしの言うことなど聞こうともしていない。いっそのこと馬車から突き落としてやれたら、どれほど気が晴れることか。

ジョーダンは答えをはぐらかす。「もうすぐだ」

「どうしてこんなことをするのか、理由を聞かせて」

「あのときは名案だと思った」目を開け、不機嫌そうに彼女を見た。「なんだ、そのナイトガウンは。ドロシーに着せられてるいつものおぞましい服よりもっとひどい」

「あなたが着替えさせてくれなかったからじゃない」

「急いでたんだ」またもや目を閉じる。「たぶん」

「目を閉じちゃだめ」

「おれに命令するな」ふたたび開いた目は、一転、酔っぱらいとは思えない鋭さを帯びた。「頭は割れそうに痛むし、口のなかはブーツでもくわえてたみたいだし、機嫌はえらく悪いときてる。いいか、おれたちには行くべき場所がある。そこに着くまでは城に戻るつもりはない」それだけ言ってまた目を閉じた。「おれはもう少し眠る。おまえもそうするといい」

マリアンナはいきりたつ自分自身を抑えて、彼を見つめた。

信じられない。こうしているあいだに、もう眠りに落ちてしまうなんて。

馬車は途中、二度ほど駅舎で停止し、馬を交換して休憩を取ったが、いずれも、ものの一時間もしないうちにふたたび走りだした。

燦々と照っていた太陽が傾き、やがて完全に沈んだ。

マリアンナはといえば、うとうとはするものの、馬車が轍《わだち》のついた道で勢いよくはねるおかげで、ぐっすり眠りに落ちる気分にはほど遠かった。

一方、ジョーダンのほうは、そんな問題は少しも気にならないらしい。揺りかごで丸くなる赤ん坊のように、すやすやと心地よさそうに眠っている。いつか殺してやる。それがだめなら、近い将来、こっぴどく痛めつける方法をかならず見つけてみせる。

夜明け近くなって、馬車は丸石を敷きつめた道の上を走りはじめた。窓から外をのぞき見ると、家並みが薄闇にぼんやり浮かんでいる。じょじょに空が明るさを増すにつれ、ここがかなりの大きさの町であることがわかった。「ここはどこ？　ロンドン？」

ジョーダンが目を覚まし、外に目をやった。「いや、だが時間どおりだ」ぐっと伸びをする。「さすがはジョージだ」

「どこなの、ここは？」

「すぐにわかる」

もう一度そんな生返事でごまかそうものなら、今度こそキャンバロンに戻るのを待たずに殺してやるから。

馬車が止まり、ジョージが飛びおりて扉を開けた。

ジョーダンも外におり立ち、マリアンナの体を持ちあげて通りにおろした。通りの丸石は湿っていて、裸足の足裏をひんやりと刺激する。「いい加減に説明して――」顔をあげた拍子に、大聖堂の尖塔が目に入った。見間違えようがない。マリアンナはここがどこであるか、はっきりと悟った。

「大聖堂――わたしたち、ヨークにいるのね」

ジョーダンがうなずいた。「ヨーク大聖堂の聖母礼拝堂だ、正確には」いまや完全にのぼりきった太陽を見上げる。「おいで。時間だ」

マリアンナはいさんで足を踏みだしたものの、すぐに自分の着ているローブと裸足の足元に目を留めた。「こんな格好じゃ、入れてくれるわけがないわ」

「大丈夫」ジョーダンは口元を引き結んだ。「入れてくれる」

狐《きつね》につままれたような気分で、マリアンナは彼に促されるままに薄暗い礼拝堂に足を踏み入れた。なにが待ち受けているのかは百も承知だ。父さんがかつて訪れたことがあった。母さんとおばあちゃんはいずれ聖地詣でをすることをつねづね夢見ていた。

まさに栄光の地だった。

東の窓の前で足を止める。

青、赤、緑。

あでやかな色合いと類いまれな芸術性が、もののみごとに日射しと一体化している。目の前にそびえるアーチ型の窓は、高さ七六フィート、幅三二フィートはあり、狭間《はざま》飾りの下には、天使、族長、預言者、聖人などを描いた三平方フィート大のパネルが二十七枚、ずらりと並んでいる。どれも旧約聖書の場面から切り取ったもので、天地創造から始まってアブサロムの死で終わっている。その下には、黙示録の恐ろしい預言から取った八十一の場面を描いたパネルが九列にわたって並び、下の二列には、寄贈者であるダラムのスカーロー司教が、イギリス国王や聖人や大司教を脇に従えてひざまずく様子が描かれている。

「この窓は四百年以上も昔、ロバート・コヴェントリーが三年もかかって仕上げたんだそうだ」ジョーダンが説明した。「見返りは、当時としては破格の五六ポンド。どうだ、それだけの価値があると思うか？」マリアンナが答えないでいると、彼女の表情にちらっと目をやり、納得顔でうなずいた。「当然とでも言いたげな顔だな。おれも同感だ」

「なんてすばらしいの。夢みたい……」

「気に入ってくれると思っていた」ジョーダンは顔をほころばせた。「昼まで時間をやるから、ゆっくりコヴェントリーの祭壇を拝ませてもらうといい。その程度なら、ゆうにドロシーとの約束に間に合う」

「昼まで？」マリアンナは首を振った。「もっと時間がいるわ。窓はこれ一枚きりじゃないのよ。この大聖堂には百三十もあるんだから」

「そうはいっても、ドロシーに約束したんだ――」マリアンナの切羽詰まった表情を見て、言葉を呑む。「くそっ、もうどうにでもなれだ。日没までだ」

マリアンナはいさんでうなずいた。「それだけあれば、西の窓も充分見られる」巨大な窓を振り返り、夢見心地で言う。「彼はグリザイユ（全体を灰色の濃淡で描く画法）と色をみごとに組みあわせてるの。すばらしいと思わない？」

「ああ、すばらしい」ジョーダンはにんまりと笑った。「おれは大司教と話をしてくる。誰もおまえの邪魔をしないように」

「邪魔なんてさせない」

「ああ、なにものもいまのおまえを邪魔することはできないだろう。ついでに近くの宿屋に行って、おまえに合うような靴とガウンがないか見てくるよ。その格好のままキャンバロンに帰るわけにもいかないからな」

数あるパネルのうちの数枚には、コヴェントリーのユーモアのセンスが見え隠れしている。そんな話は父さんから聞いていなかった……ジョーダンがいま、なにか言ったかしら？「ええ、お願いするわね」

「あるいは粗布と灰のほうが似合うかな」

ブルーは信じられない色合いだけど、ああ、あの赤だって……「なんでもかまわないわ」

彼女の目には、もはや首を振るジョーダンの姿は映っていなかった。立ち去る彼の足音も耳に届いていない。

どうやったら、こんな驚くべき赤の色合いを生みだせるのだろう。

ジョーダンが西の窓にやってきたのは、まさに最後の光が空から消え失せようとしている瞬間だった。マリアンナの興奮しきってぎらついた目と熱に浮かされたような顔を見て取るや、さっそく近くの宿屋へと引き立てていく。彼女のほうは、ガウンの包みを押しつけられてもほとんどうわの空だった。

青と赤。

不透明さと透明さ。

日射し。

そう、なによりもまず、日射しだ。

ほどなくジョーダンは彼女を馬車に押しこめ、自分も隣りに腰をおろした。「充実した一日を過ごせたようだな」

「一日じゃない。永遠に続くのよ」マリアンナがぼんやりと言う。

「これまでだって、あの窓は延々と生きつづけてきた」

「そう。どんなに偉大な絵でも燃やすことはできる。彫像は倒すことができる。でもあの窓は永遠に生きつづけるの」

「ネブロフみたいなろくでなしがちょっかいを出さなけりゃな」ジョーダンは顔をしかめた。「頬が赤いぞ。気分はどうだ？」

「日射しが……」

「ジョージにフルーツを持ってこさせた。食べられるか？」

マリアンナは二度となにも口にできない気がしていた。鮮やかな色が体じゅうに満ちあふれ、はちきれんばかりだった。「自分が窓ガラスになったような気分よ。ちゃんと実体はあるのに、外から透けて見えるみたいで……」かぶりを振る。「すごく変な感じ。どこかおかしいのかしら、わたし？」

ジョーダンはくすくす笑った。「酔っぱらってるのさ」

マリアンナはまたも首を振る。「ワインなんかひと口も飲んでない」

「ブドウから抽出した酒よりも、よほど危険な酔い方があるということだ」彼女の体を引き寄せ、自分の肩に押しつけた。「いいから休め。おれはおまえと違う。弱ってるときの相手にはやさしくなれる」

マリアンナは体をこわばらせた。いつだったか、この手の親密さには抵抗すべしと決めたはずなのに、いったいどういう理由からだったのか、いまは思い出せない。ふっと体から力が抜けた。

ジョーダンは大聖堂を見せてくれた。こんな奇跡を体験させてくれた。

「とにかく眠るんだ。来るときも、ろくに寝ていないんだろう？」

「あなたに腹を立てていて、それどころじゃなかった」

「なるほど」

「どうしてこんなこと？」

「ろくでなしや酔っぱらいの気まぐれに理由はない」

「気まぐれなんかじゃない」

「おまえがそう思いたいなら、反論はしない。おれとしては、できるだけ善行を施して信用を勝ち取らないと、バランスが取れなくて首がまわらなくなるってだけのことだ」

「すごく……感謝してる」

「どうせなら、そいつをグレゴーに言ってくれ。そうすりゃ、痛い目に遭わされずにすむかもしれない」

ジョーダンは少しもまともに取りあおうとしない。やはりこれは、母親をモデルに窓を作ってあげたお礼のつもりなの？　それほど嬉しかったということなのだろうか？　いいえ、彼の真意など探るだけ無駄だ。そんなことはどうでもいい。彼はわたしに大聖堂を見せてくれた。それはまぎれもない事実だ。

「あのブルーの色合いを見た？」

「ああ」ジョーダンは彼女の髪を撫でた。「じつを言うと、全体を眺めるのが精いっぱいで、細かいところまでは目がいかなかったんだが」

「その細かいところを仕上げるのがむずかしいのよ」

「あの作品の前じゃ、さすがに、おまえのおばあさんが作った『天国に続く窓』もかすんで見えるか」

「いいえ。おばあちゃんのほうが上手よ。でも、おばあちゃんはあんなに大きな規模の作品は手がけたことがなかった。七六フィートだなんて……」

「どうやら大聖堂のことで頭がいっぱいで眠れないようだな。カットラインを加えたあとはなにをする？」

「え？」

「いつだったか説明してくれただろう。カッティング用の最終スケッチを作成する手順を。次はなにをする？」

あの塔での夜のことだ。わたしの言葉を心に留めておいてくれたなんて、思ってもみなかった。暗闇に響く彼の低い声と、ふたりを包む妖しげな雰囲気がまざまざとよみがえる。いまもまた同じ闇夜だけれど、ここにあるのは安らぎ。危険なにおいはない。

「仕上げごてかホイールカッターを使って、ガラスを切り分けるの。そのあと、パウダーストーンを使って、いちばん外側の色の層をこすり落とす」

「それから?」

「こんな話、聞きたくないくせに」マリアンナはむっつりと言う。「あなたが興味を持つような話じゃないもの」

「おれはいつ終わるともしれない、屋根に穴の開いた生活を送ってるんだ。おまえの知識を試す権利ぐらいはあると思うが」

わたしの知識が正しいかどうか、彼に確かめるすべはない。けれど、それで彼の気がすむというなら話すぐらいかまわないだろう。「溶かした蜜蠟《みつろう》を使って、切り取ったガラス片を枠組みにはめこんで、鉛線に仕上げ塗装をする。それからガラスに差しこむ光の具合をチェックするの」マリアンナはあくびをした。ようやく眠気が襲ってきたようだ。ひとつひとつ手順を説明しているうちに、コヴェントリーの作品を目にしたときの興奮はいつのまにか鎮まった。「ガラスに塗装して、ホワイトガラスにはシルバー塗装を施しておく。そして窯に入れて色を落ち着かせてから、鉛片とセメントを使ってしっかりと固定させるの」

「コヴェントリーもそんな七面倒くさいことをしたわけか?」

「誰だってやることよ」

「実際はもっと複雑な手順があるんだろう」わたしが複雑な問題や工程をはしょって、概略の説明ですませたことを、彼はちゃんと見抜いている。「いつか、おまえが作っているところを見せてもらえるか?」

急にざわざわと心が騒いだ。「いやよ」

「どうして?」

「ステンドグラスはわたしだけのものだから」

「だからこそ、見てみたい」

マリアンナは首を振り、彼の肩に頭をうずめた。「眠くなったわ」

「話をはぐらかすな」ジョーダンは詰め寄ったものの、それ以上深追いはしなかった。「眠るといい。今夜のおれの頭には後光が差しているらしいからな。わざわざ曇らせるような真似はやめておこう」


キャンバロンに数マイルと迫ったところで、グレゴーが屋根つき馬車に乗って待ちかまえていた。

ジョーダンらの乗る馬車を認めるや道におり立ち、恐ろしく長い腕を振ってジョージに止まるよう合図する。さっさと馬車の扉を開け、マリアンナの顔をのぞきこんだ。「大丈夫か?」

マリアンナはうなずき、晴ればれとした笑みを浮かべた。「大聖堂に行ってきたのよ」

グレゴーの表情が緩んだ。「ドロシーから聞いた。彼女はひどくおかんむりだったが、ジョーダンのやつ、少なくとも誰かに言い残していくぐらいの礼儀はわきまえていたようだな」

「扉を壊したのか？」ジョーダンが口をはさんだ。

「当たり前だ。あんなもの朝飯前だ」にたりとし、マリアンナを地面におろす。「マリアンナを迎えにこなけりゃならないからな。先に彼女を城に連れ帰って、食器洗い場からこっそりなかに入れ、裏階段を使って部屋に戻す。おまえは一時間ほどここで時間を潰してから、帰ってきてくれ」

「またもや、おれのために作り話をでっちあげたか？」

「サウスウィックさ。つまりはこうだ。あそこは耐えがたいほど暑くて、おまえはひどく酔っぱらっていた。そこでシーストーム号で帆走に出かけることにした。目が覚めたら、岸に乗りあげていた」グレゴーは肩をすくめた。「最近の比較的まともな生活ぶりを考えれば、そうやすやすと信じられる話じゃないが、ダイヤモンド公爵の時代を覚えてる連中にすれば、うなずける話だ」

ダイヤモンド公爵。たしかドロシーもそんなことを言っていた……物思いにふける間もなく、マリアンナはグレゴーにせっつかれて屋根付き馬車のほうに向かった。

「ジョージによく言い聞かせておけよ。つまらない話をするなと」グレゴーがジョーダンに声をかけた。

「彼なら大丈夫さ」

「待って」マリアンナは足を止め、ジョーダンを振り返った。「ありがとう」

彼は肩をすくめた。「礼を言われる筋合いはない。言っただろう。酔っぱらいの気まぐれにすぎないと」馬車のなかに戻りかける。「彼女を頼むぞ、グレゴー。おれはせいぜい退屈に耐えて、ここで待つことにするよ」

馬車が動きだしても、マリアンナはしばらく口を開かなかった。「気まぐれじゃなかったのよ、グレゴー」

「そのようだな」

「彼はすごく親切にしてくれた」

「ああ、あいつにもそういうときがある」

マリアンナは片手を力なく振った。「彼のことがわからない」

グレゴーは答えなかった。ただ手を伸ばし、彼女の手をやさしく叩いた。

ジョーダンはきっと、わたしには慰めが必要だと思ったのだろう。たぶん、それは間違ってはいなかった。この旅の最中、予想外に彼との距離が縮まった気がする。酔っぱらっている彼も怒りに身を震わせる彼も、父親のような彼も思いやりあふれる彼もこの目で見た。

それに、なんといっても彼はあの大聖堂を見せてくれた。

それほどの恩を受けておいて、どうやってこれから彼と闘えるというのだろう?

それでも闘うしかないのはわかっている。

このうえはみずからの技術を完璧なものにし、母さんから与えられた仕事を達成するための計画に取りかからなくては。日々キャンバロンのために仕事をするにしても、そのうちのせめて一時間はジェダラーのために使うようにしなくてはならない。

ジョーダン・ドラケンが君臨するこの不可思議な世界において、しっかりと地に足をつけて生きていくには、それが唯一の方法なのだから。

一八一一年九月六日
イングランド、サウスウィック

ネブロフは喜んでくれるだろう。

マーカス・コステーンはキャンバロンから届いたメモを暖炉のなかに投げ入れ、それが丸まって黒こげになっていく様子をじっと見守った。あの少女の技術が順調に向上しているという情報は、むろん間違っている可能性もある。キャンバロンに派遣したスパイは、その手の判断を下せるだけの人間ではない。とはいえ、彼女が閣下の思惑に応える力をつけた、そのことだけでも大きな意味を持つ。ここ最近ネブロフからの手紙の内容は、日に日に辛辣《しんらつ》さを増し、いらだちを浮き彫りにしてきている。ナポレオンの東方への侵攻を見据え、いまはなんとしても取引材料が欲しいところなのだ。

それにしても、これ以上この自分にどうしろというのか。この二年というもの、ひたすら待つだけの生活は決して愉快なものではなかった。娘を見張っていることをドラケンに知られてはならないとネブロフから固く命じられていたために、いきおい金で雇った情報屋からの報告に頼らざるをえず、マーカスとしてはこの港町の退屈な宿でじっとしている以外になかった。このあたりのイギリス人はいちように外国人嫌いらしく、おかげでますます不愉快な思いをさせられた。このうえは誰かにその埋めあわせをしてもらわなければ、腹の虫がおさまりそうにない。

だが、長期におよんだ異境生活もついに終わりに近づいている。

彼はテーブルの前に腰をおろしてペンを手に取ると、最後の報告になるであろうネブロフへの手紙をしたためはじめた。

8

一八一二年一月十二日
キャンバロン

「それはそこじゃないわ!」マリアンナがロビーを勢いよく駆けてきたかと思うと、もったいぶった足取りでダイニングルームに向かっていたグレゴーの手から、細長いパネルを奪い取った。「これはボールルームの壁に飾るつもりなの。そうすればフラワードームが引き立つでしょ」

「そんな話、聞いてなかったぞ」グレゴーが穏やかに反論した。「キャンバロンじゅう、パネルで埋めつくすつもりか?」手元のパネルに目を移す。「みごとな出来だが、花ばかり描いていちゃ飽きるだろう」

マリアンナは肩をすくめた。「ボールルームには花がぴったりなの。なにより美しいでしょう? 見る人の目を楽しませてくれるわ」

「ロビーの窓に描かれた虎とは大違いだな」グレゴーがにんまりとした。「たまたまこのあいだの夕方、沈む夕日に背後から照らされてるところをちらっと見かけた。飛びかかってくるんじゃないかと、思わず身構えたよ」

「光栄だわ」マリアンナが微笑んだ。「それだけ出来がいいということね。今夜のお客さまたちも、あのフラワードームを、そんなふうに感じてくれると嬉しいんだけど」笑みが消え、悲しそうな顔つきになった。「わたしも実際に見られたらどんなにいいか」

「毎日見ているじゃないか。ここ三年間ドームにかかりっきりだ」

「それとは意味が違うの。どんなだろうっていつも想像してきた。大勢の人があのドームの下で踊って……彼女たち自体がきっと、たくさんの花が揺れてるみたいに見えるわね」その夢が叶わないことは承知のうえだ。幼い少女のイメージを保つなら舞踏会には参加できないし、彼女自身、永遠の子供でいつづけることでアレックスをいらぬ中傷から守れるなら、あえてその立場を貫こうと決心していた。それというのも、この三年、努めて世間に姿をさらさないようにしてきたが、それでも上流社会の偏狭さや残酷さはまさしくドロシーやグレゴーから聞かされていたとおりであることを身を持って痛感させられたからだ。ドロシーがその立場を楯《たて》にことあるごとにあいだに入ってくれたおかげで、なんとか毒が直接およんでくることはなかったけれど。マリアンナは笑顔を取り繕った。「でも、明日あなたから話を聞けばいいことよね」パネルを持ちあげて光にかざし、首を振った。「だめだわ、これ。あまり出来がよくないわね」

「みごとなものだと思うがな」

「ありきたりよ。先月作ったのを使うことにするわ」マリアンナは声を張りあげた。「ロバート！」

若い召使いが走ってやってくると、彼にパネルを手渡した。「これを厩舎の物置にしまってきて。それから塔からジャスミンのパネルを取ってきてちょうだい」

「ジャスミン?」ロバートが怪訝《けげん》そうに訊いた。

「白い花よ」

彼はうなずき、一目散に駆けだしていった。

「あの物置のなかに捨てられてるパネルの数といったら、ブライトンの宮殿の窓を全部飾れるほどじゃないか」とグレゴー。

マリアンナは肩をすくめた。「いずれ使うつもりよ。それより、松明《たいまつ》のほうは準備できた?」

「もちろんだとも」

「雨が降ったらどうするの?」マリアンナは突然不安に駆られた。「雪だって降るかもしれないじゃない。実際、昨日降ったばかりだし。いっそのこと、午後のパーティにしてくれたらよかったのよ。日射しがあったほうが、ドームはずっときれいに見えるはずだわ」

「ジョーダンが今夜の舞踏会に招待してしまったんだ」グレゴーが根気強く説明する。

「それで、自分はぎりぎりまで顔を見せないの?」

「ここ二カ月スウェーデンにいて、ようやく二日前にロンドンに戻ったばかりなんだよ」

そのことならマリアンナも承知していたが、それでも納得いかない思いだった。「彼が皇太子を連れてこなかったなんて意外ね。愉快な人だと言ってたんでしょう。それとも、本当に気に入ってたのは皇太子妃のデジレのほうなんじゃないのかしら。ドロシーが言ってたわ、彼女は魅力的な人だって」

「彼が気に入ったのは皇太子だよ」グレゴーの目がきらめいた。「それにたとえアフロディーテだろうが、用もないのにジョーダンをあの寒い国に引きとめておくことはできなかったはずさ」

「そんなに寒いのがいやなら、どうしてこんな真冬に舞踏会を開くなんて言ってきたのかしら」

「なぜだと思う?」

「知るわけないわ、彼の考えていることなんて。やってきたかと思ったら、また去っていくだけ。自分の好きなように生きてるんだもの。彼には――」

「ドームが完成したことを彼に伝えた。きみの作品をみんなに自慢したがっていた」

一瞬にしてマリアンナの頰が赤く染まった。さっとグレゴーの顔に目を向ける。「ほんと?」

グレゴーはうなずいた。「彼はきみの仕事をえらく誇りに思っている」

「そんなこと、彼の口から一度だって聞いたことがないのに」

「ジョーダンが本心を打ち明けるのが苦手なことぐらい、知ってるはずだろう。彼はこの城に関してはきみの好きなようにさせてきた。違うかい?」

「そのとおりよ」にわかに喉の奥が締めつけられるような感じがして、あわてて咳払いをした。ジョーダンがわたしを誇りに思っている。わたしが彼を喜ばせた。そう思うだけで胸が高鳴ったが、素知らぬ顔を決めこんだ。「自慢したいとか言っておいて、肝心の舞踏会に遅れるようじゃ意味ないわよね」

「きみにとってはどうでもいい話だろうが、彼はスウェーデンを説得しようと必死なんだ。ナポレオンを退けて、同盟に加わるようにとね」

そして、事態は彼の思惑どおりに転がるのだろう。あのモンタヴィアではじめて会ったジョーダンとも、たまにしかキャンバロンに帰ってこないジョーダンとも、まったく違うジョーダン・ドラケン。ヨーロッパ全土を飛びまわり、自分の都合のいいようにものごとを操る、才気縦横でひと筋縄ではいかない男。そんな存在はわたしには不可解なだけだ。いつだったかグレゴーから聞いたことがある。ナポレオンの信任の厚いバルボア将軍を口説き、皇帝を裏切って同盟側につくよう仕向けたのはジョーダンだったとか。それにフランスの経済破綻《はたん》の原因ともなった、リヨンの銀行の相次ぐ倒産にも、どうやら彼が関わっているらしい。それほどの破壊工作を企む、強迫観念にも似た執着心。それを思うと、おのずと体が震えてくる。

「どうしてそれほどまでにナポレオンを憎むの？」

グレゴーは肩をすくめた。「イングランドじゃ誰もがナポレオンを憎んでいる」

そんな答えではぐらかされてはたまらない。「どうして憎むの？」執拗《しつよう》にくり返した。

グレゴーは少し思案したあとで言った。「きみの言うとおりだ。ジョーダンの憎しみはきわめて個人的なものだ。ようするに、ナポレオンのやつはおれの縄張りを脅かしつつある、断じて許せんというわけだ」

マリアンナは意味が呑みこめないというように眉間に皺を寄せた。「縄張りってカザンのこと？」

「それにここ、キャンバロンだ」

「彼はキャンバロンのことなんて少しも気にしていないじゃないの」

「周囲の人間の愛情を受け入れようとしないからか？　きみなら彼の表向きの顔に騙《だま》されないと思ってたがな」

あれほど堅固な壁を塗り固めているジョーダンの本心を推し量れる人間がいたら、お目にかかりたいものだ。「彼が嘘をついているというの？」

「ジョーダンは愛情に縛られることをなにより嫌っている。だから自分にも断じてそれを許そうとしない。彼の場合、それを許すことはすなわち、自分の所有物の運命に即、関わってくることだった。危険きわまりないものってことだ」

「どうしてそんなふうに思うの？」

「彼の所有物は永遠に彼のものだ。それは情熱、あるいは強迫観念に近いものになっている。自分は死ぬまでカザンとキャンバロンを守りつづけなければならないとわかっているんだ。自分の性格がそれ以外を許しはしないとね」グレゴーは顔をそむけた。「さてと、ドロシーが助けを必要としてるかもしれないから、様子を見てくるかな。準備で大わらわだろう」

マリアンナはどうにかして彼を引きとめたかった。この数年間じらされつづけてきた質問の答えが、もう少しで手に入ろうとしているのだ。「グレゴー、どうして——」

すでに彼の姿は部屋になかった。都合の悪い質問を向けられると、グレゴーはいつだって文字どおりに逃げるか、答えをはぐらかそうとする。ただし今回にかぎっては、彼の口から聞きたくない答えまで引きだしてしまった気がした。

自分の所有物を守ろうとする異常なまでのジョーダンの執着心を想像すると、背筋が薄ら寒くなった。ひとりの男を破滅させるために帝国ごと転覆させようと企てるほどの人間なら、自分の目的を達成するためには手段を選ばないだろう。

そういえば、ジョーダンがなぜこんな真冬に舞踏会を開くことにしたかについては、結局明確な答えを得られずじまいだった。それにそのときのグレゴーの顔には一瞬、まぎれもなく奇妙な戸惑いの表情が浮かんでいた。ジョーダンが彼女の作品を誇りに思ってくれているというのは嘘ではないにしても、今回の舞踏会にはなにか別の意味があるのかもしれない。

ここ一年、マリアンナ自身、じょじょに不安に駆られることが多くなってきた。情勢の変化がめまぐるしく、誰もがナポレオンのロシア侵攻を噂している。そろそろ時間切れが近づいているのかもしれない。そして今回の舞踏会が、この静穏な日々の終わりを告げる最後のチャイムになるのかもしれない。

どのみちこのときが来るのは、覚悟していたこと。そのための準備も怠ってはいない。いよいよキャンバロンを立ち去ることを考えるときが来たということだ。

でも、いまはまだだ。そう焦る必要はない。ジョーダンのナポレオン打倒計画が順調に進んでいるのは明らかで、ということは、目的達成のためにジェダラーを利用する必要もない。彼女の仕事はいたって順調。アレックスの環境も申し分ない。

そしてマリアンナ自身、ここでの生活に満足している。

グレゴーやドロシーとも別れたくはない。いまではこの場所にすっかり馴染んでしまっている。ジョーダンはキャンバロンになんの思い入れもないかもしれないけれど、マリアンナにとっては生まれ育ったバンガローと同様、故郷とも呼べる場所になりつつあった。

それに、あのステンドグラスのドーム。その完成の喜びだけは、彼女もともに分かちあいたかった。魂を込めてキャンバロンに捧げた力作。あれを目にしたときのジョーダンの顔を見てみたかった。ともかく、すべてはジョーダンが帰ってきてからだ。キャンバロンを立ち去ることを考えるのはそれから。

すべてはジョーダンが帰ってきてから。


「一緒に二階に来てくれ、グレゴー」ジョーダンは帽子と乗馬用手袋を召使いに向かって投げ、どかどかと階段をのぼった。「着替えをしなきゃならん。舞踏会に遅れでもしたら、ドロシーに雪のなかに放りだされる」

「ああ、やりかねないな」グレゴーは彼のあとに続いた。「そのときは、おれも彼女に手を貸すとしよう。とっくにお客は到着してるんだぞ。こんなぎりぎりになって、よくものこのこと帰ってきたもんだな。いったいおまえは——」

「ネブロフが極秘裏にポーランドでナポレオンと会っている」

グレゴーが足を止めた。「たしかか？」

「ストックホルムにいるヤヌスから報告が入った」

「会談の内容もつかめたのか？」

「聞かなくても、ネブロフの思惑ぐらい想像はつくさ。おおかたナポレオンがロシアに侵攻したあかつきには、モンタヴィアとカザンを自分に譲ってほしいとでも言うんだろう。問題は、取引材料としてやつがなにを手に入れたかだ」

グレゴーはふたたび階段をのぼりはじめた。「やつはやつで、ジェダラーを手に入れる方法を見つけだしたってことか？」

「さあな」ジョーダンは疲れきった声を出した。「ジェダラーのことを知ってるのはそれを作った職人だけだと聞いていたんだ。なのにその存在を、ネブロフはどうやって知ったのか。たぶんおれたちの知らないなにかをつかんでるな、やつは」

「あるいは単に、信頼に足る盟友であることをナポレオンにアピールしようとしてるか」

「ヤヌスにはネブロフを見張って、なにかわかったら連絡するように言っておいた。今後数カ月は、アレックスから目を離さないようにしておいてくれ」

グレゴーはかぶりを振った。「これまでだってちゃんと気をつけてきたさ。この三年間、キャンバロンの近辺に不審な人間が近づいたことは一度たりとない。マリアンナたちがここにいることをネブロフが知るはずはないがな」

「そう願うよ」ジョーダンは肩をすくめた。「おれの思いすごしかもしれないが、不意打ちを食らうのだけは避けたい」

「それはない」グレゴーは扉を開け、寝室に足を踏み入れた。「スウェーデンはどうだった？」

「寒いのひと言だ」ジョーダンは乗馬用の上着を脱いで、ベッドに放り投げた。「でも、うまくいったよ。もはやスウェーデンに味方はいないことをナポレオンは思い知るだろうさ。万一の侵攻の際には、ベルナドットはロシアにつくことになっている」

　グレゴーは部屋の隅に置かれたお気に入りの椅子に陣取った。ジョーダンの母親を描いたステンドグラスの窓と向きあえる特等席だ。「侵攻はもはや避けられない。あとはいつ始まるかという問題だろう」

「そういうことだ」ジョーダンは呼び鈴を鳴らして召使いを呼び、首元のスカーフの折り目を引っぱった。「すぐにも始まる」鏡を通してグレゴーの目をとらえた。「いよいよ切羽詰まってきたよ。マリアンナにジェダラーを作らせるにしても、どれだけ時間がかかるかわからない。もはや一分の猶予もない」

　グレゴーの表情がこわばった。「ジェダラーがなくたって、連合国の力をもってすればナポレオンは打ち負かせるだろう。すべてうまくいっていると言ったばかりじゃないか」

「ナポレオンはこれまでにない規模の軍隊を用意して、ロシアに攻め入ろうとしてるんだぞ。万一ロシアが倒れるようなことがあれば、カザンも共倒れの可能性は高い。そんな危険を冒すわけにはいかない」シャツの胸元を乱暴に開ける。「それを阻止するためなら、どんな手だって使う。彼女にはもう一度チャンスを与えるつもりだが、それ以上甘い顔をするわけにはいかないんだ」

　グレゴーは沈黙し、ほどなく声を落として言った。「その意見に反論の余地はない。カザンを倒させるわけにはいかない」立ちあがり、窓際に歩み寄った。「だが、今夜のところはマリアンナを傷つけるな。彼女はこの三年間、あのフラワードームを作ることだけに力を尽くしてきたんだ。彼女が舞踏会に出席してドームを自分の目で見られるように、おれがドロシーを説得した。今夜だけは幸せな気分に浸らせてやれ」

音もなく扉が閉じてからも、彼の言葉はジョーダンの心のなかで執拗に反響した。

〝今夜のところは彼女を傷つけるな〟

四カ月前に最後に目にしたマリアンナの姿が脳裏によみがえった。子供っぽく無邪気で熱意にあふれていた。

ジョーダンはサイドテーブルに拳を叩きつけた。

くそっ！

「じっと座ってなさい」ドロシーが叱りつけた。「髪にリボンを結んでいるところなんだから」

「そんなことをしても意味ないわよ。ドームを眺めるのに忙しくて、誰もわたしのことを見たりしないわ」マリアンナはけたたましく笑い声をあげた。嬉しくて心が浮き立って、天井まで飛んでいってしまいそうだった。「わたしのことを気にする人なんてひとりもいない。誰も彼もひたすらダンスを踊っては、わたしの作った美しい窓をほれぼれと見上げるの」

「それじゃみんな、首の筋を違えてひどい目に遭うわね。ほら、じっとして！」ドロシーは一歩あとずさり、艶《つや》やかなブロンドの髪を縛りあげた白いリボンを遠目に眺めた。「正当派ギリシャ風《む》ってところね。さあ、次はガウンよ」つかつかと衣装ダンスに向かう。「白にしましょ。無垢《く》な若い女性にはそれがいちばん」

「また白？」マリアンナはふくれ面をした。「この三年間、白以外の服を着たことがないわ」

「今回は特別な白よ」ドロシーはシンプルなデザインのハイウェストのガウンを引きだした。

丸い襟ぐりは肩があらわになるほど深くくれている。素材のシルクにはビーズが飾られ、蠟《ろう》燭《そく》の明かりにきらめいて、白というよりは銀色に見える。

「なんてきれい」マリアンナはため息混じりに言った。思わず手を伸ばして触れる。真冬の窓ガラスのようにひんやりとして、なめらかな感触だ。「でも、はじめて見るわ、こんなガウン」

「マダム・ブラッドショーがぎりぎりで昨日、仕上げてくれたのよ」

マリアンナはドロシーを振り返った。「舞踏会に出席してもいいってこと？」

「決まってるでしょう」ドロシーがぶっきらぼうに言った。「グレゴーと話しあって決めたの。あなたが自分の勝利を目にできないのはフェアじゃないって。それに、いつまでも十五歳というわけにもいかないでしょう。実際、あちこちで疑うような声も耳にしてるし。そろそろ少しぐらいなら、レディとして顔を出してもいいころかもしれないと思って」マリアンナが着ているゆったりしたシルエットのガウンのボタンをはずす。ガウンはすとんと床に落ちた。「そうは言ってもひやひやものなのよ。ひょっとしたら今夜を境に、ロンドンかドーチェスターにでもあなたを避難させないとならないかもしれないって」

「そんなのいやよ！」言下に否定する自分にあらためて驚いた。どうやら、キャンバロンを立ち去るなどと言っておきながら、本気じゃなかったらしい。

「そのことは明日話しあいましょう」ドロシーはマリアンナの頭にビーズ飾りのついたガウンをかぶせた。「メアリーの手伝いを断わったりするから、あたくしがこんな侍女みたいな真似をすることになったのよ」ぶつぶつ言いながらガウンの背中のボタンをかけてやる。

「人生最大の汚点だわ」

「自分でできるわよ。べつに手伝いなんて――」大きな姿見に映った自分自身の姿を目にして、はっと言葉を呑んだ。目が大きく見開かれる。「これがわたし……」

「ええ、そうよ」ドロシーはため息をついた。「やっぱり明日にでもドーチェスターに連れていかなければならないみたいね。まともな人間なら誰も信じやしないわ。ジョーダンがこれほどのレディと同じ屋根の下に住みながら、なにもないだなんて」

　これほどのレディ？

　これまでは鏡をのぞけば、いつだってだぶだぶのガウンとおさげ髪の少女がそこにいた。この数年のあいだに自分の体がいかに変化し、丸みを帯びたかを目の当たりにして、信じられない思いがした。胸にいたっては当世風の深い襟ぐりからあふれんばかりで、ほとんどなまめかしいほどだ。

　なまめかしい。その言葉に思わずひるんだ。いいえ、なまめかしいというのはティツィアーノの絵のなかの女性みたいなことを言うんだわ。わたしはただ少し……ぽっちゃりしているだけ。「この襟ぐり、深すぎないかな」

「その程度なら問題ない――」ドロシーが渋面を作る。「と思ってたけれど」彼女に長手袋を手渡した。「これで少しはなんとかなるでしょう」

　マリアンナは気乗りしない様子で手袋をはめた。「なんだか窮屈」

　ドロシーはまだ、大きくくれた襟ぐりを眺めていた。「窮屈そうには見えないわ」そう言いつつ顔をそむける。「それに手袋は礼式上必要なものなの。これからは手袋をはめずにキヤンバロンの外に出ることは認めませんよ」

「それなら二度とお城から出ないわ。仕事部屋にいたほうがずっと快適」マリアンナはくるっと振り返り、ドロシーに抱きついた。「ありがとう。あなたにもグレゴーにも感謝してる。本当に素敵なびっくりプレゼントよ」

「でも、本当は舞踏会なんかより仕事部屋にいるほうがいいんでしょ」

「今夜の舞踏会は違う。今回は……特別よ」

ドロシーは彼女の額にキスすると、ひとつ咳払いしてから、おもむろに注意事項を披露しにかかった。「あの吐き気がするような新しいワルツは絶対に踊らないこと。田舎の舞踏会といえども、認可なしには認められないことになっているのよ。それから、つねに控えめに恥ずかしそうにしていること。あたくしも終わりまでそばにいるつもりだけど、今夜のあなたのその姿、いくら手強い家庭教師がついていても無駄かもしれないわね」

「家庭教師？」

「婚期を逃したオールドミスのことよ」ドロシーが悲しげに言った。「自分がそう呼ばれているのは知ってるわ」

マリアンナの胸に怒りがわいた。「オールドミスだとしても、それはあなた自身で選んだからそうなっただけのことよ。あなたは頭はいいしきれいだし、今夜の舞踏会に出席する男性陣の半分は、あなたの美しい心に触れたら卒倒するわ。そんな呼び名で——」

「しーっ」ドロシーはマリアンナの唇に指を押しあてた。「べつに恨んではいないの。男受けしないということも充分に承知しているわ。ある意味、それは自分自身のせいでもあるのよ。まあ、その気になれば幸せな結婚もできただろうとは思うわ。恥じないだけの能力を持っているし、キャンバロン公爵とつきあっているような男たちなら誰だって、そのことを喜ばないわけはないんだから。でもね、あたくしは強い女として生きる道を選んだの。そして紳士というのは、すべからく弱々しくて協調性に富んだ女性を好むもの。それにあたくしが耐えられなかった。そういうこと」香水の入ったガラス瓶を手に取り、マリアンナの喉に浮かぶ脈のあたりに数滴塗りつけた。「バラよ。フラワードームにぴったりの香りでしょう?」

「ほんと、ぴったり」

「それなら笑いなさい。そんな顔じゃパーティの出席は認められないわよ。あなたの作品を目にしたときの彼らの顔を見るのが楽しみなんでしょう?」

その瞬間のことを思うと、否応なく気持ちが高ぶってくる。マリアンナはきびすを返して戸口に向かった。「踊り場で会いましょう。その前にアレックスのところへ行って、この姿を見せてきたいの」振り返ってとびきりの笑顔を作る。「わたしだってわからないわね、きっと!」

ロビーは優雅な装いに身を包んだ男女であふれ返っていた。ボールルームから音楽が漏れ聞こえてくる。

「ゆっくりよ」ドロシーが階段をおりながらマリアンナに言った。「みんなの視線を集めるようにゆっくりと」

「みんなに見てもらいたいのは、わたしじゃなくて窓よ」

「あたくしはあなたを見てもらいたいわ。あなたはこのあたくしの作品なんですから、きちんと評価してほしいの」

ロビーの奥の書斎の扉が開いたままになっていて、そこからジョーダンの姿が垣間見えた。レディ・カーライルを相手に鼻の下を伸ばしきっている。レディ・カーライル。ティツィアーノでさえ魅惑されそうなほどのなまめかしさを湛えた女性。例によってマリアンナの胸がちくっとうずいた。だけど、あれほどの美貌を備えたキャサリン・カーライルでさえ、ジョーダンの人生においては、際限なく次つぎと現れる女性たちのうちのひとりにすぎないのだ。あの美しいラルボン伯爵夫人のあと、どれほど大勢の女性がジョーダンのベッドに身を横えてきたか、いちいち名前を覚えてはいられないほどだ。

いいや、マリアンナは覚えていた。ひとり残らずはっきり記憶している。魅力的な赤毛のキャロリン・デュマークにヘレン・ジャクバール、そのあとはたしかエリザベス・ヴァン——

ジョーダンが書斎の扉を閉めた。

「しかめ面はおやめなさい」ドロシーがいさめた。

「それも上流階級の決まりごと？」減らず口を叩いてはみたが、ドロシーの言うことはもっともだった。ジョーダンがあの女性相手に肉欲に浸ろうと、わたしには関係ない。今夜は喜びの日。なにものにも誰にもそれを台なしにすることは許さない。「グレゴーの姿が見えないけど」

「松明の点火を見届けると言ってたわ」

「その役目はわたしがやりたかったのに」

「冗談じゃありませんよ。そんな素敵なガウンを着て屋根によじのぼるだなんて、許されるものですか」

マリアンナは額に皺を刻んだ。「みんな、わたしのことを見てる」

「そうね。少し目立ちすぎかしら」ドロシーは階段の下で足を止め、マリアンナの肘を取ってボールルームのほうへと促した。「いらっしゃい。人込みにまぎれたほうがいいから」ごった返す客にひととおり目を走らせ、ようやく目星をつけた。「あそこにティモシー・シェリダン卿がいらっしゃるわ。彼となら話が合うでしょう。あなたのお父さまと同じように詩をかじっているみたいだし、ダンスの相手としても無害だわね。せいぜいあなたの目と髪を題材に詩をしたためてみせるぐらいよ」

「え？　なんて？」マリアンナはほとんど聞いていなかった。夢見心地なまなざしで、天井の中央のガラスドームを見上げている。グレゴーが外で点火した松明の明かりがぐるりとドームを取り囲み、花も蔓もあでやかな色をまとって燃えあがった。紫のライラックとアイボリーのクチナシの花が、鮮やかなオレンジがかった赤色のハイビスカスと競うように咲き誇る。深緑の蔓が絡みあい、花々のあいだで引き立て役を演じている。四つの角には、ターコイズ色とコバルト色のきらびやかな羽を広げたクジャクが意気揚々とはねまわっていた。

「やったわ」かすれ声でつぶやく。「やったのね、わたし」

「すばらしい出来よ。本当に美しいわ」ドロシーがやさしく言った。「さあ、こちらへいらっしゃい。ティモシー卿に紹介しますから」

マリアンナは夢うつつのまま、部屋を横切って、隅に立つブロンドの若者のほうへ引き立てられていった。頭上の花々が丹念に磨きあげられた床にエキゾチックな影を落とし、そのなかで大勢の男女が華麗にコティヨン（フランス舞踏の一種）のステップを踏む。なにもかも夢見たとおりの光景だった。

肩越しに閉じられた書斎の扉をちらりと振り返った。いいえ、なにもかもというわけじゃない。ジョーダンがあの女性を置いて書斎をあとにし、ドームがどれほどすばらしい出来か、こと細かに言葉で言い表してくれたら。それって、そんなに大それた願いじゃないと思うけれど。


「ちょっと、ジョーダン！」ドロシーは勢いよく扉を開け、ずかずかと寝室に入った。遠慮のないまなざしをキャサリン・カーライルに向けると、彼女のほうは気圧されたのか、あわてて公爵から離れた。「お邪魔して申し訳ないけど、彼は今夜、とても忙しいの」

キャサリンが機嫌を損ねたのは明らかだった。が、どうやらドロシーと一戦を交えるよりも、ジョーダンを攻めたほうが効果ありと読んだらしい。「いいえ、お気になさらずに」ジョーダンに向かって精いっぱい感じのよい笑みを見せる。「すぐに戻っていらっしゃるんでしょう、閣下？」

ジョーダンが答えるのを待たずに、ドロシーが彼を外に引きずりだした。

「今度はなにをしたというんだ？」ジョーダンが首元のスカーフを整えながら訊いた。「おれはいつも、きみに怒られてばかりだ」

「いつものとおりの不埒《ふらち》な行動。こんな時間までホルスタインみたいな女と書斎に閉じこもりきりで、いっさい務めを果たそうとしない」ドロシーは鋭くなじりながらも、顔には笑みをはりつかせている。「さっさと書斎に戻って、あのいかがわしい女とちちくりあうがいいわ。ただし、マリアンナに声をかけてからよ。彼女の作品が気に入ったと」

ジョーダンは目を合わせようとはしなかった。「べつにおれが言うまでもないだろう。誰もが口々に賛歌を歌っているんだから」

「それなら、マリアンナに直接そう言っておあげなさい。彼女にはそれを聞く権利があるわ。どうして彼女を避けるの？」

「おれに喧嘩《けんか》をふっかけるのはやめておけよ、ドロシー」ジョーダンが低い声で言った。「今夜は危ない気分なんだ」

「安っぽい台詞《せりふ》ね。今夜はマリアンナにとって最高の夜にしてあげなきゃならないの」

「そうまで言われちゃ、おれもひと言褒めないわけにはいかない。いいだろう、彼女はどこだ？」

ドロシーは部屋の奥のほうにうなずいてみせた。「若いシェリダンと一緒。彼はもうマリアンナに夢中よ」

ジョーダンは部屋の隅に目を向けた。人波に遮られて彼女の姿は見えない。「少女が好みなのか？」

「少女？」ドロシーは驚いて彼を見た。「なるほどね。あなた、今夜の彼女を見ていないのね？」

いかにも今夜の彼は慎重にマリアンナを避けていた。彼女の姿を見たくもなかったし、話をしたくもなかった。いっそのこと自分を見失い、彼女のことを頭から閉めだしてしまいたかった。だが、その計画もドロシーのおかげで台なしだ。

〝今夜は彼女を傷つけるな〟

胸の奥がうずいた。もういい、グレゴーの命令なんてくそくらえだ。おれは精いっぱい努力をしたのに、運命がそれを許さなかったということだ。こうなったら、冷徹にやるべきことをやるしかない。部屋の奥に向かって歩を進めた。「彼女に敬意を払えということだったな。いいとも、やってやろうじゃないか。きみがなぜそこまで――」はたと歩調が鈍った。

マリアンナの姿が目に飛びこんできた。

そこには期待が現実となった姿があった。あまりにも美しく、官能的なまでに。

「あれでも少女？」ドロシーが囁いた。

どうだ、あの姿は。まるでこの三年間が存在しなかったかのようだ。塔の部屋で彼女を見つめ、欲望に駆られたあの日にたちどころに引き戻される。ほっと安堵感が押し寄せると同時に、下半身が硬くなったのに気づいた。そう、この反応こそおれが求めていたもの。欲望とは獰猛《どうもう》で歯止めがなく、容赦のないもの。いったんそいつに主導権を明けわたしてしまったら最後、どんなことだろうとできる。思いやりやさしさなど一蹴《いっしゅう》できる。

そうだ、蹴散《けち》らしてしまえ。

「ジョーダン」ドロシーが釘を刺すように言った。

「口を出すな、ドロシー」不敵な笑みを浮かべた。「きみが望んだことをやってやろうというだけだ」

「あたくしはそんなつもりで――ただあなたが――」

「つまりきみはこう思うわけだ。おれが長いことアレックスのポニーみたいにおとなしくしていたから、そろそろ放牧されるころじゃないかと。安心しろ、いまのところセックスには飽き飽きしてる」ジョーダンは若いシェリダンに視線を移した。「だが、マリアンナを見つめる目つきからすると、あの生意気な青二才はやる気満々ってところだな」彼の口元が引き締まった。「あの態度には我慢ならない。マリアンナはおれの被後見人だぞ。適当な言い訳をして、やつを彼女から離してくれ」

「冗談じゃないわ」

「いや、やってもらう」ドロシーにぎらついたまなざしを向けた。「さもないと、おれが大声でやつを呼ぶ」

「まさか、そんなこと」ドロシーはショックを隠せなかった。「どのみち、あなた相手じゃ彼に勝ち目はないわ」

「それなら、さっさと引っぱってきてくれ」あの男、さっきからマリアンナの胸ばかりに目をやっている。あれじゃまるで、両手であの胸を持ちあげて口元に運んでみたいと公言しているようなものだ。ジョーダンにはその胸のやわらかな感触が手に取るように想像できた。舌に触れる尖った乳首の感触までも。もはやシェリダンの夢想なのか自分の欲望なのか区別がつかない。「いますぐだ」

「彼女とふたりきりにするわけにはいかないわよ。あたくしのこれまでの努力を台なしにしたいの？」

「ふたりきりじゃないさ。きみが言ったんだろう？　今夜は少なくとも二百人の客がここにいると」

　マリアンナがこっちを見ていた。話の途中で、はにかむように彼に微笑みかける。

　驚くほどの美しさだ。

「ジョーダン、あたくしがここに呼ばれたのは、彼女を守るためでしょう」ドロシーが切々と訴える。

「ああ、きみはよくやってくれた。だが、それももう終わりだ」

「どういうこと？」

「理解できないなら、口をはさむのはやめることだな。ひと言で言えば、状況が変わったということだ」

「説明してくれなければ、理解のしようもないでしょう。あたくしはね、あの子のことがかわいいの。それに――」

「彼女はもう子供じゃない」

「ジョーダン、あなたはこれまでずっと彼女に親切に接してきた。ひょっとしたらと思ったぐらいよ――いったいどうして変わってしまったの？」

　ジョーダンは答えずにつかつかと進みでた。マリアンナの手袋をはめた手を取り、自分の唇に押しつける。「大成功だな、マリアンナ」

　マリアンナの頬がぱっと染まった。「気に入ってくれた？」

「ああ、大成功だ」ジョーダンはいかにも誠実そうな声でくり返した。「これでおれのボールルームは、イングランドじゅうの羨望《せんぼう》の的になる。おまえの技術はたいしたものだ。感動したよ」傍らのシェリダンにぞんざいにうなずいてみせる。「ごきげんよう、シェリダン。いとこがなにかきみに頼みたいことがあるそうだよ。何人かゲストを家まで送ってやりたいとかで……」おしまいのほうは曖昧《あいまい》にごまかし、ドロシーを振り向く。「ティモシー卿に任せておけば大丈夫だ」

シェリダンはしかたなさそうにドロシーを見た。「もちろんですとも。お役に立てるならなんなりとおっしゃってください、マダム」

ドロシーは唇を固く結んだ。「まあ、本物の紳士でいらっしゃるのね、あなたは」くるりときびすを返すと、堂々とした足取りで人込みを分けて去っていく。そのあとをシェリダンがあわてて追いかけていった。

「ドロシーはあなたに怒ってるみたいだけど、どうして?」

「さあ、おれが期待に応えようとしないからだろう。いや、あるいは応えたと言うべきか。しょせんこうなることは誰もがわかっていたんだから」ジョーダンは片手を差しだした。

「ダンスのお相手を願えますか?」

マリアンナはいさんで足を踏みだしたものの、すぐに首を振った。「これはワルツよ。ドロシーに言われてるの、ワルツは踊っちゃだめだって」

「禁止されてるのか? ドロシーとグレゴーの言いなりばかりになっていて、おもしろくないだろう?」

「そんな……まあ、そりゃそうだけど」困ったようにジョーダンを見つめる。「ふたりの言うことを聞くようにって、あなたもいつも言ってたじゃない。わけがわからない」

「おれはただ、ダンスを踊ってくれと頼んでいるだけだ」もう一度手を差しだした。「おまえの作ったすばらしいドームの下で、ワルツを踊ってみたくないか?」

「ええ」マリアンナの目がきらめいた。彼につられていたずらっぽい笑みがはじける。「踊ってみたい」彼の手に自分の手を重ねた。ジョーダンは彼女の腰に手をまわし、フロアへとリードしていった。


マリアンナはまるで空を飛んでいる気分だった。ふわふわと飛んでは、勢いよく地上に舞いおりる。唯一この体を地上に結びつけているのは、腰にまわされたジョーダンの手だけ。そう、これよ。これこそがわたしの求めていたもの。ジョーダンにリードされて、不思議な旅を体験する。空を飛んで、くるくるまわって、喜びを分かちあう。これでこそ、今夜が完璧な夜になるというもの。マリアンナは小首をかしげ、頭上のガラスドームを見上げた。

燃えあがる松明の炎。

光と闇のコントラスト。

目がくらむような幾重もの輪のなかで、あでやかな色と美が躍っている。

「やめろ」ジョーダンが言った。

「え?」

「やめろと言ったんだ。おれを見ろ」

マリアンナは言われたとおりにした。ふいに魔法がとけて、いっきに現実に引き戻されたような軽いショックを覚えた。こちらを見つめるジョーダンの緑の瞳がぎらついて、その目線は揺るぎもしない。無謀さ。好色。嘲《あざけ》り。

さっき近づいてくる彼の姿を見たときには、期待に胸がいっぱいで彼の態度の変化に気づく余裕などなかった。

ジョーダンは微笑んだ。「見つめられるだけで満足できるはずもないが、ガラスばかりに夢中で無視されるのだけは我慢ならない。ひどく甘やかされて育ったという話はしたと思うが、そのせいか妙に嫉妬深くてね」

マリアンナはかぶりを振った。「そんなの嘘よ」

ジョーダンの眉が持ちあがった。「ほう、それはまたどうして?」

「あなたが嫉妬するはずないわ。だっていつも見てたもの、あなたが――」ぐっと言葉を呑んだ。彼がほかの女性たちと親しくするのをいちいち監視していたなんて、知られたくない。だがそのとき、マリアンナは悟った。あらためて認めるまでもない。口にこそ出さなかったものの、彼はとっくにそのことに気づいていたのだ。

「おれもいつもおまえを見ていた」静かな口調だった。

なぜだか丸裸にされたような心許なさに襲われた。まるで、かろうじてふたりのあいだを隔てていた脆弱《ぜいじゃく》な壁が崩れ落ちようとしているかのようだ。マリアンナはあわてて天井を見上げた。「あなたが嫉妬を感じるほどなにかに思い入れるなんて、あるわけがない」

「そうかな。おれはドロシーに言ったんだぞ。あの若いシェリダンを追い払ってくれなければ、ハンサムなあの顔に穴を開けてやると」

マリアンナがさっと彼に目を戻した。「冗談でしょう」

「ドロシーはあんまりおもしろそうじゃなかったがな。おれ自身も驚いたよ」ジョーダンは彼女の体を思いきって大きくまわした。「だが、おれたちの関係は世間のルールに縛られちゃいない。そうだろう？　現状に飽きたら、ゲームの内容は変わる」

ジョーダンの顔から目が離せない。「それで、変わったの？」

「そういうことだ」ジョーダンはあらわになった彼女の胸の谷間に目をやった。「やれやれだな。去勢された男の気持ちがわかる気がするよ」

彼の手に触れられたわけでもないのに、唐突に胸がうずき、ふくらんできた。マリアンナはごくりと唾を呑んだ。「ドロシーがいつも言ってるわ。その言葉は下品の最たるものだって。それに去勢したとしたら、あなたみたいなハーレムは必要ないんじゃないの？」勢いあまって、つい口が滑った。

からかうような彼の表情がさっと変わった。笑うのかと思いきや、かすかに残っていた柔和さまでもが影をひそめた。「いつだったか話したはずだ。おれには慰めが必要なんだと。三年前におまえがおれを受け入れる準備ができていれば、ハーレムなど必要なかった」ふと顔をほころばせた。「今夜おれのところへ来い。ほかの女とはすべて手を切ると約束するよ」

マリアンナは鋭く息を吸った。お腹のあたりの筋肉がきゅっと縮みあがる。「こういうのは好きじゃない。どうして急にそんなこと――わかった、このおかしなガウンのせいね？　こんな服、着なければよかった」

「もっと前に着てほしかったぐらいだ。そういう格好は状況をはっきりさせてくれる。だが、おまえもわかっているはずだ。そのガウンが原因じゃないことぐらい。おれたちはいずれ、こうなるはずだったんだ」

「わかるもんですか、そんなこと。わたしはキャンバロンの生活に満足していた。だってわたし、思ってたもの――」いまとなっては自分がどう思っていたのか定かではないけれど、少なくともこんなふうに突然心を掻き乱される事態を想定してなかったのはたしかだ。「ここなら安全だって」

彼の顔に名状しがたい感情がかすめた。「おれは安全など約束した覚えはないぞ。おまえがおれの望むものを渡してくれるまではな」

マリアンナはびくりとした。彼の望むもの。その言葉には少しも官能的な響きはなかった。あるのはただ、彼女をモンタヴィアでのキャンプファイアの夜に引き戻す、容赦のない決意だけだ。

ああ、なんて愚かだったの？　すっかり有頂天になって、今日の午後かすかに感じた不吉な予感めいたものを完全に無視してしまうなんて、おめでたいもいいところだ。「ジェダラーね。ジェダラーのことを言ってるんでしょう？　いまならそれが手に入ると思ってるのね」

ジョーダンは頭上のドームを眺めやった。「いまじゃおまえはたいした職人だ」

マリアンナのなかでなにかが悲鳴をあげた。「言ったはずよ。あなたには渡さないって。絶対に渡さない」

「渡してもらうしかないんだ、マリアンナ。今日までおれなりに忍耐して待った。おまえにジェダラーを作る技術が身についたことは、一年以上も前にわかっていた。できたらおれのほうから言いださなくてもすむことを願ってたんだ」

涙が込みあげ、マリアンナは必死であふれさせまいとした。「アレックスとわたしの面倒を見ていれば、そのうち弱腰になってわたしのほうから差しだすんじゃないかと？　言っておくけど、あなたに借りはひとつもない。この薄暗い建物に手を加えて、光と色にあふれさせてあげただけよ」

「ああ、そのとおりだ」ジョーダンは彼女の目を見据え、乱暴な言い方をした。「それに弱腰のおまえなどうんざりだ。おまえには強いままでいてほしい。おれと闘い、おれに闘いをふっかけるぐらいに。おれと闘うがいい」

「言われなくてもそうするわ」マリアンナの声はうわずっていた。「お願いだから離して。これ以上ここにいたくない」

「曲が終わってからだ。まだ話が残ってる」

「いますぐよ！」一刻の猶予もならなかった。彼の手を振り払い、部屋を駆け抜ける。ダンスに興じる客たちがひそひそと囁きあう声が聞こえた。こんな格好を見られては、もはや評判もなにもあったものじゃないだろう。彼らがどう思おうが関係ない。いま肝心なのは、ジョーダンの手から逃れることだ。

戸口から走りでようとして、グレゴーとぶつかりそうになった。

「マリアンナ」

気まずそうなグレゴーの顔を見て、どうにか笑顔を取り繕う。「松明は素敵だった。なにもかもすごくきれいだったわ、グレゴー」

「彼にジェダラーを渡してしまえ」グレゴーが低い声で言った。「彼だってきみを傷つけたくないだろうが、やるとなったらやるぞ。どんな手を使ってもきみを潰しにかかる。そのときおれはなんの手助けもしてやれない。彼に渡してしまうんだ」

マリアンナの顔から笑みが消え失せた。圧倒的なまでの孤独に胸が押しつぶされそうになる。わたしはひとりぼっちだ。友だちだと思っていたグレゴーにまで見捨てられた。

マリアンナは彼を押しのけ、階段を駆けあがった。


グレゴーは振り返り、その場に立ちつくしたまま、ジョーダンがボールルームを横切って近づいてくるのを待った。

「彼女は二階か?」グレゴーのそばまで来るなり、ジョーダンが訊いた。

グレゴーはうなずいた。「追っても無駄だぞ。扉を開けてくれるわけがない。おまえは彼女を怯《おび》えさせたんだ」

そのとおりだ。それどころか、傷つけもした。そのほうがなおさら悪い。「今夜のうちにアレックスを連れて、城を離れてくれ。すぐにだ。サウスウィックまで行ってシーストーム号に乗せ、岸に沿って航行しろ」

「目的地は?」

「そんなものはない。坊主を楽しませてやってくれればいい」

「いつまで?」

ジョーダンは肩をすくめた。「ほんの二、三日だ。そのあとキャンバロンに連れ帰ってくれ」

グレゴーはいっとき探るようにジョーダンの顔を眺めてから言った。「そして、おれたちが戻ってきたときにはマリアンナの姿はない」

「ああ、彼女はダルウィンドに連れていく」

グレゴーが悲しげに笑った。「彼女を懐柔してジェダラーを手放させる方法を見つけるためか?」

ジョーダンは階段を見やった。「おれになにを言わせたい? この滑稽な茶番劇を続けろというのか? もう充分だろう。おまえのいたいけな少女はもはや子供じゃなくて女だ。おまえの言うとおり、おれはジェダラーを手に入れたい。彼女をベッドに引きこみたい。ダルウィンドでその両方を手に入れる方法が見つかったら、躊躇《ちゅうちょ》はしない。今度おまえが彼女に会うときには、彼女は間違いなくおれのものになっている」ふてぶてしく笑う。「今回ばかりは、なにをしようがおまえにも止められないからな」

「わかっているとも。ついにおまえは、欲しいものを手に入れる口実を見つけたわけだ。悲劇だな。ふたりともひどく傷つくことになるぞ」

「それならそれでいい。ヤヌスからなにか報告が入ったら、ダルウィンドまで知らせてくれ」

グレゴーは沈鬱《ちんうつ》な顔でうなずき、階段をのぼった。「坊主を連れてこよう」

マリアンナは寝室の扉を閉め、震える手で手袋をはずした。ビーズ飾りのついたガウンも脱ぎ、衣装だんすのいちばん奥に押しこむ。こんな服、二度と袖を通すものですか。夕方脱いだまま放ってあっただぶだぶのガウンを急いで身につけ、ショールを引っつかむと、部屋から飛びだした。長い螺旋《らせん》階段を塔の部屋まで駆けあがる。

部屋に飛びこむなり、はっと足を止めた。

ジョーダンが両脚を投げだして、作業用テーブルの前に座っていた。「まだ話は終わってない」テーブルの上の蠟燭が、細長い頰骨にちらちらと影を投げかけている。「ここに来ると思っていたよ。おれに脅されて、逃げこむ場所があるとすればここしかない。そうだろう？」

マリアンナはきびすを返し、部屋から出ていこうとした。

「明日、おまえはおれと一緒に城を離れるんだ」

マリアンナがさっと振り返った。「いやよ！」

「それほど遠い場所じゃない。ダルウィンドの猟小屋、南に一〇マイルってところだ」

「どうしてそんなところに？」

「どうやらおまえはここの人間たちをおおいに感化して、愛情までも呼び起こしてしまったらしい。そこで、もっと説得に応じる気になる環境に連れていきたいと思ったわけだ」塔の部屋のなかをそっけなく見まわす。「それに、決して逃げ場のないような環境に」

「あなたとなんか行くもんですか。決めたのよ、アレックスを連れてドロシーと一緒にドーチェスターに行こうって」

ジョーダンは首を振った。「アレックスはすでに別の旅に出発した」

マリアンナの目が見開かれた。「嘘よ。彼はベッドで眠ってるわ」

「さっきまではな。そのあとグレゴーが起こして、偉大なる冒険の旅に出かけようと説得した」

アレックス！　恐怖が胸を突きあげた。叩きつけるように扉を開け、アレックスの部屋をめざして駆けおりていく。

はたして、部屋に彼の姿はなかった。

くしゃくしゃになったままのベッドカバーを呆然と見下ろす。胃がむかついてくる。

「おまえがおれの言うとおりにするかぎりは、彼の身の安全は百パーセント保証する」ジョーダンの声が背中で言った。

マリアンナは両腕で胸を抱え、懸命に震えを抑えようとした。「グレゴーがアレックスを傷つけるわけがない。彼はまだほんの子供なのよ」

「だが、グレゴーはわかっているはずだ。カザンの子供たちは、われわれがなんらかの手だてを講じて守ってやらなければ死んでしまうってことを。誰を守るか選ぶとなったら、彼はカザンを選ぶ」

グレゴーの言葉がマリアンナの脳裏によみがえった。〝そのときおれはなんの手助けもしてやれない。彼に渡してしまうんだ〟

「アレックスを傷つけたりしない」なおも頑なに言い張った。

「そうかもしれない。だとしても、おまえのもとに返すこともないだろう」ジョーダンはマリアンナの目をじっと見つめた。「言っておくぞ。おれがジェダラーを手に入れるまで、おまえは二度とアレックスに会うことはない。彼の無事を確かめることすらできない」

マリアンナも彼を見返した。冷徹きわまるその表情を。「恐ろしい人ね、あなたは」

ジョーダンはおかしくもなさそうに笑った。「いまごろ知ったのか」くるりと背中を向け、立ち去ろうとする。「夜明けと同時に出発するから準備をしておけ。わざわざドロシーに別れを言って、彼女を苦しめるような真似はしたくないだろう？」

悪夢としか思えなかった。夕方にはこれ以上の幸せはないとまで思っていたのに、数時間後には人生まるごと地獄へ突き落とされるなんて。

「どうしてもというわけじゃない」その声に振り向くと、ジョーダンがまだ戸口に立ってじっとこちらを見つめていた。「血迷ったな、おれも。だが、もう一度だけチャンスを与えてやりたいと思っている。前言撤回するならいましかないぞ。ジェダラーをおれによこすと約束するんだ、マリアンナ。それで、明日の夕方までにはアレックスはおまえのもとに戻ってくる。なにもかももとどおりだ」

もとどおりになどなれるわけがない。もはやすべてが変わってしまったのだ。母さんとの約束。あれは、こんなふうにアレックスを危険にさらしてまで守るべきものなのだろうか。

アレックスは、ジョーダンは決して手放すことはないだろう。その彼を奪い取ると言った約束を、ジョーダンはこの世界で唯一わたしと血のつながった人間だ。姉としてよりも母のような存在でありつづけたこの数年を思うと、彼の脅しは切実な恐怖として身に迫ってくる。

けれど、闘わずして母さんとの約束を破るわけにはいかない。結局のところ、グレゴーがアレックスをどこに連れていったのかを突き止めて取り戻せばいいだけのことだ。

マリアンナは冷ややかに言った。「がっかりさせて悪いけど、そういう約束はいっさいするつもりはないわ」

「がっかりなんてしやしない。それどころか、ほっとしてるぐらいだ。長いあいだ抑えつけてきたおれの罪深き本性ってやつを、解き放つことができるわけだからな。もっともグレゴーはおれがそいつに打ち勝ったと言ってきかなかったが」にやりとする。「おれにとっても、最後のチャンスだった。おまえのおかげで救われて嬉しいかぎりだ」

9

翌日の昼過ぎになって、ダルウィンドの姿が見えてきた。草葺《ぶ》きの屋根を戴いた石造りの大きな猟小屋は、氷に覆われ松の木に囲まれた小さな湖のほとりに建っていた。厩舎《きゅうしゃ》に到着するとすぐジョーダンが馬からおり立ち、雌馬の背からマリアンナを抱えあげた。地面におろすやすばやく手を離し、さっさと戸口へ向かう。「足元の氷に気をつけろ」

夜明けにキャンバロンを出立してからというもの、ジョーダンの態度はそっけないを通り越して、冷淡なほどだった。マリアンナはそろそろと彼のあとを追い、ロッジに入った。足を踏み入れた巨大な四角い部屋には、四方八方に向けていくつもの扉があった。丹念に彫刻が施された手すりと側面の杭《くい》が目を引くオーク材の階段が上階に続き、その先には下の居間を見下ろす吹き抜けの長い廊下が延びている。

「居心地は悪くはないと思うが」ジョーダンは帽子と手袋を脱ぎ、戸口の脇に置かれた象眼細工のテーブルの上に放り投げた。「少し寒くないか？　よし、火を熾《おこ》してあげよう」

今度は貴賓にでも接しているかのような大仰な礼儀正しさだ。いったいどうなっているのだろう。

ジョーダンは部屋を横切り、巨大な石造りの暖炉の前に膝をついた。「ここには召使いはいないから、必要なことがあったらおれを頼ってもらうしかない。このダルウィンドじゃいつも質素に生活することにしてるが、おまえには問題はないだろう。キャンバロンは広すぎるとつねづね不満を漏らしてたぐらいだからな」

マリアンナはその〝質素な〟部屋をあらためて見まわしてみた。ゆうに二十人は座れそうな細長いテーブルが部屋の真ん中を占拠している。奥の壁沿いには込み入った模様が彫りこまれたサイドボードが鎮座し、そのなかでは銀製の水差しやクリスタルのデカンターがきらめきを発していた。暖炉の上方に飾られた緑とアイボリーの色調のタペストリーには、ディアーナ（古代ローマの月の女神で、女性と狩猟の守護神）が槍《やり》を手にイノシシ狩りをしている姿が描かれている。

ジョーダンがマリアンナの視線を追って、タペストリーに目をやった。「親父が買ったがらくただ。彼はいつも、凶暴性を秘めた女性に惹かれていた。おかしな話だよ。性格的にはそういう女性とまったく相容れなくて、最後には彼女たちを毛嫌いすることになるんだから」火打ち石を打つと、たきつけが燃えあがった。「ひとつ言っておく。馬の世話やら薪《まき》の準備やらを頼もうと思って、厩舎にふたりの男を泊まらせるつもりだ」一瞬、間を置いた。「おまえを決して敷地から出すなという命令つきで」

「キャンバロンの地下牢に投げこまれるとばかり思ってたけど」マリアンナが憎々しげに言った。

「おれはそれほど無神経じゃない。いつだったか地下牢の話が出たとき、おまえが怯えていたのを覚えているからな。それに地下牢なんてのはもはや時代遅れだ。最近の流行は猟小屋だ」立ちあがり、こちらに近づいてくる。「すぐに暖かくなる。マントを脱ぐといい」

マリアンナは動かなかった。

「マントを脱げ」低い声でくり返し、マリアンナの襟元に手を伸ばしてボタンをはずした。首筋に彼の親指がかすめ、おのずと体がぶるっと震えた。「難攻不落の要塞というわけでもあるまい」マントを肩から滑らせると、それを暖炉の傍らの袖椅子に放り投げた。例によって、だぶだぶで子供っぽい乗馬服をしげしげと見る。「そのいまいましい服もだ。見ているだけで腹が立つ」

「アレックスを戻してくれるまで、いくらでも腹を立てさせてやるわ」マリアンナは激しい剣幕で続けた。「ばかげてるわよ。こんなところまで連れてきて、どうするつもり？」

「良識ある態度を取るようおまえを説得する」

「あなたが言うところの良識でしょ。三年かかってできなかったくせによく言うわ」

「それはグレゴーがおまえに情けを示したからだ。そしてやつの情けは恐るべき伝染病だったということだ」ジョーダンは一歩踏みだし、片方のおさげを結んでいるリボンをほどいた。「だが、それも終わりだ。忍耐や人情なんてものはなんの役にも立たない。こうなったらいっそのこと――じっと立ってろ。この三つ編みにもうんざりだ」もう一方のおさげもほどいた。「このほうがいい」髪の毛を指で梳《す》く。「ずっといい。ここにいるあいだは、二度と髪を編むな」

ジョーダンの仕草はわざとらしいほどに馴れなれしかった。ほどけた髪がずっしりと垂れ、背中を心地よく刺激する。髪を梳く指以外は、いっさいこちらの体に触れてはいないというのに、彼の体の熱が伝わってきて、彼がまとっている革やリネンのにおいまでも嗅ぎ取れた。

息を吸うたびに彼が体のなかに入ってきて、隅々まで占領してしまうような、奇妙な感覚が襲う。あわてて一歩あとずさって訊いた。「わたしはどこで眠るの?」

ジョーダンは笑みを返してきた。「どこでも好きなところで寝るといい」彼の声は赤ワインのような深みを帯び、官能的な響きさえ漂っている。

「それなら、ドーチェスターのドロシーの家で眠る」

ジョーダンは首を振った。「それはできない」階段を指さした。「寝室が四つある。好きな部屋を選べ。おれはいつも、階段の突きあたりの部屋を使っている」

マリアンナはなにか言いたげな目で彼を見た。

「おれが力ずくで襲いかかるとでも思ったのか? せっかく処女を失う気でいるところを申し訳ないが、おれには女を犯す趣味はない。そもそもおれはふたりが親しく……きわめて親しくなれるような環境を整えるだけだ。あとは神の摂理に任せるのみだ」居間から外に通じる扉のひとつにうなずいてみせた。「おまえの作業部屋だ。道具もガラスも絵の具も揃っている」

「あなたのために『天国に続く窓』を作れるように?」軽蔑しきった笑みを浮かべた。「あなたはなにをするつもり? 鞭《むち》を持ってそばに立ってるとか?」

「鞭も流行遅れだな。おまえの気をまぎらすものが必要だと思ったまでだ。おまえは仕事が習慣になっているし、それがいちばん慰めになるんじゃないかと考えた」

マリアンナは居間を横切り、扉を開けた。オーク材の梁《はり》がむきだしになった天井の低い部屋だった。窓には深緑色のベルベットのカーテンがかかっている。塔の作業場とはだいぶ勝手が違う。

だが、部屋の真ん中には長テーブルが置かれ、その上にガラスや道具や絵の具が並んでいた。

いくぶん気持ちが明るくなり、キャンバロンを発って以来取り憑《つ》いていた緊張感が多少なりとも和らいだ気がした。

唯一の救い。仕事ができる。

「そのかわり、おれの気をまぎらわすのはおまえの役目だ」ジョーダンは、部屋の隅に置かれた、玉座を思わせる背の高い椅子を指さした。「三年前、おまえは作業をしているところを見られるのをいやがった。だが状況は変わった」

「変わってなどいないわ」マリアンナは窓際に歩み寄り、勢いよくカーテンを開けて光を部屋に取りこんだ。それからテーブルに近づき、道具をひとつずつ手にとって確かめる。「いまだってあなたのことなんか無視すればいいだけよ。あのときと同じように」

「あのときのおまえは、おれを無視することはできなかったさ」ジョーダンが落ち着いた声音で言う。「おれが仏心など出さなけりゃ、一週間もしないうちにおれのベッドに横たわっていた。そう、まさにあの夜だよ」

マリアンナがくるっと振り返った。「嘘よ！」

「嘘じゃない」

「無理やり犯したとでも言うの？」

「犯す必要などなかった」

頬がぱっと熱を帯びた。「わたしはレディ・カーライルでも、あの——とにかく、彼女たちとは違う」

「ああ、違う。おまえはずっと生気に満ちている。つまりは誘惑と喜びに満ちているということだ。最初に会ったときから、おまえはおれと同じようにたがいのあいだにあるものを感じ取っていた」マリアンナの目を見据えた。「おれがおまえを欲しがってるように、おまえもおれを欲している」

ジョーダンの口調にはわずかな揺らぎもなく、その確信がマリアンナを心底不安にさせた。

「でたらめを言わないで」思わず小声になった。

「本当だ」乱暴な言い方になった。「ほかの女と一緒にいるとき、相手がおまえならどれほどいいかと何度思ったことか。おまえの姿を想像して、どうにかしのいだときもある。おまえだって同じだっただろう？　想像したことがないとは言わせない。おれと——」

「ないわ！」

「いや、あるさ。ただ、それを自分自身に認めなかっただけだ。あったはずだ、真夜中に目を覚まして自分自身の体を掻き抱き——」

「言ったでしょう、ないって」マリアンナは唇を濡らした。「まんまとわたしをたらしこめれば、ほかの女の人たちみたいに扱いやすくなって、ジェダラーを渡すと思っているんでしょう。あなたの考えそうなことよね」

「それはいささか短絡的すぎるな。たしかに誘惑がひとつの説得手段であることは承知している。グレゴーに言わせると、おれは自分自身に嘘までついて、欲しいものを手に入れることを正当化する傾向にあるそうだ」ジョーダンは自虐的な笑いを浮かべた。「だがな、こんな機会を設けなくとも、いずれおまえはおれのベッドへ来ることになったはずだ。ただし、これ以上待つわけにはいかなかった。火をたきつけておいて、わざと燃やさず、じりじりとおまえを温めてきたんだ。おれ自身は三年間、じょじょに寒さに耐えがたくなる一方だというのに」

そしてくるりと背中を向け、すたすたと部屋を出ていった。

嘘だ。ほかの女の人たちみたいに、わたしも彼を欲しがっているだなんて。彼のほうがあけすけに誘惑してくることはめずらしくなかったけれど、だからといってわたしが――

もう考えるのはやめにしよう、こんなのばかげてる。

窓辺に近づき、厩舎の前庭を眺めやった。ジョーダンが荷馬の背から鞍袋《くらぶくろ》をおろしている。振り向いて、厩舎の陰に立つ男たちのひとりに声をかける。男は小走りに近づいて手を貸そうとしたが、ジョーダンがそれを払いのけた。弱々しい冬の日射しを受けて彼の黒髪がきらめき、その顔が控えめな笑みで輝く。その笑顔なら見慣れている。それに彼の体だってよく知っている。無駄な贅肉《ぜいにく》のない体。優雅にしなやかに動く四肢。敵を欺く緩慢な仕草。

けれど、キャサリン・カーライルが知っているそれとは次元が違う。

冗談じゃない。彼女みたいに知りたいなんてこれっぽっちも思ってない。でも、それならどうして、真夜中におぞましいほど淫《みだ》らな夢で目が覚めたりしたのだろう？　自分自身のその汚れた弱点を彼に言い当てられたときには、心臓が止まりそうな衝撃を覚えた。どこにも隠れるところがないような気がして、身が縮まった。

　こうなった以上、これまでよりもさらに強くなって、彼と距離を置くようにするしかない。弱ささえ見せなければ、そのうちに彼も、ここに連れてきたことが無駄骨にすぎなかったと悟るだろう。


「午後じゅうずっと、寝室に閉じこもりきりだったじゃないか」寝室の扉越しにジョーダンの声が聞こえてきた。「出てきて、夕食を食べるといい」

「お腹が空いていないの。このまま寝るわ」

「いいから食べるんだ」上機嫌でジョーダンが言う。「もしお望みなら、部屋に運んでベッドで食べさせてやってもいいぞ」

　マリアンナはしぶしぶ扉を開けた。

　これほどくつろいだ格好のジョーダンはめったに目にしたことがなかった。ジャケットもスカーフもなし、身につけているものといえば、流行りの房つきブーツにゆったりした白のシャツ、それに黒のバックスキンの乗馬用ズボンのみだ。おまけにズボンはぴったりと体に張りついて、お尻から太腿、ふくらはぎの筋肉にいたるまですっかりあらわになっている。

「がっかりだな。せっかく思いがけないプレゼントが受け取れると期待したのに」彼女に向かって手招きする。「そのかわり、夕食は暖炉の前でおしゃべりしながらということにしよう」

「話ならもう終わったはずよ。これ以上話すことはないわ」

「いや、あんなのはたがいに打ち解けるための一歩にすぎない」階段をおりてくるマリアンナを目で追った。「誘惑というのは、会話なくしては成立しえない。おれがハンサムなことは承知しているが、つねに勝利をもたらすのはこの雄弁さでね」マリアンナを椅子に座らせると、自分もテーブル越しの差し向かいの席に腰をおろした。「目にもあでやかなこのご馳走はおれが自分で料理した。おれの労働の成果を試してみたいだろう？　さあ、食ってくれ」

マリアンナはスプーンを手に取り、鹿肉《ししにく》のシチューに浸すと、そろそろと口に運んだ。驚くほどおいしい。

期待を込めた目で、ジョーダンが見つめてくる。

「塩辛すぎるわ」

「やられた！」致命的な一撃でも受けたかのように両手で胸を掻きむしった。「心臓ひと突きだ」肩をすくめる。「いや、串刺しになったのはうぬぼれだけか」

不覚にも、押し殺す間もなくマリアンナの口元に笑みが広がった。ここ数年というもの、こうした冗談交じりの猿芝居をことあるごとに目にしてきて、そのたびに考えることもなく反応してきた。どうやらいま、その習慣こそが油断ならない敵になりつつあるらしい。

ジョーダンも笑顔をこしらえた。「ほら、わかっただろう。怯えることなど少しもない。おれはおれ、これまでと同じ人間だ。ただ、おまえが別の面を目にしているというだけのことだ」

「べつに怯えてなんかいないけど」

ジョーダンは無視して言った。「キャンバロンに来た当初は怯えていた。でもいまはあの場所を気に入っている。恐れを克服するには、その野獣に慣れ親しんでしまえばいいだけのことだ」

「まさにどんぴしゃりの表現ね」マリアンナがつれなく言った。

ジョーダンは心底おかしそうに低く笑った。「そうだろう？　グレゴーに言わせると、おれの魂には獣と天使が同居しているそうだ。ここ数年、どうにかそのバランスを変えようと努力してきたつもりだが」笑いをおさめて続けた。「天使というのは彼の勘違いだが、獣についてなら保証するよ、なかなかおもしろいやつだ。ちょいと撫《な》でてやれば、すぐに飛んできて膝の上に頭を乗せる」

つい、彼の豊かな黒髪に目がいった。頭の後ろでひとつに束ねている。無造作に肩に垂れたところも見たことはあるけれど、触ったことは一度もない。マリアンナは急いで手元のシチューに目を落とした。「昔、父さんから聞いた話を思い出すわ。処女と一角獣の話。獣が処女の膝に頭を乗せたとたん――」そこでスプーンで山盛りにすくって口に運ぶ。「角を叩き切られたんだって」

ジョーダンは呆気《あっけ》に取られて彼女を見つめ、やがて頭をのけぞらせて大笑いした。「じつに愉快な娘だな、おまえは。せいぜいおれも〝角〟には注意することにしよう」

マリアンナは赤面した。「そういう意味で言ったんじゃ――」

「おいおい、ドロシーの教えや規律なんかを思い出して、この楽しい気分を台なしにしてくれるなよ。一瞬おまえが、シーストーム号の船上にいた少女に戻ったような気がした」

「ドロシーだって、世間にうろついている野獣からわたしを守ろうとして規律を設けただけよ」

「これは一本取られた。墓穴を掘っちまったな」ジョーダンはスプーンを手に取った。「ここは次の一戦に備えて、栄養を補給しておくのが得策だ」

彼が静かになってくれて、マリアンナはほっとする思いだった。ジョーダンとの距離を保とうと決心したばかりなのに、早くもそれが崩れつつある。朝令暮改とはこのことだ。彼と軽口を叩きあっていると、正直言って爽快《そうかい》な気分になる。だけど、今夜はどうも様子が違う。どこか邪悪で、刺激的な雰囲気が漂う。

しばらくしてマリアンナは自分から沈黙を破った。スプーンを置き、あらたまった言い方をする。「ご馳走さまでした。お部屋に戻ってもかまわないかしら」

「だめだ」彼女の顎がこわばったのを見て、ジョーダンは微笑んだ。「昼間はずっと仕事をしていようがかまわない。だが、暗くなってから寝るまでの時間は、おれのものだ。おしゃべりをしようがだんまりを決めこもうが勝手だが、ひとりになることは認めない」暖炉のそばに置かれた、緑とアイボリーの模様が入ったチッペンデール風の袖椅子のほうに、身振りした。「あの椅子のほうがずっと座り心地がいいはずだぞ」

それに、あそこならいまより彼とのあいだに距離ができる。マリアンナはいさんで椅子から立ちあがり、暖炉に駆け寄った。彼が示した椅子に腰をおろし、背筋をぴんと伸ばして両手を膝の上で組みあわせた。

いかにもおもしろがっているジョーダンの笑顔がいやらしい。「こんなのばかみたい。ただここに座って、あなたのことを眺めてるなんて」腹に据えかねて言った。

「たしかに苦痛だろう。だが、おれはおまえを見ているだけですこぶる愉快だ」ジョーダンはそう言って顔をしかめた。「たとえそんなおぞましい服を着ていても」立ちあがり、こちらに近づいてくる。

マリアンナはびくっと身構えた。が、ジョーダンは数フィート離れた炉床の上に腰をおろすと、両手で膝を抱えた。バックスキンのズボンが引っぱられてよけいに太腿に張りつき、筋肉の形がありありと浮かびあがる。

マリアンナはあわてて暖炉に目を移した。「アレックスの居所を教えて」

「安全な場所にいる」

「こんなことをする権利なんてあなたに――」

「アレックスの話はしたくない」物憂げな声音で言い、膝の上に顎を乗せた。「これからのここでの生活について話しておきたい」

「傲慢《ごうまん》さと非人間性に満ちた生活ってことでしょう」

「おれだって人間らしいところは備えてる。生娘には慣れてはいないが、最初のときはできるだけやさしくするつもりだ。簡単じゃないかもしれないがな。なにしろあまりにも長く待たされすぎた」

マリアンナはぱっと顔を赤らめ、彼の顔を見た。しれっとした表情に、いかにもくつろいだ口調。もはやその行為が既定事実だとでも言いたげだ。

「おまえが慣れてきたら、いろいろと教えてやろう。たがいの喜びを高めてくれるやり方を」彼は頬を緩めた。「若いころから自堕落な生活に浸かってきたから、その点だけは自信がある。たとえば、そうだな。女の胸がどれほど感じやすいものか、知っているか？　寒さや暑さが快感をもたらしたり、逆に欲望の抑制につながることも？　それに奇妙でおかしな体位が、叫び声をあげるほどの強烈な快感を生むってこととか」

「体験していないからそんなことを言う。マリアンナは唾を呑んだ。「知らないに決まってるわ。知りたくもない」

「体験していないからそんなことを言うう。こう説明すれば少しはわかるだろう、おまえがステンドグラスを作っているときに感じる喜びとは比べものにならないと。あるいはこういう喩《たと》えもある。想像できるかぎりのあらゆる色や感触を体験するようなものだと」

「そんなこと信じない」

「じゃあ、信じさせるしかないわけだな」石造りの暖炉に寄りかかり、なかば目を閉じて淫らな笑みを浮かべた。「この場で実演してやりたいところだが、おまえにはまだその準備ができていない。だから、かわりに詳しく話してやろう、どんな感じなのか」にわかに、鋭い口調になる。「だめだ、座ってろ。おれに触らせないでくれ。そうなったら自分を抑えられるか自信がない」

ジョーダンは全身の神経を張りつめていた。いまにも飛びかからんばかりの野獣のように。一見けだるそうな仕草の裏に、狂暴さを帯びた内面の緊張が押し隠されている。

マリアンナはそろそろと椅子に座りなおした。

ジョーダンの体から、じょじょに緊張感が引いていき、ふたたび暖炉にもたれかかった。

「ふたりが一体になったときのことを、何千回となく想像したよ。それこそさまざまなやり方で。夢に見たこともある。なかでも興奮したのは、椅子を使ったやり方だ」

マリアンナは彼を見つめた。どうにも目をそむけられない。

「おれがあの塔の部屋に運びこもうとしたクッションつきの椅子を覚えているか?」部屋の奥の扉のほうにうなずいた。「ちょうどここの作業部屋に置いてある椅子と同じだ。でかくて背が高く、頑丈な造りで、幅の広い肘掛けがついている。おれ自身があの椅子に座っているところを想像したよ。作業しているおまえを見つめてるんだ。おまえの両手が忙しく動き、いつくしむようにガラスを撫でる様子を。おまえの髪はいまみたいに背中に垂れ、おれはおまえをひざまずかせて、その髪に深々と指をうずめたいと思っている」声がかすれてきた。「おまえに触れたくて、興奮しすぎて息苦しいくらいだ。おまえの手を取り、ガラスにしたようにおれの体を愛撫させたい」彼は目を閉じた。「でも、おれは動かない。椅子に座ったまま、おまえのほうから近づいてくるのを待っている」

マリアンナの胸は呼吸に合わせて激しく上下していた。彼の語る光景が、まるで目の前に映しだされているみたいな気がする。

「冷たい風が窓から吹きこむが、そんなことすら感じない。おまえを振り向かせたくて必死なんだ。ついにそのときが来た。おまえがこっちを向き、おれの顔に宿った表情を見て取る。そして悟る。

最初のうち、おまえは恐れている。でもほどなくテーブルを離れ、ゆっくりと部屋を横切って近づいてくる。おれの前で立ち止まる。手を伸ばし、指でそっとおれの口に触れる」ジョーダンは目を開けたが、こちらを見ていないのは明らかだった。彼が見ているのは塔の部屋のなかの女性だ。「おまえがガウンを脱ぐのを待ちきれない。両手を髪に差し入れて、おまえの体を引きおろす。ついにおまえのなかにすっぽりとおさまるんだ。おまえの両脚は椅子の肘掛けの上。あえぎ声が耳元で聞こえる」両手を拳に固める。「おまえはひどくきついけれど、おれのすべてを呑みこんでくれる。両手をおれの肩に置き、爪が――」

「もうやめて」マリアンナが絞りだすような声で訴えた。「それ以上聞きたくない」

ジョーダンは小刻みに深々と息を吸った。一瞬間があってから低い声で宣言する。「明日、おれはあの椅子に座って、おまえが仕事する様子を眺めるつもりだ」

熱波が襲いかかり、全身を焦がして駆け抜けた気がした。指の先までも燃えているみたいだ。「あなたのことなんか気にもしない。いることすら忘れちゃうわ、きっと」

「まさしくおれの夢と同じだな」ジョーダンがにやりとした。「やがて顔をあげ、おれを見て、おれが待ち望んでいることを知る」

マリアンナは首を振って、椅子から立ちあがった。「これ以上ここにいるのはうんざり。部屋に戻るわ」

ジョーダンがうなずいた。「それがいい。おれも思ったほど抑制が利かなくなっているようだ。明日の夜はもう少し長く一緒に過ごそう」

マリアンナは足早に階段に向かった。

「シェヘラザードの伝説を覚えているか?」ジョーダンの声が背後から追いかけてきた。「千一夜のあいだ、カリフに物語を聞かせたというあれだ。おれがいくつの夢を話して聞かせられるか、試してみるのも悪くない」

マリアンナは答えなかった。まるで炎の上を歩いているような気分だ。一刻も早く、彼から離れなければ。

「明日の晩は、雄馬と雌馬の話をしてやろう。おれたちは南側の牧草地にいて、ふたりで馬を眺めているんだ。そしておまえが振り返り……」含み笑いをした。「まあいい。これは明日のお楽しみだ」

「そんな話、聞きたくもない」

「まったく興味がないわけでもないだろう。認めれば楽になるぞ」

たしかに好奇心をそそられている。本心を見抜かれてマリアンナはパニックに陥った。彼の言葉は粗暴な力強さと魅力に満ち、彼の描きだす光景はわたしの心を攪乱《かくらん》し、恍惚《こうこつ》とさせ——どうしよう。たぶん彼の言うとおりだ。わたしは彼と同じ、肉欲の塊なんだ。

踊り場からジョーダンを見下ろした。猫のように秘密めいて魅惑的なその姿。あいかわらず炉床の上にくつろいだ格好で座ったままだ。整っているとは言いがたい細面の顔の頬骨が火明かりに照らしだされ、本来なら美しさなど存在しないはずのその顔に力強さと美しさが浮き彫りになっている。

「いい夢を見ろよ、マリアンナ」彼がぽつりと言った。

椅子!

マリアンナははっと目を覚ました。息が切れ、心臓が激しく脈打っている。

胸がふくれていた。ベッドカバーにこすれると乳首がひりひりする。

抑えがたいほどに体が震え、太腿のあいだに痺《しび》れるような奇妙な感覚があった。

ジョーダンが椅子に座り、両手を幅の広い肘掛けに乗せてこちらをじっと見つめている。渇望感。ほてり。空虚感。

彼のところに近づいていったのはわたしじゃない。いまのは事実じゃない。ほんのたわごと、夢のなかのこと。ジョーダンに無理やり聞かされた話が引き金になっただけだ。

それにしても椅子なんて……

「手が震えてるぞ」ジョーダンが指摘した。椅子に座ったままもぞもぞと姿勢を変え、片方の脚を肘掛けに引っかけた。「切らないように気をつけろよ」

「切るわけがないでしょ」彼から目をそむけ、慎重な手つきでガラスを花びらの形にカットする。「あなたがおしゃべりをやめて、邪魔しないでくれさえすれば」

「目の下にくまができているようだが、ひょっとして昨晩は眠れなかったのか?」

「まさか」

「おれは眠れなかった。廊下のほんの数フィート先におまえが眠っていると思ったら、どうにも気持ちが高ぶってね」目の端でちらっとうかがってみると、彼は脚をぶらぶら揺らしていた。「しかたないから暇つぶしに、ステンドグラスのことを考えてみた。ステンドグラスを使って、なにかおもしろいことができるんじゃないかと」

「そんなことなら、もう何年も前からずっと考えてるわ」

「でも、すべての可能性を掘り起こせたわけじゃないだろう。おれのアイディアを披露するよ、もし聞きたいなら」

「聞きたくない」

「なるほど、おまえにはまだ少し高等すぎるかもしれない。そうだな、もう少しあとにしよう。今夜のところは、雄馬と雌馬の話で充分だろう。聞きたくてうずうずしてるとか？」

「冗談でしょ」

「いや、聞きたがってる。好奇心を満足させることは危険でもなんでもない。なんなら無理やりスキャンダラスな告白を聞かせて、貞操が汚されたとかなんとか、嘆かせてやってもいいぞ。そのじつ女というのは聞きたがるものだ、自分のせいで男がどれほど苦しんでるかってことを」

「わたしは聞きたくない」

ひやかすような表情が消え失せた。「それは失礼した。その点、おまえはほかの女とは違う。おまえには悪意なんてものはないんだったな」いくらか明るい調子になる。「だが、好奇心は持ちあわせてる。おれは喜んでそれを満たす役目を仰せつかるよ」

マリアンナは答えなかった。彼も沈黙した。空気が重たく感じられる。息するのさえままならないほど。

彼がこちらを見ている。

彼がわたしのことを考えている。

彼がわたしを待っている。

椅子。

「昨夜は雄馬の夢を見たか？」

「いいえ」マリアンナは嘘をついた。

「背中から雄馬がまたがってきたとか？」

今度は無視を決めこんだ。

「その雄馬はじつはおれだったとか？」

マリアンナは彼に背中を向け、パネルを窓のほうにかざすふりをして、赤く染まった頰を隠した。

「なんて美しい背中だ。華奢《きゃしゃ》で引き締まって、じつに魅力的だ。おれがつい淫らな妄想に取り憑かれるのも無理はない」

「そういうおかしなことをわたしに言うのはどうかと思うわ。ドロシーには言わないくせに」

「おまえ以外の人間に言うつもりはない。ドロシーは素敵な女性だが、自分が軽蔑しているはずの規則というものに逆に縛られている。自分が嫌っている連中に向かって、そいつらがつまらない人間だと言い放つ……その最後の一歩を踏みだせずにいる」一瞬、間があった。「だがおまえは、彼女に欠けている正直さや大胆さを備えている。ほかの女たちにはない正直さだ」

たしかに自分は正直かもしれない。でも大胆だと思ったことは一度もなかった。またしても小刻みに体が震えだした。彼と一緒の部屋にいると、決まって奇妙な心許なさにとらわれる。昨夜も暖炉の傍らの椅子に座って両手を膝の上で組みあわせ、彼があの欲望と堕落に満ちた作り話をつらつらと披露するのを、まるで金縛りになったように見つめていた。

そしてようやく解放されて部屋に戻ったと思ったら、今度は連日の夢だ。

例によって両手が震えだした。取り落としたら大変とばかりに、あわててパネルをテーブルに置く。

「頬が赤いぞ。おかしいな。この時期にしては特別暑いわけじゃないと思うが。昨晩は雪も降ったし。熱でもあるんじゃないのか？」

「違うったら」

「いや、気をつけたほうがいい」ジョーダンは窓の外に目をやった。ひさしから長くて太いつららがぶらさがっている。「今夜はめずらしい治療法をひとつ、説明してやろう。また熱が出たときに備えて」

「まさに難攻不落とはこのことだな」ジョーダンは両脚を前に伸ばし、足首で交差させていた。「かれこれ一週間になる。それにふたりともろくに眠っていない」肘掛けに深く彫りこまれた花の模様を、人さし指でのろのろとたどった。「あと一週間この調子で続けたら、ふたりとも体に変調をきたすぞ。そろそろ終わりにしてくれ、マリアンナ」

よく日に焼けた形のいい手。すらりと伸びたしなやかな指。このところのマリアンナは知らぬ間に彼の指を見つめている自分に気づくことがあった。優雅に動いている場合にかぎらず、単に椅子の肘掛けにそっと置かれているときでさえも。

椅子。

あの椅子がもたらす淫らなイメージを忘れ去れたらどんなにいいだろう。けれど、それはつねに離れようとはしなかった。いや、たとえそれを忘れられたとしても、いまではその手のエロティックな場面なら思い出すにはことかかない。もはやどんな些末《さまつ》なことでさえ、即、暖炉のそばに座って淫らな話を紡ぎだすジョーダンの記憶に結びつく。わたしがそんな世界の住人になってしまったことを、ジョーダンも充分承知しているはずだ。

「なにをためらっている?」ジョーダンが穏やかな口調で訊いてきた。「いつだったか言ってたじゃないか。おまえは父親と同じように、魂というのは自由であるべきだと信じていると。なぜそうやって自分を縛りたがる？　自分がなにを欲しがっているのかわかっているはずだろう」

胸がふくらんで、体のあちこちがうずいている。彼と同じ部屋にいるというだけで、おのずとこんな反応が生まれるなんて。これじゃ、彼が話していた雌馬と変わらない。熱に浮かされたように、背後から羽交い締めにされることだけを欲している見境のない姿だ。

いいえ、わたしは獣とは違う。

「それなら、どうしておれと一緒にここに来た?」

マリアンナはさっと振り向いた。「わかってるくせに。アレックスよ。あなたは彼を人質にして、無理やりここへ連れてきた」

「口実を作ってやっただけだ」

「ふざけないで！」

「アレックスが危険な状態にないことはおまえもわかっていたはずだ」ジョーダンはかぶり

を振った。「自分に正直になれ。おまえもおれと同じ欲望にとらわれていた。おまえのなかでも、炎が長いことくすぶりつづけてきたということだ。欲しいものを手に入れないかぎり、終わらないんだぞ、マリアンナ」

「欲しいものを手に入れたがってるのはあなたのほうでしょう」

「おれがなにか手に入れたとでも？　おまえに触ってもいない。おれはただ扉を開けて、なかでなにが待ち受けているか、おまえに見せてやっただけだ」

その部屋の扉には、欲望という名の邪悪でエキゾチックな色が塗りたくられている。

「なかに入ってしまえ」彼が低い声でたたみかけてくる。「きっと気に入る」

マリアンナは頑として首を横に振った。

ジョーダンは嘆息した。「どうやらよほどの重荷らしいな。さすがのおまえでも正直になりきれないとは。それならひとつ、口実を設けてやろう。今夜おれのところへ来い。そうすれば二日以内にアレックスに会わせてやる」

マリアンナは彼の顔を見た。「弟を戻してくれるの？」

「いや、だが、彼が無事でいることをその目で確かめさせてやる」ジョーダンは立ちあがり、戸口へ向かった。「いいな？　ようするにおまえは、邪悪なキャンバロン公爵によって囚《とら》われの身になっているかわいそうな弟のために、自分を犠牲にするというわけだ。徳に満ちた愚かなる行為。それならドロシーだって納得するだろう」

彼はどこかへ出かけようとしている。ここへ到着した翌日以来、この作業部屋でひとりにしてくれるなんて、はじめてのことだ。「どこへ行くの？」

ジョーダンは肩越しに一瞥《いちべつ》をくれた。「馬に乗ってくる。持てあましたエネルギーを消費してこないとな。おまえは協力してくれそうにないし。暗くなるまでには戻る」短くためらった。「もし一緒にいてほしいというなら別だが」

マリアンナは黙ったままだった。

彼は立ち去った。

心を掻き乱す存在がいなくなるなら、望むところだ。これで大切な仕事に集中できるというもの。手を伸ばし、カッティングナイフを拾いあげたところで、はたと動きを止めた。

妙に静かだった。

それなのに、まだこの部屋にジョーダンがいるような気がする。

おそるおそる振り返り、遠目に椅子を眺めた。

〝どうやらよほどの重荷らしいな。さすがのおまえでも正直になりきれないとは〟

〝欲しいものを手に入れないかぎり、終わらないいんだぞ〟

〝口実を作ってやっただけだ〟

本当だろうか、彼の言葉は。

それにしても、ここへ来るように脅されたときに、どうしてあれほど簡単に屈してしまったのだろう。それを思うと情けなさに気が滅入ってくる。

彼に無理やり植えつけられたはずの渇望感に、こんなにもあえなく自分を明けわたしてしまうなんて。いまではそれはわたしの内面でくすぶりつづけ、彼に点火され火花を散らすのを、いまかいまかと待ち望んでいる。

つまりはこういうことだ。この三年のあいだに、いつの間にか彼の発する魅力の虜《とりこ》になり、彼に対して腹を立てているときでさえ、その存在を心から追い払うことができなくなってしまった。考えてみれば、あのタレンカの教会ではじめて会った瞬間から、彼にとらえられていたのかもしれない。

マリアンナは重い足取りで椅子に近づいた。おずおずと手を伸ばし、背もたれのなめらかな木の感触に触れる。

ほのかに残っていた彼のぬくもりが指先から電流のように駆けあがってきて、小さく体が震えた。

わたしは自分に嘘をついている。

ああ、彼の言葉は本当だった。

ジョーダンは暗くなるまで戻ってはこなかった。ようやく厩舎の庭に馬の蹄《ひづめ》の音が響いたのは、真夜中にさしかかったころだった。

マリアンナは聞こえなかったふりをして、仕事を続けた。自分のなかに欲望を自覚してからというもの、狂ったように仕事に没頭してきた。頭から追い払い、なにも考えないようにしてきた。

「そろそろ寝ろ、マリアンナ」

ジョーダンが戸口に立っていることはわかっていたが、あえて振り向かなかった。彼が入れる余地を作らないように、ぴったり心を閉ざさなくては。「あっちへ行って。あなたの顔は見たくない」

「もう遅い。寝るんだ」

そして今夜もまた、ベッドのなかでぱっちりと目を開けたままひと晩過ごせというの？

「あっちへ行ってったら」

「そんなに根を詰めたら、疲れきって、明日またうっかり手を切ることにもなりかねないぞ」

「あなたに関係ない」

「ああ、関係ない」いつの間にか、ジョーダンは真後ろに立っていた。「だが、気になってしかたがない」背後から手を伸ばし、彼女の手からカッティングナイフを取りあげた。「寝るんだ」

ふいにジョーダンの体の熱に包まれた。革と馬と冷たい風のにおいが鼻をくすぐる。マリアンナは懸命にそれらを無視し、全身を緊張させて立ちつくした。

彼が欲しい。

そのとき、彼女のなかでなにかがぱちんと音をたて、ほどけていった。

目を閉じ、長い長い息をひとつ、大きく吐きだした。そっと彼の体にもたれてみる。

ジョーダンの体がこわばるのがわかった。硬くなった筋肉や腱《けん》が背中に当たる。「マリアンナ？」

もう終わりだ。これ以上闘うことはできない。

「べつにいやじゃないの」マリアンナはかろうじて声を出した。「ただ……胸が苦しい」

ジョーダンはもう一方の手も伸ばし、彼女の体を背後から抱えた。ぎこちないやさしさで、自分の胸に背中を引き寄せる。「それは渇望感だ」かすれ声が耳元で囁く。「だからそれを取り除いてやるんだ。その先の平穏はなににもかえがたい」

「約束する？」

ジョーダンはしゃがれ声で笑った。「ああ、約束するとも」あらためて短く彼女を抱きしめたあと、一歩あとずさっておもむろに彼女のガウンのボタンに手をかけた。「望むなら、世界だって与えてやる。約束するよ」

「世界なんて欲しくない」哀れなジョーダン。まともに働かなくなった頭でぼんやりと思う。結局のところ、なにかを得るにはかわりになにかを与えなければならないと、彼は信じている。他人に対する根深い不信感を抱いて生きていくなんて、どれほどしんどいことだろう。

突っ立ったままジョーダンにボタンをはずされている自分が、奇妙に思えた。じれったがっている子供のよう。そう、わたしはもどかしがっている。それにこの体も、渇望感でうずくということにいまではすっかり慣れきっている。ガウンがぽとりと床に落ち、マリアンナは脇に一歩踏みだしてそれを避けた。「あなたからなにかをもらおうとは思ってない」

「こっちを向いてくれ」

向くって、この格好のまま？　身につけているものといったら、この薄いシュミーズ一枚きり。にわかに恥ずかしさと不安がわいた。

「こっちを向くんだ。おまえを見たい」

マリアンナはそろそろと前を向いた。

ジョーダンの表情が目に入る。

もどかしさもじれったさも吹き飛んでいった。

「おまえもおれから奪いたいと思っているはずだ」ジョーダンの手が伸び、いったん宙で止まってから、蜘蛛《くも》の糸のように繊細なタッチで彼女の長い髪を背中に払った。「ここへおいで」シュミーズを腰のあたりまで引きおろし、彼女の体を引き寄せる。

マリアンナは震えていた。胸がふくらみ、ぱりっと糊《のり》の利いた彼のシャツにこすれて乳首は小石のように固くなった。

ジョーダンの両手はいまやむきだしの背中にあった。彼の指がなめらかな肌の上に思わせぶりな円を描く。「なんてやわらかいんだ」

その手が滑りおりてお尻に触れたかと思うと、そのままぐっと体ごと彼の下半身に押しつけられた。

硬い。猛々しいほどに盛りあがっている。

小刻みな震えは、期待感に満ちた激しい身震いに取ってかわった。

「しーっ、大丈夫だ。これがおまえの欲しがっているものだ」慎重に彼女を引き寄せ、硬くなった自分のものを感じ取らせる。

わたしが怖がっていると思ってるのだ。この熱い息の下から声が出せるものなら、恐れなどとうに乗り越えてしまったことを話してあげられるのに。いまのわたしの意識のなかにあるのは、自分が彼から奪うべきものだけ。両手で彼の肩にしがみつき、無我夢中で体を押しつける。ああ、こんなにも硬いなんて。

ジョーダンは動きを止めた。「ゆっくりだ。ゆっくり進めないと」一週間ものあいだ、さんざん刺激してじらしておいて、いまさらゆっくりだなんて無理な話だ。「いいからやって」シャツに押しつけた口元から、くぐもった声が漏れる。「いますぐ」

「望むところだ」ジョーダンの手が乳房を手のひらですっぽりと包んだ。親指の爪がこわばった乳首を入念にこする。

マリアンナは弓なりに体を反らせ、低くうめいた。

彼の手に促されて、シュミーズが腰からするりと床に落ちた。「脚を開いてくれ、マリアンナ」

素直に従った。自分の体についてはすでにジョーダンの口から、内奥の部分に至るまで詳しく説明を聞かされている。そのひとつひとつに対して、彼がどんな快感をもたらすことができるかについても。これはその一部……そこに彼の手が押しあてられている。思わず彼の体にしがみついた。そうでもしないと、床にくずおれてしまいそうだ。彼の指が大切な部分を包む毛をやさしく引っぱった。指はそのままもっと奥のほうへ潜り、ほどなく小さな突起を探りあてた。マリアンナははっと息を呑んだ。

親指でこすっては、ぎゅっと圧迫する。

マリアンナの目が衝撃に見開かれた。炎。快感。さらなる渇望感。

息をするのもままならず、あえぎ声だけが漏れる。押したりまわしたり、親指がリズミカルに動く。その動きに合わせて、お腹のあたりの筋肉がぐっと緊張する。抑えきれずに自分から体をすり寄せ、彼の指にさらけだした。

「気に入ったのか?」ジョーダンはさらに指に力を込め、別の手で彼女の華奢な背中を支えた。「こんなのはまだほんの始まりだ」はたと指を離した。「どうやら急いだほうがいいな。おいで。二階のベッドに行くんだ」

「ここがいい」マリアンナの視線が椅子に注がれた。

その意味するところをジョーダンは瞬時に察知した。「だめだ」きっぱりと否定する。彼女を戸口のほうへ引きずりにかかった。

マリアンナは頑ななまでに動こうとしない。「ここでして」

「おまえはまだ準備ができてない——傷つけることになる」

「ここよ」

「くそっ!」ジョーダンが振り向いた。鼻孔が大きくふくらんでいる。「どうしてそう、話をややこしくするんだ? おれが処女の扱いに慣れてるとでも思うのか? 冗談じゃない。どうにか——」マリアンナの表情を目にして、口をつぐんだ。「強情な女だな。どんな目に遭おうと知らないからな」

「ここがいい」

「くそっ、黙れ!」マリアンナを床に押し倒した。「できるだけやさしくすると約束したんだ。嘘つきになるわけにはいかない」

「椅子に……」なおも食いさがる。

「それはあとだ」彼女の脚を開いてあいだに体を押しこみ、自分の服を持ちあげた。「ちょっとばかり痛い思いをするかもしれない。本当はやわらかなベッドと清潔なシーツを用意してやるつもりだった。はじめてのときはほかにも――」言いながら、早くも体を押しつけた。一瞬動きを止め、じっとマリアンナの顔を見下ろす。息をするたびに胸が大きくうねった。

「こんなやり方はしたくなかった」

「べつにかまわない。少しも気にしてない」マリアンナはぎゅっと下唇を嚙《か》んだ。どうして彼は動いてくれないんだろう。一刻も早くこの空っぽな体を埋めてほしいのに。思わず体をのけぞらせ、自分から腰を持ちあげた。

「だめだ！」ジョーダンがそろそろとなかに押し入ってきた。「動くんじゃない」

あそこが少しずつ押し開かれていく。背中にぞくりと興奮が走る。それでもまだ埋まらない。

もう一度、マリアンナは背中を弓なりに反らした。もっと。そう、もっとだ。でもまだ充分じゃない。

下から見上げるジョーダンの表情は痛みをこらえているかのようにゆがんでいた。「だめだ」食いしばった歯の隙間からかろうじて言う。

唐突にマリアンナのなかに怒りがわいた。「一週間以上も、うんと言えって迫ってきたくせに、いまになって自分はだめだの一点張り。フェアじゃない」

ジョーダンのぎらついた目が見下ろしてきた。「非難されるとはわりに合わない」一瞬、彼の腰が引けた。まさかここでやめようと思ってる？　そんなのだめ。

次の瞬間、彼がぐっと腰を突きだした。

痛烈な痛みがはじける！

マリアンナは悲鳴をあげ、ラグに頭を押しつけた。

ジョーダンは動きを止め、全体重を彼女にあずけ、心おきなく自分自身をうずめた。

目を閉じて訊く。「ここでやめておくか？」

痛みは引きつつあった。体のなかにおさまった棍棒《こんぼう》のような硬い塊にもしだいに慣れてきた。満ち足りた気持ちになってもいいはずなのに、強烈な感情の高ぶりが体を突きあげてくる。次になにが訪れるのかはわかっていた。毎晩彼から聞かされてきた。それを体験せずに終わるわけにはいかない。「やめない」

「よかった」ジョーダンの笑いは自暴自棄の響きを帯びていた。まぶたがぱっと開いた。

「どのみち、やめられるわけがない」一度引き抜き、今度は深く貫いた。もう一度。そしてもう一度。

リズム。渇望感。速く。遅く。

両手を彼女のお尻の下に当て、腰を突くのに合わせて体を持ちあげる。喉の奥から低いうめき声が漏れた。野性味を帯びたその声に、マリアンナの興奮もいっそう高まった。頭が激しく床をこするたび、欲望は野獣の爪をあらわにし、じょじょに緊張が限界に達していく。

クライマックスは近づいていた。「ジョーダン」あえぎあえぎ言う。「ジョーダン……」

ジョーダンは腰をまわしながら、さっき探しだした小さな突起を求めてまさぐった。

「こっちだ」かすれ声で言う。「もっと腰を突きあげてくれ」

マリアンナはすすり泣いていた。彼の親指の動きに合わせてリズムよく腰を突きあげる。

もはやいかなる命令にも従うしかすべはない。

「もっとだ！」

背中がのけぞり、床から浮きあがった。彼のものがついに内奥深く到達したとき、マリアンナは悲鳴をあげた。

ジョーダンはそのままじっと動かずにいた。どきんどきんと脈動してるのがわかる。衝撃をどう言葉にしていいのかわからない。マリアンナの口から叫び声がほとばしった。

ジョーダンは彼女の脚を肩に乗せて彼女の体を支えた。「吐きだすんだ」ぐっと奥歯を食いしばる。「いまだ」

マリアンナはうめいた。痺れるような感覚で体を動かすどころじゃない。

「吐きだせ」

悲鳴なんてあげたらだめ。交尾の最中に雄叫びをあげる動物じゃあるまいし。

だけどどうにも耐えられそうにない。緊張が頂点に達し、体がぶるぶると痙攣《けいれん》する。

ついにマリアンナは絶叫し、ジョーダンの肩に爪を突き立てた。

〝なにものにもかえがたい〟

そう彼は表現した。嘘じゃなかった。

ジョーダンが体勢を変え、なおも深く腰をうずめてくるのをぼんやりと感じていた。まだ先があるの？ 朦朧《もうろう》とする意識のなかで思う。

ほどなく彼の動きがやみ、一瞬遅れて低いうめき声が漏れた。ジョーダンは彼女に覆いかぶさり、両手を彼女の体にまわした。抱きしめながらも、妙な心細さを覚えた。なおも満たされない思いがよぎる。こんなことはかつてなかった。だがこの瞬間、たしかに彼はマリアンナを求めていた。

マリアンナの腕が彼の体をしっかりと抱き返してきた。

なにものにもかえがたい喜びがようやく心に満ちた。

「二階へ行こうか？」呼吸が整ったところでジョーダンが訊いた。つと頭を持ちあげる。「痣ができたかもしれないな。この床はひどく硬いから」

マリアンナはぼうっと彼を見上げた。まだ彼がなかにおさまっている。まるでずっと昔からそこにあって、体の一部になってしまったみたいだ。「ううん……大丈夫」たぶん痣のひとつやふたつはできているだろう。でもそんなことはたいしたことじゃない。たったいま経験したこととの代償としてなら、安いものだ。「なんだかわたし……」あとが続かない。言葉が見つからない。

「はじめての体験が期待はずれにならなくてほっとしたよ」ジョーダンは彼女の額にそっと唇を這《は》わせてから、そろそろと体を離してズボンを整えた。「でも、もう眠る時間だ」立ちあがり、彼女の手を引っぱって起きあがらせる。「立てるか？」

膝が笑って言うことをきかない。大きくふらついた。ジョーダンが支え、両腕で抱えあげてくれた。

マリアンナの目線がまたも椅子をとらえた。驚いたことに、消えたはずの残り火がかすかにかき立てられる。

「あれはなしだ」即座にジョーダンが首を振った。「いささか悔やまれてきたよ、あんな話をしたことが。いいかい、ゆっくり一歩ずつだ」作業部屋を出て、一段おきに階段をのぼる。「すべてのものには時があると言うだろう?」

突然マリアンナは、ジョーダンがきちんと服を着ているのに自分だけ裸でいるのが不自然に思えてきた。無防備きわまりない気がして心許ない。夢のなかにいるような、なまめかしい気分もいくぶんそがれた。「どこへ行くの?」

ジョーダンは彼女を抱えなおし、扉を開けた。「おまえの部屋だ。おれの部屋よりはいいと思ってな」ベッドに彼女をおろして背を向けた。暖炉には燃えさしだけが残っている。ジョーダンが暗い部屋のなかをうろついている気配がする。「見慣れたものに囲まれているほうが、新しい体験を受け入れやすいだろう」

さすがはジョーダンだ。マリアンナはにわかに襲ってきた眠気のなかで思った。彼の考えることはいつだって抜かりない。「ちょっと遅かったみたい。もうとっくに受け入れてるもの」

「完全にというわけにはいかない」唐突にジョーダンがベッドに滑りこんできた。傍らに寝そべって、彼女を腕のなかに引き寄せる。

がっちりした温かい体。裸だ。

とっさにたじろいで、体を離そうとした。

「ゆっくりだ」ジョーダンの手がそっと髪を撫でた。「そのうち、このベッドにおれがいることにも慣れる。次の一歩だ」

「あなたにも自分の部屋があるのに」マリアンナがぎこちなく意見した。「ここに一緒にいる必要はないわ。ドロシーが言ってた。紳士たるもの、欲望を満たすか子供をつくろうとするときだけ妻の部屋を訪れるものだって」

「たしかにこれはおれの習慣に反するが、いまはこうしたい。少々自分を甘やかしたい気分なんだ」

「あなたを甘やかすなんて、わたしはいやよ。だってなんだか……おかしな感じがする」

「おまえの親父さんもお袋さんのベッドに通ったくちか？」

「ううん、だってうちはすごく狭かったから」

「キャンバロンのような城だったら、別々のベッドで寝たかな」

「そうは思わない」マリアンナはひとしきり押し黙った。「でも、父さんたちは別よ。ふたりのあいだには欲望なんてなかったもの。あったのは本物の思いやり」

ジョーダンが彼女のこめかみにキスした。「そしておれたちのあいだには思いやりはないと？」

「少なくとも愛はないわ」ひそやかな声で言う。「あなたはわたしを愛してないし、わたしもあなたを愛してない。なにかあるのはたしかだけど……父さんたちのあいだにあったものとは違う」

「きっとはるかに興味深いものだよ。経験から言わせてもらうと、一般に愛と呼ばれてるものは、時間がたつにつれて単なるめそめそした感情に退化するものだ」離すまいとでもするように、きつくマリアンナを抱きしめた。「とにかくおれはおまえと一緒にここで寝る。そのうちに慣れる」

ジョーダンの気は変わりそうにない。それにいまのマリアンナには言い争うだけの力も残っていなかった。どのみち彼の習慣に反してると言ったのだ。ほんの気まぐれ、ひと晩寝てみれば気もすむだろう。

静寂と心地よい闇だけが部屋を支配していた。うつらうつらしかけたころ、ふたたびジョーダンが小さな声で訊いてきた。「乱暴だったかな、おれのやり方は？」

「え？」

「いや……やさしくするつもりだったんだ」たどたどしく彼が説明する。「おまえのお袋さんが味わった悲劇を思い出させてしまったらまずいと思って」

あの背筋も凍る夜のことを言っているんだ。母さんを犯して拷問したけだもの。不思議なことに、ふたつの行為を結びつけて考えたことは一度もなかった。「あなたは彼らとは違った」

「やつらを見たのか？」

「いいえ、見てない。兵士たちがやってきたとき、アレックスを連れて裏口から出て、森まで走って逃げるように母さんに言われたの。弟の面倒を見るのはわたしの義務で、兵士たちが立ち去るまで絶対に戻ってきてはだめだって」マリアンナは唾を呑み、込みあげてくる喉の奥の息苦しさを和らげようとした。なぜこんな話を彼にしているのだろう。あの夜のことは思い出したくもないのに。それでも言葉は次つぎにあふれ、容赦なく闇のなかに転がりでた。「見えなかったけど、耳には届いてきた。できるだけ近くに隠れていたの。だって、どうにかして母さんを助ける方法を見つけたかったから。でもアレックスをひとりにはできなかった。母さんと約束したからよ。聞こえてたけれど……アレックスを置いて助けにいくわけにはいかなかった」

「なんてこった」

ジョーダンは彼女の体を引き寄せた。彼の温かな肩に涙がぽとぽととしたたる。「約束を守って、彼らが立ち去るまで戻らなかった。あいつら、母さんのことを痛めつけたわ……すごく残酷なやり方で。きっと死んでると思ったのね。でも母さんは死んじゃいなかった。少なくとも翌朝までは」マリアンナは目を閉じた。「いつまでもそこにとどまってるわけにはいかなかった。母さんに約束したんだから――司祭のところに行って戸口の階段にメモを残してきたの、やつらが母さんにしたことを書き記して。母さんがどこに葬られたのか、いまでも知らない。でも頼んでおいたわ、かならず父さんの隣りに埋めてくれるようにって。ちゃんとそのとおりにしてくれたと思う？」

「ああ、思うとも」

「ほんとはそんなことはどうでもいいの。どっちにしろ、そのときにはもう母さんはこの世にいなくなってたんだから。しばらくそばに座って手を握ってあげたけれど、もうそこにはいなかったのよ。どこか別のところに旅立ってた」

「お袋さんは勇敢だったな」

「そう」マリアンナは少し沈黙した。「あの夜の話はこれまで一度も口にしたことがなかった。考えることさえ……苦痛だった。それなのにどうして――」

「たぶん、そろそろ折りあいをつけるときが来たということだろう」

「折りあいをつける？」

「罪悪感だよ。おまえはあのとき、アレックスとお袋さんと、それから彼女が課した約束のあいだで選択を迫られた。おまえはお袋さんのことを愛していたし、彼女を助けたかった。でも実際はそばに立って、彼女が死ぬのを見ているしかなかった」ジョーダンの口調が険しくなった。「そんな選択をさせられるなんてむごすぎる。誰だって、そんな重荷を背負わされたら普通でいられるわけがない」

考えたこともなかった。あの痛ましい記憶からの立ちなおりを阻んでいるのが、罪悪感だなんて。でも、どうして思いつかなかったのだろう。「なにかできることがあったはずよ」

「兵士を相手にか？　無駄死にするのが関の山だ。そうなればアレックスも死んでいただろう。お袋さんだって結局殺された。おまえにできるのはあれしかなかったんだ」

「母さんを死なせるべきじゃなかったのよ。わたしにだってなにかできることがあったはずなのよ」

「もういい」ジョーダンは彼女の顔を自分の肩に押しつけた。「終わったんだ。おまえは悪くない。おれの言うことを信じろ」

マリアンナは頼りなげに息を吸った。「信じろなんてどうして？　罪の許しを与えられる司祭でもないのに」

「司祭？　ああ、そいつはおれの柄じゃない」ジョーダンは唐突に笑った。「しかし過去数年、グレゴーのやつが懸命におれのなかから邪悪さを叩きだし、良心を植えつけようと奮闘してきたおかげで、罪悪感にかけては、ちょっとした専門家だ」彼の唇が鼻をかすめた。「そのおれが言うんだ。おまえには罪のかけらもない」

彼の言葉を鵜呑みにするわけにはいかなかったけれど、それでも決して完治することのなかった傷の痛みがわずかでも和らいだのはたしかだった。たぶん、ジョーダンの言葉はまんざら嘘というわけでもないのだろう。彼の頭のよさは充分承知しているし、彼があらゆる種類の邪悪さを体験してきたことは誰も否定できないところだ。

「さあ、いいからもう眠るんだ。おれもそうする」ジョーダンは彼女のこめかみにキスした。「おまえのせいで、今夜は体も心も疲労困憊《こんぱい》だ。雄馬の役割以上のことを求められるとは思ってもいなかったよ。おまえにはいつも驚かされてばかりだ、マリアンナ」

それはおたがいさまよ。そう思いながらマリアンナは目を閉じた。女たらし。ならず者。わたしの意思をことごとく踏みにじって体を奪った男。そのくせ思いもかけないときに、意外なやさしさを示してくれる男……


マリアンナは遊び疲れた子供のように、ぐっすりと眠っていた。

おれとしたことが、彼女のベッドなんかに寝そべって、いったいなにをする気だ。ジョーダンは自問した。つい衝動的にこんなことをしてしまったものの、そもそも自分は思いつきや衝動に動かされる人間ではない。行為そのものが終わったら、むしろ距離を置きたいタイプだ。それなのに今夜ばかりは、無理やり理屈をこねてまでこのベッドにとどまりたかった。

ジョーダンはもぞもぞと身じろぎしてマリアンナから離れると、暗闇を一心に見つめた。

三年間におよぶ闘いは終わり、おれは勝利を手にした。もっとも戦果というものがあったのかどうかは疑わしいが。前もって誘惑の手順を慎重に練りあげた。持ちまえの巧みな技をもってすれば、マリアンナのような無垢な少女を落とすことはむずかしいことじゃない。彼女はおれだけじゃなく、自分自身とも懸命に闘ってはいたが、降伏するのは時間の問題だった。

おれは勝った。それなのに少しも満足してないのはどういうことだろう。欲望のせいか？　たしかにマリアンナの体から離れたほんの数分後には、もう彼女が欲しくてどうしようもなくなった。でも、欲望のせいだけじゃない。

彼はベッドの端に体をずらすと、起きあがって床に脚をおろした。立ち去りがたい気持ちなど無視して自分の部屋に戻ることにしよう。夜が明けるころには本来の客観性を取り戻し、こんな不安などほんのいっときの気の迷いにすぎなかったことがはっきりするだろう。とりあえず肉体の要求は満たされたのだから、気持ちもすっきりし、マリアンナを説得してジェダラーを手にすることに意識を集中できるようになるだろう。

部屋を横切って戸口に向かおうとして、ふと暖炉のなかの残り火が消えそうになっているのに気づいた。暖炉に薪をくべるぐらいなら問題ないだろう。寒くて彼女が目を覚まさないともかぎらない。膝をつき、火を熾し、勢いよく燃えあがるまで炎の様子を見守った。

これまでだったら、まんまと女をものにしたあとは、まずは勝利の満足感を覚え、ほどなくして退屈と不満が頭をもたげてくるのが常だった。ところが今夜は、それらのどれひとつとして込みあげてこない。それどころか彼は、いまの感情の正体をうすうす感づいて、不安な気持ちに駆られていた。

ベッドのなかで寝息をたてる女に目をやった。

いや、ただの女じゃない。マリアンナだ。

ゆっくりと立ちあがり、ベッドに近づいて彼女を見下ろした。ブロンドの髪が枕の上で艶やかな雲のようにうねり、その口はいかにもやわらかそうでいじらしい。くそっ、こんなものがなんだというんだ？　おれの望みは熱情からの解放だったはずだ。彼女など、奪うだけ奪っておいて簡単に捨てる、そんな女のひとりにすぎないはずだった。それがこんなことになろうとは。もっとも恐れていた罠にこの自分がまんまとはまってしまうとは。

まさかこれほど彼女に執着することになろうとは。

10

目を覚ますと、ジョーダンが裸のまま窓辺に立ち、明るくなりかけた空を眺めていた。

いっきに眠気が吹き飛ぶほどの衝撃だった。偉大な画家の絵なら何枚も見てきたが、本物の男の人の裸ははじめてだ。ミケランジェロの手になる男性像より、何倍も美しい。作り物のほうはどこか生気がなくて、過剰なほど筋肉が盛りあがって見えたけれど、ジョーダンの肌は日に焼け、体つきも弾力に富んでいて、パワーと優雅さを兼ね備えている。引き締まったお尻から贅肉のないたくましい脚へと流れるしなやかな曲線。両肩は筋肉隆々というよりは、均整が取れて締まった印象だ。

知らぬ間に声を発していたのだろう。ジョーダンが振り返ってこちらを見た。「お目覚めか」

ジョーダンは裸でいても、少しも居心地が悪そうな様子はない。自分もあんなふうにくつろいでいられたらと思う。「おはよう」マリアンナは小声で挨拶した。

彼が無表情でじっと見つめてくる。ひょっとしてなにか怒らせてしまったのかと思ったのもつかの間、ジョーダンの顔がぱっとほころんだ。きらびやかなマントと同様、彼を引き立てる得意技だ。「その目つき。いまにもおれに食いつくされるんじゃないかと思っているみたいだな。そんなに怖い顔をしてるか？」

「ううん」意外にも本心が口をついて出た。「すごくきれいだなって思ってたの。ミケランジェロの創ったダヴィデ像よりもずっと」

「それはどうも」ジョーダンはお辞儀で応えた。裸だというのにいかにも優雅な仕草だ。「聖書の登場人物と比較されるとは、はじめての経験だ。もっと俗っぽい人物と比べられるならわからなくもないが」ベッドに近づいてくる。「どうだ、気分は？　痛まないか？」

「大丈夫」実際は太腿のあいだが少しひりひりしていた。でもそれを彼に打ち明けるわけにはいかない。すでに充分すぎるほどの弱点をさらけだしてしまったのだから。相手に屈することがこれほど圧倒的な親密さをもたらすとは考えてもみなかった。それどころか、考えるという行為自体が不可能だった。ただ流れに浮かぶ木の葉のように、なすすべなく彼のもとへ引き寄せられ、彼が与えてくれる安らぎにひたすら心を奪われていた。マリアンナはベッドに起きあがり、ベッドカバーを首元まで引きあげた。「いたって元気よ」

「それはよかった」ジョーダンもベッドに腰掛けた。「それじゃ、次のステップに進むとしようか」

マリアンナはぎくりと身構えた。「そういう意味じゃなくて。そんなことしたいなんて――なんていうかその――こういうことってあまりいいとは思えない」

「いいことに決まってるさ。今朝になったらおまえの気が変わってるんじゃないかと予想はしてた。どうやらドロシーの教えが効きすぎたようだな」

ジョーダンはベッドカバーをゆっくり腰まで引きおろし、あらわになった胸にじっと見入った。「最初のレッスンのあとは、あまり時間を置かないうちに馬に乗ることが肝心なんだ。そうしないと、歩態のリズムを失ってしまう」

マリアンナは心ならずも、あの雄馬と雌馬のエロティックな話を思い出した。とたんに体はあえなく反応し、お腹のあたりの筋肉がきゅっと硬直した。

ジョーダンはそれを見逃さなかった。上目遣いに彼女の顔をうかがい、しゃがれ声で言う。「おまえが必要なんだ。もう何時間もあそこの窓際に立って、おまえが目を覚ますのを待っていた。受け入れてくれるだろう、マリアンナ?」

昨夜と同じ抗《あらが》いようのない熱い波に体ごと押し流される。どうしてまた? 一度欲望に屈してしまえばそれで終わりだとばかり思ってたのに、いままたこの体は、昨夜と同じぐらい強烈に彼を欲している。

ジョーダンが身をかがめ、彼女の胸にかすめるように唇を這わせた。「見返りは約束する」温かな舌に乳首をもてあそばれ、あえぎ声が漏れる。「言ったはずよ。見返りなんていらないって」

ジョーダンは彼女の脚を開き、じわじわとなかに押し入った。わざとじらすような緩慢な動き。「まず最初に、痛みがないと言ったおまえの言葉に嘘がないか、確かめないことにはな」前後に腰を動かしはじめる。そろそろと、それからじょじょに激しく。「そのあと次のレッスンに進むことにしよう……つまりは見返りだ」

マリアンナは彼の体に手をまわし、ぎゅっとしがみついた。熱い衝動がわきあがる。息をあえがせ、ベッドカバーを握りしめた。「見返りってどんな――」彼の指にとらえられ、思わず背中を弓なりに反らした。続くはずの言葉は頭からすっぽりと抜け落ちた。

けれど、ジョーダンはマリアンナの問いかけを無視することはなかった。両手を下に滑りこませ、お尻をそっとつまんだり揉《も》んだりする。そして彼女の上にぴったり覆いかぶさると、髪に口をうずめ、耳元で囁《ささや》いた。

「ずいぶん長いこと仕事に熱中してるじゃないか。なんだか無視されてるような気分になってきたよ」ジョーダンは椅子の背にそっくり返った。「新鮮な空気を吸うことも必要だぞ。どうだ、散歩に行かないか?」

そんなことを言って、単にこの仕事部屋からわたしを引っぱりだしたいだけだ。「この四日間でほんの二、三時間だけよ。このパネルを仕上げちゃいたいの」

「あいかわらず石頭だな、おまえは」落ち着きなく身じろぎする。「どうせそんなパネル、使うつもりもないんだろう。グレゴーが言ってるぞ、厩舎の物置には捨てられたパネルが山積みだと」

マリアンナはカッティングを施している最中の、チューリップの図柄に目を落とした。

「みんなわかっていないのよ。美を追求することは時間の無駄なんかじゃないってこと」

「その言葉には納得だ」ジョーダンが低い笑い声をたてた。「だが、おれとしては消極的な美よりも活動的な美のほうが好ましい。なかでも活動的なおまえが望ましい」声を落とし、甘ったるい声音で囁く。「ここへ来い」

「いやよ」早くも体の芯が熱くなる。マリアンナはいまではすっかり当たり前になったその反応を無視した。「明日アレックスに会いにいく前に、このパネルを終わらせたいの」

ジョーダンが一瞬、沈黙した。「アレックス？」

マリアンナは彼を見た。「約束したはずよ」

「ばかを言うな」荒々しく吐き捨てた。「彼に危害を加えるわけがないことは、おまえだって承知してるはずだ。なにもいまさら、彼のためにおれの誘いに乗ったふりをすることもないだろう」

「もちろん、こうなったのはそれが理由じゃ――」言いよどみ、うんざりしたような口調になる。「自分で自分が抑えられない。病気みたいよ」

ジョーダンの怒りがふたたびたぎった。「なにが病気だ。おおいに楽しんでいるだろう」

そう、それは否定しようのない事実だ。この四日間というもの、尽きることのない渇望感に身をまかせて夢うつつで過ごしてきた。何度体を重ねたことだろう。いくつの方法を試してみたことだろう。もはや数えきれない。それでもまだ飽くことを知らなかった。彼に思わせぶりな目つきを向けられるだけで、通りすがりになにげなく触れられるだけで、たちまち体は受け入れ態勢が整ってしまう。

実際のところ、ジョーダンはほぼ四六時中、マリアンナの体に触れていた。触れるという行為は、彼にとって相手を刺激するためだけじゃなく、マリアンナが自分のものであることを確認する行為なのだと、しだいに彼女は気づいていった。会話の最中に唐突にマリアンナの手を取り口元に運んでおいて、まるでなにごともなかったかのように話を続ける。暖炉の前で座っている彼女のうなじをさりげなく揉む。あるいは眠りにつく前、彼女の髪をそっと撫で、物憂げに話をしながらおさげ髪に指を絡ませたりもした。

触れられるたび、言葉を投げかけられるたび、俗っぽい仕草を示されるたび、マリアンナはますます彼の体にがんじがらめにされるような気がした。

ジョーダンの表情が緩み、たちまち魅力的な笑みがはじけた。「快感は病気じゃない、喜びだ」彼女の機嫌を取るように言う。「おまえは気に入っているということだ、おれが与えてやっているものを。なにもかも。そうだろう、マリアンナ？」

いまさら認めるまでもない。わたしが完全に彼の虜になっていることは、彼にはとうにお見通しだ。はじめのころこそ激流に押し流され、ただただ受け入れるだけで精いっぱいだったけれど、時間がたつにつれ、ジョーダンは自分のようにわれを忘れているわけじゃないことがわかってきた。もちろんわたしを欲しがっていないということではない。ただ、たまにちらっと彼の顔に目をやると、油断のない緊張しきった表情がそこにあって、思わずこちらが動きを止めてしまうことがある。わたしを自分の好みどおりに形作ろうとしている、そんな感じがして、怒りと恐怖を覚えたものだ。ジョーダンの意志の固さはわかっているけれど、彼の思惑どおりに、見境なく快楽に溺《おぼ》れるだけの人間になりさがるわけにはいかない。「どう感じようが問題じゃない。わたしはわたしよ」マリアンナは迷ったあげくいっきに言った。「わたしを自由にして。こんなこと、ずっと続けるわけにはいかない」

ジョーダンの笑みが消えた。「続けてみせる」

マリアンナはさっと振り返った。「いつまで？　あなたがわたしに飽きるまで？」

「飽きるなんてことはありえない」

「よく言うわ。キャンバロンに来て以来、そういう目に遭った女性を少なくとも六人は目にしてきた」

ジョーダンが不機嫌そうな顔つきになる。「それとこれとは違うさ」

「違わない。どうしてわたしが必要なの？　あなたはひとりの女性で満足するような人じゃない。来月になったら別の女性をここに連れてきて——」

「黙れ！　同じじゃないと言っただろう」

「そうね」マリアンナは髪に指を走らせた。「わかってる……どこか違うってことは。でも、その違うというのが我慢ならないの」

「言ってることが支離滅裂だな。快感が耐えられないという意味か？」

「というか、もしそれが……とにかく息が詰まるのよ」

「なにをばかなことを」

「あなたはわたしに期待してばかり」マリアンナは言葉を選びつつ、おずおずと続けた。「きっともう、わたしに飽きつつあるということよ。それなのにそうじゃないふりをしてる。それはわたしの信頼を勝ち取って、ジェダラーを手に入れなきゃならないから。そうなんでしょう？」

「飽きてなどいないことはおまえがいちばんわかっているはずだ。わめき散らすのはやめてくれないか」

「わたしにはわからない。あなたはものすごく頭の切れる人よ。きっとレディ・カーライルも、あなたが飽きてることに気づかなかったと思う」大きく息を吸って、平静な声を取り戻す。「それに、わたしはわめき散らしたりしてない。ただ思ってることを口にしているだけよ。最近のわたしには、論理的に考える力などあるわけないと言われるかもしれないけど」

ジョーダンの顔から怒りが引いていった。高い椅子の背に頭をもたせかける。「そのとおりだ。おまえには考えずにただ感じてほしかった。考えるなんて、邪魔なだけだ」声を落として続けた。「おれの本音が聞きたいか？　いいだろう、教えてやる。おまえをうまく丸めこもうなんて考えにはうんざりしてる。まっぴらごめんだ。今回のこととジェダラーはもうなんの関係もない」ひと息ついた。「おれはおまえを自分のものにしたい」

マリアンナは自分の耳が信じられないというように彼を見つめた。「自分のもの？　わたしは奴隷《どれい》じゃないのよ。誰のものにもならない」

「奴隷だったらどんなによかったか。なに、ただおまえに美しい鳥かごを作ってやりたいというだけの話だ。鍵はおれしか持たない。世間一般の男が女を所有する方法は、おれの好みに合わないんだ。結びつきが希薄すぎる」

マリアンナは呆然と首を振った。「正気とは思えない。言ってることが理解できない」

「自分でもそう思う。ずっと前に学んだはずだった、誰かを手放すまいとするなんてばかげたことだと。誰もが結局は自分のもとを去っていく。それなら自分から立ち去って後ろを振り返らないほうがよほどいいと。おまえにもそうするつもりだった。それなのになにかが起こった。おまえがおれに触れ……おれを縛りつけた」笑みが不気味にゆがんだ。「これでも懸命に抗ってはみたんだ」

「それなら、わたしを自由にして」

「それはできない」ジョーダンの口調がにわかにいらだちを帯びた。「できない、絶対に」ため息をついて自嘲気味に続ける。「だから決めたんだ、おまえをとどまらせる方法を見つけなければと。普通の女みたいに賄賂《わいろ》に屈してしまえば楽なのに、おまえは間違ってもそうはしないだろう。だが、おれには別の武器がある。おまえは驚くほど感じやすい体を持っている。おまえもうすうす気づいているはずだが、おれは毎回、あらゆるテクニックを駆使して、おまえがおれに降服するよう仕向けてきた。この種の降服は習慣になり、やがては強力な束縛の鎖となる」

鎖。自分がそんなふうに追いこまれていたのかと思うと、背筋がぞくりとした。つまりはこの体ばかりか人生までも、彼に縛られつつあるということだ。彼によって植えつけられた依存心が信頼感をもたらす？　いずれ、彼を喜ばせたいがためにジェダラーを手放してしまうの？　そう思うと空恐ろしくなった。「どうしてそんな話をわたしにするの？」

ジョーダンは肩をすくめた。「ことおまえに関しては、自分でも自分の感情に戸惑っている。ひょっとしたら、おまえに闘ってほしいと思っているのかもしれない。このおれが、おまえの価値をことごとく潰してしまう前に。ようは、自分が奴隷にならずに相手を奴隷にすることは不可能だってことだ」茶化すように笑ったが、声はかすれていた。「おれも病気だ。おまえを見ると、たちどころに欲しくなる」

欲望。それもほかのどんな感情をもってしても損なわれることのない、荒々しくも強烈な欲望。それ以外になにを期待していたというの？　ふたりのあいだにほかになにがあるというの？　そう思うと、耐えがたいほどの痛みが胸を刺し、その意外な感情に自分でもたじろいだ。もう終わりにしなくては。こんなに感情が揺さぶられては、そのうちに頭がおかしくなる。ジョーダンだけでなく、キャンバロンからも離れる方法を見つけなくては。「アレックスに会いたい」

ジョーダンは肩をすくめた。「それなら会えばいい。わざわざ会いにいくまでもない。明日ダルウィンドに連れてくるよう、グレゴーに連絡しておいた」

「近くに来てるの？」

「ああ、明日には着く」短く沈黙した。「カッティングナイフを置け」

マリアンナはかぶりを振った。「散歩には行きたくないと言ったはずよ」

「おれもその気はなくなった。ここに来い」

マリアンナははっと彼に目をやった。

ジョーダンはもはや椅子の背にもたれかかってはいなかった。まっすぐに背筋を伸ばし、こちらに微笑みかける。「おれから自由になると決めたなら、最後に数時間、おれを楽しませてくれても悪くはないだろう。まだまだおまえに教えたいことがたくさんある」

マリアンナは驚いて目を見開いた。「さっき言ったはずよ、わたしを鳥かごに入れておきたいって。それに――」

「さあ」ジョーダンのすらりと伸びたしなやかな指がゆっくりと動き、肘掛けに彫りこまれた模様を思わせぶりになぞった。

椅子。

「ここに来い、マリアンナ。覚えているだろう？　おれのほうからは行かれない」

あの夢の話をしているんだ。彼の夢。真夜中に飛び起きる原因になったあの夢。

ジョーダンの緑の瞳がじっとこちらの顔に注がれている。厚ぼったくて、そそられる唇。ブロンズ色の頰がわずかに染まって、鼻孔もふくらんで見える。「ドロシーのもとに逃げ帰って、残りの人生を彼女のように生きたいか？　未知のものをことごとく味わって感じてみたくはないか？」両手で肘掛けを握りしめた。「おれは欲しいんだ、マリアンナ」

彼の渇望感が容赦なく伝わってきた。ふたりのあいだの空気がびりびりと震動する。彼の欲望を満足させることに対して、いまではなんの抵抗もなく体が反応する。マリアンナ自身、それによって充足感を手にできる。意思に反して、早くも体は受け入れ準備を整え終えた。彼がなにをするつもりなのか、知っていようがいまいが、体の反応はおかまいなしだ。鼓動が激しくなり、太腿のあいだに馴染み深いうずきが広がっていく。

「おまえだって欲しいはずだ。新たなる思い出、新たなる喜びだ。どのみちいやというほど味わったんだ、もう一度ぐらいなんでもないだろう？」

ジョーダンは美しかった。その姿はあくまで優雅で魅惑的だ。この魅力と説得力をもってすれば、サタンよりもなお巧みにイヴを誘惑できたことだろう。

「怯えてるのか？　どうして？　決意が揺らぎそうで怖いのか？」

「怖くなんかない」

「それなら来い」

マリアンナはそろそろと足を踏みだした。

ふたりの視線が絡みあう。「その調子だ」ジョーダンが囁いた。「おまえを手に入れたい。

気持ちよくさせてやりたいんだ」

マリアンナは彼の前で立ち止まった。彼のこめかみが脈打っているのが見える。むしょうに手を伸ばして触れたかった。

〝もう一度ぐらいなんでもないだろう〟

そうだ、かならずしもこっちが降服しなければならないわけじゃない。いずれ早いうちに彼のもとを離れるつもりだし、アレックスを見つけだして、この恐るべき魅惑的な罠から逃げなくてはならないのはたしかだ。だけどその罠の正体が明らかになっているいま、自分の欲しいものだけを手に入れて、さっさと歩き去るぐらいの強さはわたしだって備えているはず。

「あなたはわたしを手に入れられない」マリアンナはきっぱりと否定した。「わたしは誰のものにもならない」

ジョーダンはなにも言わず、彼女の目に見入った。

「今度はわたしがあなたを手に入れる番。あなたが望むからじゃなくて、わたしがそうしたいからよ」

ジョーダンはにやりとした。「挑戦か？　この分野じゃ、おまえはまだおれを出し抜けるほどの経験をしちゃいない。まあ、やりたければやってみるんだな」

例の夢のなかでは、まずはマリアンナが彼の唇に指で触れることになっていた。

あえてそうしなかった。マリアンナは手を伸ばし、彼の髪を束ねているリボンをほどき、するりと引き抜いた。「あなたの夢の全部が気に入らないわけじゃないけど、わたしにはわたしのやり方があるのよ」

沈黙とともに、警戒するような視線が注がれる。

彼の髪を指で梳き、シルクのような艶やかな感触を味わった。体が震えていた。彼がそれに気づいていないわけがない。立っていられないほど膝ががくがくしてるというのに、いつまでこんな支配的なポーズを保っていられるだろう。彼にしても、わたしが欲しくてしかたがないはずなのに、なぜおとなしく座ったままでいるのか。「どんな気分?」我慢しきれずについ訊いた。

ジョーダンの眉が持ちあがった。「おれになにか期待しているのか? おれのほうからおまえを手に入れることはできないんだろう? だから逆らうような真似をして、おまえの機嫌を損ねるつもりはない」ふいに彼女の前腕の内側のやわらかな部分に唇を押しつけた。「おまえが許可を与えてくれるまでは」

腕から全身に熱が駆けあがった。マリアンナは唾を呑んだ。「ジョーダン、なにを――」「許可の印と受け取ったよ」彼女をさっと抱えあげ、膝に乗せる。やみくもに唇をうなじに這わせ、ガウンの背中のボタンを荒々しくはずしにかかる。顔をあげたとき、その目はあふれんばかりの欲望でぎらついていた。「立つんだ」マリアンナが従うのを待たずに、自分で立ちあがらせる。「これで満足か? 夢とは違うやり方だ」乱暴にガウンをはぎ取ると、ガウンはすとんと彼女の足元に落ちて幾重にも重なった。ふたたび彼女の体を引き寄せて、幅の広い肘掛けの上に両脚を乗せる。

片手を下に滑らせ、二本の指で深く彼女を貫く一方、別の手ですばやく自分の服を脱ぎにかかった。突き刺してはまわし、ふたたび突き刺す。

マリアンナは苦しげにあえぎ、彼の髪に指をうずめた。

ジョーダンは彼女の体に覆いかぶさり、右の乳房を口に含んだ。むさぼるように吸い、入念な指の動きに合わせてリズミカルに乳首を舌でもてあそぶ。

マリアンナは下唇を噛んで叫び声を呑みこんだ。言葉にできないほどの興奮に体がわなないた。もはや両脚はあられもない格好に開ききっている。硬くてすべすべした木の感触に、ジョーダンの指の……

ジョーダンが顔をあげた。「おれのものになるか?」

言葉の意味がまともに頭に入ってこない。マリアンナは焦点の定まらない目で見あげた。

彼の指が離れ、ほんの少し間があったかと思うと、次の瞬間、彼自身が押し入ってきていっきに奥まで貫いた。「おれのものになるか?」声がふたたび聞こえた。

マリアンナは彼の肩に両手でしがみついた。「ジョーダン、なんのこと――」

「動いてほしいか?」

「動いて」あえぎつつ答える。

ジョーダンの手がお尻を押さえつけると、なかまですっぽりと彼に満たされた。ところが彼は動かなかった。息づかいで胸が荒々しく上下する。「それなら、おれのものになると言え」

わたしを縛りつける鎖。唐突に怒りがわいた。「ならない」

なおもジョーダンは動かない。欲望といらだちが激しいうねりとなって彼の体から発せられるのがわかった。「くそっ、意地っぱりめ」たまらず動きはじめる。腰をくねらせ、たまりにたまった感情を解き放つかのように雄々しく突きあげた。

マリアンナは彼の肩にしがみついているので精いっぱいだった。無我夢中で嵐をやりすごし、ついに最後の感情の炸裂《さくれつ》が訪れた。永遠に続くかのような強烈な解き放ち。彼を自分の内にくり返し取りこみながら、マリアンナはみずからの動物にも似た小さな悲鳴を耳にしていた。

ジョーダンが彼女の胸に頭をうずめ、なおも彼女の内で小さくわななないていた。あとからあとから解放の波が襲い、体が小刻みに震えるばかりでまともに動くこともできない。

「おれのものになると言うんだ」ジョーダンが低い声で迫った。

「いやよ、自由にして」

「まあいい、そのうち言わせてみせる」

突如、一刻も早く逃げなければならない気がしてきた。「なんだかおかしな格好。立ちたいから手を貸して」

ジョーダンは顔をあげ、思わせぶりな笑顔を作った。「まだ終わっちゃいない」

マリアンナは不思議そうに彼の顔を見返した。あんなに激しいクライマックスを迎えたあとで、なおも欲しいなんてあるはずない。

もぞもぞと身じろぎし、両脚を一方の肘掛けに乗せたまま、慎重に腰を手前に引いた。ジョーダンがまだ内におさまったままだ。彼は片手をマリアンナの背中にまわして手前に引き寄せ、いつくしむように唇で乳首をはさんだ。「悪くないだろう?」

「なにをするつもり?」

「おまえの反応を待ってるのさ。こんな無防備な体勢を利用しない手はない。おまえはおれから逃れたくて必死だ。今度いつこんな恩恵にあずかれるか、わからないからな」

またしても彼が硬くなるのがわかった。

「脚を閉じて、締めつけてくれ」ジョーダンの唇が耳をかすめる。「おまえに話して聞かせたのは、夢の一部だ。ほかにいくらでも楽しみはある」

しまった、迂闊《うかつ》だった。これ以上は自分のほうからなにも明けわたさずに欲しいものだけを手に入れる。それだけの強さを自分は備えていると信じていた。甘かった。すべてを仕切っていたのはあいかわらず彼だ。完全な負け。これほど屈辱的な思いを味わったのはあとにも先にもはじめてのことだ。

「抱きしめてくれ」ジョーダンが耳元で囁いた。指先でまさぐり、目当てのものを見つける。快感が始まった。マリアンナは反射的に脚を閉じ、彼の求めるものをあえなく明けわたした。

とんでもない大失態だ。

「この上を滑っても大丈夫?」アレックスは湖の端まで駆けていき、湖面に張ったきらめく氷の膜をのぞき見た。ブーツの先で突き、表面を確かめる。「ぼく、この場所が大好きになった。一緒にいてもいいでしょう、マリアンナ?」

「だめよ、氷はまだ薄いんだから」マリアンナは最初の質問に答えると、彼の手を取って引き戻した。「一緒にいてくれるのは大歓迎よ。ジョーダンに訊いてみたらどう？」

「ジョーダン、いいでしょう？」

グレゴーと話しこんでいたジョーダンが振り向き、かぶりを振った。「おれたちが留守のあいだ、おまえにはグレゴーを助けてキャンバロンを守ってもらわなけりゃならない」

アレックスは不満そうな顔をした。「それなら、マリアンナも一緒にキャンバロンに戻ってほしい」

「マリアンナには休養が必要なんだ。だからわざわざここに連れてきたのさ」ジョーダンは諭すように言った。「あの美しいフラワードームを作るために働きすぎて、すっかり疲れてしまったんだよ。彼女が病気になったら困るだろう？」

アレックスは即座に答えた。「マリアンナは病気なんかじゃない」心配そうにマリアンナの顔をうかがう。「ちょっとだけ……顔色が悪いみたいだけど」

「わたしならこのとおり、ぴんぴんしてる」きっぱりと言って、ジョーダンに鋭い一瞥をくれる。アレックスを不安にさせるようなことを言うのは、断じて許せない。「大丈夫。わたしも一緒にキャンバロンに戻るわ」

アレックスがジョーダンに尋ねた。「キャンバロンで休むのはだめなの？」

ジョーダンは笑顔をこしらえた。「彼女がキャンバロンで休めると思うかい？　あの塔の部屋を立ち入り禁止にするなら話は別だが」

アレックスがくすくす笑った。「厩舎の物置もだ。それにボールルームと——」

「働かないと約束すればいいんでしょ？」マリアンナは食ってかかった。「そうすれば、わたしが今日、キャンバロンに戻っていけない理由はなくなるわ」

ジョーダンは意味ありげな視線をアレックスに向けた。「信用できるかい？」

アレックスがありえないというように首を振った。

ジョーダンはいかにも人当たりのよい笑みを浮かべた。「アレックスはおまえのことをよくわかっているようだな。充分休養が取れるまで、いましばらくここに滞在したほうがいい」そしてアレックスのほうを向いた。「だが、これからは頻繁に顔を見せてあげるといい。また二、三日後に、グレゴーが連れてきてくれるよ。スケート靴も用意してあげよう。氷が適当な厚さになったら、ここで練習できる」

「スケートの練習？」アレックスが目をぱちくりさせた。「マリアンナも？」

「彼女はきっとスケートも上手だろう」機嫌を取るかのような口調だ。「でも、よく見張ってないとだめだぞ。彼女のことだ、氷が薄くてもかまわずに滑りたがるだろうから」

思いきり横っ面を張り飛ばしてやりたい気分だった。マリアンナはくるりと後ろを向いた。

「湖畔を散歩しましょ、アレックス」ジョーダンに向かってあてつけがましく言う。「一緒に来なくてもけっこうよ。グレゴーと相談すべきことがあれこれあるでしょうから」

驚いたことに、ジョーダンはすんなりうなずいた。「ここから見てるよ。滑って転ぶなよ。雪が深くても、その下の氷があんがい薄いってこともありえる」アレックスに微笑みかけた。「散歩から戻ってきたら、ホットチョコレートを用意しておいてやろう。そのあとチェスでも一戦お手合わせ願えるかな？」

「うん、いいよ」

マリアンナはアレックスの手を取って歩きだした。ブーツの下で踏みしめられた雪が、不機嫌そうに乾いた音をたてる。真っ白な雪原に日射しが燦々《さんさん》と照りつけていた。せっせと体を動かしているうちに、じょじょに怒りは引いてきた。せっかくアレックスと過ごせる時間だ、つまらないことで腹を立てて台なしにするのはばかげてる。「会いたかった、アレックス。元気だった？」

彼はうなずいた。「グレゴーがシーストーム号で旅に連れてってくれたんだ。ブレイスウエイト船長にもまた会ったよ。前よりもずっと髪の毛が白くなったみたいだった」

「いまはもうキャンバロンに戻ったのね？」

もう一度首を縦に振った。「でも、あんまり馬には乗れないんだ。地面がひどく凍っちゃってさ」妙に静かになったあとで、小さな声で訊いた。「マリアンナはほんとに病気なんかじゃないよね？　母さんとは違うよね？　マリアンナもまた――」

「もちろんよ！」マリアンナは足を止め、彼の前に膝をついた。両手でその体を抱きしめて、やさしく揺り動かす。アレックスは長いこと母親のことを口にしなかった。ましてやあの晩のこととなるとなおさらだ。けれど、あのときの記憶がどれほどまざまざと彼の心に刻みこまれているのか、あらためて思い知らされる気がした。「少し疲れているだけ。できるだけ早く、キャンバロンに戻るわ」

「もっと具合が悪くなるようだったらだめだよ」すかさず彼が切り返す。

ジョーダンったら、よけいなことを。「大丈夫。そんなことにはならないから」手袋をはめた両手で彼の頬をはさんだ。「それにね、もしわたしが戻ったら、今度はふたりで旅に出ましょう。ふたりっきりで。どう？」

アレックスの目が輝いた。「どこへ行くの？」

「それはあとで考えましょ」彼の額にそっとキスした。「でも、いまのところはこれはふたりだけの秘密よ」

「馬も連れていっていい？」

マリアンナは立ちあがった。「そのことも、そのときになったら相談しましょう」彼の手を取って、ふたたび歩きだした。「ドロシーはどうしてる？」

「元気だよ」アレックスはどこかうわの空で答えた。湖のほうをぼんやりと眺める。「ふたりだけの旅に出るのは、今度また、ぼくがここに来たあとのほうがいいよね」あわてて付け加える。「旅が楽しみじゃないっていうんじゃなくて。だってジョーダンがいろいろと計画してくれてるのに、がっかりさせちゃ悪いと思うんだ」

「そうね、ジョーダンの機嫌を損ねるのはまずいものね」皮肉っぽい響きに聞こえなかったか、気になった。ジョーダン、女たらし、きらびやかな蜘蛛の巣を巧みに張りめぐらす魔術師。誰もがつい、永遠にその罠にはまっていたいと思ってしまう。アレックスでさえも、彼の前では無力なのだ。

「マリアンナ！」

振り向くと、グレゴーがこちらに向かって腕を振っていた。

「チョコレートだ！」アレックスがきびすを返し、一目散に駆け戻っていく。

「気をつけるのよ」マリアンナは背後から叫んだ。

アレックスははしゃぎながらひた走り、雪の上をわざと滑ったりしている。マリアンナは苦笑し、やれやれと首を振った。七歳の少年相手に気をつけろだなんて、どだい無理な話だ。ことにアレックスときたら、一瞬一瞬を二度と味わえないかのように夢中で生きているのだから。

厩舎の前庭に戻ってみると、すでにロッジに入ってしまったのか、アレックスの姿はなく、かわりにグレゴーが階段の上で待っていた。

「悪いことをした」出し抜けに彼が謝った。「彼を止められなかった」

マリアンナの頬がぱっと赤らんだ。ここはわざと誤解したふりをするしかない。「チョコレートが待っているんだもの、誰もアレックスを止められないわ」

「いくらジョーダンといえども、二、三日もしたらきみを連れて戻るとたかをくくっていた」グレゴーの視線が容赦なく顔に注がれる。「やつに傷つけられたのか？」

傷つけられた？　肉体的にはどこも痛めつけられてはいない。それでもこの痛みは、ジョーダンのそばを離れないかぎり、癒されない気がしていた。「知ってるはずでしょ、彼は暴力をふるうような人間じゃないってこと」

「殴らなくても相手を痛めつけられる男だからな、やつは」グレゴーは首を振った。「彼にジェダラーを渡してくれるというなら、おれが割って入る理由もできるんだが」

「理由が必要なの？」マリアンナは冷笑した。「ジョーダン相手なら、いつだって勝てるって言ってなかった？」

「それはずっと昔の話だ。ジョーダンはひとつ失うたびに学んできた。いまじゃなんであれ、やつが欲しがってるものを奪い取るのは容易な話じゃない」

それにジョーダンが無理にでもわたしからジェダラーを奪い取れる可能性があるかぎりは、結局は高みの見物を決めこむというわけだ。しょせん、わたしはひとりぼっちだ。

そう、これまでだってずっとひとりだった。グレゴーの助けなんかいらない。マリアンナはロッジの扉を開けた。「わたしもチョコレートをいただいてこよう。こんなところに突っ立っていたら凍えちゃうわ」

アレックスとグレゴーは夕方近くになって帰途に就いた。馬に乗って遠ざかっていくふたりの後ろ姿を見送りながら、マリアンナは涙をこらえきれなかった。

「二、三日後にはまたやってくるんだ」ジョーダンがそっと慰めた。

「アレックスにはわたしが必要よ」

「おれにはおまえが必要だ」

ジョーダンはくるりと背を向け、ロッジのなかへ戻った。

しかたなくマリアンナもあとに続いた。「アレックスがキャンバロンにいるなんて聞いてなかった。どこか遠くに行かされてるものだとばかり思ってたのに」

「連れ戻したんだ。キャンバロンにいるのがいちばん落ち着くんじゃないかと思ってね。あまり動揺を与えても意味がない」マリアンナのほうを振り返った。「それに彼がキャンバロンにいることを黙ってたのは、知ったら最後、おまえは彼のもとに飛んで帰ろうとするに違いないからな。キャンバロンからここはいささか近すぎる」かすかに頬を緩めた。「七〇マイルもの距離を歩いてタレンカにたどり着いた女性にとっちゃ、この程度の距離はどうってことないだろう」

「でも、アレックスが黙ってるはずないことはわかっていた？」

「約束したからな、彼に会わせてやると。約束は守る。あとはおれが寝ずに目を光らせていればいいことだ」

「こんなこと続くわけない」マリアンナは窓辺に寄り、凍った湖面を見るともなしに眺めやった。ふいに訊く。「ジェダラーを渡したらどうなるの？」

背後で彼が体をこわばらせたのがわかった。

「なんだと？」

「それがあなたの狙いでしょう。ジェダラーを渡したらどうするのと訊いてるの。わたしとアレックスを自由にしてくれる？」

「ああ」ジョーダンは慎重に答えた。「自由にするとも。おまえとアレックスが生涯不自由な思いをしないですむだけの金を持たせて、キャンバロンから馬に乗せて送りだしてやる。おれはキャンバロンにとどまって、一カ月間はおまえたちを探さないと約束する。おれから逃れるチャンスを与えてやるというわけだ」彼が動く気配がした。ほどなく背後に立ったものの、体に触れようとはしない。「そして一カ月後におまえのあとを追い、見つけだして連れ戻す」彼の腕が腰に絡みついてきた。「しょせんはすべて仮定の話だ。おまえがそんなに簡単にあきらめるわけがないことは、ふたりともわかっているからな。おれの鼻先にジェダラーをぶらさげておいて、なにかよからぬことを企んでいるのかもしれない。だが、おれのほうもまだ、おまえと取引をするなどという危険を冒すほど追いこまれちゃいない」彼の唇が耳を包んだ。「かわいそうなマリアンナ、悲しみに暮れてるのか、疲れているのか。人生はフェアじゃないな。さあ、火のそばに寄れ。夕食の準備をしてやろう」

雷鳴のような音が耳をつんざいた。玄関！

マリアンナははっと目を開けた。ジョーダンが低く舌打ちし、早くもベッドから飛びだした。

またしても、玄関になにかが衝突する音が響いた。

「いったいなにが――」マリアンナの声はむなしく空《くう》に散った。もはやジョーダンの姿はない。あわてて飛び起き、ローブを羽織ると、部屋を飛びだして階段を駆けおりる。

ジョーダンは玄関のあがり段の上でうずくまり、恐ろしく大きな熊のような物体の上に覆いかぶさるようにしていた。

「なんなの、それ？　なにがあったの？」指がひどく震え、玄関脇のテーブルに置かれた蠟燭をつけようにもまともに言うことをきかない。「誰……？」

「グレゴーだ」ジョーダンの声はしゃがれていた。「グレゴーだよ、ちくしょう」

心臓が縮みあがった。マリアンナはおそるおそる一歩踏みだし、蠟燭を高く掲げた。

真っ白な雪に鮮血がしたたっていた。グレゴーが身につけたキルト地のチュニックも血に染まっている。呆然と傍らに膝をついた。死んでるの？　こんなに出血してるなんて……顔色だってチョークみたいに真っ白で……。「彼はもう……？」

「死んじゃいない。死なせるもんか」鬼気迫る口調だった。「包帯用のリネンを取ってきてくれ」体を起こすと、全身の力を振り絞るようにしてグレゴーの巨体を両腕で抱えあげた。「階段はのぼれそうにない。そこの暖炉の前に寝かそう」

マリアンナは彼の命令に従うべく走り去った。グレゴーが怪我《けが》をしている。グレゴーが死んでしまうかもしれない。あんなにやさしくて頭のいいグレゴーが……

そうだ、アレックス！

グレゴーがアレックスと一緒にいたのは間違いない。となれば、グレゴーにどんな運命が降りかかったにせよ、アレックスもまた同じ目に遭っているということだ。

アレックスがあの雪原のどこかで倒れている。傷ついて、自分では身動きすらできないまま。

震える手でリネンを腕いっぱいに抱えると、急いで居間に取って返した。グレゴーは暖炉の前のラグの上に寝かされていた。チュニックのボタンはすでにはずされている。ジョーダンは引ったくるようにしてマリアンナの手からリネンを奪い取った。

「ジョーダン」どうにか声を落ち着かせた。「アレックスが」

「わかってる」ジョーダンはグレゴーの胸元からの出血を食い止めるのに必死だった。

「アレックスが外でひとりでいるかもしれない。探しにいかないと」

「すぐに行く」彼はようやくほっと腰を落とした。「傷はあまり深くないが、出血がひどい」

「助かるの？」

「グレゴーはもっとひどい傷を何度も生き延びてきた」

「野生の動物かなにか？」体がぶるぶる震えて、立っているのさえままならなかった。「こんなひどいこと、いったいなにが？　オオカミ？」

ジョーダンは首を振った。「ナイフの刺し傷だ」

「ナイフって……襲われたってこと？　強盗？」

「本人に訊いてみないとわからないが」

「だけど、気を失ってるわ。あなたはここで彼についていてあげて。わたしはアレックスを探してくるから」

「だめだ」ジョーダンが鋭く制した。「どこで襲われたかもはっきりしないんだ。グレゴーに確かめてからでないと」

「待てないわよ。だってもし――」

「すま……ない」グレゴーのまぶたが持ちあがり、ジョーダンを見あげた。「迂闊……だった。ここでの生活で……すっかりなまっちまったんだな。おれとしたことが……」

安堵《あんど》のあまり、マリアンナは頭がくらくらした。口がきけるということは、それほどひどい傷ではないのかもしれない。

「ああ、迂闊は迂闊だったが、どうやら命までは取られずにすみそうだぞ。図体がでかいのが幸いしたようだな。血液の量が少ない人間なら、とっくに死体と化してる」軽口を叩きながらも、このうえなくやさしい仕草で、グレゴーの顔にかかったたてがみのような髪を払ってやった。「どこでやられた？」

「あいつら、待ち伏せしてやがった……」言葉が消えかかったが、すぐにまたグレゴーはみずからを奮い立たせた。「七人だ。おれたちが通ることを知ってたんだ」

「正体はつかめたか？」

「ひとりだけ顔に見覚えがあった――コステーンだ」

ジョーダンが低く悪態をついた。「場所は？」

「通りを下って……橋の向こう側……六マイル……ってところ……」

「グレゴー」マリアンナが割って入った。「アレックスは？」

「連中に連れていかれた」ふいに目を閉じる。「目的は彼だ……彼を狙ってた。サウスウィック。やつらはサウスウィックの方向に……」

ふたたび彼は意識を失った。

「どうして彼らはアレックスを？」マリアンナが小声で訊いた。

「すぐに発つぞ」ジョーダンは立ちあがり、階段に向かった。「おまえはここで、グレゴーの世話をしてやってくれ。おれは着替えをすませてから、サウスウィックに向かう」

ぴくりとも動かないグレゴーの体を見下ろし、マリアンナは背筋がうすら寒くなった。七人の男、と彼は言った。並みの強靭《きょうじん》さでないグレゴーでさえこのありさまだ。ジョーダンの身におよぶ危険といったらいかばかりか、想像に難くない。「ひとりで？」

「キャンバロンに助けを求めにいく時間はない」

「ここの警備を頼んでるふたりを連れていけばいいわ」

「それは駄目だ。ふたりにはおまえから目を離さないでいてもらう」

「冗談じゃないわ。アレックスが大変な目に遭ってるかもしれないのに、わたしがひとりで逃げだすとでも？」

「そうじゃない」ジョーダンは踊り場から彼女を見下ろした。「とにかくおまえはここに残れ。家を離れるんじゃない。警備の男たちも残していく。わかったな?」

「わたしが理解してるのはたったひとつよ。なんとしてもアレックスを取り戻したいということだけ」ふと、グレゴーの言葉が脳裏によみがえった。「コステーンって何者?」

「その話はあとだ」扉を開け、部屋に入った。「いまはサウスウィックに行くのが先だ」


四時間後、グレゴーがふたたび目を覚ました。「ジョーダンは?」弱々しく訊いた。

「サウスウィックに向かった」マリアンナは冷やした布を彼のこめかみに押しつけた。「もうだいぶ前になるけど」

「アレックス」グレゴーは力なく首を振った。「見つからないだろう。えらく遠くて……ここまで戻るのに時間を食っちまった。おれの……せいだ」目を伏せた。「船か……」

マリアンナはひるんだ。「船って?」

「ほかに……サウスウィックへ行く理由が? 船だ……」

「いいから黙って」水の入ったコップを口に押しつける。「飲むのよ」

グレゴーは素直に水を飲んだ。「すまない、マリアンナ。おれのせいだ……」

「こんなことになるなんて知らなかったんだから。あなただって殺されるところだったのよ。一対七じゃしかたないわ」

「慎重に慎重を期しているつもりだった。危険などあるはずがなかった。どこで漏れたのか。怪しいことはなにもなかったのに」そこでまぶたを伏せた。「だが、やつらは待ち伏せしていた……」またしても意識が遠ざかっていった。

サウスウィック。

船。

待ち伏せしてたのは何者？

マリアンナは答えを知るのが怖い気がした。


その夜、グレゴーは二度ほど目を覚まし、時間の経過とともにいくらか回復のきざしを見せるようになった。マリアンナは暖炉のそばに座って彼の看病をしながら、ひたすら待った。ようやくジョーダンが戻ってきたのは、空がすっかり明るくなってからだった。

「どうだ、グレゴーの様子は？」ロッジに入ってくるなり訊いた。

「だいぶ落ち着いてきたわ」マリアンナは意を決して尋ねた。「アレックスはどこ？」

「船の上だ。おれがサウスウィックに到着する二時間前に出航した」ひと息ついた。「モンタヴィア行きだ」

「ネブロフね」マリアンナは呆然とつぶやいた。

「やつじゃない。やつの軍の中尉のひとり、マーカス・コステーンだ。ネブロフはいま、ポーランドでナポレオンと会談中だ。乗船券はマーカス・コステーンとやつの甥、ジェームズ・ラカルブの名で予約されていた」

「アレックスに間違いないの？」

「波止場で問い合わせてみた。コステーンは少年用に別のキャビンを予約していた。そのうえで、甥は病気だから旅のあいだじゅう船室に閉じこもってなければならないと説明したらしい」

それじゃ、正真正銘の囚われの身だ。目が覚めているあいだはほとんど屋外で過ごし、嬉々としてキャンバロンじゅうを駆けまわっていたアレックス。その彼がモンタヴィアまでの長い道中を狭い船室で過ごさなきゃならないなんて、考えただけで胸が痛くなった。ふとジョーダンが口にした言葉が気になった。「ネブロフがナポレオンと会談中だなんて、どうして知ってるの？」

一瞬、ジョーダンの表情が揺らいだ。「スウェーデンにいるあいだに報告を受けたんだ」

マリアンナは呆《あき》れ返ったように彼を見つめた。「うすうす感づいていたのね、彼がジェダラーに関してなにか企んでいるということを？　だからわたしをここに連れてきた。すべてはそれが発端だったの？」

「感づいていたというほどのことじゃない。万が一そういう事態があった場合のためだ」思わず弁解口調になった。「おまえがキャンバロンに来てからというもの、絶えず慎重に目を配ってきた。ネブロフがおまえの居所をつかんだと思われる兆候は、ひとつもなかったんだ」

「だけど、わたしには隠してた」マリアンナがにじり寄る。「知ってたら、アレックスを連れて逃げることだってできたはずよ」

「おれたちも知らなかった」

「わたしならこんな危険は冒さなかった。アレックスの安全が確保できないのにこんなこと」マリアンナの視線は揺るがなかった。「でも、あなたはこのやり方を選んだ」

「おれだって――」彼女と目を合わせ、飽き飽きしたように言った。「ああ、そうだ。おれは選択した」

マリアンナは立ちあがり、階段に向かった。「荷物をまとめてくるわ。一緒にサウスウィックに行く。シーストーム号に乗って、モンタヴィアまでアレックスを追いかけるの」

「それはできない」ジョーダンが言下に否定した。「いまはまだ駄目だ」

「いまはまだ？」振り向いたマリアンナの目はあからさまな怒りを帯びていた。「アレックスはひとりぼっちで怯えてるのよ。モンタヴィアに着いたら最後、あの怪物に殺されるかもしれない、母さんみたいに」

「それはない。冷静に考えてみろ。ネブロフの狙いはアレックスじゃない。欲しいのはおまえだ。アレックスを連れ去ったのは、単におまえをおびき寄せるためだ」そこで言い足した。

「以前話したはずだ、そういう危険もないことはないと」

「だけど、あなたは彼が連れ去られるのを阻止できなかった」

「かならず取り戻す」

「いますぐよ！」

「まずはキャンバロンに戻ってからだ」反論にかかるマリアンナを片手で制した。「人質を取っておいて、条件の提示がないなんてことはありえない。だが、ネブロフはおれにはなにも言ってこないだろう。おれがジェダラーを失う危険を冒してまで、アレックスを救おうとはしないと踏んでるんだ。むしろ、どうにかして直接おまえに条件を持ちかけようとする。

そこで、その使者をこっちで捕らえる」

「そんなことをしてなんの意味があるの？」

「大ありだ。コステーンの部下たちはグレゴーとアレックスを待ち伏せしていた。つまり、キャンバロンにいる何者かが、ふたりが城を出発したことを密告したということになる。裏切り者は好きじゃない」

「あなたの復讐心を満足させてる余裕なんてないのよ」

「復讐のためだけじゃない。そいつが情報を握ってるかもしれないんだ。たしかにいまはネブロフのほうに利があるが、その情報の内容しだいじゃ逆転も可能になる」ついできっぱりと断言した。「数時間以内に、かならずそいつから訊きだしてみせる」

拷問すると言っているのだ。

悪意をむきだしにしたその口調を不快に感じてもいいはずなのに、そうはならなかった。ジョーダンがその裏切り者になにをしようがどうでもいい。それでアレックスが戻ってくるのなら。「そのあとでアレックスを追いかけるのね？」

「ああ、約束する。可能なかぎり情報を集めたら、ただちにモンタヴィアに向けて出航する」

ジョーダンのやり方が理にかなっていることは頭のどこかではわかっていた。けれど、なにもせずにただ待つだけだなんて頭がどうにかなりそうだ。ネブロフの残忍さは体の随まで思い知っている。いまも忘れてはいない、拷問の果てに打ち捨てられた母親の体と、あのときの壮絶な悲鳴は――

「わかった」マリアンナは了解した。「二日間だけ待つわ。それを過ぎたら、わたしひとりでモンタヴィアに行く方法を見つけるから」

足早に階段をのぼり、自室の扉を閉めた。

アレックス。扉にもたれかかるなり、恐怖と悲しみがどっと覆いかぶさってきた。つい昨日の午後、土手を駆ける彼の姿を笑いながら眺めていたのが嘘のようだ。

泣くわけにはいかない。泣いたところでなんの解決にもならない。アレックスが戻ってくるわけでもない。マリアンナはのろのろと衣装だんすに向かい、ガウンを引っぱりだした。

忙しくしていれば、この先どうなるのか考えずにすむ。

とにかく、気をしっかりと持たなくては。

11

「おれのことは放って、とっとと出かけてくれ」グレゴーは荷馬車の後部で、身の置き場のない様子で体を動かした。「足手まといになるだけだ。明日になったらもう少し元気にもなる。そうすりゃあとから追いかけるから」

「一緒に行くんだ」ジョーダンが頑《かたく》なに言い張った。「キャンバロンまではほんの一時間かそこらだ」

グレゴーは、荷馬車の座席に座って出発を待つマリアンナのほうを見た。「一時間と言っても、いまの彼女にはおおいに貴重だ。もっとも、思ったより落ち着いて対処してくれているようだがな」

「怒鳴り散らして、おれたちを八つ裂きにしなかったからか？　いっそのこと、そうしてくれればと思うよ。いまは気が張っているんだ。そのうちぷつんと切れるかもしれん」ジョーダンはいっときマリアンナの青白くこわばった顔に目をやったが、すぐにグレゴーに戻した。おかしくもなさそうに笑う。「少なくとも、おまえは彼女の怒りの対象にはなっていない。すでに充分罰を受けてる」

「充分なものか。許されざる罪だ」

「おれの罪だ。責任はおれにある。もしアレックスが死んだら、そのときは――」ひとしきり押し黙ってから続けた。「死なせやしない」グレゴーの体の上に毛布を引きあげてやる。「なるべく動かないようにしろよ。さもないとまた出血する。死体をカザンまで運ぶはめになったら面倒だし、この先おまえの力が必要になる」

そして荷馬車の正面にまわって乗りこむと、マリアンナの隣りの席に座った。

ドロシーは中庭に立ち、ごとごとと門を入ってくる荷馬車を出迎えた。

そそくさと前に進みでて、マリアンナに声をかけた。「アレックスのことは気の毒だったわ。でも、かならずジョーダンが連れ戻してくれるから」

「早耳なのね」

「ダルウィンドを発つ前に、ドロシーに事態を知らせるよう使者を送っておいたんだ」ジョーダンが荷馬車から飛びおりて説明した。「そのほうがよけいな負担をかけずにすむと思ってね」マリアンナの体を抱えあげる。「いまのおれにできることといったらそれぐらいしかない」

「あなたはもう、充分なことをしでかしてくれたじゃないの」ドロシーが苦々しげに言った。「今回の事情はよく知らないけど、もしあのコルシカ人と関係があるとしたら、アレックスを巻き添えにする権利などあなたになかったはずよ」

「おれの罪悪感をあおるのもけっこうだが、そろそろグレゴーを見てやってくれないか？彼にとってはこの旅も楽じゃなかったはずだ」ジョーダンは苦笑いした。「もっとも、それもおれの責任だ。言われなくてもわかってるさ」

「素直に認めるなんてめずらしいこと」ドロシーはただちに主導権を握ると、召使いに次つぎ指示を下し、村まで医者を呼びに走らせた。それからマリアンナの腕を取り、すたすたと玄関へ促していく。

「書斎で待ってるよ、マリアンナ」ジョーダンが静かに声をかけた。

マリアンナはうなずいたものの振り返ろうとはせず、ドロシーに促されるままに城に入った。階段をのぼり、自室へ向かう。

「氷みたいに冷たくなってるじゃないの」ドロシーは暖炉の前に膝をつき、薪をくべた。

「さあ、ここに来て暖まりなさい」

どんなに暖めたところで、この恐怖にも似た冷気を取り除けるわけがない。そう言いたいところだったが、やめておいた。ドロシーの親切を無にはできない。ゆっくりと部屋の奥へ歩を進め、炎に両手をかざした。

「それにしても、なぜ坊やを連れ去ったりしたのかしら。身代金目当てとか?」ドロシーが訊いてきた。

「おそらくね」キャンバロンにやってくる以前の生活について、ドロシーに詳しい話をしたことはない。それをいまさら打ち明けたところでどうなるものでもない。彼女とは無縁の暴力にまみれた世界のことなど、理解してもらえるわけがないのだから。「悪いけど、いまはその話はしたくないの」

「わかったわ」ドロシーは唐突に立ちあがり、戸口へ向かった。「夕食にはおりてこられて？」

「やめておく」ネブロフの使者が接触を図ってきたときに備えて部屋から一歩も出ないよう、ジョーダンから堅く言われていた。すでに廊下の先の部屋には見張りが配置され、この部屋に出入りする人間にことごとく目を光らせているはずだ。

「それじゃ、あとでなにか運ばせるわね」部屋を出ようとしながら、ドロシーはまだぐずぐずしていた。「それからひとつ知っておいてもらいたいの。あなたがジョーダンとダルウィンドに行ったこと、あたくしは咎《とが》めだてするつもりはありませんからね。貞操を失ったのはあなたのせいじゃない。あたくしのあなたに対する見方は、これっぽっちも変わらないわ」

「え？」マリアンナは顔をあげ、当惑しきって彼女を見つめた。貞操ですって？　アレックスが連れ去られたというときに、貞操の喪失がなんだというの？　バビロンの娼婦になったところで、それがどれほどの意味を持つというの？　いまこの瞬間に意味のあることといえば、たったひとつ。アレックスを確実に救いだすことだ。そのとき、ドロシーを見つめながら、マリアンナははっきりと悟った。そうじゃない。彼女にとってはこの問題こそが重要な意味を持つのだ。そうでなければ、なにもこのタイミングでわざわざこんな話題を持ちだしたりはしない。声高に女性の権利を叫びながらも、自分で思っている以上に上流社会の決まりごとが根深く体に染みついている。口でどう否定しようが、彼女の目にはマリアンナはもはや以前のマリアンナには映っていないはずだ。

彼女の言いつけを破ったのだから。

「それだけ言っておきたかったの。さあ、こんな不幸な出来事はきれいさっぱり忘れるのよ。

あたくしたちの関係はいままでどおり、いいわね？」

背後で扉が閉まり、マリアンナはじっと炎に見入った。ドロシーは間違っている。これまでどおりになんてできやしない。ドロシーの親切はいままでどおりありがたく思うけれど、これからはつねにふたりのあいだの見えない壁を意識せざるをえなくなるだろう。

〝ドロシーは自分が軽蔑しているはずの規則というものに逆に縛られている〟

いつだったかジョーダンはそう言った。彼にはとっくにお見通しだったわけだ。さすがはジョーダン。

でも、その彼をしても、ネブロフがアレックスを連れ去るのを阻止することはできなかった。

マリアンナは暖炉の前に置かれた袖椅子に身を沈め、目を閉じた。

こうなった以上、ネブロフの使者が一刻も早くやってくるのを願うのみだ。これ以上待たされるのは耐えられない。

一通の封筒が扉の下からひそかに差しこまれたのは、その数時間後のことだった。カサッという乾いた音に振り向くと、白い封筒がさながら毒蛇のように、敷居をまたいで滑りこんできた。

マリアンナは椅子から飛びあがった。一瞬ののちには戸口に立っていたが、あえて扉を開けて使者の正体を確かめようとはしなかった。それはおれの役目だとジョーダンにきつく言いわたされている。そのかわり彼女は封筒の口を引きちぎり、中身にさっと目を通すなり、階段を駆けおりて書斎に飛びこんだ。

ものも言わずにジョーダンの目の前の机に手紙を放り投げる。「はい、これ。扉の下から差しこまれたの。これでいよいよ行動に出るときが来たということね」

ジョーダンは書状を拾いあげて読んだ。「読みどおりだな」

そう、ぴったり読みどおりだ。今月末までにわたしがペクバールのネブロフの屋敷にみずから出向かないかぎり、アレックスの命は保証されない。「すぐに出発しなくちゃ」

「シーストーム号には準備を整えておくようすでに伝えてある」ジョーダンが応じた。「夜が明けたら、サウスウィックに向けて出発しよう」そう言って立ちあがる。「部屋で待機していてくれ。用事がすんだら、話しておきたいことがある」

「どこへ行くの？」

振り返った彼の表情を目にして、マリアンナは息を呑んだ。「ネブロフの使者のところだ」

真夜中過ぎに、ジョーダンが部屋にやってきた。ベッドの傍らに準備された旅行鞄《かばん》に一瞥をくれる。「出発の準備は整っているようだな」

じつのところ、気もそぞろで支度どころではなかった。彼を待っているあいだ、どうにか正気を保つだけで精いっぱいだった。「アレックスの分も支度しておいた。ネブロフに解放されたときに着替えがないと困るでしょう」〝もし解放されたら〟ではなくて〝解放されたとき〟だ。わたしたちが彼を救うことは既定事実なのだから。「ネブロフの使者って誰だったの？」思いきって訊いた。

「ウィリアム・ストーンハムだ」

とっさにはぴんとこなかった。ふだんは単にウィリアムと呼ばれていた男。そう、その名前なら、日に何度もアレックスの口にのぼっていた。ようやくすとんと腑《ふ》に落ちた瞬間、かわって衝撃の波に呑みこまれた。あの陽気でおしゃれなウィリアム？　アレックスに乗馬を教えてくれたウィリアム？　アレックスがグレゴーに負けないぐらい信頼していたウィリアムが？「そんなの嘘よ。彼はアレックスのことが大好きだったはずよ」

「アレックスを裏切る見返りとしてコステーンが支払った金ほどには思ってなかったということだ。やつがコステーンに密告した。グレゴーとアレックスが昨日どこへ向かったか。それに護衛の人間がいなかったことも」

マリアンナは耳に入れまいとするように首を振った。気のおけない友人だと思っていた人たち。じつは彼らのことをなにもわかっていなかったということが、次つぎと明らかになっていく。自分を包んでいたはずのキャンバロンという名の繭玉がじょじょにほつれてきて、丸裸にされるような危うさに呆然となった。

「やつはおまえにメッセージを渡したあと、サウスウィックにいるコステーンの手下にその旨を知らせることになっていた」ジョーダンは冷笑した。「残念ながら、その役目を果たすのはむずかしくなったがな。口述筆記をさせないとならないから片手だけは残したが、それ以外の手足は無惨な姿だ」

「口述筆記って、なにを書かせるつもり？」

「おれたちは軍を二手に分けることになる。やつにはこう報告させるつもりだ。おれはロンドンに行く用事があるため、モンタヴィアには遅れて行く計画で、おまえに付き添って行くのはグレゴーだけだと」

「ウィリアムはほかになにか情報を?」

「いや、なにも」短く間があった。「マリアンナ、言っておくが、おれはネブロフの脅しに乗るつもりはない」

マリアンナの顔がこわばった。「どういうこと? ネブロフを怒らせて、アレックスが殺されてもかまわないというの?」

「座るんだ、マリアンナ」

「あなたがナポレオンとどんなゲームに興じようが知ったことじゃない。でも、アレックスを巻き添えにするのは絶対に許さない」

「いいから、座れ」ジョーダンは彼女をそっと促して、椅子に座らせた。「おれの話をよく聞くんだ。おまえが出向けば、ネブロフがアレックスを解放すると本気で思ってるのか?」

そう信じる以外にないじゃない。マリアンナは心のなかで叫んだ。

「おれが予想するシナリオを話してやろう。ネブロフはおまえが手に入ったとなれば、アレックスを解放するという約束をさっさと反故《ほご》にし、彼を人質にジェダラーを渡すように迫ってくる。目の前で弟が拷問されるのを見たいのか?」

「やめて!」椅子の肘掛けをきつく握った。「そんなことになるぐらいなら、ジェダラーを渡すわ」

「そうはさせられない」

「よくもそんなこと——」マリアンナの目におののきが走った。「アレックスを見捨てるつもりね？」

「まさか」ジョーダンが吐き捨てるように言った。「このおれがアレックスを犠牲にするとでも思うのか？　アレックスの命が救われるなら、おまえがネブロフにジェダラーを渡したってかまわないと思ってるさ。あとで取り返せばいいだけのことだ」マリアンナの椅子の前に膝をついた。「だが、実際はそんなことをしても無駄だ。ネブロフのやつはジェダラーを手に入れたら最後、その事実を知っている人間をひとり残らず抹殺しようとする。おまえもアレックスも殺される。考えてもみろ、マリアンナ。やつの正体はおまえも知っているはずだ」

知らないわけがない。ジョーダンの言うことが現実になりそうで背筋がぞくりとした。権力を手にした人間が往々にして卑劣な人間になりさがるということは、母さんからさんざん聞かされていた。ただ、必死にそれに目を向けまいとしてきただけだ。

自分の放った言葉が相手の心に充分染みわたるのを待つように、ジョーダンはひとしきり沈黙した。「唯一チャンスがあるとすれば、やつの油断をついてアレックスを奪い返すしかない。それにはおまえの助けが必要になる」また間があった。「ジェダラーを渡してもらわなければならない」

「そうくると思ってた」マリアンナは嫌味たっぷりに言った。「結局それが欲しかったんでしょう。もっけの幸い、このチャンスを逃す手はないってことね」

ジョーダンは一瞬ひるんだ。「ああ、欲しかったとも。どうしても手に入れる必要がある。

だが、だからといっておまえを危険な目に遭わせたりはしない。信じてくれ、マリアンナ」

「信じるもんですか。どうして信じなくちゃならないのよ」ジョーダンの目を見据えた。

「わたしを鳥かごに押しこめるつもりだったくせに。あんな怪物にアレックスを奪わせたくせに」

「それなら、信じなくてもいい。ただアレックスにとって最善のことをすればいい」

「言われなくてもそのつもりだわ」マリアンナはぐったりと椅子に頭をもたれた。ほかに選択肢はない。彼の言うとおり、ジェダラーこそがアレックスを解放する唯一の鍵だ。この際、危険を冒すしかない。

許して、母さん。

母さんだって、アレックスの命を危険にさらすような真似をしろとは言わないはずだ。まずは家族を救うために行動するのが先決。そのあとで事態の収拾を図るよう努力する。きっと母さんもそうするに違いない。

「いいわ」マリアンナは背筋をきりっと伸ばした。「具体的に考えましょう、彼ににんじんをちらつかせて不意を突く方法を。でも、あなたが想像してるほど簡単にはいかないわよ。そもそもあなた、ジェダラーのなにを知ってるの?」

ジョーダンの表情がかすかに和らいだ。「その昔ロシア皇帝パーヴェルが、モスクワが敵に包囲された場合に備えて、なんらかの撃退方法を考案すべきだと考えた。噂《うわさ》によれば、彼には少々おかしなところがあって、軍服を着て兵隊ごっこをする趣味があったとか。そこでこの作戦も、彼の軍人としての才能を世に知らしめるものでなければならないと考えた。彼はモスクワ中心部のある地点から境界線を越えて数マイル先まで、延々とトンネルを掘るように命じた。そうすれば、包囲する敵の背後に自軍がまわって、奇襲攻撃をかけることができる。トンネルは極秘裏に建設された。作業員たちはトンネルに出入りするときには目隠しをさせられるという徹底ぶりだった。そして完成してからというもの、皇帝はその秘密を守りとおすことに取り憑かれるようになった。彼は気づいたんだ。あのトンネルを使えば包囲する敵を自軍が攻撃できるだけでなく、侵略軍もまたひそかにモスクワに侵入し、乗っ取ることができると。そこで彼はトンネルの場所と地図を記した図面が盗まれることを恐れ、人目につかない意外な場所に地図を隠す方法を思いつく。それが、荘厳なステンドグラスの窓だ。彼はその窓に地図をひそませて、数ある宮殿のうちのひとつにはめこもうと考えた。そして、かねて偉大な職人アントン・ポガニの噂を耳にしていたことから、さっそく彼を呼び寄せて仕事を依頼した」

「それが『天国に続く窓』」マリアンナが口をはさんだ。

ジョーダンはうなずいた。「ポガニと妻は皇帝の命令に従って、モスクワに来ることに同意した。到着してはじめて彼らは知った。窓をひとつの芸術作品として仕上げなければならないばかりか、トンネルの極秘地図を隠すようガラスを配置しなければならないことを。じつに難解な仕事だったが、ポガニはそれをやり遂げた」

「やり遂げたのはおばあちゃんよ」マリアンナが訂正した。

「しかし、夫の作品じゃないなんてことは誰も知らなかった。皇帝はたいそう喜んだ。さっそくトンネルの図面も地図も燃やし、すぐにもその窓を宮殿に取りつけるよう手配した」ひと息ついた。「そしてアントン・ポガニと妻を殺すように命じた。秘密を知っているからには生かしてはおけないというわけだ。誰かがふたりに警告したんだろう。夫妻はその夜モスクワをあとにした、問題の『天国に続く窓』を抱えて」

「おばあちゃんたちは誰かに警告されたわけじゃなかった」マリアンナがふたたび横やりを入れた。「モスクワに着いてまもなく気づいたのよ。皇帝は決して自分たちを生きたままロシアから出さないだろうって」

「どうしてまた?」

「トンネルを建設した作業員たちよ」マリアンナは声をひそめた。いまでもあの恐ろしい話を思い出すと胸がむかむかしてくる。「もはや用なしとなったら、皇帝は躊躇《ちゅうちょ》なく彼らを殺させた。七百六十七人もの人を」

「それは知らなかった」

「みずからの目的のためだけにそんなにも大勢の命を奪った皇帝を、おばあちゃんは許せなかった」マリアンナの声が怒りを帯びた。「だから、貴重なトンネルを彼から奪い去ったのよ。ジェダラーがこっちの手にあるかぎり、皇帝はつねに怯えていなければならない、安らかな眠りを得られないということを彼女は知ってたの」

ジョーダンはうなずいた。「しかし、夫妻はまっすぐモンタヴィアには戻らなかった。逃亡中にアントンが怪我を負ったために、回復するまで安全な場所を見つけて避難するしかなかった。そこでロシアと国境を接したカザンに、ふたりは逃れた。ラヴェンの慈悲にすがって、しばらく匿《かくま》ってくれるように頼んだ。カザンとしてはロシアとの争いごとに巻きこまれるのは本意じゃなかったが、アントンが動けるようになるまでという条件で、匿うことに同意した」

「そしてついでに『天国に続く窓』を盗もうとした」

ジョーダンは肩をすくめた。「カザンは巨人と目と鼻の先にある。万が一に備えて彼を倒す手段を手に入れようとするのは、しごく当然だ」話をもとに戻す。「だが、おまえのおばあさんたちはまたしても逃げた。今度はタレンカに。そして『天国に続く窓』を教会に売った。教会から窓を盗むとなれば、ローマ教皇が黙ってないと読んだうえでのことだ。カザンとしても、ロシアに対する防衛手段としてジェダラーを手に入れようと思ったまでのこと、それが自国に不利に使われないかぎりはとくに動く必要もないと判断した」そこでまたひと息入れた。「そして運よくロシア皇帝が殺され、夫妻の脅威は大幅に軽減されたというわけだ。ついに危険が去って、彼らはさぞかしほっとしたことだろう」

「とんでもない。安全なんてありえない、だからこそ武器が必要だとおばあちゃんは考えた。そこで母さんにジェダラーの正確なデザインを記憶させたの。そして母さんもわたしに同じことをした」

「そいつは武器なんかじゃない」ジョーダンが吐き捨てた。「罠だ。おまえたちをそんな危険きわまる秘密の守護者にする権利は、彼女にもなかったはずだ。あんな窓など、彼女が自分の手で叩き割ってしまえばよかったんだ」

「そしたら、あなたもナポレオンもネブロフも、命を張って奪いあうものがなくなったってことよ」マリアンナが苦々しげに笑った。「それに窓を叩き壊したところで、どのみちわたしたちは追われることになったはず。母さんはなにも知らなくても殺されたわ、きっと。連中は、ジェダラーの図案をどこに隠したかって何度も何度も母さんを詰問した」とんとんとこめかみを叩く。「図案はここ。ここにしかない。そうよ、たしかにこれは罠だったかもしれない。でもわたしたちにとっては、これが唯一の闘う手段だった。それにね、おばあちゃんには危険を冒すだけの理由があったの」

「トンネル内の財宝室か？」

この質問は予想の範囲内だった。あの財宝室はもはや一家だけの秘密ではないだろうと、母さんも考えていた。「さあ、なんのこと？」

「皇帝がトンネル内に部屋を造らせて、そこに財宝を保管していたという噂があった。おまえのおばあさんはいつかトンネルに戻って、遅ればせながらあの窓の製作料を手に入れようと考えていたわけか？」

「答えるつもりはないわ。あなたの知ったことじゃない。必要なこと以外はいっさいしゃべらない」

「アレックスを救うためでもか？」

「弟はなんとしても救ってみせる。でも、あなたには必要最低限の情報しか渡すつもりはない」

ジョーダンは目を細めて彼女の顔を見た。「さっき、アレックスの命を危険にさらす気だと言っておれを非難したばかりじゃないか。その自分が同じことをするのか、マリアンナ」

「まさか」マリアンナの目がぎらついた。「アレックスを危険にさらすわけがないじゃない。

母さんがアレックスとわたしを守って死んでいくというのに、わたしはただ黙って見てるしかなかった。その母さんの死を無駄にするとでも思うの？　わたしはアレックスを愛している。こんなことあなたに話してもしょうがないだろうけど。どうせ愛がなにを意味するのかもわからないんでしょうから」

「そうかもしれない」ジョーダンは無理やり笑顔をこしらえた。「認めるよ、その手の感情については、おれは体験不足だ」ふいに立ちあがった。「こんな冷淡な野蛮人に話しても無駄だというなら、かわりにひとつだけ聞かせてくれ。新たに『天国に続く窓』を作るにはどれぐらいかかる？　いくらネブロフでも、ひと晩であのタレンカにあったのと同じ質のものを作れとは言わないだろうが――」

「もうできてる」

はたとジョーダンの動きが止まった。「いま、なんて？」

「充分な技術や精度が身についたと確信したときに、さっそく作っておいたのよ、ジェダラーを。わたしがこの三年間ずっと、ダンスのレッスンを受けたり、ただぼうっと時が過ぎるのを待っていたとでも思う？」

「ボールルームのドームを作るというちっぽけなプロジェクトもあったじゃないか」意外にも、ジョーダンの笑みはどこか得意げでさえあった。「考えてみれば、おまえがあきらめるはずがなかったな。おまえの頑固さは筋金入りだ」

「あなただって同じ。ネブロフもよ。アレックスかわたしが危険に陥った場合に備えて、取引材料となりそうなものを用意しておく必要があったのよ」

「それに、当然のことだが、おれを信頼できなかった」

「誰も信じられなかった。とくにあなたはね」

「それにしても、あれほどの大きさの窓を、よくもおれたちに見つからないように作れたものだな」

「ジェダラーはあの窓を構成する二十三枚のパネル全体に広がっている、誰もがそう考えてた。もちろん、おばあちゃんがそう言いふらしていたせいなんだけど、じつはそれは真っ赤な嘘。地図はたった一枚のパネルに隠されてたの、縦三フィート、横二フィートのね。その程度の大きさのパネルなら、簡単に隠せるわ」

「どこに？」

マリアンナは答えに窮した。幼いころから、ことジェダラーの話題に関しては沈黙を守りとおしてきたのだ。いざその習慣を破るとなると簡単ではない。「厩舎の物置のなか。使わなくなった、たくさんのパネルにまぎれこませて」

ジョーダンは低く口笛を吹いた。「なるほどな。グレゴーの話じゃ、破棄されたパネルは相当な数にのぼっているらしい。おまえがそれを物置に放りこむのも、いつの間にか当たり前になっていたわけだ。何枚ある？」

「三十枚以上よ」急いでつけ加えた。「全部、モンタヴィアに持っていくわ」

「それはまたどうして？」

「そうすれば、あなたもネブロフもどれがジェダラーかわからないからよ。わたしが教えてあげないかぎり」

「おれとやつを一緒にしないでもらえるとありがたいんだが。心のなかでどう思ってようが、せめて口先だけでも」

もちろん、ジョーダンとネブロフは同じ穴のむじなだ。ほかに思いようがない。ジョーダンは敵。アレックスを救出するのに手を貸してくれたとしても、最終的にはわたしからジェダラーを取りあげようとする。可能であろうがなかろうが、わたしはジェダラーとアレックスの両方を守るべく手を尽くすしかない。

けれどいま、それはとてつもなく不可能な務めのように思えた。ここまで自分を突き動かしてきた怒りは急速に萎《な》え、疲れきってまっすぐ体を起こしていることさえままならない。

「少し眠っておけ」ジョーダンがぶっきらぼうに言った。「そんなんじゃ、この先もたないぞ」

マリアンナは首を振った。「眠れない」

ジョーダンが彼女の背後にまわり、首の後ろに両手をあてがった。

とたんにマリアンナは身構えた。

「力を抜け」首筋に沿って張りつめた筋肉を揉みほぐしていく。「なにもはじめてじゃあるまいし。まる一日仕事に没頭したおまえをこうして揉んでやっただろう」

暖炉に腰掛けるジョーダンの足元で小さく座りこんだ自分の姿が、ふとまぶたによみがえった。彼の手が力強く、まるでなにかに取り憑《つ》かれたかのように巧みに体の上を動く。そのうちにこちらは心地よさにうっとりしてくる。ダルウィンドでの日々。あのときは彼の手の動きにことごとく反応して、頭がくらくらしたり気が遠くなったりしどおしだった。

ジョーダンの親指が探るように動いた。「ここを押せば――」

「触らないで」

なおも彼の指が首筋を揉みつづける。「楽になるよ。ほら、ここだ」

「触らないでったら！」

両手が離れ、彼はあとずさった。「誘惑してるとでも思ったのか？」椅子をまわってマリアンナの正面に立つ。「おれはばかじゃないよ、マリアンナ。おまえが助けを必要としてたから、ほんのちょっと手を貸してやろうとしただけだ」

「あなたの助けなんて欲しくない」

「そうはいっても、今回の件の解決のためには受け入れざるをえないだろう。こういう些末なことでいちいち突っかかってこられると、おたがい無駄にエネルギーを消耗して、アレックスの救出の妨げにもなりかねない」マリアンナの目にじっと見入った。「おれのことをどれほど嫌おうが、おれが約束を破る人間じゃないことはわかっているだろう。アレックスが無事戻るまでは、おまえからなにかを奪おうとはしない、協力以外はな」口元をゆがませた。「ただし、おれの罪悪感がきれいさっぱり拭い去られたあかつきには、なにも約束はしない。おれのモラルなどその程度のものなのは、おまえだって百も承知のはずだ」くるりと背を向け、戸口に向かう。「夜明け前にサウスウィックをめざして出発する。少しでも眠っておいてくれると助かるよ。疲労困憊で気を失ったおまえを担ぎあげるのはいささか難儀だからな」

翌朝マリアンナが中庭におり立ったときには、あたりはまだ闇に包まれていた。玄関前の突き出し燭台で松明《たいまつ》が威勢よく燃えている。出発の準備を整えるために召使いたちがせわしなく出入りする様子に、ドロシーがじっと目を光らせていた。

「まったく情けない姿だな」グレゴーは気遣いを見せる召使いの手を振り払い、玄関前に横づけされた荷馬車に危なっかしい格好でよじのぼった。顔をしかめ、用意された間に合わせのベッドになんとか横になる。「馬ぐらいならへっちゃらだとジョーダンに言ったんだが、あいつときたら頑として譲らない。ガキみたいに寝っ転がっていけだと」

マリアンナの目から見ても、ジョーダンの判断はもっともだった。血の気のないグレゴーの顔が容赦なく火明かりに照らしだされる。「船旅なんて、本当に大丈夫なの？」

「船の上じゃ、休む以外にやることはないじゃないか。カザンに着くころには、雄牛みたいにぴんぴんしてるさ」

「カザン？　モンタヴィアじゃなくて？」

「ジョーダンが決めたんだ。まずは直接カザンに行ってから、有利な立場でネブロフと取引しようと」

その作戦でどこがどう有利になるのか、さっぱり見えない。「わたしに黙ってるなんて、あいかわらず親切だこと。ジョーダンはどこ？」

グレゴーは厩舎の脇で待機する別の荷馬車のほうにうなずいた。「きみのパネルを木枠に詰める作業を監視してる」思い出したように含み笑いをした。「それにしても、さすがはおれが見込んだだけのことはあるな。あんなやり方は思いもよらなかった」

「切羽詰まって思いついただけよ」ジョーダンが厩舎から出て、堂々とした歩きぶりで中庭を横切ってこちらに向かってきた。「全部、積み終わったの?」

「どれがジェダラーかわからないんだ。一枚たりとも置いていくわけにはいかないだろう」

「でも、木枠に詰める前に、一枚一枚入念に調べてみたんでしょう?」

ジョーダンはにやりとした。「ごもっとも。大きさも測ってみたよ。どれもきっちり縦三フィート、横二フィートだった。何枚かは、ほかに比べて多少図柄が込み入ってるような感じがしないこともなかったが、結局はわからずじまい。どれもジェダラーだと言われればそんな気もしてくる。とにかく、木枠には一枚ずつ中身の説明を記しておいたよ。そのほうがおまえが探す際の手間が省けるかと思って」

「それは助かるけど」マリアンナは話題を変えた。「どうしてカザンに行くの? 有利な立場でネブロフと取引したいとグレゴーから聞いたけど、そんなことをして、わたしたちが抵抗する気だとでも思われたらどうするの?」

「やつは脅威を感じたぐらいで、手持ちの貴重な武器を壊したりしないさ。それに、アレックスを奪い返したあとのことを考えると、どうしても助けがいる。ヤヌスの話だと、モンタヴィアでのネブロフの影響力はだいぶ高まってきているらしい。そうなるとアレックスはカザンに連れていくほうが安全だろう」

アレックスを奪い返したあと?

そっけないとも思える事務的な口調が、かえってマリアンナの希望をかき立てた。なにもかもうまくいってアレックスは無事に戻ってくる。そう自分に言い聞かせてはいても、百パーセント確信するとなると、正直むずかしかった。

ジョーダンの眉が引きあがった。「満足かい？」

「いいえ。アレックスが解放されるまで満足することはない。でも、カザンに行くことには納得したわ」

「それはなによりだ」ジョーダンは茶化すように小首をかしげてみせた。「あと数分もあれば、残りのパネルも積み終わるだろう。出発の準備をしておいてくれ」

「準備ならもうすんでるわ。あとはドロシーにお別れを言うだけ」

「彼女への挨拶ならおれはすませた」ジョーダンがさりげなくぼやく。「猛烈な非難を浴びて、さすがのおれもひるんだね。まるでこのおれがアレックスの誘拐を仕組んだみたいな口ぶりで。おまえをさらなる邪悪な罠に陥れるために――」口をつぐみ、目を狭めた。「どうした？　なにかあったのか？」

「べつになにも」

ジョーダンはかぶりを振り、じっと彼女の表情を探った。「ドロシーだな。彼女になんて言われた？」

「たいしたことじゃない」

「なんて言われたんだ？」

マリアンナは肩をすくめた。「貞操を失ったことを許すって」

「くそっ」

マリアンナは笑顔を取り繕《つくろ》った。「上流階級の人たちの目から見たら、ふしだらきわまりない娘だもの、わたしは。その娘に対して、自分はなんて寛大なのかしらと思ってるのよ、きっと」

ジョーダンが低く悪態をつく。「ひどいことを言う」

「しかたがないわ。彼女には傷つける気なんて毛頭なかったんだから。むしろ親切で言ってるつもりなのよ」くるりときびすを返した。「それじゃ、数分後に出発ね」ふとなにか思いついたように、振り返って訊いた。「彼女にどんな親切をしたの?」

「親切?」

「はじめてドロシーに会ったときに、あなたには借りがあるって言ってたから」

「それほど大げさなものじゃない」マリアンナが辛抱強く答えを待っているのを見て、肩をすくめた。「彼女の本を出版してくれる会社が現れなかったから、マッカーシー・アンド・サンを買収して出版させた」

「そう」マリアンナは背中に彼の視線を感じながら、中庭を横切ってドロシーの立つ階段へ向かった。気の毒なドロシー。人生最大の勝利が、彼女自身が傍若無人と非難してはばからない相手からもたらされたものだったなんて。

「あたくしも一緒に行ってもいいのよ、あなたが望むなら」ドロシーがぶっきらぼうに言った。「こんなかたちでジョーダンと一緒に旅するなんて、あなたにとっていいわけがないんですから」

この期におよんで、わたしを汚れた娘と思っていてもなお、ドロシーは状況を正そうと躍起になっている。胸が熱くなると同時に、一抹《いちまつ》の寂しさが込みあげた。自分の思い描いていた女性と違ったからといって、ドロシーを責めるのはお門違いだろう。むしろ、ありのままの彼女を受け入れてあげなくては。「モンタヴィアはイングランドとは大違いだから、あなたには理解できないことだらけだわ、きっと。ここにいたほうが幸せよ」ドロシーの体を軽く抱きしめた。「さよなら、ドロシー。いろいろ親切にしてくださってありがとう」

「坊やは見つかるわ」ドロシーが無愛想に言う。「夏にはかならず戻っていらっしゃい」

マリアンナは微笑みを返しただけだった。きびすを返して階段をおり、ジョーダンが待つ荷馬車に向かう。

ジョーダンはドロシーのほうを見ることなく、マリアンナを抱えて座席に座らせると、自分もさっさと乗りこんだ。

「ドロシーに手を振ってあげて」マリアンナが小声で催促した。

「断る」

「彼女はあなたのことが好きなんだから、冷たくされたら傷つくわ」

ジョーダンが横目にこちらをちらっと見た。「おまえの傷はどうなる?」

「わたしのためにつまらない争いをしてくれとは頼んでない」再度、せっついた。「手を振ってあげて」

「強情な女だ」かすかに口元が緩んだ。ドロシーのほうに向かって曖昧《あいまい》に片手を挙げると、パシッと手綱をしならせ、いっきに馬を走らせた。

二台の荷馬車が横揺れしながらキャンバロンの門を出ていく。マリアンナは遠ざかりつつある城を振り返った。はじめてあの四本の塔を目にしたとき、内心どれほど心細い思いがしたことだろう。あれから今日まで、人生のうちの三年の月日を、この石壁の内側で過ごしてきた。二度とこの風景に出会うことはないと思うと不思議な気がした。この旅の行く末がどうであろうと、アレックスとふたり、二度とここに戻ることはない。ほんの一瞬、後悔の念が胸を突いたが、決然とそれを振り払った。キャンバロンは結局、わたしの故郷ではなかったのだ。おばあちゃんがつねづね言い聞かせてくれたあの言葉を心に留めて、前に進む以外にない。

「なにを考えてる?」

振り返ると、ジョーダンの目とまともにぶつかった。

この城に戻るつもりがないことを、いま彼に話す必要はない。けれど、ジョーダンこそはこのキャンバロンの一部だ。そう思うと、この告別のときを彼と分かちあいたいという思いがわいた。「おばあちゃんはね、仕事を請け負うたびに転々と住む場所を変えないとならなかったの。最初のうちはそれがいやでたまらなかった。ようやく新しい土地に慣れてきて住み心地もよくなったと思ったら、またそこを捨てて引っ越さなきゃならないんだから。でも、あるときふいに気づいたそうよ、自分はなにひとつ捨ててはいないということに。むしろ窓を作り、パネルを作ることで、その土地土地に自分の一部を残してきたんだって。おばあちゃんはわたしに言ったの。『自分の印を残しなさい、マリアンナ。そうすれば誰にもなにも奪われはしない』って」

「よほど頭の切れる女性だったんだな」

「そう、とても」

マリアンナはもう一度、城を振り返った。六百年におよぶ力と特権を内に宿したその姿。何世代にもわたって貴族が入れかわり立ちかわりここを住み処《すみか》とし、王族さえもこの邸に多大なる影響力を行使した。けれど、わたし以上にこの土地に大きな貢献をした人間はいない。マリアンナには自負があった。

「そうよ、わたしはたしかな印をあなたに残したのよ、キャンバロン」

12

一八一二年、二月二十五日
カザン、レンガー

「においを嗅いでごらん、マリアンナ」グレゴーは小首をかしげ、熱心に鼻をひくひくさせた。「カザンみたいなにおいのする場所は、世界じゅう探そうがどこにもない」

素直に鼻をひくつかせてみたものの、ドマージョやサウスウィックのにおいとどう違うのか、マリアンナには少しもわからなかった。「いいにおいね」

「無理して話を合わせる必要はないぞ。グレゴーが不治の病を患ってることは誰もが承知だ」ジョーダンも近づいてきて、船の手すりに寄りかかった。「彼に言わせれば、カザンの空気はどこよりも甘いし、馬はどこよりも大きくて速い。それに住民はどこよりも強靭で頭が切れる」

「事実なんだからしかたない」すかさずグレゴーが反論した。「いまにわかるよ、マリアンナ」彼女の腕を取って道板のほうへ促す。「来いよ、ジョーダン。なにをぐずぐずしている？」

「馬に鞍《くら》つけして、荷物もおろしてやらないと」ふたりのあとから道板を渡る。「宮殿はここから四マイル以上先だぞ。なにかしら輸送手段があったほうがいいだろう。飛び抜けて優秀なカザンの馬とは比べるべくもないキャンバロンの馬でもな」

「宮殿？」マリアンナが怪訝《けげん》そうに訊いた。

「助けを受けるつもりなら、まずはラヴェンに請願しにいく必要がある」ジョーダンが説明した。うかない顔を見て言い添える。「ほんの形式的なものだ。カザンだって、自分の領土を狙われかねない武器をネブロフに持たせたいとは思っちゃいない」

「ここまで来るのにずいぶん時間がかかったわ。このうえまだ遅れるなんて」イングランドからの船旅は永遠に続くように思われ、いまや神経はすり減ってぼろぼろだった。このうえ外国の宮殿で足止めを食らうなんて冗談じゃない。

「なにか情報が届いている可能性もある」ジョーダンが説得にかかった。「ヤヌスがネブロフを監視しているはずなんだが、彼にはなにかわかったらおれだけじゃなく、ラヴェンにも報告するように言ってある」

「ようやくおりてきた」グレゴーは道板を引き立てられてくる馬たちに近づいた。ひときわ大きな自分の雄馬の鼻先をそっと撫《な》でながら、小声で話しかける。「硬くて頑丈な地面の感触、懐かしいだろう。これからはいい思いができるぞ」勢いよく鞍に飛び乗った。「さあ、出発だ」ふたりを待とうともせず、丸石の敷きつめられた道を駆けだしていった。

　マリアンナはやれやれといったように首を振った。あんなに嬉しそうなグレゴーははじめて見た。無惨な傷跡の残る顔さえもまぶしいぐらいだ。「なんだか幸せそう」

「やつにとっては故郷だからな」ジョーダンがそっけなく言った。

「それなのにイングランドに滞在するなんて、よほどあなたのことが心配なのね」

ジョーダンはマリアンナを持ちあげて鞍の上に座らせてやった。「おまえをおもしろがらせるのは癪《しゃく》だが、そのとおりだ。やつはおれのことが心配でしかたない」自分も馬にまたがり、軽く馬の腹を蹴《け》った。「それにもちろん、グレゴーにとっては義務でもある。やつは義務に関しては忠実な男だ」

茶化すような口ぶりとは裏腹に、ふいに彼の体が奇妙な緊張感を帯びたような気がした。ひょっとしたら、ラヴェンの助けを得るのはそれほど簡単なことではないのかもしれない。

「なにか心配なことでも？」

「べつになにもない。すべて順調だ。なんならグレゴーに訊いてみるといい」

「カザンが好きじゃないの？」わけがわからないというように、マリアンナは額に皺《しわ》を刻んだ。「だけど、あなたがジェダラーを手に入れようと思ったのは、カザンを守るためじゃなかった？」

「カザンが好きじゃないとは言ってない。ここに来ると、キャンバロンよりもずっとほっとした気持ちになる」

どっちつかずと言ってもいいほどの、努めて感情を抑えた語り口。それでもその言葉の奥に、その表情の下に、なにかがひそんでいる。ほどなくマリアンナはその正体に思いあたった。そう、彼はこの国を心から愛している。故郷に対するグレゴーの思い入れをからかいながらも、彼自身の熱情もそれに劣らず深く重い。けれど、ジョーダンはジョーダンであるがゆえに、仮面をはいでその熱い気持ちをあらわにすることができないでいる。「キャンバロンとはまるで違う」

この町はひと言で言えば、まさに堅固な砦《とりで》にほかならなかった。タマネギのような格好をしたエキゾチックな塔や、針のようにすらりと伸びた尖塔がそこかしこに見える。イギリスの片田舎に多い芝土や石造りの家を見慣れた目には、木でできた建物が新鮮に映った。家や店はほぼいちように屋根が平らでデザインも似通っている。が、窓台に置いた植木箱にレース風の彫刻が施されていたり、戸口の上がり段にカラフルなタイルが貼ってあったりと、それぞれに個性を主張していた。市場を通ったときには、小さな炎の上に銅や陶器製のサモワール（ロシア独特の卓上用お茶湯沸かし器）を載せている屋台や露店をいくつも見かけた。

市場の片側で、背の高い用水路のようなものに大勢の人が群がっていた。マリアンナが指さした。「あれはなに？」

「アイススライドだよ。カザンの町や村には、たいていひとつはある」

見ていると、幼い少年が氷の張られた筒のなかを、体を揺らしながらものすごいスピードで滑りおり、やがて分厚く積みあげられた雪の層にどすんと着地した。少年はすかさず立ちあがって歓喜の雄叫びをあげると、一目散に駆けてふたたび列の最後尾に並んだ。

「アレックスが喜びそう」思わず興奮して、言葉が口をついて出た。「いつかここに――」

でも、アレックスはここにはいない。もしかしたら二度と――

「ああ、喜ぶだろう」ジョーダンが相づちを打つ。「ここへ連れてきたら最後、絶対に帰ろうとしないな」

希望を持たなくちゃ。絶望なんてお断り。わたしたちにはまだ希望も揺るぎない決意もある。スライドで戯れる子供たちから目をそらし、急いで話題を変えた。「あなたがナポレオンを憎むのはカザンを愛しているからだってグレゴーが言ってたけど、本当？」

「グレゴーはなにごとにつけ、短絡化しすぎる傾向にあるな」

「ほんとなの？」

ジョーダンは肩をすくめた。「まあ、そんなところだ」

「どうして？　ここはあなたの国じゃないのに」

「ここで生まれてないという意味なら、そうかもしれない。だが、キャンバロンは与えられたもので、カザンはおれ自身が選んだものだ」

「たしかに違うことは……違うけど」

「おおいに違う」ジョーダンが揶揄《やゅ》するように笑った。「ここに来て最初の数カ月は、不快きわまりなかった。カザンの連中ときたら、このおれを迎えるのがどれほど名誉なことか、さっぱりわかっていなかった。おれの称号や金にもまるで興味なし。おれは学者でもなければ、戦で力を証明したわけでもない。したがって、連中にとっては意味のない人間だった。堕落しきった悪たれ小僧だった当時のおれとしては、まさに頭をガツンとやられるほどの体験だったよ」

「それなのに、どうして残ったの？」

「理由はいろいろある」顔をしかめた。「ひとつは、まあ、怒りだな。つまらない人間として扱われることに我慢がならなかった。だからタタール族がカザンに侵攻してきたとき、グレゴーや彼の仲間とともに大草原をめざした」

「戦争に加わったの?」

ジョーダンはうなずいた。「カザンという国は、ほぼ年がら年じゅう、どこかと戦っている。われわれの土地で誇れるものといったら鉱物だけだが、なにより地中海とつながっているという利点がある」

「われわれの土地?」

「大草原の戦いで、おれのものになった。血で買ったというわけだ」

血で買った? 端的にしてどこまでも想像をかき立てられる言葉だ。マリアンナは身震いした。数々の戦いを通して彼は変化し、鍛錬され、柔弱さを削ぎ落とされ、この土地に住むいっぷう変わった粗暴な人たちと生きていく道を選択した。

ジョーダンは彼方に見える宮殿の縦溝つきの塔を眺めやった。またしてもその顔の下に、名状しがたい感情がきざしたように見えた。

「ラヴェンと会うことになにか問題が?」

「問題はない」視線をはずして言う。「ただ少し戸惑っているだけだ」唐突に駆けだした。「さあ、行こう。グレゴーのやつ、あの調子じゃ、おれたちが宮殿の門に着くころには謁見室でそっくり返ってるぞ」

グレゴーは謁見室で座ってはいなかった。落ち着かない足取りで部屋のなかを行きつ戻りつし、マリアンナとジョーダンが入ってくるなり嚙みついた。「到着した旨はとっくに伝えてあるはずなのに、どうなってる? いっこうに現れん」

「待たせたほうが賢明だとでも思ってるんだろう」ジョーダンがたしなめた。「本当に現れるのかどうか、神のみぞ知るだ」

「無礼なことを言うな。彼女は現れる」

マリアンナはぎょっと目を見開いた。彼女ですって?

「ジョーダンがわたしに礼を尽くすなんてこと、めったにありゃしないわ。そんなこと、あなただってわかっているでしょうに、グレゴー」

マリアンナは戸口を振り返った。その女性を見るなり、またもや衝撃が身を貫いた。今度の驚きといったら半端ではない。なぜならそこにあるのは、マリアンナ自身知りつくした顔だったのだから。あの意志の強そうな、それでいて美しい顔を何時間観察したことだろう。目の前の顔はいささか歳を取って、吊りあがり気味の緑の瞳の両端にかすかにカラスの足跡が認められるものの、いまだ美しさは健在で、剛胆な雰囲気にいたってはかえって磨きがかかったと言ってもよかった。

「あなたにはいつだって礼を尽くしていますよ、めっそうもない。ただ、用心深いだけでしてね。あなたもご存じでしょう、わたしは失望させられるのが好きじゃない」ジョーダンが前に進みでて、女性の手を口元に運んだ。「あいかわらずお美しくていらっしゃる。いや、少し若返ったようにもお見受けする」

ジョーダンの母親? マリアンナはなおも驚きがおさまらない様子でふたりを見つめた。ジョーダンの母親なら、彼が赤ん坊のときに亡くなったはず。でもこうやって並んで立つふたりは、どう見ても親子以外のなにものでもない。

「若返ったように見えるのも当然よ」女性が言う。「決して歳を取らないと決心したんですもの。来年にはカザンじゅうの時計を止めるように命じるつもりよ」

「そしてすべてのカレンダーを燃やさせる」グレゴーが引き取って言い、重々しい足取りで彼女に近づいた。「その仕事、わたしが引き受けましょう」

女性は美しい笑顔をはじけさせ、彼のほうを向いた。「グレゴー。元気だった？」

彼はうなずいた。「おかげさまで」

「胸にナイフの傷を負った以外は」ジョーダンが横から口を出した。

彼女の顔から笑みが消え失せた。「誰なの？」

「ネブロフの部下のコステーンです」

彼女の顔がいよいよ不機嫌そうになる。「始末したんでしょうね、ジョーダン？」

「いえ、まだ」

「なにをしてるの？　さっさとおやりなさい。さもないとわたしが自分で手を下しますよ」

「これはわたしの問題ですから、アナ」グレゴーが穏やかに意見した。

「黙ってらっしゃい、グレゴー。あなただって褒められたものじゃないわ。あんな害虫相手に傷を負うなんて、よほど気が緩んでいた証拠よ」

無礼なのは、あなたのほうだわ。「グレゴーは気が緩んでいたわけじゃありません。相手は大の男が七人もいたんです」マリアンナは考える間もなく言葉を発していた。「それに傷を負ってから、雪のなかを六マイルも歩いてきたんです」

女性がくるりとこちらを向いた。「あら、擁護者がいたのね。ひょっとしてあなた、マリアンナ・サンダースね」鋭い視線がマリアンナの頭からつま先まで、さっと舐《な》めまわした。「グレゴーからの手紙で、よく聞いていますよ。わたしをモデルに作ってくださったという窓、見てみたいものだわ」言ってすぐに顔をしかめた。「それ以外のキャンバロンは、二度と目にするのもごめんだけれど」

「あなたは亡くなったとばかり思っていました」

「そうね、死んだでしょうね、あのままあそこにとどまっていたら」振り返り、挑戦的なまなざしをジョーダンに向ける。「なんといったって、あそこは息苦しくてそれこそ窒息しそうでしたから」

ジョーダンは無視して言った。「マリアンナ、紹介させてもらうよ。こちらが陛下《へいか》、アナ・ドゥヴォラック、カザンのラヴェンだ」ふと破顔する。「それからひとつ教えておいてやると、膝を曲げてお辞儀する必要はない。カザンにはそういう習慣はないんだ。敬意を表すには、頭をさげるだけでいい」

「それだけの敬意を感じる場合にかぎっての話よ」アナ・ドゥヴォラックが皮肉たっぷりに言った。「ところでそのグレゴーの怪我、三日前にヤヌスから受け取ったメッセージと関係があるのかもしれないわ」

「彼から報告が？」

アナはうなずいた。「話をする必要があるわね。一緒に来て」グレゴーに目を転じた。「彼女を適当な部屋に案内してあげてちょうだい。サンドールがそのあたりにいるはずだから。夕食のときに会いましょう」ふと手を伸ばし、彼の腕に触れる。「あなたに会えて、まんざら悪い気はしていないわ」

「わたしに会えて、大変嬉しいと」グレゴーが訂正してみせた。

アナが含み笑いした。「まあ、そういうことね」

ふたりが立ち去ると、マリアンナはさっそくグレゴーに詰め寄った。「どうしてキャンバロンの人たちはみんな信じてるの、彼女が死んだだなんて?」

「彼女がそれを望んだからさ。われわれはきわめて慎重に計画した、彼女が船遊びの事故で溺れ死んだと誰もが信じこむようにね。溺れたとなれば、遺体も必要ない」

「われわれって?」

「彼女にはおれが必要だった。おれが手を貸した」

まるでアナ・ドヴォラックが彼を必要としているときには手を貸すのが当然とでも言いたげな、あっさりした口調だ。

グレゴーはマリアンナを促して部屋を出た。「やあ、サンドール」足早に廊下を近づいてきた髭面の若い男に向かって挨拶した。「こちらのベルカに部屋を用意してくれとのラヴェンのお達しだ。庭の近くがいいだろう」

「かしこまりました」サンドールがうやうやしく頭をさげた。「こちらへどうぞ」

「ベルカって?」

「よそ者のことだ。この土地に住んでない人間のこと」

その言葉には少なからず納得がいった。この奇妙な国ほど、自分がよそ者であることを強く意識させられた経験はない。マリアンナは、サンドールの登場で途中になった話の続きに戻った。「彼女はどうして、みんなに死んだと思わせたかったの？」若者のあとをついて迷路のような廊下を歩きながら、グレゴーに訊いた。

「彼女が自分で言ってたじゃないか、耐えられなかったんだと」グレゴーはかぶりを振った。「そもそもキャンバロンになど行くべきじゃなかったんだ。だが、当時の彼女は若くて強情で、聞く耳を持たなかった。まさに血気盛んで、ジョーダンの父親に出会ってからというものはもう――」はたと口をつぐみ、前方を歩くサンドールのほうにうなずいてみせた。「これぐらいにしておこう。ラヴェンというものは、いつだって民の前じゃ尊敬すべき対象として話題にのぼるべきだからな」

ラヴェン、ジョーダンの母親、もののみごとに死からよみがえった女性。なんだか頭がくらくらしてくる。「二歳のときに母親は死んだって、ジョーダンは言ってたのよ」

グレゴーがくっくっと笑った。「本当か？　ジョーダンは嘘が嫌いなはずだがな」

「彼女はジョーダンを捨てた。自分の息子を置き去りにしたのよ」マリアンナは首を振った。「どうすればそんなことができるの？　キャンバロンじゃ幸せになれないというなら、普通は息子も一緒に連れていくでしょう？」

グレゴーが真顔になった。「ジョーダンはゆくゆくはキャンバロン公爵になる男だった。一緒に連れていくことは叶わなかっただろう。当時の彼女は、メイドの付き添いなしには彼を散歩に連れだすことさえ許されない状況だったんだ。彼女ひとりでもキャンバロンから出るのはむずかしかった。だからひと芝居打つ必要があった。それに自分がいなくなってもジョーダンがきちんと面倒を見てもらえることは確信していた。実際、何不自由ない生活を送っている」

母親の存在を除いては。

〝誰もが結局はおれのもとを去っていく〟

あの世をすねたような言葉を聞いたときには、まさか母親のことまで意味していたとは思いもよらなかった。

「彼女を責めてくれるなよ」グレゴーの視線がこちらの顔に注がれていた。「たしかに褒められたこととは言えない。だが、当時のアナには、ああするよりほかに道はなかったんだ」

マリアンナはジョーダンと母親が向きあって立っていたときの、たがいになにか言いたげな緊張感に満ちた空気を思い出した。「ジョーダンは納得していないと思うけど」

「ふたりのあいだの感情はひと口で言い表せないものだよ。ふたりはよく似ている」

「母親が生きてるって、彼はいつ知ったの？」

「十九歳のときだ。それまでずっと彼を見守り、報告も受け取っていたんだが、アナがこれ以上は待てないと言いだしてね」グレゴーは渋面を作った。「そのころのジョーダンは急速に父親譲りの悪癖を身につけはじめ、母親譲りの体力で日々それを実践していた。そこで彼をしつけるためにおれが送りこまれたというわけだ」

「こちらでよろしいでしょうか？」サンドールが扉を開け、脇に避けた。「お気に召さないようでしたら、廊下の先に、噴水を見渡せるお部屋もございますが」

その豪奢《ごうしゃ》な部屋に、マリアンナはほとんどまともに目を向けられなかった。淡いゴールドのカーテンやら明かりやら圧倒的な空間やらが、いっきに襲いかかってくる。「いいえ、ここで充分」

グレゴーが愛想よく微笑んだ。「けっこうだよ、サンドール。ご苦労さん」

サンドールは頭をさげ、そそくさと立ち去った。

「さっそくきみの荷物を運ばせよう」グレゴーはやさしく言葉を継いだ。「カザンの件じゃきみが当惑するのもよくわかる。でも、ここはいいところだ。きっと気に入る。おれの故郷を案内できるなんて楽しみだよ」

「ここに長居するつもりはないわ。すぐにもモンタヴィアに発たなきゃならないんだから」

「カザンを愛するのにそれほど時間はかからない」グレゴーは背を向けた。「とにかくいまはゆっくり休むんだ。ここでは夕食はたいてい黄昏《たそがれ》時だ。あとで迎えにきて、ダイニングホールまで案内しよう。これ以上驚かせることはないから安心していい。今夜はわれわれだけで食事ができるようにアナが取り計らってくれるはずだよ」

ひとりになると、マリアンナはベッドに歩み寄った。

休む心境になどなれるわけがない。アレックスのことが心配で気が気じゃないうえに、たったいま目にした場面の物語る事実が、頭のなかでぐるぐる渦巻いている。さっきあの謁見室を満たしていたのは、憤慨と非難と忠誠心、そして問答無用の愛情だ。そんなものにこれほど心を揺さぶられるなんて。ここにはアレックスを救うために来たのであって、他人のこんがらがった人生に首を突っこむためじゃないはずなのに。

〝誰もが結局はおれのもとを去っていく〟

見捨てられたあの少年に同情を寄せるのはもってのほかだ。共感はときとして正当な判断の妨げになる。わたしを自分のもとから去らせたくないからといって、閉じこめようとする権利はジョーダンにはない。しかも、そのことを悔い改めるどころか、アレックスを無事取り返したあとも同じことをするだろうと公言してはばからないのだから。

〝誰もが結局はおれのもとを去っていく〟

グレゴーとマリアンナがダイニングホールに入っていくと、ジョーダンは母親とアルコーブつきの巨大な窓のそばで立ち話をしているところだった。名残り惜しげに暮れ残る紫がかった金色の光がふたりを包んでいた。ふたりがじつによく似ていることを、マリアンナはあらためて思い知った。ともに背が高く、がっしりした体つきに黒く艶《つや》やかな髪。剛胆なわりには用心深そうなところまでそっくり同じだ。

ジョーダンが顔をあげ、こちらを見た。ラヴェンに向かって深々と頭をさげてから、部屋を横切って近づいてくる。

「どうにか落ち着いたか？」

マリアンナはうなずいた。「ヤヌスからはなんて？」

「三日前、コステーンが自分の屋敷に人質を運んだそうだ」

「アレックスね？」

「夜だったから、顔まではよく見えなかったらしい」

「アレックスよ、絶対」

「で、これからどうする？」グレゴーが横から言った。

「みんなで上等なディナーをいただく」ジョーダンはマリアンナの腕を取った。「そして今夜はぐっすり休んで、明日のモンタヴィア行きの旅の英気を養う」

「そんなことより計画を練らなくちゃ」マリアンナがいらいらして言った。

「検討すべきアイディアならいくつかある。それについては明朝相談すればいい。ラヴェンが大部隊を用意してくれるそうだ」

ジョーダンは彼女のことを決して〝お袋〟とは言わず、ラヴェンと呼ぶ。まるで故意に彼女との距離を保とうとしているようだ。マリアンナは窓辺に立ちつくす彼女をちらっと横目でうかがった。アナ・ドヴォラックは肩をいからせ、関心なさそうな目でじっとこちらを見つめていた。いや、じつのところは無関心を装っているだけなのかもしれない。あの顔はむしろどこか寂しそうで……それは考えすぎというものだろう。白いサテンのガウンにきらびやかなエメラルドの小冠を身につけたその姿は、いかにも自信に満ちて女王然としている。

「座れよ、マリアンナ、ジョーダン」グレゴーがふたりにそう言い残し、ラヴェンのほうへ歩いていった。「おれはアナの隣りに座らせてもらうよ。いろいろと積もる話もあるものでね」

マリアンナが見ていると、グレゴーはジョーダンの母親に向かってお辞儀をし、なにごとか話しかけた。彼女は頭をのけぞらせて高笑いし、その表情もいっきに華やいだ。グレゴーは彼女の腕を取り、テーブルの上座へ案内すると、大仰なほどのうやうやしさで彼女を座らせた。表情からも仕草からも、ふたりの関係が昨日今日始まったものではないことは明白だ。

「ずいぶん親しそうね、あのふたり」マリアンナが耳打ちした。

「揺りかご時代からのつきあいだ」ジョーダンが説明する。「一緒に育ったんだよ。遠いいとこ同士だし、グレゴーの父親がドヴォラック家の護衛隊長を務めていたこともあって」

マリアンナは傷跡の残るグレゴーの顔を見やった。「それじゃ、グレゴーも軍にいたの？」

「ああ、長いことね。だが、アナ・ドヴォラックがラヴェンになってからは最高顧問に鞍替えだ」

「そもそも、あなたのお母さまはどういう経緯でラヴェンになったの？　お父さまと結婚したときには単に身分の高い女性だったって、グレゴーが言ってたけど」

「カザンじゃ、王座というのは父から息子に自動的に引き継がれるものじゃないんだ」ジョーダンはグレゴーと母親から離れた席にマリアンナを座らせ、自分も向かいの席に腰をおろした。やはり距離を置こうとしているのは間違いない。

ジョーダンは先を続けた。「カザンはいつ何時《なんどき》敵となるかもしれない国々に取り囲まれている。軟弱で愚かな支配者に国の命運を任せるわけにはいかないんだ。そこで貴族評議会が自分たちの階級のなかから、もっとも信頼に足る指導者と判断した人物を選ぶことになっている。前ラヴェンの死後二年間、支配者不在の時期が続いたんだが、その後ようやくアナ・ドヴォラックが選ばれた」

「女性が？」

「そのコメントはドロシーを憤慨させるぞ」ジョーダンが揶揄した。「カザンが女性に対してその真価を証明するチャンスを与えたと知ったら、さぞかし彼女、喜ぶだろうな」

「わたしだって同じよ」マリアンナはあてつけがましく付け加えた。「男性が女性を公正に判断することだってめずらしいのに、それがこのカザンでだなんてよけいに驚きだわ」

「彼女は充分力を証明してきたと評議会は判断したのさ。父親が死んで以来、彼女は十年間自分の土地を統治して、繁栄させた。部下たちの先頭に立って馬を駆り、山賊や侵入者を追い払った。橋や送水路を建設し、病人の看護にも熱心で、このレンガーに病院まで開設した。まさに非の打ちどころのない指導者だった」茶化すように笑った。「もちろん、イングランドでの結婚というちっぽけな過ちもあることはあったが、そんなものはたいした問題じゃない。結婚式はカザンの伝統に則《のっと》って執り行なわれたわけじゃなし、つまりは効力ゼロというわけだ」

「その後、再婚はしなかった？」

「ああ」ジョーダンは冷笑した。「親父との結婚を経験して、もうこりごりと思っているんだろう。彼女にとっちゃ邪魔になるだけだ」

「お母さまのことを恨んでるのね」

「おれが？　そうかもしれない。でも尊敬してもいる。たいした女性だ。彼女を見てるとおまえを思い出す」

「わたしを？」マリアンナは首を振った。「少しも似てない」

「たくましい生命力や情熱的なところはおまえにもある」少し間を置いた。「それに快感に対する貪欲《どんよく》さも」

思いもかけなかった悩ましい言葉にマリアンナははっと虚を突かれた。たちどころに体が反応しはじめる。あの狩猟小屋で過ごした日々に、ジョーダンがそれこそ念入りにこの体に教えこませた反応。太腿のあいだがちくちくうずき、胸がふくらんで大きく波打つ。堅固に顔を覆っていたはずの彼の仮面が突如はぎ取られ、そこには、キャンバロンからの旅のあいだじゅう、官能的な雰囲気を慎重に抑えこんでいたジョーダンの姿はなかった。あるのは、ダルウィンドに置き去りにしてきたはずの、どこまでもエロティックな男だ。

　抜け目なく彼女の反応に気づいて、彼は微笑んだ。「そう警戒するな。約束は守る。ただそれが絶えず存在することを思い出させようとしたまでだ」傍らに進んできた召使いを一瞥《いちべつ》する。手に持った銀製のトレイには数種類の焼いた肉が載っていた。「チキンを食べてみるといい。ラヴェンのコックが考案したそのレモンソース、とびきりの味だ」

「彼女の機嫌を取ろうとしてるわ」アナは優雅な手つきで、さもおいしそうにチキンにかぶりつきながら、ジョーダンとマリアンナのほうを見やった。「ジョーダンにしては普通じゃないわね」

「そもそもマリアンナが普通じゃない」グレゴーが言った。「それに彼女に対するジョーダンの感情も普通じゃない」

「こうして見るかぎりは彼女、特別な感じはしないけれど」鼻に皺を寄せ、遠目にマリアンナを観察する。「どうして彼に逆らうのかしら」

「彼女にとってジョーダンは敵なんだから、当然だ。彼女は弟を愛している。その弟がこんな目に遭ったのはすべてジョーダンのせいだと思っている」

「でも、彼はかならず取り戻すわ」

「それに、われわれが彼女から盗もうとしているジェダラーという小さな問題もある」

アナは片手を振って、その主張を退けた。「わたしたちのやることには正義があるわ」

「そういう考えは往々にして、恩恵をこうむる側の言い分だ」

アナは思案げにうなずいた。「たしかにいくつか問題はあるけれど、たいていの女性は自分の体に正直に行動するように教えられているものよ、心じゃなくてね」

「マリアンナは〝たいていの〟女性じゃない」

「だけど、彼女はジョーダンに体を許したと言ったはずじゃないの。ということは間違いなく、若い女性らしい情欲を備えているってことよ」

どうやらこの会話は、グレゴーが予想していたのとは別の方向へ進みつつあるようだった。はじめはアナが母親らしい嫉妬でも抱いているのかと穿《うが》った見方をしていたが、ここへきてアナの感情がそれほど単純なものではないことがわかってきた。「これはふたりの問題だよ、アナ。ジョーダンが彼女を欲しがっているからといって、あなたがプレゼントするわけにはいかない。欲しいものをなんでも手に入れられる環境で彼が堕落しないようにと、わたしを送りこんだのはあなただろう」

「それとこれとは別よ」

それはアナがそう思いたいというだけのことだ。「もしあなたの夫の母親が、あなたの意思などおかまいなしに息子にあなたをあてがおうとしたら、どう思った？」

「そんなことはまず、ありえなかったわね」棘《とげ》のある言い方だった。「イングランドじゃわたし、嫌われ者だったんですもの」

「それはそれなりの理由があってのことだ。あなたは無作法で手に負えなくて、なんでも自分のわがままを押し通そうとした。人を踏みつけにしておいて、愛してくれないもなにもない」

アナは彼をにらみつけた。「踏みつけになんてしてないわよ」しかめ面をしてはみたものの、思いなおしたらしく、すぐに言いなおす。「まあ、普通じゃなかったのは認めるけど」

グレゴーが晴れやかに笑った。「たしかにこの数年会わないあいだに、いささか丸くなったようだな。がむしゃらに襲いかかるライオンから、隙を見て飛びかかる虎に格下げってところだ」もう一度マリアンナに目をやった。「彼女の作品のなかに虎を題材にした、それはすばらしいパネルがあってね。それを見るたび、あなたを思い出した」

アナは彼の物思いなどおかまいなしに、さっさともとの話題に引き戻した。「ジョーダンはあれでなかなか気前がいいし、どんな女性だろうとまず夢中になるわ。彼女ひとりものにできない理由はないはずよ。恋人としても保護者としても、彼以上の人間なんてあの女には見つけられるわけないんだから」

彼女の話の最終的な落ち着きどころが見えてきて、グレゴーは笑いをおさめた。もし彼女が本気でそれを押し進めるとしたら、やっかいなことになるのは目に見えている。彼は穏やかに切りだした。「彼を買収するわけにはいかないよ、アナ」

「ばかなことをおっしゃい。彼を買収するだなんて考えてもいないわ」つんと顎を持ちあげる。「だいたいわたしは、誰であれ買収する必要なんてないんですから」

「そのとおり。そのことを肝に銘じておくことだ」グレゴーはワイングラスを口元に運んだ。

「そのうち、ジョーダンはあなたのもとに戻ってくる」

「そうかしら」アナの唇が皮肉っぽくゆがむ。「わたしが歳を取って髪も真っ白になって、みじめな姿になったころ？　もう充分すぎるほど待ったわ。いったい彼はわたしになにを望んでいるの？　わたしはわたしよ、それ以外にはなれるわけないのに」

「辛抱するしかない。こう言ってはなんだが、あなたはやさしくて息子のためならどんな犠牲もいとわないという母親じゃなかった」グレゴーが静かに諭す。「まあ、息子のほうももののわかりがよくて、母親を許せる度量を備えているというわけにはいかなかったが」

「べつに彼の許しなど期待していないわ」

「それじゃ、なにを期待してる？」

アナはひとしきり押し黙ってから、たどたどしく打ち明けた。「あんなに冷たい態度を取らなくてもいいじゃないの。友情を期待するのもいけないというの？　結局のところ、ふたりの目的は共通しているというのに」

ジョーダンの前では決して見せることのないひそやかな痛み。グレゴーは手を伸ばして彼女に触れ、慰めてやりたいと思った。けれど彼女が受け入れないことはわかっている。それほどこの傷は根深いものなのだ。「時が来れば、彼のほうからやってくる」

「前にもあなた、そう言ったわ」アナはいらだちをあらわにした。

「ああ、そうだとも。あなたはいつも、白髪が増えたり骨がきしみだすことを恐れている。でも、このわたしがカレンダーを全部焼いてしまうんだから、そんなことは絶対に起こりえない」

アナはしぶしぶ笑顔をこしらえた。「本当にやってくれるの、グレゴー?」

「もちろん。なんなら若さの泉も用意しようか? お望みとあらば、危険を冒してでもいますぐに見つけてみせるよ」

「正直言うとね、もう一度若さを取り戻したいのかどうかもわからないの。若いころのわたしはすごく愚かだったから」

「誰でも経験を積む前は愚かなものだ」

「あなたはそうじゃなかった。あなたは昔からずっといまのまま」アナの顔に翳《かげ》がかすめた。

「本当に殺されそうになったの?」

「いや、たいしたことはない。もっとずっとひどい怪我をいくらでも経験している。出血がひどかったから、マリアンナがびっくりしただけだ」

「あなたは死なせない」やぶからぼうに思いつめた口調で言う。「聞いている? 絶対に死なせない。だって、あなたがいなかったらわたしはどうなるの?」自分の言葉に驚いたのか、ばつの悪そうな顔をした。「やっぱりわたしはわがままね。丸くなっただなんて、どうかしてるわ」

「それも含めてあなただよ。いいところと悪いところが混ざりあって全体が生まれる。問題なのは、まるごとひっくるめたアナ・ドヴォラックだ」

アナはゴブレットのなかのワインに目を落とした。「そのまるごとのアナ・ドヴォラックからあなたにお願いがあるの。今夜、わたしの部屋へいらっしゃる?」

「いや」

アナはゴブレットをぎゅっと握りしめた。「わたしだって、永遠にあなたを待っているわけにはいかないのよ」

「これはじつにいいワインだ。自分のところのブドウ園で?」

「ええ、そう。断ったらわたしのプライドを傷つけることになるのよ。男はほかにいくらでもいるんだから」

「わたしだってあなたが欲しい」グレゴーが微笑みかけた。「誰だろうがそう思わずにはいられない。あなたは男が女に望むものをすべて備えている」

「それならどうして——わたしがこんなふうに自分から頼むなんて、二度とないから覚えてなさい」

「いや、この先もある」

「どうしてそんなこと?」

「わたしほどあなたを愛してる人間はいないことを、あなたはよくわかっているからだよ。あなたは好奇心に駆られているだけだ。狂おしいほどに自分を愛してくれる男とベッドをともにしたら、どんな気持ちがするのかと」

アナは魅惑的な笑みを浮かべた。「本当にわたしを愛しているなら、ベッドに来るはずよ」

「愛しているからこそ行かない。悲しきかな、どんな望みも思いのままに叶ってしまうのはあなたの性格にとって好ましくない。ジョーダンの場合と同じように」

「わたしはジョーダンとは違うわ」

目の前の彼女の姿はまさしくジョーダンを彷彿《ほうふつ》とさせる。そのことに彼女自身は気づいていないというのか。怒りをたぎらせた緑の瞳、頑なに引き結んだ美しい口元、整った顔の真下にひそむ一触即発のエネルギー。唯一違いがあるとすれば、ジョーダンは冷笑的な雰囲気の下に感情を押しこめているのに対し、アナのほうはプライドという壁の奥に隠していることだ。

「だめだよ、アナ」グレゴーはやさしく言った。

失望と怒りがわき、アナは顔を赤らめた。「わたしは修道女じゃないのよ。あなたが立ち去って以来何人の男たちがわたしのベッドを訪れたか、教えてあげましょうか？」

「そんなことは知りたくない」

「今夜だって部屋に戻ったら、さっそく男を呼んで――」

「そんなことはしないよ、あなたは」グレゴーは彼女と目を合わせた。「わたしがここにいるあいだは」

「よくもそんなずうずうしいこと――」怒りは尻すぼみになった。やがてそっけなくうなずいて、しどろもどろに続けた。「あなたがいるあいだはしない。するもんですか」つと目をそらす。「あなたって本当に扱いにくい人ね」

「いたって単純な男だ」

「いつだって自分の思いどおりにしないと気がすまないんだから」肩をそびやかせ、不敵な笑みを浮かべた。「だけど、負けっ放しというわけにはいかなくてよ。わたしはともかく、ジョーダンだけは幸せになるのを見届けますから」

なるほど、またしても闘いの火蓋《ひぶた》を切るつもりか。「彼から母親を奪ったから、愛人を与えてその傷を慰めてやると？　そんな取引、できるわけがないぞ、アナ」

「あなたが許さない？」

グレゴーはマリアンナのほうにうなずいてみせた。「彼女が許さない」

アナはマリアンナの線の細い顔つきや、小柄で華奢《きやしゃ》な体を無遠慮に眺めた。「どう見ても彼女がわたしに太刀打ちできるとは思えないわ。それより今回のモンタヴィアへの旅、わたしも同行したほうがよさそうね。わたしが一緒なら、ネブロフも攻撃をためらうでしょうから」

「さあ、それはどうかな」

アナが屈託のない笑顔を見せた。「それにあなたがまたうっかり油断したときのために、わたしが守ってあげなければならないし。そうね、決めたわ、わたしもモンタヴィアに行きます」

グレゴーは反論しようと口を開きかけたが、結局やめておいた。たしかにアナも一緒に行くという案には一理ある。アナのこの高圧的な態度に屈するほどマリアンナの意思は弱くはないし、今回わざわざ足を運ぶことで、アナは長年欲しがっているものを手にする可能性もある。すなわち、ジョーダンとの共通の目的。これまでの彼女にとってそれは、ナポレオンを打ち倒すことだったが、マリアンナのおかげでいま新たにもうひとつの目的がもたらされるかもしれないのだ。

とはいえマリアンナには迷惑きわまりない話だ。まさに生《い》け贄《にえ》として、二匹の虎の前に差しだされようとしているのだから。

「どうして反対しないの？」アナが用心深く訊いた。

「わたしもあなたに一緒に行ってほしいからだよ」グレゴーは微笑み、思わず本音で言い添えた。「いつだってあなたと一緒にいたいんだ、アナ」

冷たい朝だった。馬たちの吐く息が煙のようにふわふわと中庭に浮かんだ。マリアンナは早くも馬にまたがり、ジョーダンが城から出てくるのをやきもきしながら待っていた。現れたジョーダンは、マントの襟につけたアザラシの毛皮にいたるまで、全身黒ずくめだった。隙のない屈強なその姿は、夜明けの薄明かりを浴びてどこか不吉な印象を与えた。「おはよう」すぐさま彼も馬にまたがり、手綱を握った。「待たせて悪かったな。ラヴェンとの話がなかなかまとまらなくて。どうやら彼女も一緒に行くらしい」

マリアンナは眉間に皺を刻んだ。「どうして？」

ジョーダンが肩をすくめる。「さあな。彼女は口で言うことと思ってることがいつも同じとはかぎらない」そう言って、出発を待つ騎手たちのほうをつくづくと眺めた。「だが、これだけの大がかりな部隊を提供すると言ったからには、彼女は本気だよ。ほとんど一国の軍隊そのものだ」

「それじゃまだ待たされることになるのね、彼女の支度が終わるまで？」

「そうはかからないさ」ジョーダンは城のほうを向いた。「ほら、ご登場だ」

まるで、あのステンドグラスの窓に描いた戦士が抜けだしてきたかのようだ。黒い雄馬にまたがって近づいてくるアナの姿を見ながら、マリアンナは目をみはった。甲冑《かっちゅう》を身につけているわけではない。けれど、ぴんと伸びた背筋にじつに堂に入った乗り方、仕草にいたっては自信に満ちあふれて独裁者そのものだ。

「考えなおさないというわけですか。こんなことは必要ないと言ったでしょう」アナがそばまで来ると、ジョーダンが言った。「わざわざあなたまで危険を冒す必要はないんだ」

「心配してくれるとは感激だわ。でもわたしが自分で必要だと判断したんです。ここの統治者はわたしよ、あなたではないわ、ジョーダン」手を振って、さっさと先に行くように彼を促す。「さあ、早くグレゴーと一緒に出発なさい。わたしはこちらのベルカと話をしたいの」

「どうしてまた？」ジョーダンが訊いた。

「せっかくいらしてくださったお客さまを、少しはおもてなししないとね。昨晩はあなたのせいで、ほとんど話をするチャンスがなかったんですから」

ジョーダンはためらい、マリアンナのほうに物言いたげな視線を投げた。

なんだろう、あの目つき。マリアンナは唖然《あぜん》とした。まるでアナがわたしの喉を掻き切るとでも言いたげだ。たしかにラヴェンと近づきになるなんて心躍る話じゃないけれど、恐がるほどのこともない。

「先に行って」マリアンナはそっけなく言った。

ジョーダンは肩をすくめ、馬の脇腹を蹴って駆けだしていった。

「彼は女性と見ると、守りたがるのね」ラヴェンは巧みに馬を操って、マリアンナの隣りに並んだ。「男性としてはあっぱれな資質だわ」

「相手が保護を望んだ場合はそうでしょうけれど」

「ばかなことをおっしゃい。女性はすべからく保護を必要とするものですよ」

「あなたもですか？」

「わたしはラヴェンですもの、守ってくれる軍隊があるわ」

「それじゃラヴェンになられる前は？」

アナ・ドヴォラックは吹きだした。「そうね、認めるわ。もし守ってやろうなどと言われようものなら、その男を逆さ吊りにでもする勢いだった」

「相手がグレゴーでも？」

アナの表情がみるみるうちに和らいだ。「グレゴーはわたしの言うことなんておかまいなしよ。彼は押しつけがましくわたしの前に立ちはだかったりしないの、ただ自分自身を差しだすだけ」ふと顔をしかめる。「いやね、グレゴーの話をするためじゃありませんよ、わたしがこうしてあなたの隣りにいるのは。それにあなたの質問に答えるためでもない」

「たしかわたしのことをお知りになりたいと？」マリアンナが引き取って言った。

「いいえ、あなたに忠告するためですよ。もう一度ジョーダンとベッドをともにするようにとね」

マリアンナは目をまん丸くした。「いまなんて？」

アナは肩をすくめた。「わたしはジョーダンとは違って、遠まわしなやり方は得意じゃないの。男の人たちときたら、問題のまわりを思わせぶりに跳ねまわっているばかり。単刀直入にぶつかれば簡単に解決するというのに」

「ひょっとしてその問題というのは、わたしのことですか？」マリアンナがおそるおそる訊いた。

「あなたはジョーダンにひどく腹を立てているみたいだけど、解決できない問題なんてありはしないわ。いいこと？　目の前の諍《いさか》いのせいで、将来を棒に振るのはばかげたことですよ。もちろんジョーダンはあなたに結婚を申しこむわけにはいかないけれど、彼はこのうえなく気前のいい保護者になってくれるはずだわ」

「はあ」

「それに、彼のことを信じてもいないみたいだけれど、万一彼があなたを捨てた場合にも、あなたにはそれなりの生活が保証されるようにわたしが取り計らうつもりです。充分な報酬もお支払いするし、ここカザンに素敵な家も用意しましょう。あなたはとても弟思いだとグレゴーから聞いているわ。弟さんを学校に通わせてあげるし、彼の望む道で成功するよう手助けもしてさしあげるつもりよ」真剣な目つきでマリアンナを見た。「ほかになにか質問が？」

「ええ、もうひとつぜひお訊きしたいことがあります」マリアンナの声は怒りに震えていた。

「彼から頼まれたんですか、わたしにそのことを話すようにと？」

「ジョーダンはなにも言いませんよ。すべてわたしの判断でやったことです」アナはこちらの表情をじっとうかがった。「ずいぶん怒っているみたいね。この状況で合理的に考えろというほうが無理だったかしら」

「合理的？　あなたの意のままに情婦になることが合理的だとでもいうんですか？」

「そういうつもりじゃ——いえ、まあ、そういうことね。でも、これはあなたのためでもあるのよ」

「それじゃ、もしわたしがあなたに同じ提案をしたら、どう思います？」

「あなたの立場なら、わたしなら喜んで――」言いかけていったんやめ、無愛想に続けた。

「わたしがあなたの立場になるわけがないでしょう。とにかく、ジョーダンのためになんとしてもあなたの同意を取りつけたいの」

「あなたも彼と同じ」マリアンナは呆れ返った。「自分の欲しいもの以外はどうでもいいんですね」わななきつつ、深々と息を吸う。「せっかくですが、お断りします、陛下。素敵な家もあなたの息子さんも欲しくない。わたしの望みはただひとつ、あなたの助けを借りてアレックスを取り戻し、あなたがた親子にお別れを言うことです」

アナはマリアンナの顔とぎらつく瞳をひとしきり見つめ、手綱を手に取った。「弟さんのことが心配で、少し神経がぴりぴりしているみたいね。まあ、ゆっくり考えてみるといいわ。そのうちまた話しましょう」つと目をそらし、言い添えるのも忘れなかった。「このことはジョーダンには黙っているほうがいいわね」

「なぜです？　ご自分がこれほど陰で彼のために尽くしていらっしゃるか、知ってもらったほうがいいんじゃないんですか？」

「まだ成功したわけじゃありませんからね。失敗談を自慢するわけにはいかないでしょう」馬の腹を蹴って駆けだし、隊の先頭めざして遠ざかっていった。

マリアンナはひどく体を震わせていた。馬の背にじっとまたがっていられないほどだ。怒り。そう、全身に怒りがたぎって気分が悪くなりそうだった。ジョーダンの人生でほんのつかの間、気まぐれに居場所を与えられれば御の字のわたし。そうラヴェンに判断されたからといってどうだというの？ 居場所なんて欲しいものですか。彼女の言葉ぐらいで傷つきもしないし、惑わされもしない。

「深く息を吸って」いつの間にかグレゴーが隣りにいた。「冷たく澄みきった水を想像するんだ。少しは楽になる」

言われたとおりに深々と息を吸ってみたものの、少しも楽にならない。

「彼女になんと言われた？」

「息子の情婦になればそれなりの報酬を用意するって」

グレゴーは嘆息した。「そんなことだろうと思った。アナは少し遠慮がなさすぎるきらいがあってね」

「遠慮がないなんてもんじゃない。どうして彼女がラヴェンに選ばれたのか、さっぱり理解できない。よその国の使節と同じ部屋にいるというだけで、戦争を始めそうな人じゃないの」

「言い得て妙だな」グレゴーがにやりとする。「だが、ふだんはあれほどひどくはない。今回ばかりは感情が邪魔してまともな判断ができなくなっているんだ。ようは必死なんだな」

〝必死〟なんていう言葉は、たったいま立ち去った傲慢《ごうまん》な女性にはおよそ似つかわしくない言葉だ。

「信じられないかもしれないが、彼女は必死、無我夢中だ」グレゴーは隊の先頭に立つジョーダンを目で追った。「彼女はジョーダンを愛している。ずっと愛してきたんだ」

「普通は愛してる息子を置き去りにしたりはしないわ」

「きみも彼と同じ、手厳しいな」グレゴーがぼやいた。「ジョーダンは決して彼女を許そうとしなかった。はじめて彼がカザンにやってきたとき、心を開いてくれるんじゃないかと彼女のほうは期待した。でもジョーダンは壁を築いて閉じこもった」

「だから、わたしに取りもってほしいと?」マリアンナは呆れ返った。

「彼女は必死だ」グレゴーがくり返す。「それに頑固だ。彼女には用心したほうがいい」

「わたしにも用心するように、彼女に伝えておいて」マリアンナはむっとして言い返した。

「息子の機嫌を取るためにわたしを投げ与えるなんて、わたしは骨でもなんでもないのよ」

「きみが怒るのも無理はない」グレゴーがなだめた。「だが、彼女を理解してやってくれないか。たしかに彼女はときとしてだだっ子のようになる。つらい人生を送ってきて、多くの過ちも犯した。でも求められたときには、すべてを与える潔さも備えてるんだ。おれにとってはつねに友人だったし、彼女以上の友人はいないと思ってるよ」

「わたしは理解などしたくない。友人になるのもごめんよ」マリアンナはまくしたてた。

「それに彼女の新たな過ちになるのもお断り」

「どうもうまく伝わらないようだな」グレゴーは苦りきった顔になった。「それじゃアナのところに行って話をしてくるか。うまくいくかわからんが」

マリアンナは、アナ・ドヴォラックのもとに駆けていく彼の後ろ姿を見送った。

ジョーダンが結婚を申しこむはずのないことは、はなからわかっていた。公爵ともなれば、それなりの結婚をすべきだと誰もが考えている。わたしだって、独占欲が強くて束縛したがかない。


る男に一生繋《つな》ぎ止められるのはうんざりだ。ラヴェンの言葉が引っかかっているわけじゃない。わたしはただ怒っているだけ。単なるいっときのおもちゃにすぎず、やがて飽きれば放り投げてしまう存在のように扱われて、腹を立てているだけだ。わたしはおもちゃじゃない。もっと価値のある存在だ。傷ついているわけでもショックを受けているわけでもない。この胸のざわめきは怒りでしかない。

「今度はおれがなにをした？」ジョーダンが訊いてきた。キャンプファイアそばの羊皮の寝床の上に、マリアンナと並んで腰をおろす。「よほど腹に据えかねることなんだろう。一日じゅうおれのことをにらみつけてた」

「にらみつけたりするもんですか。あなたの姿なんてほとんど見かけなかったわ。それにわたしが見たかぎりじゃ、そんなことを気にしてるようには少しも見えなかったけど」

ジョーダンはたじろいだ。「これはまた厳しい指摘だな」

「それから言っておくけど、アレックスに影響をおよぼさないかぎり、あなたがなににしようがわたしはいっさい興味ないの」

ジョーダンはわざと身震いしてみせた。「今夜はことのほか夜風が身に染みる」焚《た》き火《び》越しにグレゴーと並んで座る母親に目をやり、表情を硬くした。「おれがそれほどの大罪を犯してないとなると、残るはラヴェンだな。彼女になにを言われた？」

マリアンナは彼の視線を追って、アナ・ドヴォラックに目を向けた。ラヴェンもまた、喧嘩腰とも言えるほど不遜な目つきでこちらを見ている。ジョーダンとの会話の内容が彼女に聞こえるはずはないけれど、その誇り高い顔の下に恐れがひそんでいるのをマリアンナは見て取った。にわかに全身に力がみなぎるような気がした。母親が介入したとなればジョーダンが激怒することはまず間違いない。つまりはこの場のわたしのひと言で、親子間の亀裂をさらに深めることも可能なわけだ。そうなればわたし自身の傷ついたプライドも癒されるし、多少なりとも仕返しができるというものだ。

「よほど不愉快なことを言われたらしいな」ジョーダンが勝手に推測を始める。「おれの悪行きわまる過去のことでも聞かされたか？」

さあ、言うのよ。あんな女のことなど守る理由はない。片方の頰を打たれたら別の頰も差しだすような殉教者を気取るつもりもない。目の前のラヴェンの表情にどこか子供じみた危うさが見え隠れするからといって、ためらう必要もない。

「当たりか？」

だめだ。悔しいけれど、やっぱりわたしにはできない。「なぜわざわざ彼女がそんなことを話す必要があるの？　あなたの過去の悪行ぶりなら誰もが知っていることじゃない。過去だけじゃない、いまだってそう」あてつけがましく言い添えた。「それとも、わたしたちの会話の唯一の話題があなただとしたら、虚栄心が満足できるとでも？」

「本当に違うのか？」

マリアンナは再度ラヴェンを一瞥してから、焚き火に目を戻した。「横柄で不愉快な女性ね、まるであなたにそっくり。わたしの仕事をばかにしたようなことを言われて腹が立ったわ。芸術作品を作ることは国を統治するのと同じぐらい大切な作業だってこと、まるでわかっていないのよ」

ジョーダンの表情がふっと和らいだ。「そいつは許されざる罪だな。たしかにラヴェンには、優れた絵画よりも統制のとれた軍隊のほうが価値があると思いこんでいるふしがある。いい機会だ、芸術のパトロンとしての役割を自覚するよう、彼女を教育してやってくれ」

「そんなことのためにここにいるわけじゃないわ。あなたがやればいいのよ。彼女はあなたの母親なんだから」

「母親？」

「そうでしょ。そう呼ばないからって、母親であることを否定はできないはずよ。それとも彼女を傷つけようと思って、わざとそうしてるの？」

ジョーダンが固まった。「彼女は横柄で不愉快だと言ったはずだ。その相手をどうしてかばう？」

「べつにかばってはいないわ。ただあなたの愚かさを指摘してるだけ。あなたたち親子の関係がぎくしゃくしようがわたしには関係ない。置き去りにされたことであなたは彼女のことを恨んでるみたいだけど、それも納得できないわけじゃない。わたしの母さんはわたしのことをすごく愛して大切にしてくれた。ラヴェンみたいに冷淡で利己的な女性には、そうそうお目にかかったことがないわ」

「たしかに彼女には褒められない点も多々あるが、冷淡じゃないし、利己的という点で言えば、自分を犠牲にしてまでカザンのために尽くしている」

「生半可なことばかり並べてないで、さっさと決心したらどう？　彼女を許すの、許さないの？　彼女はあなたの愛情を受ける価値があるの、それともないの？」

「生半可なことなど言ってやしない」ジョーダンは額に皺を寄せた。「よけいな口をはさむな、マリアンナ。これはおまえには関係ないことだ」

「口をはさむ気なんてない。そうよ、わたしにはどうでもいいことよ」そうは言いつつ、首を突っこもうとしたのはたしかだ。関わりあうのはよそうと誓ったはずなのに、迂闊にもふたりのあいだに割って入ろうとした。マリアンナはそそくさと話題を変えた。「モンタヴィアまでは何日ぐらいかかるの？」

「二日もあれば、北側の国境に到達する」ジョーダンはなおも眉根を寄せたまま、ぼんやりと答えた。「ネブロフの領地はモンタヴィアの北東部に位置している。ふだん住んでいる屋敷はペクバールにあるんだが、そこまでは国境からさらに二日だ」

「それじゃ、二日後にはネブロフとの交渉を始められるわけね？」マリアンナがほっとしたように言う。

「それは無理だ」

マリアンナの顔つきがこわばった。「どういう意味？」

「おまえとグレゴーが大草原に達するのにもう一日。それまでは交渉を始められない。おまえが新たにジェダラーを作ったことをやつはまだ知らない。キャンプを設営したところで、グレゴーがペクバールのネブロフ宛てにメッセージを送る。そっちからやってこいとね。おまえのかわりにジェダラーとアレックスを取引したいと持ちかけるんだ」

「彼が乗ってこなかったら？」

「やつはかならず乗ってくる。間違いない。時間が差し迫ってきてるんだ。職人を探して無理やりパネルを作らせるよりは、すでに完成したジェダラーを手に入れたほうがずっと楽に決まってる。ペクバールは山岳地帯に囲まれている。やつが食いついたら、こう言うんだ。窓は大きいし割れやすいから、陸路を運ぶのはむずかしい。大草原のキャンプに来てもらう以外にないと。その際にかならずアレックスを連れてくるようにと指示するのも忘れるな」

「彼はアレックスを連れてこないと読んでるのね？」

「ああ、だがやつ自身はかならず来る。人に任せて万一ジェダラーをまた割られでもしたら大ごとだからな。それに、まさかグレゴーがこれほどの軍を引き連れてきているとは思ってもいない。そこで反対勢力の鎮圧に追われていることもあって、軍の大部分をペクバールに置いてくることになる」

「彼はジェダラーを奪ううえに、アレックスも返す気はないと？」

「ジェダラーどころか、おまえのことも連れ去ろうとするだろう」ひと息ついて、あらためて口を開く。「やつの狙いはジェダラーだけじゃない。ジェダラーのことを知っている女も見逃すわけがない」

マリアンナも同じ結論に達していた。「つまりはわたしがおとりになって、そのあいだにあなたたちがペクバールを襲撃してアレックスを取り戻すというわけね？」

ジョーダンはうなずいた。「おまえを守るために、グレゴーには軍の半分を連れていかせる。おれは残りの半数とともにペクバールに乗りこみ、アレックスを取り戻す」

「どうやって？」

「これだけの軍があれば、いくらでも方法はある」

「お城を攻撃するつもり？」マリアンナは首を振った。「そんなことをしたら、アレックスに危険がおよぶかもしれないわ」

「おまえにもアレックスにも危険になるようなことならやらないさ。アレックスを連れだし、無事国境を越えてカザンに行き着くには、少なくとも一日は必要だ。いや、それ以上かもしれない。おまえとグレゴーがうまく立ちまわって、われわれの行動をやつに感づかせないようにしてくれれば、チャンスは広がる」

マリアンナは神妙にうなずいた。「わかった」

「やけに落ち着いて受け止めているようだが」ジョーダンの口調は不安の色を帯びていた。「実際はそれほど簡単じゃないかもしれないぞ。ネブロフがジェダラーに関する情報を入手したルートも、情報内容もまだ定かじゃない。ひょっとしてどのパネルに地図が隠れてるのか、知っている可能性もある」思わせぶりに間を置いた。「それに自分の欲しいものが手に入らないとなると、やつがどれほど悪意をむきだしにするか、言うまでもないだろう」

たしかにそのとおりだ。それに、わたしはちっとも落ち着いてなんかいない。まもなくネブロフに会うと思うだけで、体に震えがくる。いまこうしてジョーダンと向きあっているように、あいつと面と向かわなきゃならないなんて。マリアンナはどうにか笑顔をこしらえた。「心配なんてしてない。グレゴーも、こんなに大勢のラヴェンの優秀な兵士たちも一緒なんだから。前回彼と対峙《たいじ》したときのことを思えば、ずっとましよ」ふっと目をそらした。「すべては一か八かの出たとこ勝負ってことね。万一うまくいかなかったらどうするの?」

「かならずしもうまくいくとは確約できない」ジョーダンが素直に認めた。「だが、これがいま考えられる最良の計画であることはたしかだ。もしもっといい計画を考えつくなら、聞かせてくれ。おまえはおれのことをうぬぼれの強い男と言うが、虚栄心のためにアレックスを死なせるような真似はしない」

彼はわたしを締めだそうとはしていない。むしろアレックスの救出作戦に積極的に参加させようとしている。そう思うと胸の奥がじわりと温かくなって、恐れが少し払拭される気がした。ためらいがちに言った。「さっきのわたしの一撃で、うぬぼれは吹き飛んだはずよ」

ジョーダンの唇の両端が持ちあがった。「なるほど、的を射た考え方だ」真顔に戻って訊く。「それじゃこの作戦に同意すると?」

「アレックスの身の安全のために、これ以上の作戦を思いつかないと言うなら」

「おまえの身の安全を考えた場合も、これ以上の作戦は思い浮かばない」乱暴な口調で言葉を継ぐ。「おまえを危険な目に遭わせたいわけがあるか。おまえさえ同意してくれるなら、グレゴーをネブロフと会わせ、おまえはとっととレンガーに送り返したいところだ」

「ネブロフの目的はジェダラーとわたしだと言ったはずよ。その程度の餌じゃ、彼が食いついてくるわけないわ」小さく身震いした。「だめよ、やっぱりわたしでなくちゃ」

「そうと決まったら、四日後にボードリン草原のこの場所で落ちあおう」

「四日後……」良くも悪くも、四日後にはすべてが終わっているだろう。

マリアンナははるか南のほうに目をやった。カザンとモンタヴィアの国境を示す、紫がかった山並みがくっきりと浮かんでいる。あの山脈の向こうにアレックスがいる。アレックスとネブロフが。

13

　ジョーダンは手綱をきつく握りしめながら、延々と続く兵士の縦列が、彼方の大草原めざして曲がりくねった山道を下っていくのを見つめた。グレゴーになにやら話しかけているマリアンナの髪が、日射しを受けてきらめいている。遠すぎて言葉までは聞こえないが、その顔には笑みのかけらも認められない。そういえばアレックスがいなくなって以来、ついぞ彼女の笑顔を見た記憶がない。それはそうだ、彼女に笑わなくてはならない理由などありはしない。いつ何時《なんどき》弟が殺されるかもしれないという恐怖につきまとわれ、そのうえこのおれが、よりによって彼女が世界でいちばん恐れている男に、おとりとして彼女を差しだすことでその恐怖を増長させた。もとより彼女をあいつのもとへなど行かせたくはなかった。ことさらに危険を強調してみせたのは、彼女が一緒にペクバールに行きたいと言いださないよう仕向けるための戦略にすぎなかったが、かといってネブロフが脅威でないわけがない。

「彼女のことが心配なのね」アナが声をかけてきた。「案ずることはないわ。グレゴーがついているんですから」

「わかってます」ジョーダンは彼女を振り返った。「グレゴーはいつだってわれわれに尽くしてくれる。ときどき不思議に思ったものです、なぜ彼はそこまでしてくれるのかと。それほどの忠誠に値する人間じゃないのに」

「わたしが値しないと言いたいのね」

「そうは言ってません」

「でも内心ではそう思っている」アナは肩をすくめた。「まあ、あなたの言うとおりだわ。わたしは徳の高い女じゃない。でも強い女よ。いままでは自分の面倒は自分で見られます」につこりとした。「なぜわたしが一緒に来ると言い張ったのか、あなたにわかって？　いささか遅きに失してるとは思うけれど、この際、わたしが二度と責任から逃げだすことがないと証明する必要があると考えたの」

「わたし相手に証明など必要ないでしょう」

「あなたに証明したいなんて言ってやしませんよ。あなたがわたしに心を閉ざしてることは百も承知。わたし自身に証明する必要があるのよ」アナは馬の鼻面を方向転換させた。「さあ、おしゃべりはこのぐらいにして、さっさとペクバールへ行って坊やを取り戻しましょう」


二日後、グレゴーとマリアンナは大草原にテントを設営した。さっそくグレゴーはメッセージを携えた使者をペクバールへ送った。翌朝、ネブロフからの返事が届いた。

「彼、ここへ来るの？」マリアンナは手紙に目を通すグレゴーの顔を横からうかがった。

「ああ、やってくる」グレゴーは数マイル先に広がる山麓の丘を眺めやった。「今夜には着くだろう」

「そんなに遅く？　罠かもしれないわ。使者がこんなに早く着いたんだもの、ネブロフだってすぐにも到着してよさそうなものよ」

グレゴーはかぶりを振った。「たぶん、完全に暗くなってから到着するつもりなんだろう。夜のほうがごまかしが利く」

「攻撃してくると？」

「もちろんそうだろう。万一、成功の可能性ありと判断すればな」彼女にやさしく微笑みかけた。「そんなにむずかしい顔をするな。やつにそう思わせないことがおれの役目だ」ふたりから少し離れたところに立っているニコを振り返った。「時間だ。頼むぞ。丘だ」

ニコはうなずき、足早に立ち去った。

「丘って？」マリアンナが尋ねた。

「ネブロフのことだ。キャンプにやってくるといったって、全兵士を引き連れちゃこないさ。ここは開けた土地で周囲から丸見え、それに、やつはカザンの軍にはいちおうの敬意を抱いている。おそらくかなりの数を丘に残し、やつらに急襲をかけさせてこっちの不意を突くつもりなんだろう」

「どうしてわかるの、そんなこと？」

「確信はないが、この地形を考えれば、やつにそれほど選択肢はない。万一おれの読みが正しい場合には、ニコが丘に部下をひそませ、脅威を取り除く段取りになっている」

「いやに自信たっぷりね」

「カザンの国境はつねに他国軍に脅かされてきたし、このあたりの山ならおれたちにとっては庭みたいなものだ。隠れん坊や鬼ごっこは得意中の得意さ。たいていの軍隊は融通が利かなくて反応が鈍いから、この手の攻撃にはなかなか対処できないんだ」

「でも、ネブロフだってこのあたりを拠点としてるのよ」

「ああ。だが、やつの軍はモンタヴィアの征服を目論んだ際に順応性のなさを露呈している。やつは兵の数や武器ばかりに頼って、力ずくで敵をねじ伏せようとしたんだ。想像力が欠如してるというのがおれの読みだ」

マリアンナは体を震わせた。「ほんとにそのとおりならいいけど」

「怖がってるのか」グレゴーは首を振った。「まるで信用ないんだな、おれは。大丈夫、かならずきみを守るよ」

「それはわかってる。だけどなんていうか――」しばし押し黙り、まもなくネブロフと顔を合わせると思うと否応なく襲ってくる恐怖をどう説明したものか、思案した。「臆病者だと思われてるのはわかってる。でも、すべて彼のせいよ。あいつのことを思うと、矢も楯《たて》もたまらず逃げだしたくなるの」

「きみは臆病者じゃない。いつもの自分でありさえすれば大丈夫だ」グレゴーは話題を変えた。「彼が夜まで到着を遅らせるなら、それはそれでこっちにも好都合だよ。部隊を丘に配備するのに手間取ってくれれば、そのぶんジョーダンがアレックスを救出する時間が稼げるってものだ」ふいに表情を曇らせた。「正直、時間はいくらあっても足りないぐらいだ。あの要塞にひとりで乗りこむのは並大抵のことじゃない」

「ひとりで！」マリアンナはさっとグレゴーを振り向いた。「お城にひとりで乗りこむっていうの？　部隊で攻撃すると言ってたはずよ」いや、正確にはそう明言したわけじゃない。こちらがそういう仮説を持ちかけたら、否定しなかっただけのことだ。

「包囲するだけの時間がないんだ」

「それにしたって、ひとりなんて」マリアンナは呆然とつぶやいた。

「ときには大軍よりもひとりのほうが安全ってこともある。相手は予想もしていないからな。ジョーダンはヤヌスと落ちあって、アレックスが閉じこめられている場所を教えてもらう。それから壁をよじのぼり、やつらに見つかる前にアレックスを救出する」

「そんなこと、わたしにはひと言も言わなかった。それどころか、ネブロフと会わなきゃならないわたしのほうがよっぽど危険だなんて言ったのよ」マリアンナは体の脇で両手を拳に固め、必死で震えを抑えた。「まともじゃないわ。彼に鳥みたいな真似ができるわけない。見つからずにお城に出たり入ったりするなんて不可能よ」

「これしか方法はない」

「よくもそんなことが言えたものね。もしヤヌスの手に入れた情報が間違ってたら、どうするのよ」

「それでもアレックスは無事だ。彼に危険がおよばないよう、ジョーダンが万全を期するはずだ。ネブロフの部下たちも、あえて人質に危害を加えたりはしないだろう」

「ジョーダンは？」マリアンナはむきになって訊いた。「彼らはジョーダンを殺すのもためらうというの？　そんなことはありえない。捕まえたら最後、躊躇《ちゅうちょ》なく殺すに決まってる」

「ジョーダンはそんなに簡単に捕まったりしないよ。カザンに住んでいたときも、宮殿にばかり閉じこもっていたわけじゃない。われわれの戦いに加わって存分に力を証明してみせた」

「鬼ごっこと言ったわね。あのペクバールで、どこに逃げるというの？　間違いなく捕まって——」恐怖で喉が詰まって言葉が続かない。「彼をひとりで行かせるなんてむちゃくちゃよ」

「彼は是が非でもそうする決意だった。おれが反対したところで止められなかっただろう。アレックスが誘拐されたのは自分のせいだと思いこんでいたんだ」

そして、その罪悪感をあおったのはこのわたしだ。憎まれ口ばかり叩いて彼を追いつめ、出発するというのに見送りの言葉さえ贈らなかった。「彼を追いかけて。助けてあげて」

グレゴーはかぶりを振った。「これは彼が望んだことだ。われわれはわれわれで粛々と計画を進めるしかない。それにいまさら追ったところでもう遅い。間に合いはしない」

つまりはこういうことだ。グレゴーがペクバールに着くころには、いずれにせよ決着はついている。アレックスが救出されるか、ジョーダンが死ぬか。

恐怖で身がすくんだ。胸が締めつけられてまともに息ができない。「とにかく間違いよ、大間違い。彼の身を守るのがあなたの役目じゃなかったの？　だったら、もっと別の方法を考えるように彼に進言すべきだったのよ」

「たとえ間違いだとしても、いまさらどうすることもできないんだ。ジョーダンを助けたいと思うなら、ネブロフが急いでペクバールへ帰ることのないよう、寸分の疑いも抱かせないことだ。やつの馬たちもここまでの長旅で疲れているはずだからな。理由もなくあわてて戻ろうとはしないだろう」

逆を言えば、ペクバールで起こっている事態を悟られたら最後、たとえ馬たちが道中で力尽きて死のうが大急ぎで戻るということだ。「急いだって間に合うわけないわ」

グレゴーの目が細くなった。「お月さんみたいに真っ白な顔をしてるじゃないか。なぜそんなに不安がる？　万一ジョーダンが死ぬようなことがあれば、きみは自由の身になるんだぞ。それが望みじゃなかったのか？　もちろん、アレックスの救出に関しちゃ、残るわれわれで別の方法を考えなけりゃならなくなる。そうなれば簡単な話じゃないが、かならずやり遂げてみせる」

マリアンナはくるりと後ろを向き、自分のテントに潜りこんだ。親切心にせよあれこれ詮《せん》索《さく》してくるグレゴーと、これ以上顔を合わせてはいられなかった。丸裸にされたようで、ひどく頼りない気分だ。手足が震え、恐怖のあまり胃がむかついて吐き気さえ覚える。

ジョーダンが死ぬかもしれない。

アレックス以外の人間の命が危険にさらされるなどとは、これまで考えないようにしてきた。というより、罪悪感と怒りに押し潰されそうで、とても――

罪悪感？

マリアンナは力なく目を閉じた。じわじわと現実が胸に迫った。そうだったんだ。わたしがジョーダンをことさらに非難したのは、自分自身の罪悪感を背負いきれそうになかったから。あのときすでに心の底ではわかっていた、ダルウィンドに無理やり連れていかれたわけじゃないことを。あそこに向かったのは、はじめて会って以来容赦なく引きつけられていくジョーダンの魅力にもはや抗《あらが》うことができなくなったから。その気になれば、ジョーダンにとことん噛《か》みついて、アレックスが連れ去られた場所を突き止めることもできたはず。なのに、それさえもしなかった。もしあのとき、みずからを戒めて誘惑に乗ることさえなかったなら、アレックスのそばにいて彼をどんな悪からも守ってあげられたはずだ。

　ジョーダンに罪があるとしたら、わたしだって彼と欲望を分けあったぶん、罪があることになる。

　そのうえ彼に見送りの言葉さえかけず、ひと言も言葉を交わさないまま、旅立たせてしまうなんて。

　ああ、神さま。どうか彼を死なせないで。

「落ち着け」グレゴーがマリアンナの耳元で囁《ささや》いた。「やつには指一本触れさせない。おれがいつだってそばにいる」

　マリアンナは思いきり息を吸い、松明を掲げる騎手の一団が近づいてくるのを見守った。ネブロフがバンガローへやってきたあの晩も、兵士たちは手に手に松明を掲げていた。火明かりがネブロフの顔を浮きあがらせ、彼の顔に見覚えのあった母親は、急いでマリアンナとアレックスを森の奥へ避難させたのだ。

　その男がいままた近づいてこようとしている。

「なにも言う必要はない」グレゴーがさらに語りかけてくる。「かわりにおれが話す」

　いよいよネブロフが間近に迫り、マリアンナのところからもその顔がはっきり認められた。

怪物然とした顔つきではなかった。むしろどちらかといえば繊細なほうか。黒い瞳は大きく、深い感情を湛えていると言ってもいい。茶色がかった艶やかな顎髭《あごひげ》はつんつん伸びて、逆三角形の顔をさらに細長く、薄い唇をいくぶんぷっくりと見せていた。

「ひさしぶりだな、ダメック」目の前までやってくると、彼は手綱を引いて馬を止めた。優雅な物腰でするりと鞍から滑りおりる。小男だった。マリアンナと比べてもほんの数インチ高い程度だ。磨きあげられた黒のブーツから毛皮飾りのついた上品なグレーのマントまで、神経質なほど隙のない出で立ちだ。その目がマリアンナのほうを向いた。「これが問題の娘か？」

「初対面じゃないはずだが」グレゴーが身振りでテントを示した。「なかに入ったらどうだ？　夜は冷えるし、おまえに凍え死んでもらっちゃ困る。まあ、身の危険を感じるというなら話は別だが」

ネブロフは雌鹿のなめし革の手袋を脱いで、ベルトにはさんだ。「身の危険など感じるものか。万一わたしになにかあれば、即刻子供を殺すように指示してきた」もったいぶった歩き方で先に立ってテントに入ると、もう一度振り返ってマリアンナをしげしげ見た。「聞いていたよりずっと整った顔をしている。ドラケンのやつ、さぞかしいい思いをしたんだろう。目的のものを手に入れてみたら、ついでに思いもかけないお楽しみがついてきたというわけか」いっとき押し黙った。「母親もいい女だったが、あのときは頭に血がのぼって、お楽しみどころじゃなかった。娘のほうがおとなしくて扱いやすそうだな」

おあつらえ向きの怒りがマリアンナの体を貫いた。おかげで口がきけないほどの頑なな恐怖もすっかり溶けてくれた。「母さんの話はしないで」

ネブロフの眉が持ちあがった。「ほう、思ったより骨がありそうじゃないか。言ってみろ、閣下にどんなテクニックを教えてもらった？　わたしも楽しませてもらえそうか？」

「ここへ来たのはジェダラーのためじゃなかったのか」グレゴーが話を引き戻した。「少年はどこだ？」

「わたしが連れてくるとでも思ったのか？　そこの丘の安全な場所に置いてきたよ。交渉が無事にまとまるまでここへ連れてきてはならんと言い置いてな」マリアンナに向かってにたりとすると、不揃いの小さな歯があらわになった。「ドラケンの説得に応じて新たにジェダラーを作ってくれたと聞いて、ほっとしたよ。なにしろ時間の節約になる。で、どこにある？」

「アレックスはどこ？」

「だから言っただろう、置いてきたと――」途中まで言うと、やにわにテントの入口に歩いていった。「コステーン」入口から声を張りあげる。「行って、ガキを連れてこい」

マリアンナがはっとおののき、グレゴーのほうをちらりと横目で見た。わたしたちの読みが間違ってた？　ネブロフはアレックスを連れてきていた？

グレゴーはほとんどそれとわからない程度に、首を横に振った。

罠だ。ネブロフはアレックスを要求されることを承知のうえで用意を周到に整え、わたしたちを騙《だま》すつもりでいる。そうグレゴーは判断しているのだ。

「コステーン？」グレゴーがおうむ返しに訊いた。見る間に表情がこわばり、傷跡の残る顔はランプの明かりに浮かびあがってぞっとするほどの迫力だ。「ここへ連れてくりゃよかったものを。彼とはぜひともう一度会いたいと思ってた」

「マーカスから聞いたよ、おまえの怪我のことは」ネブロフがあっさりとかわす。「よほどスタミナがありあまっていると見える。殺したはずだと言っていたのだが」

「たしかにやつは命令に従おうと必死だったよ」

ネブロフは無視し、素知らぬ顔で続けた。「さてと、こっちは人質を連れにいかせた。そっちはどうする？　ぐずぐずと泣き言を言いつづけるか、ジェダラーを見せるか？」

「取ってくるわ」マリアンナはテントの奥に置かれたテーブルに近づき、その下から一枚のガラスパネルを引きだした。灰色の石壁を伝いのぼる、深紅のバラが描かれている。

「よこせ！」ネブロフは彼女を追いかけて、パネルを引ったくった。ランプの明かりにかざし、バラの花、四角い石材、棘のある蔓《つる》や葉が絡みあった構図を、熱っぽい目でひとつひとつ丹念に追う。「こいつかもしれないし……」

ジェダラーがこれほど小さいことに彼は驚いていない。泡を食ったのはマリアンナのほうだった。背筋がぞくりとする。ネブロフは予想していた。誰もがジェダラーは『天国に続く窓』全体を意味するものだと思いこんでいるのに、ネブロフは知っていた、地図はわずか一枚のパネルのなかに隠されていることを。ジョーダンよりも詳しい情報を手にしているのは明らかだ。それにしても、どこまで知っている？

「あるいはこいつはただのクズかもしれない」ネブロフはマリアンナの顔をとくと見据えた。「わたしに一杯食わせようという気か。そんな真似をしてただですむと思うのか？」

マリアンナは必死に声を落ち着けた。「まさか。弟の命がかかってるのよ」

「報告によればおまえは弟想いの姉ということになっているが、ドラケンに利用されてないともかぎらない。やつの誘惑に引っかかったとコステーンも言っていた。そうなると女なんてのは、義務など忘れて男のもとへ走るのが常だ」ネブロフは口をすぼめ、ひとしきり思案にくれた。「ドラケンが自分からジェダラーを差しだすとは思えんな。まれに気弱になったりもするが、ばかじゃない」

「わざわざおれたちがここに来てるんだ」グレゴーが色めきたった。「彼はあの少年の件について責任を感じてる。ただし言っておくが、アレックスが戻ったあかつきにはジェダラーの奪回を狙わないとは約束できないぞ」

「それはどう考えても面倒だろう」ネブロフは乗ってこなかった。「違うな、わたしの読みはこうだ。ドラケンのやつは、わたしがジェダラーを受け取り、ガキを解放し、さっさと立ち去るだろうと考えている。そうなりゃ小娘は感謝感激、大喜びで協力を申し出、ジェダラーとザヴコフを組みあわせてみせるという寸法だ」

「ザヴコフ？」グレゴーが訊いた。

ネブロフの眉が弧を描いた。「ほう、ドラケンから聞いてないのか？」マリアンナに目を転じる。「だがおまえはドラケンにすべてを話した。そうだろう？　あの男は女から欲しいものを奪い取ることにかけては天才的という話だからな。間違いない。やつは知っている。錠《じょう》のない鍵などなんになる？」目を細め、顔色を失ったマリアンナをじっと見た。「どうした、驚いたか？　わたしを騙そうとしてたのに残念だったな」

「ザヴコフのことをどうやって知ったの？」

「それはそれは長く複雑な道のりだったよ。カザンに数人の密告者を置いてはいたんだが、聞こえてくるのは噂ばかりだ。ジェダラーだけでなく、金貨や宝石のたぐいがわんさと詰まったトンネル内の小部屋についてのな。そこでモスクワに行った。ロシア皇帝パーヴェルの顧問のひとりが、トンネルを建設した現場監督らの取りまとめ役だったという話をつかんだものでね」渋い顔をする。「たやすい仕事じゃなかった。おまえのじいさん、ばあさんと同じで、やつも命を狙われていたんだ、知りすぎたという理由でな。そこで暗殺者を金で丸めこみ、田舎に逃げてじっと息をひそめていた。いまとなっちゃえらく昔の話だというのに、なかなか口を開こうとはしなかったよ。だがどうにか説得して情報を聞きだし、その後、彼は不幸な死を遂げた」ひと息ついて続けた。「やつは言った、ジェダラーは、最初から答えの半分にすぎなかったと」

グレゴーが考えこむような目つきをマリアンナに向けた。「なるほど」

「つまりはこういうことだ。たとえこのパネルが本物だとしても、これだけでは充分じゃない。パズルを組み立てることのできる人間を手に入れなければならない」ネブロフはにやりとした。「まあ、普通はこう考えるだろうな。ジェダラーを作った人間が、この難題を解決する方法を知っていると」

マリアンナは唇を濡らした。「もしも、わたしができなかったら？」

「不幸な事態を招くだろう……おまえにとって」

「敵のキャンプで脅しをかけるのは、あまり利口なこととは言えないぞ」グレゴーが横やりを入れた。

「身の危険を感じる場合はそうだろうが、あいにくわたしの身はすこぶる安全だ」マリアンナをひたと見据えた。「こいつが本物じゃないなら、すぐにも本物を持ってきたほうが身のためだぞ」

「安全だなんてどうして言える?」グレゴーがまた言った。「つまりはこういうことか? コステーンの任務は少年を連れてくることじゃなく、丘で待機する部下たちに攻撃を命じることだったと?」

ネブロフの表情に一瞬警戒の色がかすめた。「わたしが休戦協定を破るとでもいうのか?」

グレゴーが高笑いした。「当たり前だ。それ以外に考えられるか。だからこそこっちも予防措置を準備した」

「予防措置など、なんの役にも立ちはせん」ネブロフが勝ち誇ったように言った。「うちの軍は圧倒的に数でまさっている。不意打ちを狙ったのは事実だが、まあ、いまとなればどうでもいいことだ。いまこの場で降服すれば、命だけは助けてやってもいいぞ」

「それはまた親切なこった」グレゴーが応じた。「だが、ここはしばらく様子を見ようじゃないか。コステーンが丘からどんな報告を持って帰ってくるか。それを待ってからあんたの好意に与《あずか》ってても遅くはないだろう」大股でテーブルに近づき、ワインのボトルに手を伸ばした。「こんな話ばかりしてると、喉が渇いてしかたがないな、どうだ、マリアンナ?」

マリアンナは首を振った。

「悪いがひとりでやらせてもらうよ、閣下。自領内とはいえ、敵をもてなす習慣はわれわれにはないもんでね」にこやかに微笑んだ。「なぶり殺すというなら喜んでやらせてもらうが」「のんびりワインなど飲んでる場合じゃないと思うがな。丘まではほんの二、三マイル。すぐにもうちの兵がいっせいにやってくるだろう。わたしの指示を首を長くして待っていたのだから」

グレゴーは木製のゴブレットにワインを注いだ。「それじゃ外に出て、おのれの悲惨な最期を待つとするかな」マリアンナのほうに手を振った。「きみも一緒にどうだ？　ひとりで死ぬのだけはどうにも恐ろしくてね」

「ふざけやがって」ネブロフがうなった。「いまに見ていろ――」

叫び声が外であがった。

グレゴーははっと身構え、一瞬にして笑いをおさめた。

ネブロフがうなずく。「ほら見ろ。始まった」

「こうなった以上は覚悟するしかないだろう。きみはここにいろ、マリアンナ。孤独な死もまた意義深いってものだ」

すでにマリアンナは彼の傍らに立っていた。「わたしを誘ったのはあなたでしょう。こんな腐ったやつと一緒に残るよりもずっとましよ」

「それもそうだ」グレゴーは怒りで土色になったネブロフの顔をちらりと振り返った。「あんたも一緒に来て、彼女を守ったほうがいいんじゃないのか。大切な情報源だ、万一どさくさにまぎれて殺されでもしたら大ごとだ。その手の失態は得意中の得意だからな」ちっちっと舌打ちしてみせる。「窓は壊すわ、せっかくの人質は情報を吐かせる前に死なせちまうわ。

こうなると悲惨というよりも滑稽《こっけい》だな」

ネブロフは顔を真っ赤にし、ずかずかと出口へ向かった。「じっくり時間をかけて殺してやるからな、覚えておけ。おまえはスタミナがある。まるまるひと月生かさず殺さず、苦しませるのもいいかもしれん」得意満面で、キャンプの端のほうに目を向けた。数人の兵士が立ちふさがって状況が見て取れない。「かならず後悔させて——」途中ではっと口をつぐむ。しばらくして低く悪態をついた。

ネブロフの視線の先に目をやって、マリアンナは呆然と立ちつくした。群衆がふたつに割れ、そのあいだをひとりの騎手が進んでくる。後方には一頭の馬を従えていた。傍らに立つグレゴーが安堵のため息を漏らすのが聞こえた。

「ニコ」馬乗りが近づいてくると、グレゴーは前に歩みでた。「万事うまくいったんだな?」

ニコはうなずいた。「四人が逃走。八人を拘束。死者はまだ数えていません」

「おみごと。ということは——」ニコが従えてきた馬の鞍にちらりと目がいった。顔がこわばった。「なんだ、これは?」

そう言われてはじめてマリアンナは、馬の背に乗せられた身の毛のよだつような荷物に気づいた。ネブロフの軍の揃いの服を身につけた兵士が、だらりと鞍の上に横たわっている。

ニコがにやりとする。「贈り物です」

グレゴーは馬に近寄り、血に染まった髪の毛に片手を突っこんで、男の顔を持ちあげた。低く毒づく。「コステーンか」

ニコがひときわ大きく顔をほころばせた。「ひと突きしてやったら、ブタみたいにキーキ悲鳴をあげてましたよ」

マリアンナはごくりと唾を呑み、胃のあたりにきざした吐き気を和らげた。

「おれを騙したな、ニコ」グレゴーがすごんだ。「こんな贈り物、頼んだ覚えはないぞ」

「あなたへの贈り物だとは言ってやしません」ニコが平然と言う。「ラヴェンへの贈り物ですわ。コステーンの首を獲った兵士には金貨ひと袋をくれるとおっしゃったもんで」鼻に皺を寄せる。「といってもラヴェンのもとに届けるころにゃ、芳しい香りの贈り物ってわけにはいかなくなる。やっぱりここへ置いていくしかないですかね。よかったら、おれの手柄を証明してくれませんか?」

「ああ、いいとも」グレゴーが渋い顔で請けあった。「いっさい漏らさずラヴェンに報告してやる。約束するよ」

ネブロフは呆然とコステーンの死体を見つめていた。「間抜けめ」憤然と吐き捨てる。「くそっ、どいつもこいつも腰抜けばかりだ」

「さっさと立ち去ったほうが身のためだぞ」グレゴーが威嚇《いかく》した。「いまのおれはちょいとばかり機嫌が悪くてね。おまえがまだアレックスの命を握ってることも忘れて、もうひとつラヴェンのために贈り物を用意しかねない」

ネブロフはずっと握ったままのパネルに目を落とした。「これはジェダラーじゃない。そうだな?」

「そうよ」マリアンナがあっさりと認めた。「ジェダラーじゃない」

「いやに素直に認めたもんだな」

「知っておいてもらいたいからよ。あなたはなにも手に入れられずにこの場を去るんだってこと、そしてこれから先もアレックスをめぐって、わたしたちと取引しなければならないってことを」

「一か八かの賭けに出たわけか」

「あなたがアレックスを連れてくる可能性もあった。やるしかなかったわ」

「ドラケンのために弟の命まで危険にさらすとはな」ネブロフの唇がゆがんだ。「やつに入れあげて、やつのためならなんでもするというわけか？ よほど惚れたようだな、あのろくでなしに」

マリアンナは無視を決めこんだ。

「惚れたのか？」

「なぜわたしの気持ちをあなたに説明しなきゃならないの？ 今回の件とはなにひとつ関係ないわ」

ネブロフは疑わしげに目を細めた。「いや、大ありだ。なぜそう認めたがらない？」

彼はわたしがこれほどの賭けに出た動機を探ろうとしている。ここで彼の思惑どおりに認めなければ、別の方向に探索の矛先を向けるだろう。そうはさせられない。この場で彼を納得させなければ。ジョーダンのためにとことん時間稼ぎをしなければ。

マリアンナはネブロフとまともに目を合わせ、決して口にすまいと決めていた言葉を言い放った。あまりにも不慣れで棘のように心を突き刺す言葉。「彼を愛してるわ」

ネブロフの目が一瞬、値踏みするように彼女の顔にとどまった。「ばかな女だ。弟の命まで差しだすほどのおまえの情熱が報われるといいがな」

グレゴーがかぶりを振った。「ジェダラーをもたらしてくれる貴重な人質を殺すというのか？ あの少年が生きているかぎりは、マリアンナだっておまえの命令に従わざるをえないかもしれないんだぞ」

「無理やり従わせる方法なら、ほかにいくらでもある」ネブロフは冷笑した。「あんなことにならなければ、こいつの母親にしろ口を割ったに決まっている」

「母さんがあんたなんかになにも言うもんですか」マリアンナが激高した。「わたしも同じよ。アレックスを殺してみなさい。金輪際、あんたの手にジェダラーは渡らない」

ネブロフの顔にちらりと不安がかすめた。「さあ、どうだかな。その言葉、とくと考えさせてもらおう。もう一度おまえと取引するか――」薄気味の悪い笑みを浮かべ、馬にまたがる。「あるいは弟の首を送り届けるか。せいぜい楽しみに待つんだな」バラの花のパネルをマリアンナの目の前に放り投げた。粉々に砕け散りはしなかったものの、左上の隅に大きな亀裂が入った。ネブロフが前方に馬をうながすと、前脚の蹄がぐしゃりとガラスを押しつぶした。「こんな具合にな。よく覚えておけ」

そして馬を方向転換させるや、キャンプから駆けだしていった。

「そんな顔をするな」グレゴーがやさしく声をかけてきた。「大丈夫、殺しはしない。ただきみを苦しめたいだけだ」

マリアンナは足元に散らばったガラスの破片を見下ろした。深紅のバラの花が、地面にしたたった血痕のようにきらめいている。「もう充分苦しめられたわ」少し離れた馬の背に、だらしなく横たわったコステーンの体を見つめた。あれがネブロフだったらどんなにいいだろう。あの悪夢のような夜以来、ずっとネブロフの影に怯《おび》えて生きてきた。いかなる瞬間であろうと、あいつが影を落とさなかったときはない。けれど、その恐れはいま、怒りに取ってかわられようとしていた。あいつは母さんを殺しただけじゃない。今度はジョーダンとアレックスまで殺すかもしれない。こんな悪夢、なんとしても終わらせなければ。

「すぐにもキャンプを解体しよう」グレゴーが言った。「ネブロフがペクバールに到着するまでに、モンタヴィアから出て、せめてボードリン草原へ向かう行程のなかばには達していたい。アレックスがいなくなったと知ったら、ネブロフのやつ、頭から湯気を出して、部隊の先頭に立って追いかけてくるだろうからな」

「もしアレックスがいなくなってれば」マリアンナがぼんやりと言った。もしジョーダンが死んでいなければ。

その考えはあらためて彼女のなかに恐怖を呼び起こした。昨夜は恐怖を押しこめようとして、ひと晩じゅう眠れないままに過ごした。なのにそれはまた歴然と存在して、じっとこちらの顔をうかがっている。ジョーダンはもう死んでいるかもしれない。そのことをわたしが知らないだけかもしれない。お城に忍びこんだものの捕まって――

ふと、自分自身に腹が立ってきた。なんて情けない格好なの？　ネブロフにこうむった心痛や悲嘆を、そっくりそのまま彼に突き返してやるんじゃなかったの？　ジョーダンほど頭の切れる人はこれまで出会ったことがない。状況いかんにかかわらず、ひとりできっとアレックスを救いだしてくれる。どんなに小さな勝利だろうが、これ以上ネブロフに手渡すのはお断りだ。マリアンナはそっけなくうなずいた。「あなたの言うとおりよ、グレゴー。すぐにカザンに向かって出発だわ」

「カザンに着いたら、真っ先に元気な姿のジョーダンが出迎えてくれるさ。信じよう、マリアンナ」

マリアンナはちらりと彼の顔を見た。憐れみと思いやりにあふれた顔。ジョーダンを愛しているとネブロフに言ったときも、彼はそこにいた。あれは嘘だった、ネブロフを足止めするための戯言《ざれごと》だった。いっそそう言ってしまいたかった。でもそれはできない。あのときネブロフが納得したのは、わたしの言葉に真実を嗅ぎ取ったからだ。いまさらどんなに否定しようと、わたしのことを知りつくしているグレゴーが騙されるわけない。

「彼には黙っててくれる？」マリアンナはたどたどしく訊いた。

グレゴーがゆっくりとうなずいた。「われわれはすでにきみから、多くのものを奪った。すまない、マリアンナ」

彼が謝っているのはつまり、この愛には幸せも希望も望めないとわかっているからだ。申し訳ないと思うのはつまり、ジョーダンはキャンバロン公爵で、わたしはしがない職人にすぎないからだ。ジョーダンの情熱がやがては消え失せ、わたしは灰とともに取り残されるからだ。マリアンナは無理やり笑顔をこしらえた。「謝ることないわ。ネブロフの言ったとおり、わたしがばかなの。ばかな女相手に謝るなんて無駄というもの。考えなおそうだなんて思うわけがないんだから」

くるりと背中を向け、テントのなかへ消えた。

「気に入らないわ」ラヴェンが言った。「こんなばかげた作戦だったなんて、ひと言も聞いていなかったじゃないの。知ってたら、レンガーから一歩も外に出さなかったものを」丘を下った先に見える城に目を向けた。「こうなったら一緒に行くしかないわね」

「あなたはここにいてください」ジョーダンが語気を強めた。「あなたは自分の決めた作戦以外はすべて役立たずだと思ってる。そんなふうに思われたままじゃ、意地でも死ぬわけにいきませんからご安心を」

「ひとりでいったいなにができるの？　こんなもの作戦でもなんでもないわ」ヤヌスを振り返った。「ここを守るネブロフの兵はどの程度？　包囲するとしたらどれぐらいかかる？」

ヤヌスは肩をすくめた。「二週間はかかるかと」

「そんなもの待ってられるか」ジョーダンが口をはさんだ。「それに、ひょっとしたらネブロフのやつ、攻撃を受けたら即アレックスを殺すよう命令を下してるかもしれない」ヤヌスを一瞥する。「アレックスは南壁近くの塔に閉じこめられているんだったな？」

ヤヌスがうなずいた。「扉には鍵がかかってないし、真夜中のきっかり十五分だけなら護衛もいないことになっている」

「護衛たちがあなたからお金を受け取って、なおかつジョーダンの首も獲ろうと狙っているとしたらどうするつもり？」ラヴェンが詰め寄った。「賄賂《わいろ》なんてものはいつだってあてにならないのよ」

「おっしゃるとおりです。それにやつらはネブロフをひどく恐れている」

「ほらごらんなさい」ラヴェンが勝ち誇ったようにジョーダンに言う。

「あなたにとってはかえって好都合じゃないですか。どこからともなくやってきて、わたしを救う役を演じられる」ジョーダンは背中を向け、険しい丘をおりはじめた。「そうなればすべてがめでたし、めでたしだ」

「わたしはそんなこと――」

もはや彼の耳には届いていない。アナは両手をきつく握りしめ、影のようにすばやい身のこなしで遠ざかっていく息子を目で追った。なぜ彼はわたしの言うことに耳を貸そうとしないのか。いっそのこと、護衛隊長に連絡して、あのわからず屋を止めてもらおうか、手遅れになる前に。

もしそんなことをすれば、彼は一生、わたしのことを許さないだろう。

けれどもしそれをやらなければ、わたしは夜明け前に息子を失うことになる。

グレゴーなら彼をひとりで行かせるように言うだろう。この自分が充分な訓練を授けたのだ、あの塔からひそかに少年を助けだすような芸当ができるのはジョーダンしかいない、と。ここは息子としてではなく、兵士のひとりとして扱うべきだと説教を垂れるだろう。

でも、彼は兵士のひとりなんかじゃない。わたしの息子なのだ。

アナは夜空を見上げた。月は雲に隠れて見えないが、それもいつまで続くかあてにならない。これもまた、ラヴェンといえども手の下しようのない問題だった。

このわたしをもってしてもどうにもならないだなんて、まったく腹が立つ。

ジョーダンが重たい鉄の扉をそろそろ開くと、苦しげなきしみが漏れた。静寂のなかでその音は雷鳴のように耳に響いた。すばやく後ろをうかがう。城壁のあたりに立つ護衛たちはなにごともなかったように、無駄話に興じている。

一歩、独房に足を踏み入れた。

とたんに胸くそが悪くなるほどの腐敗臭が襲ってきた。

アレックスはどこだ？　大声で叫ぶわけにはいかない。もう一歩、歩を進め、暗闇に目を凝らした。

部屋の隅。それもいちばん端っこに、小さな人影のようなものがうずくまっている。

ジョーダンはいさんで足を踏みだした。とたんにブーツがずぶりとめりこんだ。どうやらここは藁《わら》と糞《ふん》の捨て場と化しているらしい。にわかに怒りがわいた。くそっ、こんなゴキブリも棲《す》めないような場所に小さな子供を閉じこめやがって。

ようやくアレックスの目のきらめきが見て取れる距離までやってきた。かわいそうに。さぞかし怖い思いをしているだろう。声をかけて励ましてやりたいところだが、それはあまりにも危険だ。もう数歩近づいたところで、思いきって小声で――

突如、膝頭に激烈な痛みが走った。

ジョーダンはうめき、大きくよろめいた。

続けざまにもう一発、アレックスは憎らしいほどの正確さで別の膝を殴りつけてきた。

たまらずジョーダンは床に倒れ、やみくもに手を伸ばした。アレックスが脱兎《だっと》のごとく戸口に駆けだすのが見える。少年の足首を引っつかみ、バランスを崩したところで床に押し倒した。

アレックスがしゃにむに暴れまわり、彼の手を振りほどこうとする。

「アレックス！」ジョーダンが切羽詰まった声を出した。「やめろ！　ジョーダンだ」

アレックスの動きが止まった。「ジョーダン？」

「もう少しでその亡骸《なきがら》になるところだったがな。なにを手に持ってる？」

「スツールの脚をはずしたんだ。やつらの仲間だと思って」

ジョーダンはアレックスの足首から手を離した。こんなことをしてるあいだに、どれぐらい時間を無駄にしただろう？「すぐにここから出るぞ。護衛たちがじきに戻ってくる」

アレックスが早くも扉に向かおうとする。

「待て」ジョーダンは立ちあがり、よろめく足で彼の前に進んだ。「おれの後ろにいろ」

「どうやってここから出るの？」

「南壁を乗り越える」

ふたりは中庭に達した。見晴らしのきくこの場所から眺めると、四〇フィートの高さの壁はどうにも乗り越えがたい壁に見える。泣き言のひとつでも口にするかと思いきや、アレックスは黙って後ろからついてきた。やがて、先ほどジョーダンが壁をよじのぼる際に使ったロープに到達した。

「まずはおれが上までよじのぼる」ジョーダンが小声で説明する。「おれがてっぺんに着いたら、おまえはロープの端を腰にしっかり巻きつけるんだ。終わったらロープを引っぱって合図しろ。そしたら引きあげてやる。できそうか？」

アレックスはうなずいた。

ジョーダンは両脚を壁に突っぱって、のぼりはじめた。残り時間はどれぐらいある？　猶予の十五分はそろそろ終わりに近づいているはずだ。壁の頂上に体を引きあげるや、下を見下ろした。

アレックスはすでに腰にロープを結びつける作業に入っていた。ほどなくロープがぐいと引っぱられた。

ジョーダンはアレックスを引きあげにかかった。少年の体は恐ろしく重く、ようやく頂上に引きあげ終えたころには、激しく息があがって、城壁にいる護衛たちの耳にまで荒い息づかいが届くのではないかと不安になった。

「さあ、ここからがむずかしいところだ」アレックスの腰からロープをほどいてやりながら囁いた。「とにかく急いで行くぞ。まずはおれが先におりる。四分の一ほどに達したところで、おまえも続いておりてくる。両脚を壁に突っぱって、ロープをしっかり握るんだ」

アレックスの目が見開かれた。「そんなの、ぼく――」大きく深呼吸をひとつ。「ジョーダンはすぐ下にいてくれるんだね？」

ジョーダンはにやりとしてみせた。「ああ、ぴったり下についてる。おまえがロープから手を滑らせたら、おれまでぺしゃんこだ」さっそく壁の外側を伝いおりはじめた。

四フィート。

六フィート。

一二フィート。

動きを止め、アレックスに向かって手を振った。

アレックスは躊躇していた。じっと地面を見つめたまま動かない。

無理もない。彼はまだほんの七歳だ。ここは自分が戻るしかないと覚悟を決めたとき、アレックスがロープをおりはじめた。

ジョーダンはほっと安堵のため息をついた。アレックスが間近まで迫ってくるのを待って、自分もふたたび動きはじめる。

二五フィート。

三〇フィート。

城壁の方角から叫び声があがった。

「急げ！」ジョーダンはアレックスに向かって叫んだ。やつらに見つかったとなれば、遠慮して声をひそめていても意味がない。ついに地面におり立った。「飛ぶんだ！　おれが受け止めてやる！」

アレックスはロープから手を離すや、ジョーダンの腕のなかに落ちてきた。

「ジョーダン、やつら撃ってくるよ！」城壁のほうを見やって叫ぶ。

ジョーダンは彼を地面におろし、かわりに手首をつかんだ。「丘をめざして走れ！」

険しい坂を駆けのぼりながら、ちらりと後方をうかがう。兵士たちが城門からどっと押しだされてきた。

銃弾がヒュッとうなりをあげ、ジョーダンの耳をかすめる。

少なくとも連中には、騎馬攻撃を仕掛けてくるだけの時間はなかったということだ。となれば、あと数分頑張れば、射程外に抜けだせるだろう。そして丘の頂上に待機させた馬までたどり着ければ、ひと安心だ。ラヴェンの馬に追いつくことは、相手が誰だろうがまず不可能だ。とにかくいまはなんとしても銃弾からアレックスを守って――

ラヴェン！

「くそっ！ なにをやってるんです！ 早く戻って！」ジョーダンが叫んだ。

彼女は意に介することなく、二頭の馬を牽引して全速力で丘を駆けおりてきたかと思うと、自分のまたがる雄馬の手綱を思いきり引いた。「彼らに見つかったわ！ だからこんなばかな作戦――」

「黙って」ジョーダンは怒りを嚙み殺して言った。小さなほうの馬の背にアレックスを放りあげ、馬の尻をぴしゃりと叩く。馬は丘の上で待つラヴェンの軍をめざして駆けだしていった。「ここから出るんだ！」

ラヴェンの目がぎらついた。「あなたのほうこそ、さっさと出なさい！」

鞍にまたがろうとするジョーダンの脇を、またしても銃弾がかすめた。「言われなくても、そうするつもりです。あなたさえ――」

ついで飛来した銃弾のうなりは彼の耳には聞こえず、おののくように見開かれたラヴェンの目だけが視覚に入った。

「ジョーダン！」

14

ボードリン大草原のやせ地に羽を広げたいくつもの赤いテントは、庭園と間違えて砂漠におり立った鮮やかな蝶の群れのように見えた。

大勢の人影がうごめいているのは見えるものの、遠すぎてひとりひとりの顔までは判別できない。どれもがジョーダンのような気もするし、どれもが違うような気もする。

「もしアレックスたちがまだ着いてなかったら?」マリアンナがこわごわ訊いた。

「大丈夫、着いてるさ」グレゴーは丘を下りはじめた。「さあ、おいで。きみの大事なアレックスを見つけにいこう」

マリアンナは馬の脇腹を軽く蹴り、速足で走りだした。心臓が激しく胸を打ち、手のひらが冷たくなってじっとり湿っている。大丈夫、心配はいらない。神さまは、アレックスやジョーダンが死んで、あの怪物が生き長らえるようなことは許さないはずだ。

もっとも、母さんが死ぬのは黙って見ていたけれど。

いよいよ近づくにつれ、マリアンナは出迎えに集まってくる群衆の顔をひとりひとり見極めた。ジョーダンはいない。アレックスもラヴェンの顔もなかった。

そうだ、テント。みんなはテントのなかにいるのよ、きっと。簡単に見つからないからといって、ここにいないことにはならない。ラヴェンの軍がペクバールに彼らを見捨ててくるわけがないし――

「マリアンナ」

アレックス！

彼は数ヤード先に立っていた。ぼろぼろのズボンとシャツを身にまとい、両手で木製のたらいを抱えて満面の笑みを湛《たた》えている。

マリアンナは馬から滑りおりると、群衆をかき分けてその小さな姿めざしてひた走った。あれじゃジプシーの少年そのものだ。涙ながらに思う。くしゃくしゃの黒い巻き毛もぱっちりした黒い瞳も。

「アレックス！」膝をつき、両腕に彼の体を抱えた。「アレックス、ああ――」

「離してよ。息ができないよ」アレックスがつれない言い方をする。言葉とは裏腹に、両腕でしっかりと彼女を抱きしめた。「泣かないで、マリアンナ。ぼくは大丈夫だから」

マリアンナは彼の頬に自分の頬をぴったりと押しつけた。両腕で抱きしめると壊れそうなほど華奢な体。こんな感触、ずっと忘れていた気がする。

「顔がびしょびしょになっちゃうよ」アレックスが文句を言う。きっと、あちこちでこんなふうに大歓迎を受けたのだろう。

マリアンナは体を離したが、両手はアレックスの肩に乗せたままだった。弟の体に触れていたかった。目の前にいることを確かめていたかった。「ごめんなさい」

アレックスは晴れやかな笑みを浮かべ、涙が伝うマリアンナの頬にそっと指で触れた。

「マリアンナも濡れちゃってる。これじゃふたりとも溺《おぼ》れちゃうよ」

「大丈夫なの？　どこも怪我はない？」

彼の顔が翳り、ついと目をそらした。「ほんの少しだけ」そうつぶやくと、マリアンナの肩越しに、グレゴーに向かって声をかけた。「おかえり、グレゴー。一日遅刻だよ。ぼくたちは昨日の午後、ぴったり約束どおりに着いたんだ」

グレゴーが低く笑った。「たしかに遅刻だ。きみをもてなしてくれた連中と鉢合わせしないように、遠まわりしてきたものでな。会えて嬉しいよ、アレックス」

「ぼくもだよ、グレゴー」アレックスは膝をつき、マリアンナに抱きつかれたときに取り落としたたらいを拾いあげた。「これをジョーダンのところに持っていかなきゃ。傷が――」

「傷！」マリアンナは鋭く息を吸った。「どんな傷？　あなたが怪我したの？」

「違うよ、言ったでしょ、ジョーダンが――」

「ジョーダンが怪我？」マリアンナはさっと立ちあがった。「ひどく悪いの？　どうしてそんな――」

「落ち着いて、マリアンナ」アレックスが諭した。「ぼくの言うことを最後までちゃんと聞かなきゃだめだ」

マリアンナは驚いてアレックスの顔を見た。大人びた、どことなく威厳すら感じさせるしゃべり方。わたしの知ってるアレックスとは大違いだ。あらためて見ると、変化したのは話し方だけじゃない。顔もいくぶんほっそりして、赤ん坊のようなぽっちゃりした感じはなくなっている。剛胆なほどまっすぐこちらを見返してくる目の下には、黒々とした隈が走っていた。

「ジョーダンも怪我なんかしてない」アレックスはくるりと後ろを向いて歩きだし、マリアンナに向かってついてくるように身振りした。「撃たれたのはアナだよ」

「アナ！」今度はグレゴーが一も二もなく馬から飛びおりた。「彼女はどこだ？」

アレックスはキャンプの端に見える大きめのテントを指さした。「銃弾が――」

グレゴーは小声でなにやらつぶやいたかと思うと、一散に駆けだした。

「まったくもう。やっぱりぼくの話を聞かないんだから」アレックスはうんざりした顔で言った。「そんなにひどい怪我じゃないんだ。肩の傷はきれいだから、その状態を保ってさえいればいいってジョーダンも言ってたのに」

マリアンナは努めてなにげない口調を装い訊いた。「それじゃ、ジョーダンは元気なのね？」

アレックスはうなずき、突然、その表情が熱を帯びた。「すごかったんだよ。ふたりでロープを使って城壁をよじのぼって――ていうか、ほんとはジョーダンがのぼって、ぼくを引きあげてくれたんだけど。次は絶対に自分でのぼってみせるんだ」

「次なんてあるわけないわ」マリアンナがきっぱり否定した。

アレックスの表情がまたしても曇り、子供らしい熱中ぶりも消え失せた。「そうだね」

そう応じつつも、内心では納得していないだろう。キャンバロンで手に入れたと思った安穏な生活は潰《つい》え、彼はまた、暖かな毛布だけが命綱だと思うような、かつての冷酷な世界に逆戻りしてしまった。こんなのフェアじゃない。マリアンナの全身を怒りが貫いた。「約束する、もう二度とあんな目には遭わせない。わたしが嘘をついたことがあった？」

「ううん。でもときどき、誰にも止められないような悪いことが起こるんだ。そのことを、ぼく、忘れてた」アレックスはか細い肩をぐっといからせた。「だけど一生懸命やれば、少しはよくすることだってできるんだよね」

この数週間、彼の身にどんなひどいことが起きたというのだろう。この小さな体でよくしようと闘わざるをえないようなひどいことが。「アレックス、あなた――」

「ジョーダンが心配してたよ」アレックスが遮《さえぎ》って言った。「マリアンナは大丈夫だって自分で言ったくせに、昨日の夕ご飯のあとにひとりで丘にのぼったんだ。たぶんマリアンナが来るのを待ってたんだと思う」

「ほんと？　どうしてかしら。彼の言ったことは本当よ。わたしはちっとも怖い目になんて遭わなかった。グレゴーと一緒の旅は、あなたたちみたいな壮大な冒険旅行じゃなかったのよ」

「もし怖い目に遭ったとしても、ぼくには話さないんでしょ」アレックスが訳知り顔で言う。「ぼくが心配するといけないから」

なんて大人びた答え。「そうかしら。わたしはあなたの話をすごく聞きたいけど」

「時間があるときにね」そう言って鼻に皺を寄せる。「いまはアナがぼくを必要としてる」

マリアンナは驚いて彼の顔をのぞいた。「ラヴェンが？」

「アナだよ」彼が訂正した。「アナはぼくの命を救おうとしてくれたんだ。だから、今度はぼくが助けなきゃ」

「だけど、彼女にはお世話してくれる人がたくさんいるじゃない」

アレックスが歯を食いしばった。「ぼくじゃなきゃだめなんだ」遠目にテントを眺めやる。「ほら、ジョーダンだ。たらいを持ってきたよ、ジョーダン」声を張りあげた。「お湯を入れてこようか」

ジョーダン。

彼はテントの入口に立ちつくし、じっとこちらを見つめていた。

「ジョーダン？」アレックスがじれったそうに名前を呼ぶ。

「ああ」ジョーダンはようやくマリアンナから目を離した。「そうだな、そうしてくれ」

「行こう、マリアンナ」アレックスはそう言うと、テントのそばの小さな焚き火の上に吊され、湯気を立てているやかんに走っていった。途中で足を止めて姉を振り返る。「どうして突っ立ってるの？」

マリアンナは自分がなにをしているのかさえ意識がなかった。いまなら頭上から炎が襲ってきたとしても気づかなかっただろう。彼が生きている。元気そうな様子でわたしを見つめ、まるで……

なんだろう、あの表情は。わからないけれど、そんなことはどうでもいい。

彼が生きている。

「すべてうまくいった？」声が緊張しているのが自分でもわかる。

「いや、でもアレックスを助けだすことはできた。それこそが肝心だ」

「そうね」いい加減に彼から目を離さないと。心のなかがそっくりそのまま顔に表れているに決まってる。「ありがとう」

「おまえが礼を言う必要はない。失ったものを取り戻しただけのことだ」ひと息ついた。

「そっちはどんな具合だ？」

「グレゴーから聞かなかった？　すべてあなたの計画どおりよ」

「そういう意味じゃない。おまえは元気かと訊いた」

皮肉っぽさからユーモアへと瞬時にして表情を変える緑の瞳。過去数年、強靭《きょうじん》にして淫《みだ》らで冷淡なほどの才覚の持ち主、ジョーダン・ドラケンとともに生活してきたはずなのに、いまは彼にまつわるあらゆるものが新鮮に目に映る。

ジョーダンは緊張感を漂わせ、目を狭めた。「グレゴーはなにか隠していたんだな。なにがあった？」

わたしにとってはとてつもなく重要で、あなたにとってはなんの意味もないこと。マリアンナは首を振った。「ネブロフともう一度顔を合わせるのは愉快じゃなかったけど、怖くはなかったわ」

「マリアンナ、手伝ってよ」アレックスの声でふいに正気に戻った。「たらいを支えてて」

マリアンナは急いで焚き火に駆け寄り、弟に言われるままに手を差しだした。ジョーダンのほうは振り返らず、アレックスが慎重な手つきでやかんからたらいに湯を移すのをじっと見守る。

いつのまにかジョーダンが背後に立っていた。こちらに触れてこようとはしない。足音は聞こえなかったものの、研ぎ澄まされた直感がとらえる背後の存在感は間違いようがない。

「危なっかしい手つきだな」ジョーダンの低い声。「そんなんじゃ火傷《やけど》をするぞ」彼の両手がすっと前に伸びてきたかと思うと、こちらの手の上に重なった。「手伝ってやろう」

彼の手は温かく力強かった。嗅ぎ慣れた香りが鼻孔を満たす。にわかに体が震えだした。ダルウィンドではじめて降服したときも、こんなふうに彼の手に包まれた。突如、堰《せき》を切ったように記憶がよみがえってきた。「ひとりで大丈夫よ」

「そうだろうが」ジョーダンの声はかろうじて聞き取れるほどだ。「手伝いたい」

アレックスがやかんにひしゃくを戻し、マリアンナの手からたらいを受け取った。「これぐらいでいいかな、ジョーダン？」

「いや、まだだ」言ってから、たらいをのぞく。「ああ、充分だ」両手を脇におろしてあとずさった。「テントのなかに持っていってくれ」

「わたしも一緒に行く」マリアンナがあわてて追いかけた。このまま彼と一緒にいるわけにはいかない。体が震えてまともに立っていられそうにない。もしジョーダンが死んでいたらと思うと、目の前のなにもかもが必要以上にいとしく思えてくる。「どうしてラヴェンは怪我を負ったの？」

「おれとアレックスが壁を伝いおりていたときに警鐘が鳴らされた。彼女には丘で待ってるよう言ってあったんだが、例によって耳を貸すわけもない。ふたり分の馬を引き連れて丘を駆けおりてきたってわけさ」

「あなたの命を救ったと？」

「彼女は自信満々でそう確信している。実際はおれたちが丘まで戻る時間は充分にあったし、正直おれとすれば、アレックスばかりか彼女のことまで心配しなけりゃならない事態は避けたかった」そう言いつつ、破顔した。「でも、みごとな登場ぶりだったよ。おまえには彼女を題材に新たな窓を作ってもらわないとならないな。あのときの彼女はギャラハッド（円卓の騎士のなかでもっとも気高く純潔な騎士）というより、さながらワルキュリヤ（オーディン神に仕える美しい侍女たちのひとり）のようだった」

「撃ったのは誰？」

「護衛のひとりだ。名前はわかってない。とにかく急いでペクバールを脱出するしかなかった」ジョーダンは唇を引き結んだ。「だが、かならず名前を突き止めて、そいつを墓石に刻んでやる」

「ラヴェンの具合はどうなの？」

「アナだよ」テントへ向かいながらアレックスがまた訂正した。

ジョーダンの眉が吊りあがった。「どういうわけか、彼はラヴェンという称号を使いたがらない」

「どうして？」

「さあな」マリアンナが急いでアレックスに追いつくと、ジョーダンもすぐに隣りに並んだ。彼がすぐそばにいる。歩くたびにたがいの太腿がこすれるほどだ。「おまえから訊いてみてくれ」

「わたしが訊いても答えてくれないわよ、きっと」マリアンナは戸惑いを隠さなかった。

「なんだか変わっちゃったみたいだから、アレックスは」

「ああ」

「いったいなにがあったの？」

「さあ、わからない。頑として話そうとしないんだ」マリアンナに一瞥をくれた。「おれがおまえの立場なら、無理やり訊きだそうとはしないよ。心の準備ができたら、彼のほうから話してくれる」

「でもこんなのはきっと……ほんの一時的なものよ」

ジョーダンは黙っていた。

「そう思わない？」

「思わないな」

「あなた、少しも心配してるように見えない。アレックスは彼らに傷つけられたのよ」

「傷つけられたことは心配だが、変化自体は心配していない。おまえが悔やむ気持ちはわからなくないが、いまの彼はずっとたくましくなって、自分を守るすべも持ちあわせている」

突如、くすくす笑った。「やられたらやり返すすべもな」

「やり返すって？」

「そのうちわかる」ジョーダンは脇に避け、彼女が先に立ってテントに入るように促した。

「たぶん、近いうちに」

マリアンナはむずかしい顔のまま、テントに足を踏み入れた。

ラヴェンが寝かされている羊皮の寝床の傍らに、グレゴーがひざまずいていた。アレックスはてきぱきとテント内を動きまわり、たらいを床に置いては、テーブルの上の清潔な布を手に取ったりしている。

グレゴーが顔をあげ、マリアンナに晴れやかに微笑んだ。「たいした傷じゃない」

「たいした傷だわ」ラヴェンがむっとして言い返した。「おそろしく痛むし、これ以上ない屈辱を我慢させせられているのよ」

「このとおり、具合が悪いといつも機嫌まで悪くなる」グレゴーの肉厚な手が、ラヴェンの額にかかった髪をそっと払いのけた。「口汚い言葉の連発だ」

「よくもそんなことを。嘘ばっかり」ラヴェンはマリアンナをにらみつけた。「なぜそんな目でわたしを見るの？　弱って無力になったわたしを見るのが、そんなにおもしろくて？」

たしかにいくぶんやつれた感じは否めないが、生来の力強さや活力は鮮やかなほどに健在だ。「そのどちらかでも認められたら正直にお伝えしますけど、いまのところは不機嫌になられているだけのようですし」マリアンナはグレゴーをちらりと見た。「口汚い言葉というのも――」

「ああ、もうわかったわよ。つまりは四面楚歌《しめんそか》ってわけね」傍らに膝をついたアレックスをねめつけた。「いやよ！　あっちへ行きなさい」

アレックスは素知らぬ顔で、布を湯に浸した。

「ジョーダン、こんな悪鬼にいたぶられるとわかってたら、死ぬ思いをしてまであなたの命を救ったりしなかったわ」

「間違った判断だったと？」ジョーダンが訊いた。

アレックスがラヴェンの肩の包帯をほどくと、皺が寄って盛りあがった傷口があらわになった。

「触らないで」ラヴェンが声を荒らげた。

アレックスは傷の周囲に濡らした布を念入りに押しつける。

アナはすっかり青ざめた顔で、下唇を噛んだ。

「やさしく頼むぞ」グレゴーが口をはさんだ。

「そんな言葉の意味、彼には通じやしないわ」アナが憎まれ口を叩く。「どこからともなく四時間ごとにやってきては、こんなふうに拷問を加えるんだから」

アレックスの顎が引き締まった。「きれいにしとかなきゃだめだって、ジョーダンが言ったんだ」

「いい加減にして」アレックスをにらみつけた。「さっさとわたしのテントから出ていって！」

アレックスはかまわずに傷の手当てを続けている。

「グレゴー、この子をつまみあげて、ここから放りだしてちょうだい」

マリアンナが思わず進みでようとした。

「待て」ジョーダンが彼女の腕を取って、押しとどめた。

「彼は痛めつけてるようには見えないがな」グレゴーがとぼけた調子で言う。「誰かがやらなければならないことだ。いくらきみでも子供相手に暴力はないだろう」

「彼は子供なんかじゃないわ。悪魔よ」傷口に湯が染みたのか、はっと息を呑んだ。「決してやめようとしないんだから」

アレックスはふいに介護の手を止め、ジョーダンのほうを振り返った。「出ていってくれたほうがいいと思うんだ。みんなが見てたら、アナだって泣きたくても泣けないよ。弱みを見られたら恥ずかしいもの」

マリアンナはあんぐりと口を開けて彼の顔を見た。

「最初に出ていくべきはあなたのほうよ」アナが言う。

アレックスはアナに向きなおり、真剣そのものの目つきで彼女の目を見据えた。「ぼくは残る。彼らが立ち去るんだ。傷をきれいにしなきゃならないんだから」

ラヴェンは啞然として目を見開いた。

「アナ?」グレゴーが彼女の顔色をうかがう。

「いいわ、わかったわよ」アナがしぶしぶ答えた。「あなたたちは出ていって。彼は断じて情け容赦しないつもりらしいから」ちらりとグレゴーに目をやった。「あなたは残ってちょうだい。守ってくれる人が必要だわ」

「あいにくいまのおれは、きみを守ってやるような気分じゃなくてね。アレックスからきみが撃たれたと聞く前は、わたしがこの手で殴りつけてやろうかと思ってたぐらいだ。わたしに隠れて、コステーンの首に懸賞金をかけるとは気に食わない」

「仕留めたの、彼を?」アナがいさんで訊いた。「誰が?」

「ニコだ」

アナは満足そうにほくそ笑んだ。「よかったこと」

「なにがいいものか。二度とわたしの問題に首を突っこまないでくれ」

「わたしの問題でもあったわ。あなたはわたしの部下。そのあなたを守るのはわたしの義務でもあるのよ」

「アナ」

「まあ、いいわ、そんなことはどうでも。いずれにせよ、彼は死んだんだから」アナはアレックスを用心深く一瞥した。「あなたも気をつけたほうがよくてよ、坊や。わたしを傷つけようものなら、その首にも懸賞金をかけてやるから」

「あなたはそんなことしない」アレックスは意に介さぬ様子で、布を湯に浸した。

ジョーダンはマリアンナをそっと突き、出口のほうへ促した。彼女は立ち去りがたい様子で、弟とラヴェンに心配そうな目を向けた。どう考えても奇妙な取りあわせに違いないけれど、あのふたりにはどこか目に見えない結びつきが感じられる。

「ふたりをあのまま放っておいていいの？」外に出るなり、マリアンナが訊いた。

「ああは言っても、ラヴェンは彼を傷つけたりはしない。この闘いは昨日ここへ着いて以来、延々と続いているんだ。アレックスは自分が彼女の世話をすると言ってきかなかった。昨夜はひと晩じゅう寝ずに、傷の洗浄をしていたんだ」

「彼が？」とっさに頭に浮かんだ光景はいかにも滑稽だった。幼い子ライオンが怪我を負った雌ライオンを守るだなんて。「そんなことをやらせるなんてどうかしてる。彼を休ませなきゃ」

「止めようがなかったんだ」ジョーダンがそっけなく言う。「それに、そうしておけば彼を忙しくしていられた。おまえのことをあれこれ心配させないですむ。そのかわり、おれがふたり分心配してたよ」

その言葉は心地よく胸に響いた。だめよ。そんな感動に浸っている場合じゃない。「いまはこのまま放っておくしかないわね。あとでわたしが連れにいってみる」

「言うことを聞くかどうか怪しいもんだ」マリアンナのうちひしがれた表情を見て、面倒くさそうに言い添えた。「頼むよ、そんな顔をするな。べつにおまえのことを愛してないということじゃないさ。おまえはアレックスを失っちゃいない」

「彼はきっと、今回のことはわたしのせいだと思ってる」

「なにをばかな。おまえのせいなものか」

「いいえ、そうなのよ。だってあなたも言ったじゃない。わたしは自分から望んでダルウィンドに行ったんだって」

「あんなのは嘘に決まってるだろう。女を口説こうとしてる男は、目的のためにはどんなことでも言う。まさか知らないわけじゃあるまい」

ジョーダンは違う。ジョーダンは少なくとも嘘をつくことはない。

彼は動きを止め、唐突に両手でマリアンナの肩をつかんだ。「いいか、よく聞くんだ。彼はおまえを責めちゃいない。誰かに責任があるとすればこのおれだ」

マリアンナはかぶりを振った。「だってアレックスはすごく変わった」

「人生が彼を変えたんだ、おまえじゃない」彼女の肩をやさしく揺らす。「それにいいほうに変わった。見ていればわかるだろう？　ラヴェンを威嚇できる子供なんて、そうそういるわけじゃない。以前の彼はかわいいばかりの少年だったが、いまは——」

「いまはなに？」

「いまの彼を見てると、はじめておまえに会ったときのことを思い出すよ」

「わたしが薄汚い格好をしてお腹を空かせて、動物みたいに気が立ってたとき？」

「そんなことはどうでもよかった」切々たる思いを持てあますかのように、ジョーダンの手が彼女の肩をつかんだり離したりした。「暗闇のなかでも、おまえは太陽の光に報いていた」

すぐにもこの場から逃げだしたいのに、体が言うことをきかない。あの塔の部屋でもジョーダンはこんな目でわたしを見つめていた。日射しが燦々《さんさん》と顔に降り注いでめまいがするほど心が沸き立ち、はじめて彼の仮面の奥を垣間見た気がしたあのとき。

「ついにおれも追いだされた」グレゴーの声が背後で聞こえた。ふたりが同時に振り向くと、彼がのっそりと近づいてきた。「アレックスのやつ、おれがいると気が散るとでも思ったらしい。こうなりゃアナには自分で自分を守ってもらうしかないな」

彼の登場で妙な呪縛から解き放たれた。マリアンナはほっと胸を撫でおろし、目をそらして早口で言った。「テントに戻ってこの埃《ほこり》を流し落とさなきゃ。それからアレックスを迎えにいくわ」

「ついでに少し休むといい」ジョーダンが提案した。「急ぐ必要はないし、一日じゅう馬にまたがっていたんだ」

「必要ないわ。アレックスに伝えておいて、すぐに行くからって」

とはいえ、彼はもうわたしのことなど必要としていないだろうけれど。立ち去りながら切ない思いで考える。わたしはアレックスを失ってはいないとジョーダンは言ったが、いまのこの気持ちはまぎれもない喪失感だ。自分を哀れむなんてお門違いもいいところだ。アレックスは無事に帰ってきたし、ジョーダンだって元気な顔を見せてくれた。つい一時間ほど前は、命さえあればそれ以外はなにも望まないとまで思っていたはずなのに。危険が遠ざかったように思えたとたん、欲にとらわれ、元来手に入るはずのないものまで欲しがるなんて。

そうよ、わたしにはアレックスがいる。ジョーダンには間違っても手が届かないだろうけれど、アレックスはわたしを愛し、必要としてくれる。いまは少し、ふたりのあいだの結びつきを忘れてしまっているだけのこと。

テントに入るなり乗馬服の上着を脱ぎ去り、ひんやりした水を顔と喉にはねかけた。水を浴びると、どんなときも気分がしゃっきりして心地いい。荷馬車で運んできたパネルのなかにも、苔むした岩をなだれ落ちる滝を描いたものがあったはずだ。あの透きとおった青い水を描くときにも、官能的ともいえるこの感覚を頭に思い描いた。

パネル。

うっかりよけいな心配ごとまで思い出してしまった。たしかにネブロフはザヴコフのことを知っていた。ということは、もはや沈黙を守ってさえいればすむわけにはいかなくなったということだ。もしも母さんとの約束を守り、幼いころから教えこまれた義務を果たしとおす気があるのならば。

なにが〝もしも〟だ、と腹立ちまぎれに思う。約束はなにがあろうと守らなければならない。アレックスの無事が確認できたいま、言い訳は許されない。いったん行動に出たら最後、ジョーダンとのあいだに決定的な亀裂を生むだろう。けれど、おそらくそれが最善の方法なのだ。彼をどれほど愛しているか自覚してからというもの、自分はまるで腹を空かせた子供のようだ。あらゆる瞬間、あらゆる体験をつかみ取らずにはいられない。ラヴェンのテントの外でひさしぶりにジョーダンの姿を目にした瞬間も、胸が張り裂けそうだった。手を伸ばし、本物であることを触って確かめたい。駆け寄って彼を体ごと奪い取ってしまいたかった。けれど、そうするにはあまりに危険が大きすぎる。やはり彼とはもう、さよならをするしかないのだろう。このままではいつ何時《なんどき》、あのダルウィンドでの歯止めのきかない野獣の姿に戻らないともかぎらない。

心の底にきざしたかすかな痛みを、マリアンナは努めて無視した。いまはまだ彼のもとから立ち去る覚悟ができていないことは認めざるをえない。でもいくらかでも休めば、もう少しまともに立ち向かえるようになるだろう。きっと。

ほどなく彼女は寝床の上に丸くなり、目を閉じた。暗闇がありがたかった。暗闇はいまのわたしにとっての避難場所。なにもかも忘れさせてくれる。いつもはあれほど日射しを愛するわたしでも、今日ばかりはあのまぶしさは耐えられない。

一時間ほど眠ったら、アレックスを連れにラヴェンのテントへ向かおう。

ほんの一時間ほど眠ったら……

「アレックスが自分を拒絶してると彼女は思っているんだ」ジョーダンは両手を体の脇で拳に固めた。

「そうはいっても、時間を戻すわけにはいかない」グレゴーが静かに言った。「マリアンナも納得するしかないだろう、アレックスだって、いつまでも変わらないままではいられないってことを」

「だが、そのこともおれのせいだと思うだろう」

「マリアンナはそんな子じゃないさ。まだ変化に慣れていないだけだ。そのうちに傷も癒《い》える。人生ってのはときに傷跡を残すものだ。誰よりそれを知ってるのはおまえだろう？」

ジョーダンはたじろいだ。彼女の傷口を押し広げたのは、ほかならぬこの自分ではなかったか。「今回ばかりはおれにも責任がある」唇をぎゅっと引き結んだ。「なんとしてもネブロフを仕留めたい」

「それはおれも同じだ。あいつにはここまでずいぶん好き放題をやられたからな」短く息をついた。「それにあきらめる気配もない。カザンまで追いかけてくるほどばかじゃないが、どうにかしてトンネルを見つける手段を探しだす気だろう」

「ジェダラーなしでか？」

「やつは別のことを口にしていた。ザヴコフとか」

ジョーダンが眉をひそめた。「なんだ、それは？」

「おれも知らないが、マリアンナはわかっていたよ。鍵を開けるための鍵と、やつは呼んでいた。ようするにジェダラーは答えの一部でしかないってことだ」

なるほど、いかにももっともな話だ。地図自体をパネルに隠しおおせたとしても、それを解読する人間が必要になる。ところがロシア皇帝は他人を信用するような人間ではなかったのだから、なにか別の手を考えざるをえなかったというわけだ。「マリアンナは知ってると言ったな？」

「ネブロフの口からその話が出たんで、愕然《がくぜん》としてたよ。怯えていた」

「その隙をついて、おれたちにジェダラーを渡すよう説得することは？」

グレゴーは肩をすくめた。「可能性はある。そこのところを彼女と話しあうようおまえに勧めようと思っていたところだ」

「やってみよう」マリアンナが立ち去った方向に目をくれた。「だがいまじゃない。まだ時間はある」

「それほどはないぞ」

「わかっている」ジョーダンは気色ばんだ。「おれにどうしろというんだ？　彼女は疲労困憊《こんぱい》だ。怯えてもいるし傷ついてもいる」

「この件に取りかかったばかりのころは、彼女の気持ちなどおかまいなしだったはずだがな。それがカザンを守るためになるのなら」

「とにかくいまはだめだ！」ジョーダンはさっと背を向け、大股で歩き去った。グレゴーの言うことはたしかに筋が通っている。だからといって、選択への躊躇が吹っきれるというものではない。マリアンナを脅したり利用するのは気が進まない。なによりこれ以上傷つけることは断じて避けたい。いっそのこと彼女のほうから言いだしてくれれば話が早いものを。ネブロフの手に渡るぐらいなら、このおれがトンネルを見つけたほうがまだましだと。カザンならたとえ利用するにしても目的は自国防衛に限定される。しかし万一ナポレオンの手に渡ろうものなら、まぎれもなく大惨事がもたらされる。

いや、自分以外の人間を信用しない彼女のことだ、まずそんなふうに考えてはくれまい。

これまでの情報にしても、アレックスを救うためにやむをえず差しだしたにすぎない。これ以上の情報を打ち明けてくれるかどうか、怪しいものだ。

それにしても、ザヴコフとはいったい？


マリアンナは真夜中近くになってようやく目を覚ました。のろのろと意識が戻ってくる。アレックス……そうよ、のんびり寝ている場合じゃない。アレックスがわたしを必要としているんだ。

アレックスがいない！　ネブロフが彼を連れ去って――

恐怖に心臓をわしづかみにされ、はっとわれに返った。とたんにどっと安堵《あんど》感が押し寄せる。そうだった、悪夢は終わったんだ。アレックスはたぶんまだラヴェンと一緒だ。テントに迎えにいけばすぐに顔を見られる。

彼女は顔に水をはねかけ、申し訳程度に髪を撫でつけて、テントをあとにした。

キャンプは静まり返っていた。外辺部を見張る護衛以外は、誰もが眠りに落ちているらしい。ジョーダンがあれらのテントのうちのひとつにいる。唐突に記憶がよみがえった。引き締まった彼の体がぴったり傍らに寄り添い、そのたくましい腕が手離すまいとでもするようにわたしの体に絡みつく。

いけない、また罠に陥るところだった。ジョーダンのことは考えたくない。ましてやあのダルウィンドの日々のことなんて絶対に。

ラヴェンのテントには、まだランタンの明かりが灯っていた。

彼女の症状が悪化したのかもしれない。残りの数ヤードをひと息に駆け抜け、あわててフラップを持ちあげた。

一歩なかに入って足を止めた。アレックスはラヴェンの傍らで、寝床に丸くなって眠っていた。巻き毛の頭は彼女のむきだしになった肩に寄り添っている。

なぜかその光景を前に、胸が鋭く差しこんだ。言い争いをしながらも妙な絆《きずな》が生まれつつあることは認めるけれど、これじゃまるで母親と息子じゃないの。

無意識のうちに音をたててしまったのだろう、ラヴェンが目を開け、さっとこちらに視線を投げてよこした。

マリアンナはもう一歩、進みでた。「彼がいたらご迷惑でしょう。すぐに連れて出ますから」

「だめよ！」ラヴェンがアレックスの体に腕をまわした。「こっちは怪我をしていないほうの肩だから大丈夫。たったいま眠ったばかりなのよ。このままにしておいて」

「あなたはご迷惑じゃなくても、彼は落ち着いて眠れないと思いますから。ベッドに連れていかないと」

「彼のどこが不自由そうに見えて？」ラヴェンが食いさがった。「彼がここにいたら落ち着かないのは、あなたのほうじゃないのかしら」寝床の脇に置かれた低いスツールのほうにうなずいた。「座りなさい。少し話をしたほうがよさそうね」

「話すことなどありません。アレックスを起こさないと」

「トランペットでもないと目を覚まさないでしょうよ。昨夜はひと晩じゅう傷の手当てをしてくれていたんですから。さすがのジョーダンも連れだして休ませることができずじまい。いまだって疲れきってついうとうとしただけで、決して自分から眠ろうとしたわけじゃないのよ」アナはアレックスに目をくれ、片方の手で巻き毛をそっと撫でつけた。「あなたとは似ていないのね。彼は黒髪だけど、あなたはブロンドだわ」

マリアンナは観念してスツールに向かい、腰をおろした。「彼は母親似なんです」

「ハンサムな坊やだわ。きっとお母さまもきれいな方だったのね」

「ええ」

彼女の目がマリアンナに転じた。「あなた、やきもちを焼いているのね。彼がわたしと一緒にここにいることが気に入らないんでしょう」

「やきもちだなんて、わたしはただ……。あなたの具合が悪いことは重々承知していますけど、彼はまだ子供なんです。看病なんて仕事は――」言いよどみ、あきらめたようにうなずいた。「弟はわたしのすべてです。彼を失いたくない」

「失うわけがないじゃないの。あなたはこれまでずっと彼を愛して、しっかり義務を果たしてきた。ふたりは固く結びついているはずだわ」おかしくもなさそうに笑った。「わたしの言うことを信じなさい。それは真実よ、わたしが保証するわ」

「だけどあなたは、ジョーダンとの絆を断ち切る選択をなさった」

「それはわたしが若くてわがままだったからよ。結婚相手は弱い男で、わたしから強さを奪い取れるものだと考えていたの。わたしが決してそれを許さないとわかったとき、彼はわたしの人生を苦痛で惨めなものにしようとした。わたしはよそ者だったから、あの冷淡な土地で誰ひとり味方はいなかったわ。逃げだす以外になかった」

「それでご自分の息子を置き去りにした」

「望んでしたことじゃない。わたしだって彼を愛していたわ。彼はわたしの唯一の救いだった。だけど、あそこでの生活には我慢がならなかった」アナは肩をすくめた。「あのままとどまっていたら、どのみち彼は母親を失ったことになったわ」

「そうは思いません」

「思わない？」アナの目がきらめいた。「夫はわたしに暴力をふるうようになったの。わたしは気が短い人間だから、そんな仕打ちに長くは耐えられなかったでしょう。きっと彼を殺していたわね」皮肉っぽく笑った。「殺人罪で吊し首になるよりはイングランドから逃げるほうがまだましだった。でもそうね、あなたならきっととどまったわね。そして夫のどんな暴力にも辛抱強く耐えて、母親としての義務を果たした」

「わたしは我慢強くなんかありません。たぶんあなたと同じようにキャンバロンから逃げだした」ひと息ついた。「でも子供も一緒に連れていく方法を、どうにかして見つけたと思います」

「たしかにわたしもそうすべきだった」ラヴェンが力なく言った。「過ちを犯したことは否定しないわ。わたしがそのことを後悔しなかったとでも思って？　あのときは不可能に思えたけれど、なんとしても方法を見つけだすべきだった」アレックスを見下ろした。「でも、その報いはもう充分に受けたわ。カザンに戻った当初はただただほっとして幸せだった。だけどしばらくすると、ジョーダンのことばかり考えるようになった。よその子供を見るたび、自分が捨ててきたものの大きさを痛いほど思い知った」アレックスの眉を指でそっとなぞる。「こう見えてもわたしは残忍な人間じゃない。よほど切羽詰まっていないかぎり、あなたから貴重な瞬間を奪い取るような真似はしないわ」

マリアンナは不覚にも涙が込みあげてくるのを覚えた。こんな独裁者然とした女性に同情を感じるなんてばかげている。これ以上ジョーダンとアナの人生に首を突っこむのもごめんだ。

ラヴェンは声をひそめて先を続けた。「でもきっとあなたならわかってくれるわね。ほんの少しのあいだでいいのよ、彼と一緒に過ごさせて。ジョーダンとは叶わなかった夢なの。いまの彼は、わたしを理解しようとさえしてくれないんですもの」

彼女らしからぬ謙虚な心情の吐露に、胸が熱くなった。ことさら心を鬼にして釘を刺す。「寝ているときの子供はかわいいに決まってます。大変なのは目を覚ましてからです」

「大丈夫、ちゃんと切り抜けてみせるわ。あなたが許してくれるなら」

マリアンナは彼女とじっと目を合わせた。心が掻き乱されて決心がつきかねた。ラヴェンはなによりわたしが手放したくないと思うものを、あえて求めている。いまのわたしは過去のどのときよりも強く、彼を必要としているというのに。

でもアレックスのほうはどうだろう？　ひょっとしたら彼はわたしを必要としていないかもしれない。つらい体験から立ちなおろうというこのとき、彼に必要なのは別の人の傷を癒すことなのかもしれない。そう考えると、利己的な自分の姿が透けて見える気がした。これじゃラヴェンのことを責められない。自分がすべきことを見極めるのはなんとむずかしいことか。いいえ違う。本当にむずかしいのは、自分のすべきことをわかっていながら、それを認めることだ。「彼に怒鳴ることはやめていただきます」

勝利を確信したのか、ラヴェンの顔に安堵の色がかすめた。「彼は気にしてないわ。あなたが思っているよりもたくましいのよ。わたしたちはおたがいにわかりあってるの」またしても痛烈なパンチをみぞおちに食らった気分だった。その新生アレックスを、わたしもラヴェンほどに理解できたなら。

「彼のことをあらためて知る必要があるようね」彼女の心を見透かしたようにラヴェンが言った。「でも、そのために銃弾を浴びるのはお勧めしかねるわね。おそろしく痛い思いをすることになるわ」

マリアンナはかすかに顔をほころばせつつも、頑なに言い張った。「彼に大声をあげることはやめていただきます」

ラヴェンが顔をしかめた。「はいはい、わかりました。どうにかこの舌をなだめてみるわ。わたしらしくないけれど」

「そういうことならお任せします」マリアンナは立ちあがった。「もうゆっくりお休みになってください。傷の手当をしておきましょうか?」

ラヴェンはかぶりを振った。「坊やを起こしたくはないでしょう?」

「ええ。その顔じゃ、ひと晩じゅうぐっすり眠りそうだわ」出口に向かう。「朝になったらまた顔を出すと伝えてください」

「待って」

マリアンナは振り返った。

「感謝しているわ」ラヴェンがたどたどしく言った。「あなたにとってつらい決断だということはわかっているつもりよ」

「ええ、とても怒ってるし傷ついているし、それに……やきもちも焼いてます」マリアンナは苦笑した。「あなたみたいに、自分の思いどおりにできたらとも思ってます」

「それなのに、どうして許してくれるの？」

「アレックスのためです。いまの彼はわたしよりも、あなたと一緒にいるほうがいいかもしれない」短く押し黙った。「それに子供を預かるという責任を負ったら、さすがのあなたも、自分はさておいても彼のことを一番に考えなきゃならなくなると思って」

ラヴェンがひるんだ。「辛辣《しんらつ》なひと言ね」

「ええ、あなたを傷つけたくて言いました」マリアンナは肩をすくめた。「そうすれば少しは気が晴れるんじゃないかと思ったから」

「で、晴れたの？」

「いいえ、少しも」

マリアンナは外に出ると、ひやりとした夜気を思いきり吸いこんだ。すぐにもなかに戻って、アレックスをこの腕に抱えて逃げ去りたかった。ある意味今夜は、コステーンに彼を連れ去られたあの夜よりもはるかに悲惨と言えた。愛はときとして危険な敵になりうる。しかもラヴェンは本来なら惜しみなく息子に与えるべき愛情を、何年もかけて心のなかで熟成させてきたのだ。そのうえアレックスと彼女のあいだには、ともに危険を生き抜いたせいで奇妙な一体感が生まれている。

だとしても、なかに戻るわけにはいかなかった。いったん決心したことだ。それに少なくともこれでアレックスのことは心配せずに、母さんとの約束を守ることに専念できる。

実際、実行に移すのは早ければ早いほどいい。もはやここにとどまる理由もなくなったのだから、一刻も早く立ち去る計画を進めるべきだ。

馬たちはキャンプから四分の一マイルほど離れたところに集められていた。草が豊富で放牧に適した場所だ。たしかグレゴーはそこにはふたりしか護衛を割りあてていないはずだ。多数の馬の見張りにたったふたり。となれば、隙を見て自分の雌馬を連れだすことはそうむずかしいことじゃない。

キャンプの奥のほうを眺めやった。パネルを積んだ荷馬車が、闇のなかにうっすら影となって浮かんでいる。傍らのテントはもっとも大きなテントだ。たぶんグレゴーかジョーダンが使っているものだろう。護衛の姿は見えないけれど、抜け目のないジョーダンがジェダラーを見張りもなく置いておくわけがない。彼には手の内を読まれている。わたしの動きに備えてなにか手だてを講じていると考えるのが普通だろう。

簡単じゃない。マリアンナはくじけそうになりながら思った。

いいえ、むずかしかろうが簡単だろうが、やるしかない。

翌朝、ジョーダンがテントにやってきた。「どこだ?」唐突に詰め寄った。

マリアンナは振り返り、彼の表情を目にして一瞬、ひるんだ。「どこってなにが?」

「しらばっくれるな。このテントのどこかにあるのはわかってるんだ。昨夜、おまえの姿は目撃されてる」

「わたしを見張らせてたの?」マリアンナは唇を湿らせた。「それじゃ、そのスパイはこう報告したはずよ。わたしはアレックスに会いにラヴェンのテントに行ったって」

「そのあとすぐ、おまえは荷馬車に向かい、なかからなにかを持ちだした」

「なんのことだか」

「とぼけるのはよせ。ジェダラーはどこだ、マリアンナ?」

マリアンナは傲然と彼をにらみつけた。「なんのことだかわからないって言ってるのよ」

ジョーダンが彼女の肩をつかんだ。「言うんだ」

「どうして言わなきゃならないの? あなたに盗み取らせるため? あなたの母親がアレックスを奪い取ったみたいに」

「ラヴェンがなにをしようが言おうが、おれの責任じゃない。誰もおまえからアレックスを奪い取ったりはしていない。昨夜、あのテントでいったいなにがあった? それが今回のことに関係してるのか?」

マリアンナは顎を固く引き締め、だんまりを決めこんだ。

ジョーダンは深々とため息をついて気持ちを落ち着けた。「くそっ、なぜ待っていなかった? いずれおまえとジェダラーについて話をするつもりだったんだ。なぜいまやらなけりゃならなかった?」

「話ならとっくに終わった。平行線よ」

「いいか、ナポレオンの手に地図が渡ったら、何千人もの人間が死ぬかもしれないんだ」彼女の表情に変化なしと見て取ると、先を続けた。「おまえがニコと話しているのを見たことがある。ニコのことは好きか？」

「もちろん好きよ」

「彼の家族がロシア国境近くに住んでいることは知ってるのか？　彼らはまず最初に殺されるだろう。おまえも見たはずだ、ネブロフの軍隊がモンタヴィアのあちこちの町でなにをしたか。ここの人間も同じ目に遭わせたいのか？」

「ナポレオンはトンネルを見つけられない。あなたたちの誰も見つけられない」

「ネブロフがザヴコフとかいうものについて話していたと、グレゴーから聞いた。おまえがおれたちに協力してくれないなら、やつがトンネルを手にするかもしれないぞ」

「パネルがなければ見つけられないわ」

「そうだとも。やつはパネルを手に入れられない」ジョーダンの表情がこわばった。「なぜなら、おまえはおれにパネルを渡すからだ」

「渡すもんですか。パネルはわたしのもの、絶対に――おろしてよ！」

ジョーダンはマリアンナを抱えてテントの外に出た。「こんなことはしたくなかった」彼女の腕をがっちりと握ったまま、グレゴーの目の前におろす。「テントのなかを探せ」

グレゴーは悲しげに首を振り、なかに消えた。

「やめて！」マリアンナはしゃにむに体をばたつかせ、鬼気迫った顔でテントの入口を凝視した。「離してったら」

「暴れるな。好きでこんなことをしてると思うか？　おまえがやらせたんだ」

「わたしのせいじゃない。わたしはただ、自分のものを取り戻したのよ」マリアンナは彼の胸に頭突きを食らわせた。「こんなことは許さない」

ジョーダンは彼女の腕を両脇に押さえつけ、身動きできないようにした。「マリアンナ、いい加減にしろ……」ふいに声に苦痛をにじませ、彼女を見下ろした。「わからないのか？　おれはジェダラーを手に入れなけりゃならないんだ」

マリアンナが抵抗をやめた。「お願いよ……」ぎらつく瞳で訴えかけるように彼を見上げた。最後の手段だ、彼にわかってもらうしかない。「約束したの。約束を守らなきゃならないの」

「見つけた」背後でグレゴーの声がした。「羊皮の寝床に切れ目を入れて、そこにパネルを隠していた」

パネルが見つかった。もうおしまいだ。

涙の幕の合間から、ジョーダンがパネルをしげしげと観察しているのが見えた。込み入った構図の作品だった。パネルの上部に、一面に咲き乱れる黄色い花々。そこから流れる三本の曲がりくねった小川が数本の道と交わっている。「スイセンか」ジョーダンがつぶやいた。「気づくべきだった……」

彼は思い出しているのだ、わたしが最初の作品を手がけたときの話をしたことを。知らぬ間に蓄積された思い出、堅固になった絆。いまとなってはそれらをすべて忘れるしかない。断ち切るしかない。

「すまない、マリアンナ」ジョーダンは殊勝な顔で言ったかと思うと、一転、声を荒らげた。「いいや、すまないなどと思うものか。ようやくつまらない争いが終わってせいせいしてる。さあ、もう忘れようじゃないか。これからはトンネルとネブロフのことだけに専念させてくれ」

「忘れるもんですか。絶対に忘れられない。わたしは母さんと約束したのよ。その約束をあなたが破らせようとしてる」マリアンナはしきりとまばたきし、あわてて地面に目を落とした。「欲しかったものは手に入ったんでしょう。テントに戻ってもかまわない？」声が震えていた。「あなたたちの顔を見たくもないし、話もしたくないの、これから先ずっと」

ジョーダンが短くうなずいた。「ああ、行け」

マリアンナは重い足取りでテントに入り、フラップを閉じた。

すべては終わりだ。

「彼女にザヴコフのことを問いただしたほうがいいだろう」グレゴーが意見した。

「話なら夕食のあとにするさ。彼女はもう、一日分にしちゃ充分すぎるほど敗北を味わっている」

「ああ、そうとうへこんでるな」グレゴーはパネルに目を向けた。「その三本の小川がトンネルを表してるということか？」

「さあ、どうだか」正直、いまはどうでもよかった。そんなことより頭にこびりついて離れないのは、テントに入る寸前に見せたマリアンナの精根尽き果てたような顔だ。彼はグレゴーにパネルを差しだした。「じっくり調べて、なにか意味が読み取れるか検討してみてくれ。おれはいまは見る気がしない」

「こいつはパズルの答えの半分なんだぞ。彼女がザヴコフについてしゃべらなかったらどうする？」

「たぶん口は割らないさ。そうなったら、あとでなどと悠長なことを言わず、いますぐネブロフを追いつめる口実ができるってものだ」悪意に満ちた笑みを浮かべた。「やつから情報を引きだせるとなれば、おれにとってはこのうえない喜びだ」


太陽が傾きかけたころ、ジョーダンはラヴェンのテントに入った。母親の寝床の脇に座るアレックスに目をくれる。「姉貴のところへ行ってやれ。用があるらしいぞ」

「マリアンナが？」アレックスは鼻に皺《しわ》を寄せた。「どうして？」

「いいから行ってやれ」

アレックスは心配そうにラヴェンを見た。「ぼくがいなくても大丈夫？」

アナはうなずき、ジョーダンの顔を一瞥した。「大丈夫よ」嫌味たらしく付け加える。「看病してくれる息子がここにいるんですもの」

アレックスはテントから駆けだしていった。

「おかんむりのようね」ラヴェンが言った。「正直言って、さっぱり理由に思いあたらないわ。ずっとこうして横たわっているんですもの、さすがのわたしもおとなしくしているしかないのよ」

「怒ってなどいませんよ」ジョーダンはいっとき押し黙った。「マリアンナが弟と一緒に過ごしたいと思ってるんです。怪我を負って大変なことはわかりますが、これからは彼なしでなんとかやっていただきたい」

「マリアンナから頼まれたの?」ラヴェンが落ち着いて訊いた。「なぜ彼女が自分で言いにこないの?」

「頼まれたわけじゃない。彼女はただ……」ジョーダンは言いよどんだ。「昨夜あなたと話したあと、荷馬車からジェダラーを取りだしてテントに隠した。今朝になって、わたしが取り返した」

「なるほど。それでいまのあなたは罪悪感でいっぱいで、与えられるものはなんでも与えて痛みを取り除いてやりたいってわけね」アナはかすかに微笑んだ。「本当にわたしたち、似た者親子だわ。わたしもつい最近、同じことを考えたばかりよ」

「あなたとは似ていない。わたしは自分の支配下の人間を置き去りにして、逃げ去ったりしませんから」

ラヴェンが表情を硬くした。「ついに白日の下にさらされたようね。たしかにそう。あなたはいつだって、相手が自分のものになる前に逃げだすのよね。そうすれば、相手に捨てられる危険を冒さずにすむから」悲しげに首を振る。「でも、そんなことをしてもなんの意味もないわ。あなたの目を盗んで逃げだす人たちがかならずいるものよ。実際、マリアンナはそれをやってのけた」

「アレックスを解放してやってください。あなたには必要ないはずだ」

「やりたいなら、自分でおやりなさい。わたしが彼を縛りつけているとでもいうの？」

「あなたはいつだってわれわれを縛りつけている」

アナは目を丸くした。「なんですって？」

「われわれみんなを縛りつけている。グレゴーに訊いてごらんなさい。彼は子供のころからずっと、あなたの言いなりだ」

「いまはグレゴーの話をしてるんじゃないわ。あなたは〝われわれ〟と言ったはずよ。あなた自身がわたしに縛りつけられてると？」

ジョーダンはひとしきり黙りこくった。やがておもむろに口を開く。「子供のころから、あなたにそっくりだと言われつづけてきた。成長するにつれ、あなたのことをそれこそ何百回も思い描いた。残念ながら、親父とはほとんど似てるところがなかった」苦々しく笑った。

「知ってますか？　いっとき親父のことをひどく憎んだんですよ。彼があなたを死に追いやったんだと思いこんで」

「知らなかったわ」

「いわれのない理由で親父を責めていたと知ったとき、ひどいショックを受けた。裏切られた気がした。自分の愚かさに腹も立った。それであなたのことも、親父と同じように憎んだ。この国に来ることについてもグレゴーとひどく言い争った。でも結局、彼に無理やり連れてこられた」

「わたしがそうするようにグレゴーに頼んだのよ」

「そしてあなたと会った。まさに想像どおりの人だった。力を誇示し、炎のような激しさを内に秘め、不屈の意志を備える女性。こう言うとあなたはさぞかし勝ち誇った気持ちになるでしょうが、正直あのとき、わたしがこの国に戻ってきたのはあなたに会いたいがためだった。このカザンという国を愛するようになるまでは」

アナは彼に触れようとするかのように片手を挙げかけたが、息子のこわばった顔を目にしてそろそろとおろした。「そんなこと、わたしに言いたくなかったでしょうに。なぜいまになって打ち明けたの？」

「あなたがずっと聞きたがっていることを知っていたからですよ。それをいま、わたしは明け渡した。これ以上、捕虜は必要ないはずだ。アレックスを解放して、マリアンナに返してやってください」

「なんてことを。ようするにあなた――」アナははたと目を閉じ、すぐに開けた。あらためて口を開いたとき、声はひどく震えていた。「マリアンナはわかっているはずよ、いつだって望めば弟を連れだすことができると。そうしないのは、彼女自身が選んだということよ」

「あなたの言葉は信用できない。あなたが彼を盗み取ったとマリアンナは言っていた」

「それなら、嘘をつかなきゃならない彼女なりの理由があったということでしょう。さっさと立ち去って、彼女に確かめてみることね。なんだかわたし、すごく疲れたわ」

たしかに顔色は冴えず、やつれたように見える。母親と再会して以来はじめて、もはや若くはないことを思い知った気がした。とたんに、ジョーダンはさっきまで自分を駆り立てていた熱が急速に冷めるのを感じた。怪我を負った母親のテントに押しかけて取引を持ちかけた。故意に彼女を傷つけようとした。堅固な鎧《よろい》を身にまとう女性だ。これほどまんまと成功するなどとは思いもよらなかった。「わたしの勘違いだったら、謝ります」ジョーダンは言い訳を始めた。「マリアンナはすごく腹を立てていたから、たぶんでたらめを――」

「マリアンナが見つからないんだ」アレックスがテントの入口から言った。「馬に乗ってどこかに出かけたのかな？」

ジョーダンの顔色が変わった。「キャンプにいないのか？」

アレックスは首を振った。

ジョーダンはきびすを返し、足早に彼に近づいた。「グレゴーを探して、マリアンナのテントで待っているように伝えてくれ」

「彼女なりの理由よ」ラヴェンが背後からくり返した。「グレゴーが言っていたわ、彼女は普通の女性とは違うと。気の毒ね、ジョーダン。屈辱を耐えて告白したことがなんにもならなくて。あなたは彼女を鳥かごに押しこめたけれど、彼女はここにとどまることを拒んだ。マリアンナはわたしたちの手から飛び立ったということよ」

「アレックスを置き去りにして？　彼女がそこまでやったとしたら、理由はひとつしか考えられない」

「トンネルね。でも、ジェダラーは手に入れたとあなたは言ったじゃないの」

「たぶん、まんまと彼女にそう思わされたということでしょう。くそっ、このおれを騙すとは」

ジョーダンはテントから出ていった。

マリアンナのテントでは、すでにグレゴーが待ちかまえていた。「彼女はいない。テントの裏側に切り開いたあとがあった。たぶんそこから逃げたんだろう」

「馬もいないのか?」

「まだ護衛に確かめちゃいないが、おそらくそういうことだな」ひと息ついた。「荷馬車に行ってパネルの枚数を数えてみた。三枚なくなっていた」

「ネブロフが壊したやつが一枚、彼女がおれたちを騙すのに使ったやつが一枚、あと一枚が本物のジェダラーか。つまり彼女は昨夜荷馬車から二枚取りだして、一枚はテントの外に隠していたということだな」

「そしていまごろは、本物のジェダラーを持ってザヴコフを手に入れに向かってる」グレゴーは低く口笛を吹いた。「一杯食わされたな。恐れ入った」

「感心してる場合じゃない」ジョーダンは奥歯を嚙みしめた。「絞め殺してやりたい」さっと背を向けた。「ニコを呼んでこい。少なくともほかに二十人は必要だ。なかに追跡が得意なやつをひとり加えるのを忘れるな」

「ニコより優秀なやつはいない。安心しろ、夜が明けるまでには彼女を捕まえる」

「捕まえるつもりはない。あとをつけるんだ」

「なるほど。そして一挙にすべてを片づけると」グレゴーはうなずいた。「ときどき思わされるよ、まんざらおまえはばかじゃないとな。もちろん、それもこれもすべてこのおれの優れた訓練のたまものだが」ジョーダンがにこりともしないのを見て、低い声で付け加えた。「そんなに腹を立てるな。彼女は自分の武器を利用しただけだ」

「おれの同情と弱さを利用して騙した。このおれを裏切った。ああ、怒ってるとも。はらわたが煮えくり返るほどな」きびすを返し、馬の様子を見に向かった。「一時間後に出発だ」

「お別れを言いにきた」アナのテントに顔を出すなり、グレゴーが言った。「あなたはレンガーへ連れ戻されることになった」

「小麦粉の袋みたいに荷馬車に押しこまれて?」アナが渋い顔でぼやく。「ラヴェンの尊厳もなにもあったもんじゃないわね。アレックスはどこ?」

「キャンプじゅうを走りまわってるよ。ニコやほかの連中のために荷物を取ってきたり、運んだり。マリアンナのことを心配してるから、ジョーダンがわざと忙しくさせているんだ。われわれが立ち去ったあと、彼を慰めるのはあなたの役目だ」

「わかった、引き受けたわ」アナは苦笑した。「なんでもないことよ。ジョーダンによれば、わたしの手招きひとつで、誰もが金縛りにあったみたいに言いなりだそうだから」

「まんざら嘘でもない」グレゴーは彼女の傍らに膝をついた。「しかし、彼がそれを口にしたとは驚きだな」

「彼はマリアンナのことでひどくうろたえてたわ」少し間を置いた。「彼女のことが気になるのね。単なる欲望とは違うみたい」

「ああ、でも彼自身は認めないだろう。いまも彼女に対して猛烈に腹を立てている」

「彼を騙して立ち去ったからでしょう。きっと、出会う女性がすべて自分を裏切るような気がしているのよ。マリアンナはわたしのことを恨んでいるでしょうね。かわいそうな娘。どうやらジョーダンもわたしも、愛する人の人生を台なしにしてしまう性分らしいから」手を伸ばし、グレゴーの手に触れた。「わたしは邪悪なキルケ（ホメロスの『オデュッセイア』に登場する、魔術で男を豚に変えたという魔女）みたいな女だってジョーダンが言うの。そんなことはないわよね？」

　グレゴーは低く笑った。「もしそうなら、このわたしが最初の餌食になっているところだ。どうだ、この顔は豚に似ているかい？」

「あなたは美しいわ」アナは手を持ちあげ、彼の顔に刻まれた醜い傷跡をなぞった。「わたしの目にはいつだって美しい」

　グレゴーは彼女の手をつかみ、唇に押しつけた。「そうだろうとも」

「うぬぼれてるのね」

「美しく見えるのは、そこに愛があるからだよ」

アナの顔に影がかすめた。「ジョーダンに言わせると、あなたはわたしの二輪戦車に縛りつけられているだけだって」

「二輪戦車？　はて、そんな時代遅れの乗り物にまだあなたが乗っていたとは」

「まじめに言ってるのよ。わたしはわがままかしら？」

「たしかに」グレゴーはにっこりとした。「でも、そうでなけりゃ物足りない」身を乗りだして、彼女の額にキスした。「もう行かないと。レンガーに戻ったときには元気になった顔を見せておくれ。いいかい？」

「そうするわ」アナは彼の手をいっそうきつく握った。「でも、どうして？」

なんのことかというように、グレゴーが眉を吊りあげた。

「どうしてこれほどまでにわたしに尽くしてくれるの？」

「どうしてだと思う?」いとしげに満面の笑みを浮かべる。「察しがつかないとは意外だな」

「いいから、教えて」

「わたしもあなたと同じ、利己的なものですか。利己的だからだよ」

「それは自分を喜ばすためだ。それもまた、違った形の利己主義だろう? わたしはずっとあなたのことを愛してきたが、その場かぎりの断片的なあなたを欲しいとは思っていない。若いころはそれでも充分だと思ったこともあったが、じょじょにわかってきたよ。わたしは半分しか注がれてないカップじゃ満足できない人間なんだと」

「半分しか注がれてないカップだなんて、失礼な言い方」アナがむっとして言い返す。

「表現が不適切だったかもしれない。でも問題は、あなたはつねになみなみと注がれて、あふれんばかりだったということだ。最初のころ、あなたはわたしなど眼中になかったはずだ。ジョーダンの父親のように顔立ちが端正なわけでも魅力的なわけでもなかったからね。わたしはただいつも、年老いた牧羊犬のようにあなたのあとを追いかけまわしていた」

アナは作り笑いを浮かべた。「豚よりは牧羊犬のほうがましだわ」ごくりと唾を呑む。「ジョーダンの言ったとおりね。わたしはひどい女だわ。あなたを傷つけた」

「わざとじゃない」グレゴーはもう一度、彼女の手を唇に運んだ。「それに最後にはわたしのほうを見てくれた。もっとも、あなたはまだ自分自身で作りあげた悪魔と闘うのに夢中だったが。自分に価値があることを証明してみせなければならない、カザンを安全で豊かな国にしなくてはならない、どうにかして息子を呼び戻さなければ、とね」

「そのどれを達成する際にも、あなたは助けを惜しまなかった」

「そう、わたしはあなたを助けた。でも、自分をごまかすことはできない。つまり、あなたの人生の端役で満足するわけにはいかないということだよ」

「あなたは端役なんかじゃなかったわ。どう言えばわかってもらえるの？ いったい、わたしになにを望んでいるの？」

「すべてだよ。それ以外はなにものもわたしを満足させられない」グレゴーはさらりと言った。「いつの日か、あなたが罪悪感を捨て去り、自分自身と折りあいをつけられるようになったら、きっとそれを明け渡してくれるはずだ」立ちあがった。「出発の時間だ。アレックスに来るように言っておこう」

「気をつけて」アナが小さな声で言った。

「言われるまでもない。長年、このわたしが生きながらえてきたのはなぜだと思う？ 利己主義こそが、きわめつけの用心深い男にしてくれたんだ」思わせぶりに微笑んで、そっとくり返す。「わたしはすべてを手に入れたい」


ニコが馬を駆って戻り、隊に合流した。「彼女は北へ向かってます。山脈の向こうです」

ジョーダンは彼方の山並みに視線を馳せた。ロシアか。

「モスクワか？」グレゴーが訊いた。

「そうとはかぎらない。ひょっとしたら、国境近くのどこかにザウコフを隠しているのかもしれない」

「もしもモスクワだったら？　女のひとり旅にしちゃ、長距離でしんどいぞ」

「彼女はばかじゃない。食料ぐらい持っているだろう」

グレゴーが疑わしげに眉を引きあげた。「これほど過酷な旅でも切り抜けられるというのか？」

「彼女ならなんとかする。年端もいかない子供の分際で、モンタヴィアまでほぼ歩きとおしたんだからな」

「それとこれとは違う。ここからモスクワまでのあいだには、町も村もほとんどない。彼女は狩りもできない。どうやって――」

「彼女がモスクワに向かったとはかぎらないさ」ジョーダンはいきなりギャロップで馬を走らせ、あっという間に心配そうなグレゴーの顔を置き去りにした。

マリアンナにはまんまと同情心につけこまれた。おかげで油断して、判断まで誤った。二度と同じ目に遭うわけにはいかない。

15

「どうやら本当にモスクワをめざしてるらしいな」グレゴーの吐きだす息が、冷えきった空気のなかで続けざまに白い塊になって浮かんだ。「それにしてもわからない。彼女はなぜ道順を知ってるんだ？　ニコの話じゃ、まるで地図を追ってるみたいに迷いない歩きぶりだぞうだぞ」

「驚くことじゃない」とジョーダンが言う。「彼女は母親にジェダラーを記憶させられたんだ。どうすればパズルのもう半分に到達できるか、正確な方向を頭に叩きこまれているんだろう」

「いやに冷めた言い方だな」グレゴーはずる賢い目でジョーダンを見た。「しかし、まあ、オオカミがうろついてる気配がないことは幸いだ。冬の真っ盛りじゃ、やつらもひどく腹を空かせてるからな」

「黙れ、グレゴー」

「おれはただ、ジェダラーを守ろうとしてるだけさ」

「おまえの魂胆は見え見えだ」

「オオカミの歯は鋭いし、顎も頑丈だ。がぶりとひと嚙みで、肉も骨もばらばらだ。われわれの貴重なガラスのパネルなんぞひとたまりもないぞ。やっぱりニコを先にやって、彼女を見張らせたほうがいいんじゃないか」

「われわれが追いかけていることを知られたらまずい」

「危険を冒すだけの価値はあると思うがな。おそらく彼女は空腹を抱えて生き延びるのに精いっぱいで、とても後ろを気にしている余裕などないだろう」

ジョーダンは小さく悪態をついた。

〝オオカミの歯は鋭いし……〟

オオカミになど、一度も出くわしてないじゃないか。

〝……顎も頑丈だ。がぶりとひと嚙みで――〟

「ニコ、先に行け」鋭く命じた。「彼女を見張るんだ。だが、間違っても見つかるんじゃないぞ」


「食料が底をついたようですわ」とニコが報告した。「今日のところは豊かな草地なので馬の餌には不自由ないようでしたが、彼女のほうは昨夜からなにも口にしてませんよ」

「まもなく村に到着するだろう」グレゴーは丸焼きにしたウサギのやわらかい肉にかぶりついた。「それに骨の上にはたっぷり肉が乗ってるんだ。二、三日食べなくともどうってことはない」串刺しになった肉からひとつかみむしり取ると、ジョーダンに差しだした。「もう少し食え。こっちには食料はたんまりある。今日は大猟だったからな。明日の分だってまだウサギが六匹も残ってる。腹がふくれりゃ、夜もぐっすり眠れるってものだぞ」

いまいましいやつめ、おれが食べる気になれないだろうと思ってやがる。ジョーダンは何食わぬ顔で肉を受け取って食べた。さらに手を伸ばしてむしり取り、それも口にする。

「彼女は腹を空かせてます」ニコの口調にはそれとなく非難がこもっていた。

「おれにどうしろと言うんだ?」ジョーダンが腹に据えかねた調子で訊いた。「彼女に夕飯を運んでやって、われわれがあとをつけていることを知らせろと? 目的地はすぐそこに迫っているんだ。あと一週間もあればモスクワに着く」

「そういうこと。彼女には着いてから食わせてやればいい。女ってのはときには苦しむことも必要だ」グレゴーが同意してみせた。「そうすりゃ少しは謙虚になって、われわれ惨めな男に対して犯した罪を自覚するだろう。そうだろう、ジョーダン?」

ジョーダンはグレゴーの視線をまっすぐ受け止め、きっぱりと言った。「ああ、そのとおりだ」ふいに立ちあがると、さりげない足取りでキャンプファイアから離れた。彼らと顔を突きあわせているのはうんざりだった。いつ終わるとも知れないこの長旅にも吐き気がする。一刻も早く終わらせたい。

このおれでさえ我慢ならない長旅だ。マリアンナはどんな気持ちでいるだろう。この広大な荒野で頼れるのは自分ひとりきり。そんな心細さなら、おれにも充分理解できる。飢えや恐れよりもしみじみこたえるものだ。

飢え、か。

低く毒づいてきびすを返すと、もったいぶった足取りでキャンプファイアに戻り、ウサギを一匹拾いあげた。そして馬をつないである林に向かう。

「ニコの話じゃ、彼女は四マイル先の川沿いでキャンプしてるそうだぞ」背後からグレゴーの声が言った。

マリアンナのキャンプファイアから充分距離を見計らって、ジョーダンは馬の手綱を引いた。いったいおれはなにをしている？　いまいましく思いながら鞍から滑りおり、馬を木につないだ。鞍にぶらさげてきたウサギを引っつかみ、森をかき分けて進む。作戦は用意してきてはいなかった。こちらの存在を明らかにせずに、いかにして彼女の手にこいつを渡すか。死んだウサギが空から鍋《なべ》のなかに落ちてくるはずもない。どうにかして――

マリアンナの姿がない。

ジョーダンは、赤々と燃え盛るキャンプファイアから数ヤード離れた森の縁で足を止めた。焚き火の前に彼女のものらしき羊皮の寝床が広げられている。が、肝心の彼女の姿はどこにも見あたらない。

にわかに警戒心が頭をもたげた。いったいどこにいる？

ほどなくその姿が目に入った。

マリアンナは川の浅瀬に裸足で立っていた。ふしくれだった木の枝を削って作った槍を手に握っている。ガウンの裾《すそ》をたくしあげてウェストバンドに押しこんでいるその姿は、狩猟小屋の壁に吊されたタペストリーのディアーナを彷彿《ほうふつ》とさせた。彼女は槍を掲げ、月明かりに光る水面にじっと目を凝らした。

すっと水面にきらめきが走った。

マリアンナが槍をひと突きする。

残念、失敗だ。

彼女は辛抱強く待った。数分が経過した。

今度は右手の水面がちらりと揺れる。彼女はさっと振り向き、マスも顔負けのすばやさで槍を突き刺した。

またもや失敗。

ふたたび待ちの姿勢に入った。

三度めの正直で、ようやく勝利を手にした。

彼女が勝利の雄叫びをあげるのが、ジョーダンの耳にも届いた。戦利品の魚を高々と掲げたまま浅瀬を歩いて岸に戻ってくる。

彼女がキャンプファイアに近づくと見るや、ジョーダンは木陰に身をひそめた。火明かりに浮かんだマリアンナの顔は、勝利に酔いしれる猟師のそれとはほど遠いものだった。タレンカではじめて会ったときよりもよほどやつれて見え、寒さに縮みあがっている。体はぶるぶる震え、むきだしの両脚は氷のような水に浸かっていたせいで青みがかって見える。いったいどれほどの時間、あの冷たい川のなかに立っていたのだろう。

ジョーダンは駆け寄りたい衝動を抑えかねた。この手で抱きしめてぬくもりと安心を与え、冷たさと飢えをことごとく奪い取ってやりたい。

だが、そうはしなかった。どうやら彼女は自分の面倒は自分で見られるらしい。羊皮のブランケットを体に巻きつけて焚き火の前に腰をおろし、ゆっくりと前後に体を揺り動かす。

マリアンナは長いあいだそうしていた。やがて充分暖まったと見え、振り返ってマスを拾いあげた。なかなか頃合いの大きさだ。あれなら今夜と明日ぐらいはゆうにもつだろう。ジョーダンはのっそりと馬に戻った。彼女におれは必要ない。みごとに状況に適応しているし、自分で食料も調達できている。彼自身の母親にも劣らぬほど、たくましさを身につけている。

彼は馬にまたがり、キャンプ地に戻っていった。寒いなかをわざわざここまでやってきたというのに結局は無駄骨だ。腹立たしく思っていいはずだった。

なのにどうしたことだ。彼女を誇らしく思う気持ちが込みあげてくるとは。

ジョーダン……

真夜中にマリアンナは目を開けた。夢うつつながら、奇妙な安らぎと満足感が心に満ちているのを感じた。なにを心配していたのだろう。なにもかもうまくいくに決まっているのに。わたしにはこれしか選択肢がなかった。彼ならそのことをわかって、許してくれる。この程度の諍《いさか》いなど、ふたりにとってはなんでもないことだったんだ。

にわかに突風が吹きつけ、川面が波立った。炎が大きく燃えあがる。マリアンナはぶるっと体を震わせ、完全に目を覚ました。ブランケットをきつく引き寄せながら、心細さが胸に染みた。吹きすさぶ風よりも心を冷えびえとさせた。

夢だったんだ。いまのはまぎれもなくただの夢。

ジョーダンは決してわたしを許さない。わたしも許してくれとは頼まないだろう。ふたりの道は完全に分かれ、二度と交わることはない。この事実に慣れなくては。そしてこの程度の苦しみに潰されないよう覚悟を決めなくては。

だけど、夢相手にどうすれば覚悟を決められるというの？


「魚は食べつくしました」ニコがジョーダンに報告した。「それにこれからは川沿いを離れて、内陸へ進むことになります」

期待のこもったまなざしでジョーダンを見る。

ジョーダンはなにも言わなかった。

「わたしなりに考えてみたんですが」ニコがさらに言いつのる。「ミケルが昨日、キジを何羽か撃ち落としたんです。そこでわたしが先まわりして、彼女が見つけられるように一羽を道ばたに落としておいてはどうかと」

ジョーダンが首を振った。

ニコは額に皺《しわ》を寄せた。「問題ありゃしません。われわれが追いかけていることは絶対に気づかれないようにしますから」

「問題ありだ」

ニコは低く不満を漏らすと、馬を方向転換させて山道を駆け戻っていった。

「問題ありとはどういうことだ？」グレゴーがジョーダンの顔を見据えて訊いた。

「彼女を苦しめないとおれの気がすまない」

グレゴーは首を振った。「復讐劇じゃあるまいし。三日前の晩、おまえは彼女を助けようとしたんじゃないのか」

ジョーダンはしばし押し黙った末に、ようやく言った。「彼女は自分ひとりの力でやり遂げなけりゃならないんだ」

「どうして?」

「そりゃそうだろう。おれたちは彼女から勝利の戦果を横取りしようとしてるんだぞ」ジョーダンが声を荒らげた。「そのうえ勝利そのものまで盗み取る真似ができるか。これほどの過酷な旅をひとりで乗りきれる女となれば、千人にひとりいるかどうかだ。それを自分の力でやり遂げたという満足感を味わうのは、彼女の当然の権利だ」

グレゴーは訳知り顔でうなずいた。「なかなか興味深い。もう彼女には腹を立ててないというわけか?」

「冗談言うな。怒ってるさ。絞め殺してやりたいと思っている。だが、それとこれとは関係ない」

「ますます興味深い」グレゴーがくり返した。

「彼女が罠でウサギを仕留めました」ニコの声は、まるでマリアンナが魔法かなにかを使ってウサギを生みだしてみせたかのように誇らしげに響いた。「まる一日かかりましたが、やり遂げましたよ」

「そりゃよかった」グレゴーがにこやかに微笑んだ。

部隊のあちこちからもひそかに賞賛の声があがり、ほっと安堵の顔を見せる者もいた。若い兵がひとり、仲間と金のやり取りをしている。

グレゴーはジョーダンを振り返った。「彼女に無理やり言うことを聞かせるつもりなら、おまえ自身でやるしかないぞ。ニコやほかの連中の助けは期待できそうもない」

彼の言わんとするところはわかっている。ここ数週間というもの、部隊全体が生き延びようとするマリアンナの奮闘ぶりを間近で見守り、じょじょにその動向に引きこまれていった。そして小さな勝利を手にするたび、彼女は彼らの尊敬までも勝ち取っていった。

かつてベルカだったマリアンナは、もはやよそ者でなくなろうとしている。

「それでおまえはどうなんだ?」ジョーダンがグレゴーに訊いた。

「カザンの安全は確保されなけりゃならない。そのためにやるべきことはやるさ」とグレゴー。「おまえは?」

「同感だ」

「本気だろうな。モスクワまでせいぜいあと二日ってところだ。行動すべきときは迫ってきてるぞ」

むしろ歓迎したいぐらいだった。神経が異常なまでに張りつめて、これ以上もちそうにない。マリアンナが次つぎに予想だにしない困難に立ち向かう姿をただ黙って見守っているだけの生活には、飽き飽きだ。面と向かったふたりの闘いが再開されることになろうとも、少なくともこのいまいましい旅は終わりを告げる。「心配するな。モスクワに着いたら、必要なことをやる覚悟はできている」

マリアンナはモスクワへは向かわなかった。翌日、南に方向転換すると、さらに西へと馬を駆った。

正午すぎ、ニコが馬にまたがって部隊に戻ってきた。「彼女が止まりました」

「キャンプを張ったということか？」

ニコは首を振る。「たぶん目的地に到着したんだと思います」

手綱を握るジョーダンの手に力がこもった。「どこだ？」

「ここから三マイル先です。村があるんですが、その丘の上に大きな宮殿が建ってまして。その外に馬をつないでなかに入りました」

「誰か迎えに出てきたのか？」

ニコはまたしても首を振った。「人っ子ひとりいやしません。ここ何年も空き家になってるようなところですから」

「それならまず間違いないな、彼女が目的地に到着したと見て」グレゴーがジョーダンにちらっと目をくれた。「すぐにあとを追うか？」

ジョーダンは早くも馬を走らせた。「当然だ」

とうとうやってきた！

安堵で頭がくらくらするほどだ。マリアンナは布に包んだジェダラーをそっとおろし、ロビーの壁に立てかけた。途中、何度投げだしそうになったことか。

宮殿のなかはなにもかも、まさに祖母の言葉どおりだった。

優雅な曲線を描き、踊り場の細長い窓へと誘《いざな》う緑と白の大理石の階段を見あげた。巨大なクリスタルのシャンデリアが、頭上からきらめく涙をしたたらせている。

空っぽだった。

あるのは透きとおった寒さだけ。

まるでたったいま、住人が連れだって出かけたあとのようにも見える。扉には鍵がかかっておらず、高価なテーブルや椅子のたぐいにも保護布は掛けられていない。埃だけがいたるところに堆《うずたか》く積もっていた。

マリアンナははたと身構えた。扉に鍵がかかっていなかった？

まさかすでにネブロフが？

恐怖で体が固まった。けれどすぐに、キャンバロンでも扉という扉が鍵をかけないままになっていたことを思い出した。そう、お金も権力も握っている人たちから盗むような大それたことをやる人間はいないのだろう。それにもしネブロフに先を越されていたとしたら、いまごろ顔を突きあわせているはずだ。

扉を閉めると、はるか彼方に見える天井にうつろな音が反響した。いまはまだネブロフの姿がないとしても、いつ現れるかわからない。それに、いますぐ取りかからなければ、明日まで待たされることになる。挿入作業は太陽が高いうちにすませる必要があるのだ。

マリアンナは眉根を寄せ、かつて母親から与えられた指示の詳細を思い出そうとした。たしか左側の廊下が礼拝堂に続いているはず。ジェダラーを拾いあげ、足早に廊下を進んでいった。

丘のふもとで、ジョーダンは手綱を引いた。高々とのぼった太陽から容赦ない日射しを注がれて、宮殿は虹色に輝いていた。正真正銘の氷の城だ。灰色の大理石の建物のほぼ半分を雪と氷で覆われたその姿は、クラシックな柱や、屋根が低くどことなく優雅な雰囲気の翼棟とあいまって、ロシア的というよりはギリシャ的な印象を与える。ひさしから長いつららが幾筋もぶらさがっていた。中庭に敷きつめられた玉石や玄関へ続くわずか四段の階段には、びっしりと氷が鏡の膜を張りめぐらしている。宮殿の正面を覆いつくす何枚ものステンドグラスの窓にまでも霜が張りつき、それぞれがクリスタルに閉じこめられた炎のようなきらめきを放っていた。

中庭の飾りつけの柱にマリアンナの馬がつながれている。

「獲物はすぐそこだ」グレゴーが言った。「いっきに突撃するか？」

「いや、村へ行って、全員が泊まれる場所を見つけてきてくれ。なかへはおれがひとりで入る」

「そいつはまた勇敢な。なんという自己犠牲の精神だ」

ジョーダンは無視して続けた。「それから村人たちに訊いてみてくれ。よそ者がここを訪れなかったか。ネブロフに不意打ちを食らわされるのはごめんだからな」

「どうせならもう少しやったほうがいい」とグレゴーが提案した。「ニコを戻らせて、われらが悪逆無道な友人がやってこないか、見張らせることにしよう」

ニコが大げさにうめいてみせた。

グレゴーは無視し、宮殿とモスクワの縦溝彫りの塔を交互に見やった。「町までそれほど距離はないな。ひょっとしてこの宮殿が、トンネルの出口のひとつとか？」

「おれもそうにらんでいる」ジョーダンが同意した。

グレゴーはニコを振り返った。「さてと、出発だ。こいつらの今夜の寝床を見つけにいくぞ。必要なときにはジョーダンから招集がかかるだろう」

ニコが仏頂面をした。「どうせこっちは今夜は屋根の下でなんか眠れやしないんだ」

「約束するよ。明日の晩は焚き火と屋根の両方を用意してやる」グレゴーはジョーダンに向かって手を挙げた。「明日の朝、様子を見にくるよ。はたしておまえが勝利を手にしているか、あるいは這々《ほうほう》の体で生き延びているか、いずれにせよ楽しみだ」

ジョーダンは村をめざして丘を下っていく部隊を見送ったあと、あらためて宮殿を見上げた。

マリアンナがあの壁のなかにいる。

もうすぐ彼女に会える。話ができる。

ジョーダンは宮殿めざして坂道をのぼりはじめた。

玄関に足を踏み入れるなり、ジョーダンはうなじに強烈な一撃を食らった。

床に映る棍棒《こんぼう》らしき物影に気づき、とっさに扉の陰に顔を向けなかったら、もろに頭を殴られていたところだろう。みごとな命中とは言わないまでも、彼にうめき声をあげさせるには充分だった。

ふたたび棍棒が振りおろされると見るや、彼はそれを片手で受け止め、マリアンナの手から奪い取った。棍棒に見えた武器は、単なる木の枝だった。「くそっ、おれを殺すつもりか？」


マリアンナはさっと背を向け、逃げ去ろうとした。

その髪をジョーダンがつかみ、引き戻した。

マリアンナは痛みに顔をゆがめながらも、並みの女性なら悲鳴をあげるところをぐっとこらえた。かわりに振り向きざまに彼の腕にがぶりと歯を立てる。

ジョーダンの手が緩んだ隙を逃さず、その手を振り払って猛然と廊下を駆け抜け、階段に向かった。

が、六段めに足がかかったところで追いつかれ、がくりと膝をついた。仰向けに倒され、馬乗りになったジョーダンに両手を頭の上に押さえつけられる。

「離してよ！」

「離すもんか！」

「ばかだった」マリアンナがつぶやく。「大ばかだったわ、わたし。まんまと案内してくるなんて。ちょっと考えればわかることなのに……」ふたたびもがいた。「でも、あなたには絶対に渡さない！」

「じっとしてろ。痛い目に遭うぞ」

マリアンナは昂然《こうぜん》と彼をにらみつけた。「痛い目に遭うのはあなたのほうよ！」

「おれが？　まさか」ジョーダンの声がしゃがれた。「おまえは気づいてないかもしれないが、おれはこのバトルを楽しみはじめてる」

マリアンナの動きが止まった。その言葉の意味が呑みこめた。この姿勢だと、彼の硬く盛りあがった部分がこちらの体にぐっと押しつけられているのが、いやでも目に入る。「犯せるわけがない」かろうじて声を絞りだす。「そんなこと、できるもんですか」

いや、いまならそれも不可能じゃない気がした。なりゆきとはいえ、くんずほぐれつしているうちに、ここ数カ月のあいだに積もり積もった憤激やいらだちがいっきにはじけた。論理的思考など吹き飛び、歯止めのきかない欲望が彼をがんじがらめにした。ジョーダンはこのうえなく官能的な仕草で腰をくねらせ、彼女の体にこすりつけた。「どうしてわかる?」

マリアンナの体におののきが走った。下唇をきつく嚙みしめる。「あなたのことはよく知ってる」

「おれもおまえのことをわかってると思っていた」ジョーダンはマリアンナの喉に唇を走らせた。風と松の木の香り、それに嗅ぎ覚えのあるかすかな刺激臭が鼻をついた。が、それよりも彼の心を騒がせたのは、彼女が発散させるまぎれもない女のにおいだった。どんな香水よりもそそられるにおい。ジョーダンは彼女の首筋のへこみにそろりと舌を這《は》わせた。「なのにおまえがこのおれを裏切り、殺そうとまでするのを止められなかった」

「殺そうだなんて思ってなかった。殴りつけて気絶させてやろうと思っただけ。なんとしてもあなたを止めなきゃならなかったのよ」

ジョーダンの腰がまた動きだした。「こんなふうにされるからか? なぜだ? 嫌いじゃないはずだ。いまだって、両脚をおれの体に巻きつけたくてしょうがないんじゃないか。どうだ、違うか？」

マリアンナは震えがちに大きく息を吸った。「ええ、そうよ。だけど絶対にしない。あなたの怒りのはけ口になるのはまっぴらよ。あなたはわたしを犯せないし、わたしは誘惑に乗らない」

「ダルウィンドでも同じような闘いが延々と続いた」

「あのときより、わたしは強くなってるわ」

ジョーダンは彼女の顔をじっと見据えた。「ああ、そのようだな」にやりとする。「だが、こう思ったことはないか？　おまえが強くなればなるほど、おれたちの闘いがよけいに楽しいものになるだけだと？」

「起こして。こんな格好、衣装掛けにでも吊された気分よ」

「気に入らないか？　おれはまんざらでもない。おまえの全身の筋肉ややわらかい箇所をことごとく感じることができる。この姿勢のままおまえのなかに押し入ったら、さぞかし刺激的だと思うぞ。覚えているだろう、あの椅子の肘掛けで味わった快感を？　いまでも――」

「いいから起こして」ふいにマリアンナがまくしたてた。「わたしを犯す気なら、さっさとやればいいわ！」

わざわざ犯すまでもない。彼女はすでに待ちきれずに体をわななかせている。

マリアンナのぎらついた目が見上げていた。「さあ、やって！　やる気がないなら、わたしを自由にして」

彼女を自由にする？　そんなことは断じてできない。生涯ずっと、いや来世というものがあるなら、来世だってお断りだ。即座にそう思った自分に、愕然とした。

マリアンナが怪訝《けげん》そうに彼を見た。「どうかしたの?」

彼女を手放すなんてできやしない。けれど無理やり抑えつければ、彼女は逃げだそうとするだろう。「どうかしたもなにも、大問題だ」ジョーダンは苦笑した。「しかもよりによってこの瞬間に気づくとは最悪きわまりない」彼女の腕を離し、すばやく脇へ移動した。「起きろ」

意外な展開に驚きを隠せず、マリアンナはじっとしたままだ。

「起きろと言ったんだ」乱暴な口調でくり返した。「それから、頼むからそんな目で見るのはやめてくれ。そんなふうに見られると――」言い終えないまま、大きくあとずさる。

マリアンナはそろそろと起きあがり、目にかかった髪を払いのけた。「どうして――」

「地獄のような寒さだな、ここは」ジョーダンは立ちあがり、階段をおりはじめた。「薪《まき》になりそうな木でも拾ってくるとするか。あちこち探検する時間はあったんだろう、おまえは。暖まりやすい小振りの部屋がどこかにないのか?」

マリアンナはロビーの左側に見える扉を指さした。「あの控えの間に暖炉があるけど」

ジョーダンはうなずいてから警告した。「逃げようなんて考えるな。グレゴーと兵が村にいる。逃げようものなら、どこまでも追いかけるぞ」

「心配いらない。逃げるわけにはいかないの。やるべきことをやり終えるまでは」

斧《おの》が振りおろされ、丸太を真っ二つに切り裂いた。

ジョーダンはまるで不倶戴天《ふぐたいてん》の敵に相対するかのような勢いで、くり返し斧をふるっている。

窓からその姿を眺めながら、マリアンナは身震いした。彼がひどく腹を立てているのはわかっていた。その怒りを荒々しく発散させる姿は、見ていて背筋がうすら寒くなる。

それでいて、どこかなまめかしい。

ウルカヌス（古代ローマの火と鍛冶の神）。

そう、金槌《かなづち》をふるうウルカヌスのような粗暴さだ。斧を振りおろす直前に太腿の筋肉が盛りあがり、黒のシャツの下で肩の腱《けん》が引っぱられるのが見て取れる。階段であの体にのしかかられたときのことが思い出され、ふと体の芯が熱くなった。

金槌が勢いよく金敷を叩く。

いいえ、わたしなら金敷のようにおとなしくされるがままではいないだろう。強打には強打で対抗するのみだ。そして彼の体に触れるたび、拳を交わすたび、心が少しずつほどけていくのを感じるだろう。

ジョーダンにはそれがわかっていた。わたしの体がつねに打てば響くことを承知している。いつでも自分のものにできることをわかっていて、あえてわたしを自由の身にしたのだ。

ジョーダンは暖炉に薪を積みあげると、たきつけを用意して火打ち石を打った。「ここはどういう場所だ？」

「パーヴェル皇帝の宮殿だった」

「ずいぶん長いこと、空き家になっていたみたいだが」

「そうよ。一八〇一年に皇帝は暗殺されたんだけど、王家の人たちは誰ひとりこの場所のことを知らなかった。彼はここを、トンネルを掘った作業員たちに造らせたのよ」

たきつけに火がまわり、炎が燃えあがった。「のちに殺された作業員たちか?」

「そう」

ジョーダンはしゃがみこみ、炎の様子を確かめた。「錠あってこその鍵か」

マリアンナは黙っていた。

炎から目を離さずに、さらにたたみかける。「ジェダラーはどこだ、マリアンナ?」

いっそのこと教えてしまったほうがいいのかもしれない。どのみち探されたら、すぐにも見つかる。「廊下の先の礼拝堂にあるわ。見たい?」

「いまはいい」ジョーダンは立ちあがり、薪をくべた。「あとでおまえの手から渡してもらう。無理やり奪うことはしたくない」やにわに背を向けると、戸口へ向かう。「火を見ていてくれ。腹が空いただろう。鞍袋《くらぶくろ》から食料を取ってくるよ」

そしてそのまま、せめて一時間戻ってこないでくれたら……そのあいだに礼拝堂に駆けこんで仕事をやり終えることも不可能じゃない。でも、それは無謀な賭けだ。あの作業にはかなりの時間がかかるし、やり遂げるまでは誰の目にも触れさせるわけにはいかない。

いいえ、違う。そんなもの単なる言い訳にすぎないと、内心ではわかっている。本当は彼と一緒の時間を台なしにしたくないだけだ。作業内容を目撃されたら最後、彼は二度とわたしに会おうとはしない。その前にほんのつかの間、自分のために喜びを見いだしたところで罰は当たらないだろう。

ジョーダンが戻ってきたとき、炎はいよいよ勢いを得、室内の冷気をほぼ完璧に呑みこんでいた。彼は鞍袋を炉床におろし、肩を揺すってマントを脱いだ。「おまえの馬から鞍をはずして、厩舎に連れていった。あんなに長いこと外に立たせておいちゃ駄目じゃないか」

マリアンナは言い訳じみた声をあげた。「厩舎に連れていこうと思っていた矢先に、あなたとグレゴーが丘をおりてくるのが見えたのよ」

「そしておれの頭を叩き割ろうと目論んだわけだ」

「言ったでしょう、本気で傷つけるつもりはなかったって」

ジョーダンはわざとらしく首の後ろをさすった。「だが、思惑どおりにはいかなかった」

「ほんとに痛むの？」

「ああ、このとおりだ」と言いつつ、彼女の表情をうかがう。「いやに神妙な顔つきをしているじゃないか。めずらしいこともあるもんだ。もしやまたなにか企んでいるとか？」

「まさか」マリアンナは鞍袋に近づいた。「いまはないわ。お腹が空いてそれどころじゃないの。そのウサギ、串刺しにしてくれたら、皮をはぐのはわたしに任せて」

「そう言うだろうと思って、おまえがおれの頭に振りおろした木の枝を拾ってきたところだ。座って休んでいろ。おまえの助けは必要ない」埃まみれの椅子に目をやり、言い添えた。

「椅子じゃなくて、マントを床に敷いて座ったほうがまだましだろう」

「ここ数週間、汚れることなんて気にもしてなかったわ」そう言いつつも彼の提案に従って、暖炉の前の床に腰をおろした。そしてジョーダンが枝の先をナイフで巧みに削る様子をじっと見つめた。「グレゴーはどこへやったの?」

「村に向かわせた。明日の朝には、おれが生き延びてるかどうか確かめに戻ってくる」口元を悲しげにゆがめた。「このぶんじゃ、簡単にはいかなかったと報告するしかないな」ふと部屋の奥の壁を飾る、巨大な丸窓を見あげた。そのステンドグラスには、紫がかった丘に沈みつつある緋色《ひいろ》の太陽が、幾筋もの黄金色の光を放つ様子が描きだされていた。あでやかな窓ガラスを通過した陽光は多様な色をまとった光線となって、部屋の中央のオーク材の床にまばゆい光の円を映しだしている。「みごとな出来栄えだ。おまえのおばあさんの作品か?」

マリアンナは顔を輝かせてうなずいた。「この宮殿のステンドグラスはすべて、おばあちゃんの作品よ。すばらしいでしょう?」

「ああ」ジョーダンはあらためて窓に目をやった。「でも、おまえがキャンバロンで作った窓のほうが美しい」

マリアンナは目を見開いた。「ほんと?」とっさに訊いたものの、すぐに首を振った。「まさか、そんなことはありえないわ。おばあちゃんは偉大な職人だったんだもの。彼女より優れた作品を残した人なんていないのよ」

「マリアンナが現れるまでは」

「ほんとにそう思う?」控えめな声で訊いた。

「本当だ」

えも言われぬ喜びに心が打ち震えた。彼は本気でそう思ってくれている。たとえ真実ではないにせよ、彼の口からその言葉を聞けるだけで満たされた気持ちになった。「礼拝堂の窓を見たら驚くわ。おばあちゃんの作品のなかでも最高のものが飾ってあるの」

「そこにジェダラーを運んだわけだな」

マリアンナの顔から笑みが引いた。なにを話していても、最後は結局そこに落ち着く。ふたりのあいだの心躍る出来事にことごとく影を落とす。「そうよ」

「どうして？」

マリアンナは彼の顔から目をそらした。「そのウサギ、皮をはぐ役目をわたしに任せるの？　それとも自分でやる？　この数週間のあいだにすごく手際よくなったんだから」

一瞬、質問の答えをはぐらかしたことを咎《とが》められるのではないかと思った。だが、意外にもジョーダンはにこやかに微笑んだ。「ああ、知っている」炉床にひざまずき、わざと面倒くさそうに言う。「じゃあ、頼むとするか。こういう残酷な作業はおれの性に合わない」

マリアンナはにわかに気持ちが浮き立つのを覚えた。からかうような物憂げな口調。キャンバロンで何千回も耳にしてきた声音だ。来るべき闘いは避けようがない。だけどいまはまだそのときじゃない。いまはまだ。

「もっと食べろ」ジョーダンが渋面を作った。「ほんの二、三口しか食べてないじゃないか」

「もうお腹がいっぱい」串刺しにして暖炉でこんがりと焼いたウサギの肉をほんの少し。実際、それだけで充分だった。道中のわびしい食事のせいで、すっかり食欲が減退してしまったらしい。「残りはあなたがどうぞ」

「腹が空いていたはずだろう。昨夜からなにも口にしていなかったんだから」

「どうして知ってるの？」すぐに答えに思いあたって、やれやれと首を振った。「それほど間近で見張ってたってわけね」

　ジョーダンもかぶりを振る。「ニコに頼んだ」

「わたしったらどうしようもない間抜けね。そんなにぴったりとつけられているのに気づかないなんて」

「そうでもないさ。ニコは尾行のスペシャリストだ。それに、おれたちは何マイルも後方で様子をうかがっていた。おまえはよくやったよ。並みの男なんかよりもずっと」唐突に目をそらし、炎に見入った。きまりが悪そうにぽつりと言い添える。「誇りに思った」

　マリアンナは目をぱちくりした。「誇りに？　わたしを？」

「ああ」

「どうして？」

「つまり、それは、おまえのなかにいくつかつまらない資質を認めたためだ。おまえはあきらめない。前向きで、ライオンのように勇敢だ。ああ、それにもうひとつ」なおもマリアンナのほうを振り返らずに続ける。「おまえがおれのものだからだ」

　マリアンナの顔がこわばった。「わたしはあなたのものじゃない」

「いまはまだ違う。そうなるように手を打つ必要がある」ジョーダンはようやく顔をあげ、彼女と目をあわせた。「おれと結婚してくれないか、マリアンナ？」

　マリアンナは唖然《あぜん》として彼を見返した。「結婚？」

「おまえがおれと一緒にいるにはこれしか方法はないと考えたんだ。さすがのおまえも誓いを破るわけにはいかないだろうからな」

驚きのあまり、考える間もなく思いついたことを口にした。「あなたのお母さまは誓いを破ったわ」

「彼女にはそれなりの理由があった。おれの父親はとんでもないろくでなしだった。彼の二の舞を演じるほどおれはばかじゃない」

「本気じゃないんでしょう」

「どうしてそう思う？」

「だって、あなたはキャンバロン公爵よ。こんな結婚が許されるわけがない」

「ドロシーから聞かされた戯言を信じてるのか？」ジョーダンが憤慨して言う。「おれがこの結婚を認めるんだ。肝心なのはこのおれだけだ。ほかの連中なんかくそくらえだ」

マリアンナは首を振った。

「自分はおれと結婚するほどの価値もないと思ってるのか？」

マリアンナはつんと顎を持ちあげた。「なぜそんなことを思う必要があるの？　むしろ役不足なぐらいよ」

ジョーダンが含み笑いをした。「それなら了解だな」

「わたしの言いたいのはそういうことじゃなくて、きっとみんなが――」

「〝みんな〟の意見に耳を傾けるのはもううんざりだ」いきなりいかめしい顔つきになった。「おまえを妻として迎えたい。なんとしてもおまえを手に入れたいんだ」

「わたしが愛人にはおさまりそうにないから？」

「おまえが愛人でいいと言っても、おれが満足しないだろう。いまとなっちゃ、それ以上のものを手に入れたい」

「どうしてそこまで？」

ジョーダンは言葉を探すかのように押し黙った。「おまえを愛している」ようやくたどたどしく口にした。

瞬間、マリアンナは途方もない喜びに身を貫かれた。まさに奇跡。信じがたいほどの贈り物だ。どれほどどこの言葉を——

信じがたいほどの……？　そうだわ、そうよ、信じられない。信じられるわけがない。

一転して突き刺すような痛みが胸を襲った。これほど大喜びするなんて、間抜けぶりもこまでくるとたいしたものだ。ぐっとひとつ唾を呑んで、心を落ち着かせる。「ずいぶん都合のいいことね」

ジョーダンが低く毒づいた。「都合がいいだと？　これまで一度だって、女に向かって〝愛している〟なんて言ったことはないんだぞ。それを都合がいいだと？　都合なんていいわけがない。おれが好きでこんなことを言ったと思うのか？　苦しくて胸が張り裂けそうだ」

苦しいのはこっちのほうだ。刻一刻と痛みが増してくる。「わたしはばかじゃないとあなたは言ったわね。それなのに、そんな言葉を真に受けると思ってる」もはや勢いが止まらない。「二度と騙されるつもりはないわ、ジョーダン」唇をぎゅっと噛んで、震えを押しとどめた。「あなたは正直な人だといつも思ってた。ジェダラーを手にするために嘘までつくなんて思ってもいなかったわ」

ジョーダンの目が怒りにぎらついた。「ふざけるな。その気になれば、ジェダラーなどいつだって手に入れられる。この宮殿のどこかにあるんだからな」

「だけどパズルの組み立て方は知らない。それにはわたしが必要よ」

「ああ、おまえが必要だ。だが、そのためじゃない。パズルぐらい、おれが自分でなんとかする。そうじゃなくて――」マリアンナの表情を目にして口をつぐんだ。「どうやら時間の無駄のようだな。おまえはおれを信頼していない」

「わたしを責めるつもり?」

ジョーダンは苦笑いを浮かべた。「いいや、あれこれ疑問に思うのは無理もないことだ。ようはおれが自分自身を証明してみせるしかないということだ」

マリアンナはじれったそうに首を振った。「そんな時間があるもんですか」

「ばかを言うな。時間などその気になればいくらでもある」いらだちと憤激が引くのを待つかのように、ジョーダンはひとしきり間を置いた。「この仕事が終わったら、おまえを口説きにかかる」

この仕事が終わったら、わたしの顔など見たくもなくなるはずだ。そう思うと激しいパニックに襲われた。手を伸ばして彼に触れたい。ぬくもりに身を浸して、気の滅入るような今後のことなど忘れてしまいたい。「やめて!」

ジョーダンの唇がきつく引き結ばれた。「いい加減にあきらめたらどうだ。おれはなんとしてもおまえを手に入れてみせる。なんならドロシーの望むような、洗練された清く正しい人間に生まれ変わったってかまわない。ほかになにが望みだ？」

マリアンナは動揺を押し殺しつつ言った。「ダルウィンドでの体験をもう一度」ひと息ついてからつけ足した。「いまここで」

ジョーダンの動きが止まった。「おれのことを信じてもいないのにか？」

マリアンナがうなずく。「信じてなくたって、あなたが快感をもたらしてくれることはわかってる」

「なるほど。おれは快感をもたらすための道具というわけか？」

「あなただってダルウィンドじゃ、わたしにそれを望んだんじゃなかった？」

「そうとばかりも言いきれない。実際、あのときのおれの動機は、自分自身でも理解不能だった」肩をすくめる。「しかし、役割自体に不足はない。せいぜい喜ばせられるように努力するさ。さあ、服を脱げ」

マリアンナは当惑しきって彼を見つめた。

「よほど切羽詰まってるようだから、一から口説くような真似をして時間を無駄にすることもないわけだろう」早くもシャツのボタンをはずしはじめる。「歯の浮くような台詞《せりふ》も必要ないというわけだ」

「そんな台詞、あなたの口から聞いた覚えはないけど」ジョーダンが口にする誘惑の言葉はいつだって露骨で、官能の色を帯びて妖しくきらめいていた。

「愛欲の虜《とりこ》みたいな顔で、真剣に聞き入っていたくせに」ふだんの嘲《あざけ》るような口調の奥にかすかに毒が含まれているのを、マリアンナは感じ取った。ジョーダンはシャツを脱いだ。

「あれほどがっついた女ははじめてだったよ」

「わたしを傷つけたいのね」

「なにをばかな――いや、そのとおりだ」ジョーダンの唇がゆがんだ。「だが、そんなことはどうでもいい」腰をおろし、ブーツを脱ぎにかかる。「多少の諍いはベッドへ入る前のいい刺激になる」

どうでもよくなんかない。この最後の交わりのときだけは、憎悪や怒りで汚されたくない。

「だが、たぶんおれの読み違いだろう。おまえの望みはもっとほかにある」

わたしが彼を傷つけた？　そんなばかな。わたしにそんな力はないはずだ。ちゃんと現実を直視しなくては。いまこの瞬間だって、彼はまぎれもない敵に違いないのだ。マリアンナはマントを脱ぎ、ぽとりと床に落とした。「いいえ、欲しいのはこれだけ」

「嘘だ！」ジョーダンの目がぎらついた。大きくひとつ息を吸うと同時に、その顔が嘲りと官能の仮面をまとうのが見えた気がした。彼は椅子の背にそっくり返った。「それなら、マント以外のものもさっさと脱ぐんだな。いい加減じらされてうんざりしてきた。なんなら手伝ってやろう」

「けっこうよ」マリアンナは震える手でガウンに手をかけた。「自分でやれる」

「ほう、さすがは独立心が旺盛な女だけのことはある。前にも言っただろう、おまえのその資質にどれほど感心しているか」

「それを潰そうとしたんじゃなかったの」

「おまえの気質を破壊しようなどと思ったことはない。ただ、おれ以外がそのすばらしさを享受することのないように、多少方向修正しようとしたまでだ」ジョーダンは立ちあがり、一枚残らず脱ぎ捨てると、ふたたび椅子に腰をおろした。全裸でなお、堂に入った落ち着きぶりだ。「以前モロッコのスルタンのもとを訪れたことがあってね。彼は壮麗な宮殿にみごとな財宝を蓄えていた。その当時はうらやましいとも思わなかったが――」マリアンナの裸体に目をくれ、思わず声がしゃがれた。「いまは心底うらやましい。部屋の真ん中まで歩いてくれないか？」

「どうして？」

「おれを喜ばせるためだ。あとでおまえのことも喜ばせてやると約束するよ」

マリアンナはそろそろと部屋の中央に進みでた。背骨のくぼみや腰の曲線に、食い入るような彼の視線が注がれているのがわかる。ふいに立ち止まり、彼に向きあった。「冗談じゃないわ、こんなの。競売にかけられた奴隷《どれい》みたいな気分よ」

「独立心豊かな女性としちゃ、許されざる体験というわけか。そんなつもりはなかった。いいから、あと数歩進んでくれ」

なおも気乗りしなかったが、突然、ジョーダンの狙いに気づいた。彼の言葉どおりにさらに四歩進むと、ステンドグラスの窓から差しこむ陽光の織りなす、まばゆいばかりの色の輪にすっぽりと取り囲まれた。無防備の裸体が暖かな日射しにそっと包まれる。

「美しい」ジョーダンが囁いた。「海からあがった瞬間のネレイス（ギリシャ神話に出てくる海の精）のようだ」

マリアンナは自分の体に目を落とし、奇妙な興奮に背筋がぞくりとするのを覚えた。自分の体ではないような気がする。緋色と黄金色のラインが体の上で幾筋も交差し、それ以外のところは淡いピンクと薄紫色が競うように染めている。いったい自分の髪はどんな色に見えているのだろう。そっと髪に手をやり、頭を前後に振ってみる。肩の上ではねた髪はしっとりと重みがあって、どこかなまめかしい気分にさせた。体全体が別の人間のものになってしまったかのような不思議な感覚。「ネレイスならもっと冷たい感じで、青色の印象だわ」「おまえの描くパネルのなかではそうかもしれない」ジョーダンが椅子から立ちあがる気配がした。「おれのネレイスは日射しを浴びに海から抜けでてくる。冷たい感じなど少しもない」

ジョーダンもまた光の輪のなかに足を踏みだし、日射しとひとつになった。目を奪うほどの美しい裸体。すでに下半身が猛々しく頭をもたげている。頬には余分な肉はなく、明るい色の瞳がきらめきを放って、こちらを見下ろしていた。「おもしろいと思わないか？　まるでステンドグラスの窓のなかにすっぽり入りこんだみたいだ」

マリアンナは唾を呑んだ。「ステンドグラスの窓なら、壁に掲げられてないと」「人目にさらすとなると、いささか問題ありだな」そう言いつつ、マリアンナの胸に目をやった。「どうやらおまえも同じらしい」

ジョーダンの言うとおりだった。もはや体は熟しきって、彼の顔を見るだけで太腿の付け根のあたりがちくちくとうずいてくる。幾筋もの光の筋をまとった筋肉質の体。かつて目にしたことのない美しくも官能的な生き物がそこにあった。

「気に入ったようだな」彼の囁き声がした。「当然といえば当然だ。美しい窓をいくつも作りながら、ときには自分がその一部になるような感覚を味わってきたんだろう。もしくはそうなりたいと切実に望んだか」一歩、体をすり寄せてきた。「いま、その夢が叶ったんだ」

体が震えてしかたがなかった。ジョーダンはこちらを見下ろすほどのたくましさだというのに、わたしときたらちっぽけで無力で、女以外のなにものでもない。

ジョーダンは彼女の手を取って自分の体にまわし、小刻みに全身を震わせた。「おまえの仕事にはいつも嫉妬していた。決して立ち入らせてはもらえなかったからな。おれはおまえのすべてが欲しかった」別の手で彼女の胸を覆った。「華奢《きゃしゃ》な体だ。片手じゃとてもおれの体を抱えきれない」さらに小声で続ける。「考えてみるといい、いまのおれたちがどんなふうに見えるか。おれたち自身がパネルのなかの人物になったと想像してみるんだ」

言われたとおりに想像してみる。たしかに彼の姿は見えるけれど……

いいえ、見える。ふたりの姿が鮮明にまぶたに浮かんでくる。彼の親指にじらすように乳首をいじられて、おのずと胸が高鳴った。

「おれもパネルの一部になれたかい？」とジョーダンの声。

「ええ……」

ジョーダンが微笑んだ。「それだけじゃ満足できない」やにわに彼女の体を持ちあげると両脚を腰に巻きつけさせ、いっきに奥まで貫いた。「一部じゃなくて、すべてになりたい」

マリアンナは甲高い声をあげ、両手でしっかと彼の肩にしがみついた。

「おれを奪ってくれ！」ジョーダンがしゃがれ声でうめいた。マリアンナの体をぴったりと引きつけたまま、無我夢中で腰を揺らす。「おれのすべてを！」

マリアンナはうめき声を漏らし、みずから荒々しく腰を押しつけた。光の輪に足を踏みだしたときの自分とは別の女性になった気がした。ジョーダンが膝をついたのを意識の端でぼんやりととらえた。床の上に仰向けに押し倒され、ひやりとした硬い感触が背中に当たる。けれど太陽はどこまでも暖かく体を包み、ジョーダンの体もまた熱を帯び……。こちらを見下ろすジョーダンの顔は暗い影でしかないが、その体は燃え立つような光のなかにくっきりと輪郭を浮かびあがらせていた。

ウルカヌスだ。熱に浮かされながらぼんやりと思う。金槌を叩きつけるウルカヌスそのもの……

束ねられていたジョーダンの黒髪がはらりとほどけ、腰を突き刺すたびに胸をかすめる。

「おれの——ことだけを——考えろ」腰の動きにあわせてとぎれとぎれにうめく。「おれには——」

「黙って!」マリアンナがあえいだ。「なにも考えられない。さっぱりわからないの、あなたがなにを——」

背中を弓なりに反らせ、激情のほとばしりに全身をゆだねた。ジョーダンのしゃがれたうめき声が耳元で聞こえた気がした。

ふたりはひとつになったまま、日だまりのなかで横たわっていた。あとからあとから押し寄せる波に全身を震わせる。

「おまえはこれをあきらめきれるというのか?」ジョーダンが低い声で訊いてきた。

あきらめるのはあなたのほう。マリアンナは現実に引き戻される思いがした。「いまはその話はしたくない」

ジョーダンがおとなしく引きさがるはずはないと思いきや、意外にも短く押し黙ったあげくにあっさり言った。「それもそうだな。せっかくいい気分でいるところだ。どうやらおまえも満足してくれたようだし」

マリアンナは唇を濡らした。「起こして。火のそばに行きたいの」

「それは悪かった」マリアンナの体の上からおりると、彼女を起こして光の輪のなかに膝をつかせてやった。「おまえに覚えておいてもらいたいことがもうひとつある」自分も彼女の前に膝をつき、両手を取ってじっと目をのぞいた。「これは本当だ。おれはおまえを愛している。おまえの体も心も魂も愛している」彼女の手を唇に押しあてた。「おまえのすべてが欲しい。かわりに与えられるものがなにもなくて申し訳ないが、しょせんおれは利己的で傲《ごう》慢《まん》な人間だ。グレゴーから聞かされているだろうが、おれの魂は慢性的に危機的状況なんだ」

いいえ、彼のほうこそ与えるべきものを豊富に抱えている。才覚に勇気、知性に誠実さ。できることなら手を差し伸べて、彼が与えてくれるものをことごとく受け取りたい。けれど、もはやそれは叶うことのない夢。危険が大きすぎる。

マリアンナは黙ったままでいた。

ジョーダンは肩をすくめた。「どうやらおまえもグレゴーに同感ということらしいな」両腕で彼女を抱きすくめた。「抵抗したところで無駄だぞ。運命は間違いなくおれの味方だ」彼女の頭をやさしく撫《な》で、前後にゆっくりと体を揺すった。「永遠にひとつになる運命じゃなかったら、こうやって結びあわされるはずがないだろう？　これこそが運命なんだ」

いますぐ彼の腕を振り払って逃れなくては。こんなふうにやさしくされるなんて、まったくの不意打ちだった。身を焦がすほどの欲望よりもよほど耐えがたく、このままじゃ別れがつらくなるばかりだ。

それでも、マリアンナは身じろぎひとつできなかった。彼をあきらめるなんてできない。いまはまだ。

ジョーダンの体にまわした腕にぎゅっと力を込める。ふたりはそのままひざまずいていた。最後の日射しが名残り惜しげに薄らいで、やがて光の輪がふたりの周囲からゆっくりと退いていくまで。

16

「どうしてダイヤモンド公爵と呼ばれているの？」

ジョーダンの舌が彼女の乳首のまわりをそっとなぞった。「なぜそんなことを訊く？」

「ずっと前にドロシーから聞いたことを思い出したの」

「それでいま、急に不思議に思ったと？」

「あのとき聞いたのは、ダイヤモンドの入った袋を女性に渡すとかなんとか、そういう話だったから……詳しく聞きたいとも思わなかった」

「それなのになぜいまは訊きたがる？」

それはジョーダンのすべて、善も悪もすべてを知りつくしたいという切実な思いからだ。あらゆる側面、あらゆる資質を味わっておきたい。いずれそれらはすべて思い出に変わる。それならばいっそ、ことごとく網羅したひとりの人間の思い出であってほしいと思う。「いいから教えて」

「ずっと昔の話だ」ジョーダンがいらいらと説明する。「あんなばかげたことは二度としない」彼女の胸に頬をこすりつけた。「それに妻の耳に入れるような話じゃない」

「わたしは妻じゃない」

たいの」

「いずれそうなる」

あえて反論は控えておくことにした。この貴重な瞬間を台なしにしたくない。「でも知りたいの」

ジョーダンは頭をもたげた。「不愉快になるだけだぞ」

マリアンナはまつげの下から彼を見上げ、からかうような調子でつぶやいた。「あなたのことならもう充分に知ってるもの。これ以上悪い話があるわけないわ」

ジョーダンはたじろいだ。「すばらしき慰めの言葉。だが、残念ながら同意しかねる」彼女の手を持ちあげ、手のひらに唇を押しつけた。「おれのいまわしい過去に関しちゃ、まだまだおまえの知らない、いや知るべきじゃない話がわんさとあるんだ」ふと思いついたように尋ねる。「なんだ、このにおいは?」

マリアンナはぎくりとし、あわてて手を引っこめようとした。「においって?」

ジョーダンは彼女の手のひらに顔を近づけて鼻をひくひくさせた。「さっきも気づいたんだが。どこかで嗅いだ記憶はあるが、はっきりとは思い出せない……」

「馬よ」マリアンナがすばやく言った。「言ったでしょう。この旅のあいだずっと、体を洗うチャンスがほとんどなかったって」笑顔を取り繕《つくろ》った。「それにしても、わざわざそんなことを指摘するなんて紳士らしからぬ行為だこと」ここはなんとしても彼の気をそらさなくては。「それともさっきの質問をはぐらかそうとでもしてるの? ダイヤモンド公爵のこと、どうしても知りたいの」

ジョーダンは眉をひそめた。「あきらめない気か?」と言って、しぶしぶ彼女の手を離す。

もうひと押しだ。彼の脳裏からあのにおいの記憶を完全に締めだしてしまわなくては。顎を固く引き締めて言う。「上流階級の人たちはみんな、そのあたりの事情に通じてる。だいたいにおいて不公平だわ。あなたはわたしのことをなにもかも知ってるくせに、わたしのほうは——」ジョーダンが降参の仕草をするのを見て、ようやく口をつぐんだ。

「ばかばかしい思いつきだった。ひと晩楽しんだあとに、ダイヤモンドの入った革のポーチを相手の女性のために用意した。おれを一回喜ばせれば、ダイヤモンドの数はひとつ、といった具合にね」きまり悪そうに目をそらす。「女たちのあいだに競争意識をあおるのが目的だった」

違う、それだけじゃないはずだ。「ドロシーはなにかもっと別のことを話してた……ポーチの話になるとみんなが笑ったとかなんとか」

「ドロシーめ、そんな話をおまえにするなんていかれてる」肩をすくめ、そっけなく言い放った。「そのポーチの置き場所さ、彼女たちがおもしろがってたのは」

「置き場所って——」はっと思いあたり、顔を赤くした。

「だから、不愉快になると言っただろう」

「不愉快どころじゃない！」マリアンナはさっと起きあがり、マントを手に取った。「淫らで下劣もいいところだわ」勢いよく立ちあがり、マントを羽織るや戸口に突進する。「あなたそのものよ」

「どこへ行く気だ？」

「あなたからうんと離れたところよ。これだけ広いからには、どこかにあるでしょう、あなたの顔を見なくてすむような――」

「もう何年も昔の話だ。あのころのおれは、ほんの若造だったんだ」ジョーダンも立ちあがり、彼女を追ってロビーへ向かう。「火のそばに戻ってこい。こんな寒いなかをうろついちゃ体に毒だ」

「そんなことは関係ない。あなたは生まれつき淫らで好色な悪党で――」

「なぜそんなに腹を立てる?」ジョーダンが彼女の肩をつかんだ。「訊かれたことに答えただけだぞ」

「だって、思ってもみなかった――」そう、これほど痛烈にこたえるなんて。放蕩《ほうとう》な少年が乱痴気騒ぎに興じる図が、これほど怒りと痛みを呼び起こすなんて。わたしは間違っていたんだ。ジョーダン・ドラケンをまるごと知りたいだなんて無謀もいいところ。なぜなら、彼の過去にはつねに大勢の女性がつきまとっているのだから。「こんなにひどい話を聞かされて、ショックを受けないほうがどうかしてるわ」

ジョーダンは目を細め、彼女の顔にじっと見入った。「ショックじゃない。嫉妬だろう?」

マリアンナはあわてて首を振った。

「嫉妬して当然だ。もし逆におまえからダイヤモンド公爵の話を聞かされたりしたら、おれはそいつを殺す……おまえも一緒に」一歩、近づいてきた。「だが、それにはおれなりの理由がある。さっきも言ったが、おれはおまえを愛している」

「そんなこと――」

彼の唇が覆いかぶさってきて、続く言葉をあっさり呑みこんだ。舌と舌が激しく絡みあう。

息をつくのさえままならないと思ったそのとき、ふっと彼が顔を離した。「おまえも同じような感情をおれに対して抱いているはずだ。少なくともそれに近いものを」

「まさか」マリアンナが心許ない声を漏らす。

ジョーダンは不敵に笑った。「それなら自分をごまかしているだけだ。こんなふうに取り乱した以上、おれにはそれ以外に理由は思い浮かばない。ほかになにか見落としていることがあるとしたら、すぐにも確かめておかなければな」

「なにをする――ジョーダン！」

彼女を抱えあげると、さっさと階段へ運んでいく。

「おまえを押し倒したい」階段をのぼりながらかすれ声で言う。「ついさっきのように。ただし、今回は隠しごとはなしだ」六段めで足を止めた。「こうするのがいちばんいい」

「わたしは望んじゃいないわ」

マリアンナの体を階段に横たえ、自分も馬乗りになる。じれったそうに彼女のマントを押し広げた。肌と肌が触れあった瞬間、マリアンナは息を呑んだ。すでに充分硬くなったものが押しあてられる。

「それなら、おれを納得させてみろ。そうすれば離してやる」親指と人さし指で縮れ毛をやさしく引っぱった。「納得させてみろ」

熱いさざ波が体を駆け抜け、乳首の先が知らぬ間にふくらんだ。

踊り場の細長い窓から差しこむ月明かりがクリスタルのシャンデリアに当たり、冷たい輝きを放っているのが彼の肩越しに見える。冷たさと熱さ。闇と炎。支配と服従。官能の影に溶けて薄らいでいきそうな怒りを、マリアンナは必死でたぐり寄せようとした。「ポーチを渡した女たちとわたしを一緒にしないでよ。こんなことをされて——」

「黙って」彼の指が唇に押しあてられ、あえなく引きさがった。「おまえの場合は同じやり方はしない。いつかダイヤモンドをプレゼントするにしても」いたずらっぽく瞳をきらめかせる。マリアンナがびくっと身構えるのを感じると、身を乗りだして彼女の耳に囁《ささや》いた。「ロンドンにいる弁護士に、飛び抜けて大きなダイヤモンドをふたつ預けてある。透きとおったきらめきを放つ、それはそれは美しい石だ。おまえのようだよ、マリアンナ」

「ダイヤモンドなんて欲しくない」

「いや、あれなら欲しくなるはずだ」二本の指をするりと彼女のなかへ押しこんだ。「なにせここに入れておくんだから」

マリアンナはあえぎ、背中を弓なりに反らした。

ジョーダンの指がじらすように出たり入ったりをくり返す。「なかなかいい考えだろう。おまえがここにダイヤモンドを隠し持つ」三本めの指が加わり、さらに動きがせわしなくなった。マリアンナはひたすら唇を噛んで声を押し殺した。「おまえもきっと気に入ってくれる。働くときも食事をするときも馬に乗るときも、ダイヤモンドと一緒だ。体を動かすたびに石がこすれて、このうえない快感をもたらしてくれる」

刺激的な言葉といたぶるような指の動きがあいまって、彼女を狂乱の渦へと引きずりこんでいく。もはやジョーダンが身じろぎし、こちらの姿勢を変えたことさえもほとんど意識にない。淫らな彼の笑顔が目の前に迫ったかと思うと、耳元で囁き声がした。「そして愛の営みをするたびにダイヤモンドを取りだすのが、おれの最大の特権だ」

ジョーダンがいっきに奥深く貫いた。

マリアンナは悲鳴をあげ、やみくもに手を伸ばして彼をつかもうとした。ジョーダンは彼女の両脚を自分の腰のあたりまで持ちあげると、獣のような荒々しさで狂ったように腰を振った。

マリアンナはすすり泣いた。彼の肩にしがみつく以外にどうしようもない。次つぎに襲いかかる激情の波は想像をはるかに超えていた。もはやこれが限界と思うが早いか、彼にさらに高みに引きあげられ、もっと先があるはずと貪欲《どんよく》になる。ジョーダンは獰猛《どうもう》な男そのもの。そして彼女はといえば、その粗暴な荒々しさを喜んで受け入れる女だった。

ついにクライマックスが訪れたとき、マリアンナは小刻みに体を痙攣《けいれん》させた。長く苦痛に満ちた叫び声が、アーチ型の天井にこだまする。

ジョーダンもまた激しく息をあえがせていた。顔をもたげて彼女を見下ろした。「少しばかり乱暴すぎたようだ。大丈夫だったか？」

ええ、なんともない。ぐったりして力の入らない手足と、世界がいったん終焉《しゅうえん》を迎え、ふたたび生まれ変わったようなこの奇妙な感覚以外は。「大丈夫よ」

「おまえにわかってもらいたかったんだ」ジョーダンの手がいとおしげに頬を撫でる。「ダイヤモンド公爵はもうずっと昔の話、別の男だ。もし彼をよみがえらせるときがあるとすれば、唯一おまえのためだ。おまえに快感をもたらすため」決して揺らがない視線は、彼女に信じさせずにはおかない力を秘めている。「いまも、そしてこれから先もずっと、おまえだけのためだ。わかってくれるかい？」

「ええ」

「それでもまだ、おれのことは信じられない」それは質問ではなかったが、否定してもらいたいと思っていることは明らかだった。

危うく彼のことを信じかけた。わたしのことを愛していると言った彼の言葉も。信じるところだった、もう少しで。

「寒い」かわりにそうつぶやいた。

ジョーダンの顔から希望の色が引いていった。無理やり笑顔をこしらえる。「そうだったな」マリアンナの上からおりて立ちあがる。彼女の手を引いて起きあがらせると、マントを肩にかけてやった。「火のそばへ戻ろう」彼女の手を取り、先に立って階段をおりた。「さっきも同じ台詞を言ったっけな。あのときおまえが言うことを聞かなくて、つくづくよかった」

マリアンナはマントを羽織っているというのに、彼のほうは一糸まとわぬ姿だ。「あなただって寒いはずよ」

ジョーダンは首を振った。「いまのおれは二度と寒さなど感じないような気分なんだ」控えの間の扉を閉めると、暖炉の前のラグへと彼女を促す。「横になれ。おまえが眠るまでこうして抱いていてやるから」

ダルウィンドのときのように。あの数週間は恐怖と憤りにがんじがらめになって、いまから思えばこのうえなく貴重なふたりだけの時間をありがたく思うような余裕はなかった。でも今夜は違う。今夜こそはとことん味わいつくそう。

マリアンナは体を丸め、ジョーダンにぴったり寄り添った。明日のことを考えるのはやめよう。ジョーダンの腕にすっぽり包まれていると、今夜だけは、彼が口にした言葉はすべて真実だと信じられるような気がした。そう、今夜だけ。彼がわたしを愛していると言ったのは決してジェダラーを手に入れるためではないと、信じるふりをすればいい。彼の情熱は唯一このわたしだけに向けられたものだと。

この愛は永遠に続くものだと。


「おお、なんたる光景だ」

マリアンナが寝ぼけ眼《まなこ》を戸口に向けると、グレゴーの姿があった。

「くそっ、グレゴー」ジョーダンはあわてて床からマントを拾いあげ、マリアンナの体を覆った。「ノックぐらいできないのか」

「ひどく急いでいたもんでね」グレゴーは晴れやかな笑みを浮かべた。「それにこの部屋にはなんら恥じるものはありゃしない。実際、ふたり並んだ姿は美しかった」笑いをおさめて言い添えた。「ネブロフの姿を見つけるよりはよっぽどいい」

「ネブロフ」背筋にひやりとしたものが走った。マリアンナはさっと起きあがり、顔にかかった髪を払いのけた。「彼がここに?」

「いや、まだだ。ニコの話じゃ二時間後に着く」

「規模は?」ジョーダンが尋ねた。

「百人、いやそれ以上だ。猛スピードで向かってきている」

「対するこっちは二十人か」ジョーダンがなにやらいまわしい言葉を吐いた。「ニコに見張られていることをやつらは？」

グレゴーが首を振った。

「それならまだ奇襲という手は使えるな」ジョーダンが早くも服に腕を通す。「連中もおれたちと同じように丘を下ってくるしかない。あそこならうまくやれば——」

「だめよ」マリアンナがふいに口を差しはさんだ。「彼をここに連れてきて」

ジョーダンが非難めいた目を向けた。「なんだと？」

「彼をわたしのところへ連れてきてちょうだい」

「冗談を言うな」

「こっちには彼と戦えるほどの兵が揃ってないわ」

「そうともかぎらないぞ」とグレゴーが意見した。「おれたちの兵はネブロフの兵なんかより三倍も優秀だ」

「だとしても数で劣るのは間違いないわ」マリアンナが言い張った。「この宮殿に兵を隠してからネブロフに会いにいって。そして取引に応じると持ちかけるのよ。見逃してくれたら、わたしとジェダラーを引き渡すと」片手を挙げ、反論しかけるジョーダンをたしなめた。「それからここに彼を連れてきてちょうだい。宮殿のなかに全部隊を引き連れて入るわけにはいかない。万が一でも叩き潰すチャンスが生まれるわ」

「つまりはこういうことか？　このおれがやつをおまえのもとに引き連れてくると？」ジョ

ーダンはひと言ひと言嚙み砕くように言った。「おまえを目の前にして、やつがいかに狂暴になるかわかってるのか？」

「もちろんわかってる。だけど、トンネルの在り処を突き止めるまではわたしを殺すわけがないこともわかってる」マリアンナは淡々と持論を展開した。「それにうまくいけば、これを最後に、彼の醜い顔を見ないですむかもしれないってことも」

「ふざけるな。二度までもおまえをおとりに使うわけにはいかない」

「言っておくけど、これまでだって、あなたに押しつけられたからといって望まない役まわりを演じたことは一度もなかったわ。今度もそう。これはわたしが選んだことなの」マリアンナはグレゴーを振り返った。「彼を説得して。頭さえ叩き切れば蛇は死ぬわ。ネブロフを殺せば彼の兵は襲ってはこない」

「いかにもそのとおりだ」グレゴーが相づちを打った。「だが、頭を叩き切るのは容易なことじゃないぞ」

「でもあなたたちがあの丘で全部隊を相手にするよりは、ここでチャンスを待ったほうが勝ち目はあるわ」

「彼女の言い分はもっともだ」グレゴーがジョーダンのほうを向いた。「それに万一おれたちがやられるようなことになれば、いずれやつはここに来るんだ、彼女のもとへ」

「彼女を一緒に連れていけばそうはならない」

「わたしは一緒には行かない」マリアンナはじっと彼の目を見た。「馬に縛りつけてでも連れていくと言うなら別だけど。いいから彼をここに連れてきて」

「どうしてそこまで片意地を張る？」

「わたしが正しいから」うんざりしたようにあとを継いだ。「それに終わらせなきゃならないからよ。あなたもいつだったか言ったわよね、ネブロフは決してあきらめないって。そうよ、そのとおり、なにも変わらなかった」ひときわ顔がこわばった。「アレックスを傷つけられた以外はなにも。これ以上わたしの愛する人たちを傷つけさせるわけにはいかない。彼は死ぬべきなのよ」

「ああ、やつは間違いなく死ぬ。だが、ここでじゃない。おまえと――」

「彼をここに連れてきなさい。さもないとわたしが自分で行って、彼を連れてくるわ」

「くそっ」落胆のにじんだ声でつぶやいた。ひとしきりマリアンナの顔を見つめたあとで、唐突に背を向ける。「来い、グレゴー。命令を聞いただろう。やつを引っ捕らえてここへ連れてくるぞ」

「礼拝堂で待ってるから」マリアンナが後ろから言った。

ジョーダンがちらりと背後を振り返った。

マリアンナが首を振る。「命乞いの祈りをしようってわけじゃないわ。言ったはずよ、ジェダラーはあそこに置いてあると。ネブロフを二度は騙せない。望みのものを見せないわけにはいかないわ」

「それだけはしないと誓ったはずじゃなかったのか」

「状況が変わったの。ほかに選択肢はない」

「わかってるだろうが、おれもやつと一緒に戻ってくるんだぞ。ネブロフになにを見せるにしろ、おれもこの目で目撃することになる」ひと息ついた。「たとえネブロフを排除できたとしても、おまえの負けに変わりはない」

「負けることは覚悟のうえよ」彼の意味するところの負けではなく、彼の想像をはるかに超えた悲惨な敗北。「いずれ向きあわなければならないの」

「マリアンナ……」ジョーダンは彼女のほうに足を踏みだしかけたが、思いとどまった。

「くそっ、時間がない」きびすを返し、大股で部屋を出ていった。

グレゴーが言いにくそうに切りだした。「彼を責めないでやってくれ。やりたくてやってるわけじゃないんだ」

「誰も責める気はない」運命には逆らえないと言ったジョーダンの言葉が、にわかに真実味を帯びて感じられた。それ以外に説明のしようがない。ここまでたがいの人生を複雑に絡みあわせてしまったなりゆきを。「いいえ、それは嘘ね。ネブロフを責めるわ」

グレゴーは彼女の表情をうかがった。「もう、やつのことを恐れちゃいないんだな」

「そう言えるといいんだけど」つくづくもどかしそうに言った。「でも、恐怖にがんじがらめになるわけにはいかない。ずっと何年間も、恐怖のせいで自分は無力な人間だと思いこんできた。でもわたしは無力じゃない。あいつは母さんを殺したし、アレックスを傷つけもした。これ以上愛する人を傷つけさせるわけにはいかないの」

「グレゴー!」

ジョーダンの声が廊下から響いた。グレゴーは一瞬、立ち去りがたい様子を見せたが、ほどなく部屋を出ていった。

マリアンナはじっと聞き耳を立てて待った。やがて馬の蹄《ひづめ》が中庭の敷石を蹴《け》る軽やかな音を聞き届けると、すばやく服を身につけた。控えの間をあとにし、礼拝堂へ向かう。残された時間は二時間、いや、もっと少ないかもしれない。それでもここへ到着した直後にいくらか準備をしておいたおかげで、どうにか間に合うだろう。

礼拝堂の扉を開け、ふと足を止めた。説教壇の上方で神々しいほどの光を放つステンドグラスの窓を見上げた。

祈るつもりはないとジョーダンに言ってはみたものの、知らぬ間に小声で祈りを唱えていた。

そうよ、運命だって、ときには手を抜いてくれるかもしれない。

彼らが近づいてきている。

マリアンナは体を硬直させた。幾対ものブーツが大理石の廊下を踏みしめる乾いた音が響いてくる。ほんの二、三秒後にはネブロフがその扉から現れるかと思うと、全身の毛が逆立つ思いがした。

マリアンナはステンドグラスの窓を見上げて、そっとつぶやいた。「助けて、おばあちゃん」

いいえ、恐れる必要などない。なにもかも策は尽くしてあるはずだ。

でも万一、なにかが予定どおりにいかなかったら？　そうなったら最後——

「礼拝堂を舞台にすればひどい目に遭わずにすむなどと思ったなら、がっかりすることになるぞ」ネブロフだった。「ドラケンには約束した。やつの命と安全な帰路は保証してやると。だが、その取引におまえの分は含まれてない」

マリアンナは覚悟を決め、信徒席から立ちあがると、彼と向きあった。

ネブロフの異様に大きな目が勝利の歓喜と興奮にぎらついていた。ジョーダンと、緑と金のネブロフ軍の制服に身を固めた四人の兵士を従えて、のっそりと側廊をこちらへ向かってくる。「ごきげんよう、閣下」マリアンナはにこやかに挨拶した。

「ジェダラーだ」ネブロフがじれったそうに言う。「言うまでもないことだが、もう一度こ
のわたしを騙そうなどと考えたらどんな目に遭うか、わかっているだろうな。その喉を掻き切ってやる。耳から耳まですっぱりとな」

「脅す必要はない」ジョーダンが横やりを入れた。「望みのものを見せると、彼女は約束したんだ」

「ジェダラーをお見せするわ」マリアンナは兵士たちを眺めやった。「でも、彼らの前で見せてもかまわないのかしら。パーヴェル皇帝は目撃者はすべて、危険で不都合な存在だと考えてたみたいだけど」

ネブロフは一瞬迷いを見せたが、すぐに兵士たちに向かって退室するよう手を振った。

「廊下で待て」

護衛たちが外に出て扉が閉まるのを待って、マリアンナは祭壇へ歩いていった。

「どこへ行く？」ネブロフが金切り声をあげた。

「ジェダラーは祭壇の後ろに隠してあるの」マリアンナはガラスのパネルを取りだした。

「聖餐《せいさん》用の台にのぼって、あの窓の左下のパネルとジェダラーを入れ替えないとならないのよ。誰かパネルを手渡してくれる人が必要だわ」

「おれがやろう」ジョーダンが大股で進んできて、祭壇の傍らに立った。ジェダラーを受け取るとしげしげと眺めた。「虹か……」

「おばあちゃんの口癖だった。人生はいつだって虹が満ちあふれているもの、だからそれに従って生きなくちゃだめなんだって」マリアンナは小声で言った。「そうすればおのずとすばらしい宝がついてくるものだと」

「どんな宝だ？」耳ざとくネブロフが聞きつけ、傍らに来てパネルをのぞいた。「その話は本当なんだろうな？　トンネルのなかに宝の部屋があると？」

「おばあちゃんの話じゃ、皇帝がそういう部屋を造ろうとしてたのはたしからしいわ。あとは自分の目で確かめてみることね」マリアンナはスカートをたくしあげ、背の高い大理石の台によじのぼった。前もって緩めておいたパネルにそっと手をかけ、窓から取りはずす。そしてジョーダンにそれを手渡すと、かわりに虹の絵柄のジェダラーを受け取った。ほどなくジェダラーはしっかりと窓におさまった。

マリアンナは肩越しにちらりと目をくれ、さも満足そうにうなずいた。「ちゃんとおさまったわ。いまは太陽が雲の陰になっているけど、そのうちに見えてくるはずよ」

「見えるってなにが？」ネブロフが訊いた。

「われわれの目的のものに決まってるだろう」ジョーダンはマリアンナを台から持ちあげた。

「地図のことだな？」

「そうよ」マリアンナは祭壇の後ろから出てきた。「トンネルの位置を示す完璧な地図。日射しがパネルに差しこむと——」

ちょうどそのとき、まばゆい日射しが礼拝堂を満たし、もはやそれ以上の説明は必要なくなった。美しい色と影が礼拝堂のそこここにとりとめのない絵を描きだす。

ネブロフが調子っぱずれな奇声をあげ、部屋の左側へ足早に向かった。礼拝堂の床の一部をなす、白い石目の入った巨大な大理石の塊に、虹のパネルが微妙な影を落としている。ジョーダンも駆け寄ったが、マリアンナは祭壇の脇に立ちつくしたままだった。彼らが目にしているものの正体は見なくてもわかっている。虹をなす幾筋もの弧が、大理石の石目と交差して、細かく入り組んだ模様を描きだしているはずだ。「ザヴコフの大理石よ。この宮殿の大理石はみんな、シベリアのザヴコフから運んできたものなの。おばあちゃんが何週間もかけて探しだしたのよ。ジェダラーと組みあわせると、正確な地図を描きだすような石目を持った大理石を」

「錠があってこその鍵か」ジョーダンがつぶやき、遠目に彼女の顔を見つめた。「みごとだな」

「ここに小さな四角が描かれている。きっと宝の部屋の在り処《か》を示してるんだろう」ネブロフは大理石の塊の上に身を乗りだした。「この筋の先端のほう、ようはトンネルの入口付近ということだな」マリアンナを振り返り、がなりたてる。「だが、入口はどこにも描かれてないぞ。入口のない地図とはどういうことだ？」

「入口は皇帝の頭のなかにあったのよ」マリアンナが平然と応じた。「トンネル内部は複雑だから地図が必要だったけれど、入口の位置だけは正確に把握してた」

「おまえも知っているわけだな」ネブロフの目が狭まり、じっと彼女の顔に据えられた。

「どこだ？」

「いま、教えるわ」思わせぶりに間を置いた。「ただし、ジョーダンやグレゴーにしたように、わたしにも帰路の安全を保証してくれるのが条件よ」

「おまえにどんな約束もするものか。いやなら無理やり訊きだしてやってもいいんだぞ」

「たしかにね。でもそれじゃ時間がかかることになる。見たところ、いますぐにでもトンネルの在り処を探しだしたいって顔をしてるわ。わたし相手の復讐から得られる満足なんて、トンネルに比べたらたいしたものじゃないと思うけど」

「まあな」ネブロフは肩をすくめた。「いいだろう。約束してやる」

　そんな約束になんの意味もないことは百も承知だ。しかし、疑いを避けるためには、あくまでしぶしぶトンネルの在り処を教えるという態度を崩すわけにはいかない。マリアンナは祭壇の後ろの床を指し示した。「三番めの石よ。蝶番《ちょうつがい》で下から留めてあるだけだから、簡単に持ちあがるわ。トンネルへ続く階段が隠されてる」

　ネブロフはいさんで祭壇に向かった。

「待って」マリアンナは聖餐用の台に近づいて、あらかじめ用意しておいた二台のオイルランプのうちの片方に火をつけた。「これが必要よ」

　ネブロフはすでに石を持ちあげ、なかの暗闇をじっとのぞきこんでいた。引ったくるようにしてマリアンナからオイルランプを奪い、早くも階段をおりはじめる。三段めまで達したところで、思い出したように慎重に石を動かし、下からでも簡単に持ちあげられるようにしてから、顔をあげてにやりとした。「ひとりでおりて、閉じこめられちゃかなわんからな」

「なんなら兵を呼んできてやろう」ジョーダンが申しでた。

「宝の部屋の中身を確かめるまではそうもいくまい。かわりにおまえたちが一緒に来い」ジョーダンに向かって訳知り顔で言う。「おまえだってここ何年も必死で手に入れようとしてきたんだ。見たくないわけがあるまい。そうだろう、ドラケン？」ふたたび階段をのぼって地上に戻ると、おもむろに拳銃を抜きだして銃の先で足元の暗闇を指し示した。「おまえが先に行け」

ジョーダンはおとなしく階段をおりていった。「次はおまえだ」

ネブロフがマリアンナを振り返った。

マリアンナは努めて平静を装った。「三人で行くなら、もう一台ランプが必要だわ」

ネブロフが短くうなずくのを見て取ると、聖餐用の台に置かれたもう一台のランプに火を灯した。急いで戻り、階段をおりていく。

ジョーダンが階段の下で待ちかまえていた。「なんだか妙な臭いがするな」

彼は気づいている！

いや、あとずさってネブロフのことを胡散臭《うさんくさ》そうに見つめているところからすると、そうでもないかもしれない。

ネブロフが拳銃を振りまわして指図した。「さっさと行け。メインの通路をまっすぐだ。脇道には入るな」落ち着かなげに前後をきょろきょろしながら、ふたりのあとから暗い通路を進んでいく。「宝の部屋は左側にあるはずだ。くそっ、どこにある？」

「まだ先のほうよ」マリアンナがなだめた。すぐ目の前でジョーダンが立ち止まりかけている。だめよ、ここで立ち止まっちゃだめ！

彼のブーツの踵《かかと》をさりげなくつつき、せめてもう数歩先へ進ませる。「たぶんもっと――」

「見つけたぞ！」ネブロフの視線が、すぐ左手の壁にぱっくりと開いた四角い穴に釘づけになっている。「ばかめが。もう少しで見落とすところだったじゃないか！」

「こんなに暗いんだから無理もないわ」マリアンナはわざと悲しげな声を出した。「なんにも見えやしない」

ネブロフは早くも部屋の奥に立って、ランプを高く掲げていた。「箱だ」大きめの部屋を見まわして感嘆の声をあげる。「箱がいくつも……それにこいつは……樽《たる》！」ようやく自分が立っている場所の正体を察したのか、目を見開いておののいた。とたんに泡を食って退散しようとする。

「走って！」マリアンナはジョーダンに向かって叫ぶや、地面にオイルランプを放り投げた。

「礼拝堂に戻るのよ！」

そのときあらかじめ部屋の入口に散布しておいた火薬がいっきに爆発し、炎の壁となってネブロフを部屋に閉じこめた。

とっさにジョーダンがマリアンナの肘をつかんだ。ふたりは一目散に通路を駆け戻り、礼拝堂に続く階段をめざした。「くそっ、宝の部屋なんかありゃしなかった。あれは火薬庫じゃないか」

「急いで！」マリアンナが喘ぎあえぎ言う。「あの樽もすぐに爆発するわ。この付近の脇道にはことごとく火薬を撒《ま》いておいたの。もしトンネルを支える木材に火がつけば……」

全身の血が凍りつくような甲高い悲鳴が耳をつんざき、マリアンナははっと後ろを振り返った。

ネブロフが部屋から飛びだしてきた。全身炎に包まれたまま、悪夢から抜けでた恐ろしい生き物のごとく、よろめきながらふたりを追いかけてくる。

「見るんじゃない！」ジョーダンがマリアンナの背中を押し、目の前に迫った階段に押しあげた。「早くのぼるんだ」

疾風にも似たヒューッという鋭い音がトンネル内を駆け抜けた。炎の玉と化したネブロフの体からメイン通路にばらまかれていた火薬に引火したのだ。またもおぞましい悲鳴が轟《とどろ》き、ネブロフは炎の海に呑まれて見えなくなった。

「くそっ！」マリアンナのガウンの裾に燃え移りそうになった炎を、ジョーダンが懸命に叩き消そうとした。

「やめて！　あなたの手のほうが火傷する」

ジョーダンはかまわず片手で炎と格闘しつづけ、もう一方の手で彼女を押しあげるようにして最後の数段をのぼらせた。「トンネル自体にまで撒く必要があったのか？　火薬庫だけで充分だったろうに」

マリアンナは礼拝堂の床によじのぼった。「万全を期す必要があったのよ」

ジョーダンものぼり終え、勢いよく石の扉を叩きつけた。「自分ももう少しで焼け死ぬところだったというのにか？」

苦しげに肩で息をしながらくり返す。「だから万全を――」

「期す必要があった」ジョーダンがあとを引き取って言った。「火薬庫からここまではどれぐらいある？　へたしたら、おれたちまで爆発で粉々に吹き飛ばされかねないぞ」

マリアンナがかぶりを振った。「火薬庫は丘の中腹あたりだから心配はないわ。それよりもあなたの手……見せて」

ジョーダンは無視した。「いや、もっと近いはずだ」

「そうは思わないけど――」

爆音とともに、宮殿全体に激震が走った。

ジョーダンはマリアンナの体に覆いかぶさり、そのまま抱えるようにして床を転がった。勢いよく壁にぶつかってふたりは止まった。マリアンナはそのままじっと横たわっていた。目の前の大理石の床に、長くギザギザした裂け目が蛇のようにうねうねと延びていく。あとからあとから爆音が轟いて建物を揺るがした。

廊下のほうからも、建物の崩れるすさまじい音や恐怖にひきつった悲鳴が聞こえてくるが、誰も礼拝堂には姿を見せない。

ようやく爆発がやんだとき、あたりには黒い煙が立ちこめ、なおも床の割れ目から渦を巻くように煙が立ちのぼっていた。

「早くここから出ないと」マリアンナが切羽詰まった声で言った。「宮殿の下のトンネルはいまごろ全部、炎に呑みこまれてるはずよ」

「ほかに出口はないのか？」

マリアンナは首を振った。「宮殿のなかを通っていくしかない」

ジョーダンは立ちあがり、彼女の手を引いて立たせた。「誰も邪魔は入らないと思うが。あの悲鳴から察するに、ネブロフの兵たちも自分が助かることで頭がいっぱいだろうからな」マリアンナは促されるように側廊を戸口へ向かった。大理石に走った細い裂け目をまたごうとしたとき、真っ赤な炎が垣間見え、地獄のはらわたをのぞき見たような気がして足がすくんだ。ネブロフはあの灼熱地獄のなかにいる。わたしがこの手で陥れたのだ。神聖な場所であるにもかかわらず、深い満足感が心に押し寄せるのをどうしようもできない。

「やったわ、母さん」思わずつぶやいた。

「こっちだ」ジョーダンが勢いよく扉を開けた。予想どおり廊下に人の姿はなく、黒い煙が充満しているばかりだ。ロビーに達するころには目がひりひりし、床に叩きつけられて無惨な姿をさらすクリスタルのシャンデリアがかろうじて見て取れた。

外に出るや、ひんやりした新鮮な空気が肺を満たした。ここにもいくらか煙が垂れこめている。どうやら丘の中腹あたりまで炎に包まれているらしい。中庭はパニックに陥った馬や兵士が奇声を発して駆けまわり、混乱をきわめていた。

「無事だったか」安堵に満ちたグレゴーの声がした。傍らを見ると、いつの間にか彼が立っていた。「ちょうどいま、飛びこんで助けようと思っていたところだ。手間を省いてくれて助かったよ。ネブロフは？」

「死んだ」ジョーダンはマリアンナの腰に腕をまわし、足早に中庭を横切った。「急いでここから出るぞ。宮殿全体の床に炎がまわるまで、それほど時間はない。全員、無事か？」

グレゴーがうなずいた。「当たり前だ。戦いもなにもあったもんじゃなかったからな。爆発と同時に誰もがいっせいに宮殿から飛びだしちまった。ついに世界の終わりがやってきたと思ったほどだったよ。うちの兵士は馬と一緒に丘のふもとに避難させた」悲鳴をあげつづける男たちのほうにうなずいてみせ、げんなりと顔をゆがめた。「ああなるともう、兵士じゃないな」

丘の中腹まで下ってきたとき、ついに宮殿全体が炎に呑みこまれた。その様子を肩越しに見やり、マリアンナは悲しみに心が深く沈んだ。

「やつは死んで当然だったんだ」ジョーダンが静かに声をかけてきた。「おまえがやらなければ、おれがやった」

マリアンナは驚いて彼の顔を見た。「ネブロフのことなんて考えてないわ」

「それじゃなんだ？」

「おばあちゃんの作品よ。彼女が作った美しい窓が全部……」

グレゴーはくすくす笑い、ジョーダンとちらりと視線を交わした。「そりゃそうだ。あんな人間のクズより窓のほうが大切だ。きわめて当然の反応だ、なあ、ジョーダン？」

だがジョーダンは、もはや燃え盛る宮殿のほうを見てはいなかった。かわりに、爆発のせいで丘の中腹に突如出現した深い穴に見入っている。ネブロフを殺したことで、彼に責められることはないだろう。けれど、カザンのためにあれほどまで欲しがっていたトンネルを破壊した責任は決して免れえないと、マリアンナにはわかっていた。「やらなければならなかったのよ」

「いや、おまえは自分でそれを選択した」ジョーダンが険しい顔つきで言った。「やらされたのと自分で選んでやったのでは、えらい違いだ。ニコがネブロフの軍を見つける前に、おまえはトンネルの脇道という脇道に火薬を仕こんでおいた」

「そうよ、わからないの？」マリアンナはなんとか説き伏せようと詰め寄った。「ジェダラーはおばあちゃんが作ったの。あの恐ろしいトンネルに荷担していたってことよ。だからこそ自分の手で片をつけなきゃならなかった。そこで母さんとわたしに約束させたの。二度と誰かを殺すためにあのトンネルを使わせるようなことはしないって。宝の部屋の噂を流したのもおばあちゃんよ。彼女は知ってたのよ、皇帝があの部屋に武器や火薬を――」ジョーダンの顔におよそ感情らしきものが見て取れないとわかって、いっとき口をつぐんだ。あきらめたように投げやりに言う。「そうよ、わたしは選んだの。たとえおばあちゃんと約束してなくても、あのトンネルだけは破壊したわ」

「どうして？」グレゴーが訊いた。

「おばあちゃんが正しかったからよ。戦争は悪よ。そしてあのトンネルこそは、その戦争の道具。それほど戦争がしたいなら、自分の手持ちの武器でやればいいのよ」マリアンナの視線は揺らがなかった。「無事にやり遂げて心から嬉しいわ」

「おれはちっとも嬉しくはない。むしろ怒り狂っている」ジョーダンはマリアンナの肘を取り、せっつくようにして丘のふもとで待機する兵のもとへ向かった。「だが不満をぶちまけるのは、おまえを宿に押しこんで火傷を負ってないか確かめてからだ」

そうだった。なにもかも食いつくすほどの勢いで迫ってきた炎のことを、つかの間とはいえ忘れていた。「火傷なんか負ってない。それよりあなたのほうこそ――」肘をつかむ彼の手に一瞥をくれ、息を呑んだ。手の甲に真っ赤なみみず腫《ば》れのような傷が幾筋も走っている。手のひらのほうは推して知るべしだ。「ひどい傷!」

「たしかにこいつは傷に違いないが」ジョーダンは唇を引き結んだ。「この程度の痛みじゃ、気をまぎらわせるほどの役にも立たない」

「ごめんなさい」マリアンナが小声で言った。「あなたを傷つけるつもりはなかったの」

彼の表情は硬いままだった。「それならトンネルを爆破すべきじゃなかったな。おまえはたった一撃で大勢の人間を傷つけるところだったんだ」

マリアンナは首を振った。決して交わることのない議論をいつまでくり返しても無駄なだけだ。

「おれの鞍袋に薬効クリームが入っている。そいつでどうにかしのげるだろう」グレゴーが横から言った。

マリアンナは炎に包まれた宮殿をあらためて振り返った。たったいま、この手でふたりのあいだに打ちこんでしまったくさびの傷も、癒してくれる薬があればいいのに。

なにを情けないことを。いつまでもめそめそしていてもなにも始まらない。自分がやろうとしていることと、それがもたらすであろう結果は、はなから予想していたはずだ。あとはそれを受け入れるしかない。

それでも神さま、この胸の痛みだけでも取り除いてくれたら。

村の宿に到着してからは、グレゴーが張りきる番だった。宿じゅうに轟き渡るような声で宿主や召使いを容赦なく叱咤《しった》し、全員の分の部屋と風呂と食料、それに加えてジョーダンの火傷用の包帯も用意させた。

一時間後、マリアンナは質素だが感じのよいしつらえの寝室で、お湯を張ったタブにゆったりと身を沈めていた。三度も洗髪したにもかかわらず、なお煙のにおいがこびりついて離れない。

腰湯に浸かって上半身を横たえ、ぐったりと目を閉じる。あの悲惨なトンネル内のにおいは、時間がたてばこの体から抜けでていく。けれど、わたし自身があの惨劇の衝撃から立ちなおることは決してないだろう。たった一度の行為で、あまりにも多くのかけがえのないものを失ってしまった。

「夜が明けるまでに、数マイル先まで達してないとまずいことになりそうだ」

目を開けると、戸口にジョーダンが立っていた。黒のバックスキンのズボンにゆったりとしたシルエットの白のリネンシャツという出で立ち。たしかダルウィンドの最初の晩も、黒と白の組みあわせだった。ばかな。ダルウィンドのことなんて思い出している場合じゃないのに。

彼の手にはしっかりと包帯が巻かれている。「具合はどう?」

「ちょっとした水ぶくれだ」そう言うと、ジョーダンは部屋に入って扉を閉めた。「聞こえたか？　明日カザンに向けて出発する」バスタブに近づいてくるなり、おもむろに手を伸ばし、召使いが傍らに用意しておいてくれた大きめのタオルを拾いあげた。「体を休める時間が必要なのはわかってるが、あのトンネルからいっきにモスクワまで延焼してしまったものでね。皇帝のアレクサンドルが原因を探りに人を送りこんでくるのは時間の問題だ」タオルを広げる。「立て」

　マリアンナがおとなしく立ちあがると、ジョーダンは彼女の体をタオルでくるみ、バスタブのなかから引きあげた。

「手を怪我してるのに！」

「静かにしろ」ぎこちない手つきで彼女の体にタオルを押しあてる。「このところナポレオンが間近に迫ってきて、皇帝もぴりぴりしている。今回のような防備の脆弱《ぜいじゃく》さが明らかになれば、いい顔をしないのは目に見えてる」

「それなら彼はわたしに感謝すべきじゃない。ナポレオンはもうあのトンネルを使って攻撃を仕掛けてくることはできないんだから」

「そんなことを言っていられるのもいまのうちだぞ。ナポレオンを叩き潰す武器があったのに、そいつをおまえが破壊したなんて知られてみろ。そんなことになる前に、おまえを国境近くまで連れていきたいんだ」

「てっきりわたしに腹を立てていると思ってた」

「立てているさ」早口で素っ気ない口調にこわばった表情。彼の発するいらだちと不満の波動が目に見えるほどだ。

「それならどうしてわたしを守ろうとするの？」

「それとこれとは別だ」

ジョーダンは包帯を巻いた痛々しい手で、なおも入念に体を拭いている。ふいに怒りがわいた。「もうやめて」彼の手からタオルを引ったくり、それで自分の体を覆う。「手が痛いくせにどうしてそんなこと。それに、それとこれとは別ってどういう意味？」

「首を絞め殺したいほどのことをおまえがやらかしたからといって、自分をごまかして欲しいものをあきらめるような真似はしないってことだ」ジョーダンは彼女をにらみつけた。

「おまえをおれから奪うことは、相手が誰であれ許さない。皇帝でもナポレオンでも、おまえ自身でもだ」

マリアンナの胸にかすかに希望がきざした。だけど、ここで安心するわけにはいかない。

「まだわたしを愛人にするつもりなのね？」

「おれの話を聞いてなかったのか？　カザンに戻ったらすぐ、おれたちは結婚するんだ」渋い顔で言い添える。「今回の一件でラヴェンがおまえを処刑するのを、思いとどまらせられたらの話だがな」

結婚。マリアンナは呼吸するのさえ忘れてしまったかのようだった。彼の言葉を信じるなんて、許されるとは思っていなかった。しかもあんな無謀なことをしでかしたあとで。「どうして？」

「いまはその質問はやめておいたほうがいい。ロマンティックな愛の告白を期待しているならな」

「許してくれと頼むつもりはないわ。わたしはやるべきことをやっただけ」

「わかっている」かすかに彼の表情がほころんだように見えた。「おれは自分の不始末まで おまえの責任にするほど、不公平な男じゃない。方法さえ見つかれば、おれはおまえからジ エダラーを奪い取れていたんだ。たしかにおまえがやったことは気に食わない。だが、おま え自身が気に食わないというのとは違う。今回のことでふたりの関係が変わることは絶対に ない」

「絶対に?」マリアンナが囁いた。

「それは言いすぎだな。その布きれを引っぺがして雪のなかに投げ入れてやりたい程度には 腹を立ててる」にわかに語気を強めた。「いい加減にわかったらどうだ、おれたちのあいだ に許すとか許さないなどという問題は存在しないってことを。おまえがなにをしようと、お まえを欲しいと思う気持ちに変わりはない」戸口に向かい、扉を開けた。「すぐにベッドに 入れ。夜明けには出発できるように準備しておいてくれ」

乱暴に扉が閉められた。

彼の仕草にも言葉にも、ロマンティックな響きややさしさなどかけらもない。彼がぶつけ てきたのはむきだしの怒りと刺々しい口調と、せいぜいがわたしに対するいちおうの理解。 それと永遠に変わることのない忍耐の約束。

マリアンナはじっと扉を見つめた。心底当惑していた……そして、喜びがふつふつとわき あがるのを感じていた。

夜の帳《とばり》がすっかりおりるのを待って、マリアンナはジョーダンの部屋の扉のノブをそっとまわした。

ジョーダンは服を着たままベッドに寝そべり、のどかな景色を切り裂くように突き進む炎を、窓からじっと眺めていた。

その顔がこちらを向いた。「寝ろと言ったはずだぞ」

彼の表情は見えないが、口調からすると歓迎されているとは思えない。「どうしても会っておきたかったの。そうしないと眠れない気がして」マリアンナは扉を閉め、彼に近づいた。

「まだ痛む?」

「ああ、だから機嫌がよくない。さっさと部屋に戻って、ひとりにしてくれ」

「それはできない」

「後悔するぞ。怪我を負ってるときのおれは誰かれかまわず殴りかかる」

「そしたら、その行為は気に食わないって思うわ」マリアンナは彼の傍らに横たわった。これから口にする言葉は気恥ずかしくて、とても面と向かっては言えそうにない。彼に背中を向け、スプーンのように体を丸めてぴったりと寄り添った。「でも、あなた自身のことは気に食わないなんて思わない。絶対に」

ジョーダンが体を緊張させたのがわかった。「どこかで聞いた台詞だな」

「素敵な言葉よ。あなたのあんな熱弁、はじめて聞いた」

「おまえを喜ばせるのは簡単だ」

「いいえ、違う。むしろむずかしいほう。だってわたしはなにもかも欲しがるから」少し息をついた。「でもかわりにすべてを惜しみなく与えるわ」

ジョーダンは彼女の体に腕をまわそうとはしなかった。「たとえば？」その声は彼女の髪に埋もれて、くぐもって聞こえた。

「あなたのためにどんな戦いだろうと一緒に立ち向かう。ナポレオンをやっつけたいなら喜んで手を貸すわ」

「今日の午後、そう思ってほしかったよ」

「子供だって産んであげる。きっとわたし、いい母親になると思う」とぎれとぎれに続けた。「それに仕事のこともなにもかも話して聞かせる。わたしのいちばん大切なものよ。分かちあうのはむずかしいけど、努力してみる」ひときわ言いにくそうにしたあと、小さな声でようやく言った。「命のあるかぎり、あなたを愛しつづける」

沈黙があった。やがて彼が訊いてきた。「それで終わりか？」

マリアンナは憤然として振り返ろうとしたが、ふいに彼の腕に抱きすくめられ、身動きができなくなった。

「離して」もぞもぞと身もだえして言う。「怪我をして機嫌が悪いのはわかるけど、そんな言い方って――」

「しーっ」ジョーダンの声はしゃがれていた。「冗談だ」

「おもしろがってる場合じゃないわ」。ただ、なんて言えばいいのかわからなくてだから――」

いきなり彼女を抱き寄せた。「どう答えればいいのかわからなかったんだ」

そして感動したり嬉しさに胸が打ち震えたりしたときには、決まっていつもの仮面の奥にするりと身を隠す。無性に腹が立ってきた。「こう言えばいいのよ。『ありがとう、マリアンナ。おれはおまえに釣りあうほど価値のある人間じゃないことも、無神経で野蛮な男だってこともわかってる。でもこれからは改めるように努力するよ』ってね」

笑い飛ばされるかと思いきや、彼はそうしなかった。「そいつは簡単なことじゃない。おれは無神経じゃないが、自分のやり方にはこだわりを持っている。それに野蛮な真似をしておまえを傷つけることもときにはあるだろう」いっそう低く頼りなげな声音で続ける。「だが、おまえを愛さない瞬間は決してないことを誓うよ」

マリアンナの目が涙で潤んだ。「あなたを愛さない瞬間は決してないと誓うわ」そっと言い添えた。「たとえ仕事部屋に閉じこもってしまって、自分に夫がいることを忘れることがあったとしても」

「そんなことをさせるものか」

マリアンナは包帯の上から彼の手首にキスをした。「そうね、忘れるはずがないわ」父さんが聞いたら、なんておかしな愛の告白だと思うに違いない。マリアンナは夢見心地で思った。たしかに愛を誓いあう場面にしては少々奇妙かもしれない。詩人としてのロマンティックな感性が彼を嘆かせずにはおかないだろう。けれど、わたしにしてみれば少しも奇妙でもおかしくもない。苦難と挑戦を生き抜いた愛には、花の咲き乱れる庭もそれを褒め称える美しい言葉も必要ないのだから。

ふたりは黙って、炎を眺めやった。

「なにを考えているの?」ややあってマリアンナが訊いた。

ジョーダンはマリアンナの耳に唇をかすめ、いたずらっぽい表情で囁いた。「いまここでおまえを抱いたら、無神経で野蛮な男と呼ばれるのかと思ってね」

「だめよ、そんなこと。その手を痛めるようなことはさせられない」

「そうか」意外にもおとなしく引きさがり、マリアンナの体を引き寄せた。「そうだな。こうしているだけでも充分だ。しかし、手を使わなきゃ満足に抱けないと思われてるとしたら、おれも愛の名手からはまだまだ遠いってことだな」窓の外に目をやった。「それにしても雪が降ってくれたおかげで助かった。どうやらトンネルの周辺だけで火災が落ち着きそうだ。万一草原のほうまで火がつけば、いっきに燃え広がって——」彼がはっと息を呑むのが聞こえた。

マリアンナは彼の顔に目を向けた。「ジョーダン?」

「いや、なんでもない」どこかうわの空でキスをしてくる。「ちょっと思いついたことがあるんだ。可能性を検討してみる必要がある。もちろん、ナポレオンがいつロシアのこの地域に到達するかにもよるが……」

しだいにその声は聞き取れないほどになった。彼はモスクワの城門へと伸びる炎の道をじっと見つめつづけている。

なにか計画を思いついたのだろう。そしてトンネルの焼失によってもたらされた損失を補うべく、早くも作戦を練りはじめている。マリアンナは黙って横たわり、彼が思索にふけるにまかせた。わたしの存在を忘れかけていようと、かまわない。いずれ彼はわたしのもとへ戻ってくる。満ち足りた気持ちで思う。なんという驚くべき不思議な境地だろう。これから先ずっと、彼はいつだってわたしのもとへ戻ってくる。

17

翌朝、彼らはカザンに向けて出発し、まずは国境までの長い旅を並々ならぬ速度で走り抜けた。

夜明け前に目覚め、空から最後のひと筋の光が失われるまで止まることはなかった。ようやく一日が終わると、マリアンナは疲れ果て、すぐさまジョーダンの腕のなかで深い眠りに落ちた。

遠目ながら、ついにレンガーのラヴェンの宮殿の塔が見えたときには、マリアンナは疲労のあまり体が痺《しび》れてほとんど感覚がなくなっていた。

「ここから先は覚悟がいるぞ」ジョーダンが警告した。「カザンを守るのがラヴェンの務めだ。彼女はあのトンネルにこの国の命運を賭けていたといってもいい。できるだけ守ってやるつもりだが、彼女のことだ――」

「守ってくれなくてけっこうよ」マリアンナが遮《さえぎ》った。なによりも、この自分がふたりの諍いの種になることだけは避けたい。「わたしがやったことよ。結果はちゃんと引き受けるわ。口出ししないで、ジョーダン」

ジョーダンはかぶりを振った。「ああそうか、と引きさがるわけにはいかないぞ。前回おまえの好きなようにさせたおかげで、あやうくロシアの片田舎が丸焼けになるところだった」手を挙げて制した。「だが、約束するよ。おまえの保護に乗りだすにしても、事態の展開を見守ってからにするさ」

ラヴェンは中庭まで出迎えにきていた。一見したところすこぶる体調はよさそうで、以前のような力強さが全身にみなぎっている。鋭い視線がジョーダンの顔を探った。「うまくいったの?」

ジョーダンが首を振った。

ラヴェンは低く不満の声を漏らした。「やっぱりわたしも一緒に行くべきだったわね」

グレゴーが笑った。「あなたがいたところでかならずしもうまくいくってものでもない」

ラヴェンがうるさそうに手を振った。「ネブロフにトンネルを持っていかれたの?」

「ある意味そういう言い方もできなくはない」ジョーダンが曖昧《あいまい》な言い方をした。「なにしろいまこうやって話しているときも、彼はトンネルのなかにいるんですから」

ジョーダンはわざとラヴェンを怒らすような態度を取っている。ひさしぶりに顔を合わせたばかりだというのに、早くも妙な緊張感で空気がぴりぴりしている。「彼は死んだんです」

マリアンナが馬を前に進め、アナに向かって言った。「それにトンネルはわたしが燃やしました。ですから誰の手にも渡ることはありません」

「燃やしたってあなた——」ラヴェンの額に深々と畝《うね》が走った。「そんなことをする権利があなたにあると思うの? どれほどの損害をもたらしたのか、わかってるの?」

「わたしには権利がありました」マリアンナは彼女をにらみ返した。「だからそれを行使したまでです。それに損害をこうむった人間はいないはずです、ネブロフ以外には。これでカザンもネブロフの脅威から解放されたんですから」

「ナポレオンの脅威はどうなるの？」

「彼の手にもトンネルは渡りません」

「彼がどれほどの規模の軍をロシアに持ちこもうとしているのか、知らないわけじゃないでしょう。いよいよ彼がカザンに触手を伸ばしはじめたらどうなると思うの？」

「その場合には、トンネルは最初からなかったものと思って準備なさればいいだけのことでしょう」マリアンナは馬から滑りおりた。「そんなことはわたしの与《あずか》り知らない問題です。それよりアレックスはどこです？」

「まだ話は終わっていないのよ」

マリアンナは腰に手を当て、一歩も引かないとばかりに詰め寄った。「弟はどこにいるんです？」

視線がぶつかりあい、火花を散らす。ついにラヴェンが不承不承口を開いた。「ジョーダンが町に入ったと連絡を受けたときに、南側の庭へ連れていったわ。あなたについては情報がなかったから、彼によけいな心配をさせるのもかわいそうだと思って」

「南側の庭ってどこです？」

ラヴェンが召使いを呼び寄せ、そっけなく命じた。「案内してあげなさい」

マリアンナは立ち去る前にちらっとジョーダンを振り返った。彼はラヴェンを真っ向から見据えていた。明らかに臨戦態勢に入っている。わたしもうっかり頭に血がのぼり、偉そうなことを言っていたわりにはラヴェンとの話しあいはろくなものにならなかった。彼もあの様子じゃ、事態を悪化させせこそすれ好転させることはできそうにない。まあいい、いまはやらせておくしかない。悩むのはあと。いまはただアレックスの顔が見たい。

マリアンナは召使いのあとについて、宮殿に入った。


「まったく、呆《あき》れた態度だこと」ラヴェンはジョーダンとグレゴーに目を戻した。「やっぱり彼女は投獄しておくべきだったんだわ。いまからでも遅くはないけれど」

「そんなことをなされば、恐ろしい不都合が生じていたところですよ」ジョーダンが馬からおりながら言った。「なにせ明日、彼女と結婚するつもりなんですから」

「結婚？」ラヴェンは目をぱちくりした。「なにをばかなことを言ってるの？」

「そしてキャンバロンに戻ったら、イングランドの法律のもとにあらためて結婚します」

「二回式を挙げると？」

「わたしにはふたつ母国があるんだからしかたがない。両国ではっきりと彼女を自分のものにしたいんです」ジョーダンは皮肉っぽい笑みを浮かべた。「いつだったかあなたもおっしゃったように、わたしは自分のものにはすこぶる執着するたちでしてね。それにカザンはあなたと親父の結婚を認めなかった」

「彼女と結婚だなんて許しませんよ。身分不相応どころか、彼女はわたしたちの計画をめちゃくちゃにした張本人なのよ！」

「新しい計画を立てればいいだけのことです。防御態勢の点検を終えたらすぐ、わたしはもう一度モスクワへ向かうつもりです」

「なんのために?」

「皇帝にお会いして、ちょっとしたアイディアを持ちかけようと思いましてね。トンネルが燃えるのを見ているうちに思いついたんです」ジョーダンはグレゴーを振り返った。「明日、ヴァドサールの役を頼めるか?」

グレゴーはうなずいた。「喜んで務めさせてもらう」

「冗談じゃないわ」ラヴェンが口をはさむ。「こんな結婚、絶対に認めません」

ジョーダンが彼女の目をじっと見つめた。「なぜです? 彼女のことが好きじゃないからですか?」

「そんなことは関係ありませんよ」

「少なくともあなたは彼女に敬意を抱いている。それなら、そのうち好きになれるはずです」

「どうして結婚なんて?」

「彼女を愛しているからです」ジョーダンがあっさりと言った。しばらく黙りこくったあげく、ためらいがちに言い添える。「あなたにもぜひ結婚式に参列していただきたい」

そしてすぐさま宮殿のなかに姿を消した。

ラヴェンは当惑しきった顔つきで彼を見送った。

「勝利だな」グレゴーがつぶやいた。「それを彼女があなたにプレゼントしてくれた」

「勝利なものですか。彼女はカザンを破滅に導いたかもしれないのよ」

「これぐらいの一撃から立ちなおれないほど、われわれは弱くはない」グレゴーは肩をすくめた。「それに彼女の言うとおりだ。トンネルに関しちゃ、誰よりも彼女の主張が認められるべきだった」

「この結婚を認めるというの？」

グレゴーはうなずいた。「あなたもいずれ認める、いっときの怒りが冷めればね。彼女を友人にすることができれば、これまでずっと望んでいたものが手に入るかもしれない」

「相手がなにを与えてくれるかで友人を選んだりしないわ」一転、気弱な口調で続けた。

「それに友人になろうとしたところで無駄に決まってる。彼女はわたしに腹を立てているんですもの」

「もちろん、あなたにしてみればいわれのない怒りというわけだ。あなたは彼女を娼婦のように扱って交換取引をもちかけた。彼女のほうは愛する弟の愛情をあなたに奪われたと思っている。そしていま、あなたは彼女を投獄しようとしている」

「投獄するだなんて、彼女には言わなかったわ」

グレゴーが低く笑った。「でももし彼女があんなふうに敢然と歯向かってこなきゃ、言ったはずだ」

「彼女は歯向かうような真似はしていない」

「いや、したさ」グレゴーの口元がかすかにほころんだ。「なぜジョーダンは彼女を愛したと思う？　彼女はあなたと共通の資質をいくつも持ちあわせているからだよ。ジョーダンの敬愛する資質をね。もしふたりが結婚すれば、ジョーダンはキャンバロンにいようが毎日あなたのことを思い出すことになるだろう」やさしく先を続けた。「そしてそのうちに認められるようになる。じつはマリアンナのなかに見るあなたの資質を愛しているということをね。だからあなたはこの結婚を認めるべきだよ」

「〝べき〟ですって？　このわたしに命令するつもり、グレゴー？」

「ああ、〝べき〟だ」グレゴーがくり返す。「彼を解放してやるんだ、アナ」

「解放？」ラヴェンの声にふいに悲壮感がにじんだ。「彼のことは一度だって手に入れたことがないのに？　まるでわたしがキルケみたいな言い方をするのね。もっとも、ジョーダンもそう信じているみたいだけど」

「彼は本気でそんなことは思っちゃいない。でも彼がはじめてカザンにやってきてからというもの、あなたは彼を自分のものにするためにはどんな手でも使ってきた」グレゴーは顔をしかめた。「しかもあなたはきわめつけのパワフルな女性だ、アナ」

「なんの役にも立たなかったわ」

「それは彼もあなたと同じようにパワフルだからだよ。彼は自分の意思であなたのもとにやってくるべきなんだ。無理強いしても意味はない。彼はすでにその第一歩を踏みだしているじゃないか。あなたに結婚式に参列してほしいと頼んできてる。出席してやればいい」

「そんなことできるもんですか。あなたが頼んだところで――」ラヴェンはいっとき口をつぐんだ。「彼女はジョーダンを連れていってしまうのよ。あなたの話じゃ、彼女はキャンバロンを気に入っている。ふたりであの寒々しいお城に住んで、孫ができたってわたしは顔を見ることさえできない」頭をつんと反り返らせ、目をそらす。「そんなことはさせません。

かならず阻止してみせるわ」

「彼女を投獄すると？」

「それはあまりいい考えじゃなかったわね、たぶん」ラヴェンが認めた。

「彼女をカザンに迎えてやってくれ」短く押し黙った。「さもないと、わたしも彼らと一緒にキャンバロンに戻る」

ラヴェンが目を見開いた。「わたしを見捨てるつもり？」

「そもそもわたしを彼のもとへ送りこんだのはあなただ。そしてあの意気地のない夫を捨ててカザンに戻って以来、あなたの人生はずっと彼に支配されっぱなしだ。そのくせ、顔を合わせればいがみあいとくる。ふたりの確執にはほとほとうんざりなんだ。だから仲直りの方法を伝授した」にわかに語気を強めた。「息子が欲しいなら、わたしが産ませてやる。その子はジョーダンじゃないし、ゴリラみたいにでかくて醜いだろうが、あなたのものだ。このわたしがあなたのものであるように」

「あなたがわたしを置き去りにできるわけないわ」ラヴェンは動揺を隠せなかった。

「彼を自由にして、自分自身も自由になるんだ。さもないと、わたしも自分自身の自由を手に入れる」

きびすを返して、立ち去ろうとする。

「待ちなさい、グレゴー。あなたにわたしは見捨てられない！」

グレゴーは振り返らなかった。

マリアンナは庭へ続くアーチ型の戸口のところで立ち止まった。日射しにきらめくプールのそばで無邪気に遊んでいる少年に、ひたと視線が吸い寄せられる。

何週間も前に別れたときの、痩せ細ったジプシーの少年のような姿はそこにはなかった。見るからに肉づきがよくなり、巻き毛はこざっぱりと整えられている。身につけているキルト地のチュニックとブーツは、レンガーの通りで見かけるカザンの子供たちが着ているものとそっくり同じだ。ラヴェンの影響に間違いない。わたしの留守中にほかにどんなふうに彼を自分色に染めたというのか。ラヴェンもまた、しょせんは影響力を行使したがる女性のひとりにすぎないということだ。

いずれにせよ、この目で確かめればはっきりする。マリアンナは深々とひと息吸うと、声を張りあげた。「アレックス！」

彼が振り返り、こちらを見た。一瞬声も出ない様子だったが、すぐに歓喜の雄叫びをあげて走り寄ってきた。

マリアンナは目を閉じて弟の体を両腕でしっかりと受け止めた。このぬくもり。このかわいらしさ。

アレックスはすぐさま体を離した。「黙って出かけちゃだめじゃないか」口を尖らせて言う。「すごく怒ってるんだよ、ぼく」

「どうしても行く必要があったのよ。あなたを置き去りにはしたくなかったんだけど」

「アナがそう言ってたよ。よっぽど大切なことじゃなかったら、ぼくのことを置いていったりしなかったはずだって」

「彼女が？」マリアンナが驚いて訊き返した。

アレックスはうなずいた。「でも、ぼくも一緒に連れてってくれればよかったのに」

「とても危険な人たちに会うかもしれなかったの」

アレックスの顔に影がかすめた。「会ったの？」

マリアンナはうなずいた。「でも、もう心配ない。彼らは二度とあなたに手出しはできないわ、アレックス」

彼の表情は晴れなかった。「ぼくも一緒に連れてってくれればよかったんだ。そんなの不公平じゃないか。マリアンナはぼくの姉さんなのに、なんの手助けもさせてくれないなんて」

「あなたはラヴェンの世話で忙しかったじゃない」

「それでも、マリアンナと一緒に行ったに決まってるよ」

「ラヴェンのことがすごく好きなのかと思ってた」

「好きだけど、それとは別だよ。だって、アナとぼくは姉弟じゃない」アレックスはしかめ面をした。「約束してくれなきゃだめだ。二度とぼくに黙ってどこへも行ったりしないって」

喜びがあふれ、胸が熱くなった。「約束する」すばやく彼を抱きしめた。「もうひとつ、聞いてもらいたいことがあるの、アレックス。ジョーダンとわたし、明日結婚することになったの」

アレックスの顔が一瞬にして華やいだ。「それって、彼とずっと一緒にいるってこと？」

「ああ、そういうことだ」ジョーダンが戸口に立っていた。おもむろにふたりのそばまで歩いてくる。「きみはマリアンナのいちばん年上の男性の親族だからな。結婚の承諾をもらいにきたところだ」

アレックスはまじめくさった顔でうなずいた。「でも、マリアンナにやさしくしてくれないとだめだよ」

「そうするように努力するよ」ジョーダンも同じように真剣そのものの顔だ。「もしもその約束を守っていないように見えたら、きみが思い出させてくれ」

「わかった」アレックスはマリアンナのほうを向いた。「マリアンナはアナに結婚の承諾をもらいにいくの？」

「それはないわね」眉をひそめる。「ラヴェンはわたしのことは好きじゃないみたいだから」

「アナだよ」アレックスがまた訂正した。

「どうしてわたしたちがラヴェンと呼ぶのをいやがるの？　あれは彼女の称号よ、アレックス。キャンバロンの召使いの人たちがジョーダンを閣下と呼ぶのと同じこと」

「全然違うよ」アレックスは鼻に皺を寄せる。「だってみんながアナのことをラヴェンって呼ぶのを聞くと、おおきな黒い鳥を思い出すんだ。ほら、空から急に舞いおりてきて、お城の近くのトウモロコシ畑を荒らすやつ。アナはそんなのとは違う」

「彼女の敵なら反論するところだな」ジョーダンが熱のない口調で言った。

「だけどここには敵なんていないよ。だから彼女はそんなふうに呼ばれるべきじゃないんだ」アレックスはマリアンナを振り返った。「もしマリアンナが結婚の承諾をもらいにいけば、アナはすごく喜ぶと思う」

「なんにせよ、彼女に頼みごとをするにはいまはタイミングが悪い」ジョーダンが口を差しはさんだ。「いちおう、おれの口から式に参列してくれるように頼んではおいたが」

「頼んだの?」マリアンナが訊いた。「どうして?」

「彼女はジョーダンのお母さんだからに決まってるじゃないか」アレックスが呆れたように言う。「おかしなマリアンナ」

ジョーダンが決して認めようとしない母親。それなのに彼は、この大切な日をともに過ごすために彼女を招待した。「どうして?」重ねて訊いた。

ジョーダンは肩をすくめた。「ほんの気まぐれだ」

単なる気まぐれで彼がこんな行動を取るはずがない。「それで彼女は参列するって?」

「するに決まってるよ」アレックスがかわりに答える。

ジョーダンが微笑んだ。「もしも今夜、ありがたくも彼女がわれわれと夕食をともにしてくれたら、おまえが直接説得してみるといい」


その夜、マリアンナたちは結局、ラヴェンと夕食をともにする栄誉に浴することはできなかった。グレゴーも姿を現さなかった。夕食後、アレックスを寝かしつけたあと、ジョーダンはぶらぶらとマリアンナを部屋まで送っていった。

「カザンの結婚式ってどんなふう?」マリアンナが訊いた。

「ほかの場所と変わらないさ。式は宮殿の礼拝堂で行なわれる。グレゴーにヴァドサールの役を頼んでおいた」

「ヴァドサール？」

「花嫁の介添え役だ。大昔からの伝統だよ。別の種族から花嫁を迎える場合には、種族のリーダーは相手種族のリーダーのもとへ使者を送る。使者といったって、敵の領土内を旅していくわけだから過酷なものさ。花嫁は、その結果手に入れることのできる貴重なる褒美というわけだ。だから使者は、種族一勇敢で剛胆な男でなければならなかったんだ」

「グレゴーがヴァドサール」マリアンナがにっこりした。「まさに適役ね」

「彼が礼拝堂の入口でおまえを出迎え、おれのところまで連れてきてくれる。ふたりで向きあってひざまずき、司祭から言葉をもらったあと、証人の前で誓いを交わすんだ。そうそう、おまえが着るガウンをグレゴーに見つけてくるように頼んでおいたよ」

「なにか決まりごとでも？」

「カザンじゃ、花嫁はスカイブルーのガウンを身につけることになっている。幸福をもたらす色と考えられているんだ」

「花婿はなにを着るの？」

ジョーダンはわざとまじめな顔で彼女を振り返った。「もちろん、白に決まってるじゃないか。純潔を象徴する色だ。カザンじゃ、花婿はすべからく純潔でなけりゃならないと決まってる」

「まさか。それじゃ——」彼が含み笑いをしているのを見て、顔をしかめた。「冗談でほっとしたわ。さもないと、規則を変更しないかぎり、わたしたちの結婚は認めてもらえなくなっちゃうもの。本当は何色を着るの？」

「黒だよ。哀悼の色」さっと一歩飛び退《の》いて、マリアンナの攻撃をかわす。「嘘だよ、冗談だ。花婿の場合はとくに決められた色はないんだ。好きなものを着ればいい」

「それってフェアじゃないわね」

「カザンといえども、日常生活のなかじゃ女性にとって不公平な事柄はいくつかあるんだ。ラヴェンがどうにか変えようと手を尽くしてはいるがね」マリアンナの部屋の前で立ち止まり、小さく頭をさげてお辞儀をした。「おやすみ、マリアンナ。明日また会おう」

マリアンナはなにか言いたげな顔つきで彼を見た。今回の過酷な旅のあいだは一度もベッドをともにすることはなかったが、彼が求めているのはわかっていた。旅の最中はプライバシーなど期待できるはずもないのだからしかたがない。だけど今夜こそは心おきなく愛しあえると思っていたのに。

彼女の心情を読み取ったのか、ジョーダンは顔をほころばせ、首を振った。「気づいてなかったのかい？　さっきからずっと誘いをかけていた。でも本当は決心してきたんだ、あとひと晩ぐらい禁欲したところで死ぬわけじゃないと」

「どうしてそんなこと？」

笑みが消え失せた。「これから先ずっと、このカザンで多くの時間を過ごすことになる。だからラヴェンの宮殿の人間にはっきりと示しておきたかったんだ。おれがおまえに敬意を抱いているということをね。キャンバロンじゃ手遅れだが、ここならまだ間に合う」

マリアンナは心が熱く満たされるのを覚えた。「そんなこと、どうでもいいのに」

「よくはない」ジョーダンが静かに言い、すぐに茶目っ気たっぷりに顔を輝かせた。「かわりに今夜は、自分の犯した数々の罪を振り返って過ごすことにするよ。それと新婚初夜を思い出深いものにするための、新手のテクニックでも研究するさ。異色な取りあわせだが、なんとかなるだろう」

罪と官能。そしてその両方を自由に駆使する花婿。思いがけず体がほてり、急いで彼に目を向ける。「それじゃ、せいぜい期待してるわ」

彼はそろそろ立ち去る気配を見せている。でも、まだもう少し一緒にいたい。なぜか明日がとてつもなく遠く思える。「ラヴェンは参列してくれると思う？」

「しないだろう」ジョーダンは肩をすくめた。「まあ、どっちでもかまわないが」

「かまわないなんて嘘よ」マリアンナはいらだって言った。「どうしてどうでもいいようなふりをするの？　彼女のことが気になってしかたがないくせに」

ジョーダンの表情が険しくなった。「こんな話をしても意味がない」

「ごまかそうとしても無駄よ。あなたが彼女のことを大切に思ってるのはわかってるわ。彼女をモデルに作った窓を見たときのあなたの顔」

「すばらしい出来だったからだ」

「あなたの母親だったからよ。お願いだからそのことを認めて、彼女を許してあげて」

「おまえはいつからそんなに寛大な人間になったんだ？　言っただろう、彼女はおまえを地下牢に投げ入れようと考えていたんだぞ」

「べつに驚きはしないわ。彼女はそういう人だもの」

「それなら、この話はおしまいだ」

「そうはいかない。どっちみちふたりともおたがいのことを忘れるわけにはいかないのよ。わたしだってこれから先ずっと、彼女の影にびくびくしながら生きるのはごめんよ。日射しのもとで堂々と向きあうほうがよっぽどいいわ」

ジョーダンが頬を緩めた。「日射しのもとでなら、たしかにおまえのほうがラヴェンよりも有利だな」

「それはわたしのほうが若くて体力があるからよ。そのうえこれからたくましい男性と結婚しようとしている。彼女の意気地なしの夫とは大違いだわ。彼女を許せないというのなら、せめて理解してあげてちょうだい」手を挙げて、彼の反論を押しこめる。「言いたかったのはそれだけ。どうしても言っておきたかったの」

「どうして？」

「さっき説明したでしょう」いいえ、すべて説明したわけじゃない。まだ彼に話していないことがある。ラヴェンはアレックスの愛情をむやみに欲しがりはしたけれど、アレックスを置き去りにしたわたしのことを、彼の前でかばってくれたのだ。「彼女みたいな人は敵じゃなくて味方にしておきたいのよ」

「だが、それだけじゃない。だろう？」

ジョーダンが真実を嗅ぎ取る力に長《た》けているのはとっくにわかっていたことだ。「そうよ」晴れやかな笑顔を作った。「彼女はトウモロコシ畑を荒らすような人じゃないってこと」

グレゴーが部屋に届けてくれたガウンはスカイブルーのシルク地で、上流階級の面々に見せたら流行遅れと一笑に付されそうな代物だった。飾りっ気のない丸首にはパールが散りばめられているものの、いま流行のハイウェストではなく、床までゆったりと広がるシルエットで美しくきらめいている。かつてのキャンバロン公爵夫人たちがこぞって身につけていたガウンを思い出させるほどの、筋金入りの時代物だ。

「とてもきれいだ」礼拝堂に着くとグレゴーが声をかけてきた。大きな手でこちらの手をぎゅっと握る。「さあ行こう。きみの夫のもとへエスコートさせてもらうよ」

わたしの夫。ジョーダンのことだ。あそこの祭壇の脇に立っているのがジョーダンだなんて。なにもかも信じられなくてめまいがしそうだった。

けれどグレゴーに導かれて側廊を進むうちに、じょじょに現実感が胸に迫ってきた。ジョーダンは金と白の肉厚のキルト地のチュニックを羽織り、黒のズボンを膝丈のブーツのなかにたくしこんでいる。彼にこそ美しいという言葉はふさわしい。その彼がわたしのもの。知らない顔が次つぎに視界に飛びこんでくる。アレックスが最前列の使徒席から微笑みかけてくるのを意識の端でぼんやりとらえた。

その傍らにはラヴェンが座っている。

思わず足が止まりそうになった。まさかジョーダンの母親が本当に列席してくれるとは思いもしなかった。

けれど、ジョーダンが手を差し伸べてくるにいたって、もはや彼以外のなにものも目に入らなくなった。うっとりと彼の手を握り返す。この瞬間はわたしたちふたりのもの。ふたりだけのものだ。

ゆっくりと司祭のほうに顔を向けた。

いいえ、違う。なにかが間違っている。この瞬間はふたりだけのものじゃない。つねに過去と未来が存在してこそ、いまのこの瞬間がある。

わたしはなにか大切なことをし忘れている。

マリアンナは司祭に向かって囁いた。「少し待っていただけますか」

呆気《あっけ》に取られるジョーダンの視線を背中に感じながらきびすを返し、ラヴェンのもとへ歩いていく。そしてまっすぐに彼女の目を見つめた。

「あなたにジョーダンとの結婚の承諾をもらうようにとアレックスから言われました」

ラヴェンは驚いて目をぱちくりさせたが、すばやく立ちなおった。「でたらめをやっておいて、いまになって儀礼じみたことをしようだなんておかしなことね」

「アレックスはそうは思っていませんし、わたしも同じです。息子さんとの結婚を認めていただけますか？」

「彼はわたしの意見なんて気にしやしないわ」

「とんでもない。あらゆる人に認めてほしいと思っていますよ」ジョーダンの声は明るかった。いつの間にかマリアンナの傍らに立ち、ふたたび彼女の手を取った。「結婚などという恐ろしい一歩を、自分が踏みだすことになるとは思ってもいませんでした」

ラヴェンがおどおどとした目つきで彼を見た。「わたしの許しが欲しいというの？　冗談でしょう？」

マリアンナは息を詰めた。ジョーダンがいつものように、嘲りという仮面の下に逃げこみたい衝動に駆られているのが、痛いほど伝わってくる。

ジョーダンは笑みをおさめ、いっとき沈黙したあげくに静かに言った。「冗談ではありません、アナ」

アナ。母さんではなくアナ。マリアンナは腹立ちまぎれにため息を漏らしそうなところをぐっとこらえた。まあ、陛下やラヴェンでないだけ、まだよしとするべきだろう。ふたりとも頑固でひと筋縄じゃいかない人間だ。たったひと晩で傷が癒えるはずもない。まずはこれが第一歩だ。

アナは満面に笑みをはじけさせ、ぶっきらぼうに言った。「まあ、どうしても認められない結婚というわけではないけれど」マリアンナに目を移した。「この宮殿の窓はどれもこれも味も素っ気もないものばかり。ジョーダンが皇帝に会いにロシアに出かけているあいだ、ここに滞在してあなたのその腕とやらを貸してくださる?」

譲歩には違いないが、和解とまでは言いがたい。「ええ、喜んでやらせてもらいます。ナポレオンの脅威がカザンから完全に去るまでここに滞在すると、ジョーダンから聞かされています。なにもすることがないと退屈でどうにかなってしまいますから。それに、そのうちぜひキャンバロンにもいらして、あそこでのわたしの仕事ぶりもごらんになってください。わたしの作ったドームはみごとだとジョーダンも褒めてくれるんですよ。きっと喜んでいただけると思います」

「キャンバロン?」アナの目が見開かれた。「あんなところ、二度と行くものですか。あそこは――」グレゴーと目が合って途中で口をつぐんだ。「そうね、それもいいかもしれないわ」ジョーダンのほうを向いて、つんと顎を持ちあげる。「でも、すぐにというわけにはいきませんよ。なにせわたしは忙しい身ですから、いつでもあなたの要望に応えられるというわけではないし――でも、そうね、別の人生設計を考えてみるのも悪くないわね。たぶん最初の孫が生まれたら、うかがうわ」挑むような視線をグレゴーに投げる。「どう？　これで満足かしら？」

グレゴーはかぶりを振った。「言葉でなく、行動で示さないとだめだ」

ラヴェンは不機嫌そうに息をつき、マリアンナに向かって手を打ち振った。「いつまでもなにを突っ立っているの？　司祭を待たせるなんて失礼ですよ」

マリアンナはにっこりすると、ジョーダンのほうを向いて手を差しだした。「お母さまのおっしゃるとおりよ。司祭をお待たせしちゃ申し訳ないわ」

ジョーダンは彼女を促して祭壇へ向かった。「ようやくおれの存在に気づいてくれたようでほっとしたよ」小声でつぶやく。「一瞬、おまえはラヴェンと結婚する気なんじゃないかと心配になった」

「そのとおりよ」そう言ってはみたものの、はたして彼にわかってもらえるかどうか。ジョーダンのような支配欲の強い人間相手に、他人を自分の縄張りのなかに受け入れるよう説得するのは簡単なことじゃないだろう。「あなたがアレックスと結婚するのと同じことよ。わたしたちはふたりきりで結婚するわけじゃない。でもそれって素敵なことでしょう。これまでずっとふたりとも孤独に生きてきたんだもの。これからはできるだけ多く、彼らと関わって生きていきたいの」

「ずいぶん窮屈そうな話だな。まさか初夜のベッドにも彼らを招待するというんじゃないだろうな」

「ジョーダン、いくらなんでもそんなこと――」途中で口をつぐんだ。ジョーダンが朗らかに笑っている。

「でも、それ以外の場面ならおおいにその案に賛成だ」祭壇の正面に置かれたクッションの上にひざまずいた。「おまえを独占するわけにはいかないことを噛み砕いて説明してくれるのはありがたいが、その必要はないよ。たしかにその点はこれからもずっと、ことあるごとに夫婦喧嘩《げんか》の種になるんだろう。でもアレックスに関しては例外だ。彼はおまえの一部だと思っている」眉をぐっと引きあげてみせる。「それじゃ、そろそろ式を進めてもかまわないかな？」

彼の言うとおりだ。これから先の人生にもつねに闘いや挑戦がつきまとっていくのだろう。たがいに努力したり歩み寄ったりすることもあるだろうけれど、持って生まれたこの性格だ。争いごとと完全に縁を切った生活など望むべくもない。

それでも、愛や誠実さや、たがいに力を合わせて築きあげる喜びもまた、つねに存在するはずだ。そしてたがいの人生に確固たる印を残す。そう、わたしがキャンバロンに残してきたように。

いまその新たな人生の幕が開こうとしている。もう待ちきれない。

マリアンナは輝くばかりの笑みを浮かべ、手を差しだすと、彼の手をしっかりと握りしめた。「ええ、もちろんだわ」

エピローグ

一八一二年九月十五日
ロシア、モスクワ

過酷なロシア縦断の旅で数千にものぼる戦死者をもたらしながらも、ナポレオンはついにモスクワの城門に達した。モスクワ守備隊の隊長を務めるミロラドヴィッチ将軍は、停戦を願いでる一方で、部下の兵を町から退去させた。彼の要求は認められた。ナポレオンはほぼゴーストタウンと化した町に難なく入り、皇帝アレクサンドルが講和を求めてくるものと期待して待った。

その後夕方になって、モスクワは炎に包まれた。

ナポレオンは、憲兵隊長の命令で火を放ったと表明した四百人の放火犯を逮捕した。鎮火するまでに、町の三分の二以上と市内に備蓄されていたきわめて貴重な補給物資のほとんどが失われた。

ナポレオンはその後一カ月以上にわたってクレムリン宮殿で待ったが、結局、皇帝アレクサンドルが講和を求めてくることはなかった。痺れを切らしたナポレオンはついにモスクワを出発し、食糧を求めて九〇マイル北のカルガをめざした。その進軍が、氷に閉ざされた不毛の地での悪夢の退却を呼び起こすことになった。

ナポレオン・ボナパルトの終焉のはじまりだった。

一八一二年十二月三十日
カザン、レンガー

「彼がパリに戻ったわ！」ラヴェンが勇ましい足取りでジョーダンの書斎に入り、たったいま受け取ったばかりの手紙を彼の顔の前でひらひらさせた。「でも、もう出発したときのパリとは大違いよ。ついにナポレオン帝国も崩れ去るときが来たんだわ。偉大なる英雄に対するフランス国民の信頼も潰《つい》えたってことよ」

「いよいよだな」グレゴーがつぶやいた。

ジョーダンはすばやく手紙に目を通し、満面の笑みを浮かべた。「やつの首を狙って、連合軍がこぞって集まりはじめるぞ」立ちあがり、早くも戸口へ向かう。「グレゴー、シーストーム号の準備を整えるようにメッセージを送ってくれ。おれはマリアンナの仕事部屋に行ってこの喜ばしい知らせを伝えてくる」そこで顔をしかめる。「彼女はいま、アナに頼まれた礼拝堂の窓を作るのに夢中だ。はたして机から引き離せるかどうか。ナポレオンの打倒にひと役買うための旅よりも、そっちのほうがずっと大切だと言いかねないからな」

「パリにはノートルダム大聖堂がある」グレゴーが助け船を出した。

その意味をジョーダンはすぐに察した。頭をのけぞらせて大笑いする。「なるほど、そいつはいい。マリアンナのことだ、ノートルダムのバラ窓が見られると言ったら、突撃隊の先頭にだって立ちかねないぞ」

「本当に出発するの？」ラヴェンが驚いて訊いた。

「もちろんですよ」肩越しに振り返った。「カザンを守りたいなら、あなたも行くべきです。ナポレオンが降服したとなれば、今度はヨーロッパじゅうの列国たちが領土をめぐって激しい争奪戦をくり広げることになる」

「カザンを奪うような真似は誰であろうと許しませんよ」

「それならみずから出向いて阻止するのがいちばんですよ、母上」そう言い残して、あわてて書斎をあとにする。

無意識のうちに口をついて出たひと言。来るべき勝利のことで頭がいっぱいで、彼女のことをなんと呼んだか、気づいてさえいないのだろう。

「母上」ラヴェンがぼんやりとくり返した。

「わずか数カ月のあいだに、驚くべき進歩を遂げたものだ」背後からグレゴーの声が聞こえた。「遅かれ早かれ実を結ぶことは目に見えていた。いま彼と一緒に行けば、ふたりの結びつきはいっきに完璧なものになる。とどまればずっと長く時間がかかることになる」

「あなたは彼と行くの？」

「いや」

グレゴーがそう答えることも、いつかはこの瞬間が訪れるだろうということも、わかっていた。何カ月も前のあの結婚式以来、ずっとこの瞬間のために心の準備をしてきたのだから。

〝言葉でなく、行動で示さないとだめだ〟

「カザンはわたしの助けを必要としているわ」

「カザンなら息子が守ってくれる。ジョーダンとマリアンナなら、ヨーロッパの列強の統治者相手だろうが一歩も引きやしない」

「そうね。でも、これはフェアなテストとは言えないわね」

「テストじゃない。選択だ」

ラヴェンは振り返って彼と向きあった。醜い傷跡の残る美しい顔。残忍さと思いやり。決して愛を交わすことのない恋人。

けれど、これからは違う。

ラヴェンはグレゴーのもとへ歩いていった。「愛しているわ」

「わかっている」彼女の顔を探るように見つめる。「それじゃ、わたしを選ぶと？」

「それがどういうことを意味するか、わかっているの？　手に入れてみたら気に入らなかったということにもなりかねないのよ。ジョーダンもわたしもいかに支配欲の強い人間か、知っているはずでしょう。わたしがあなたを選ぶということは、永遠を意味するの。金輪際あなたを手放すことはしない。息苦しくなるほど熱愛するわ、きっと。誰かがあなたのほんの指先に怪我を負わせたとしても、その人の首に袋いっぱいの金貨をかけるかもしれない」

グレゴーが低く笑った。「それなら、か弱い相手と握手するにも気をつけなきゃならないな」

「冗談で言ってるんじゃないわ。真剣に警告しているのよ」

「わたしなら生き抜ける」グレゴーもまた真顔になった。「わたしを選ぶのかい、アナ?」

これ以上彼にむずかしい顔は見せたくない。これまでどれほどの心配と気苦労をかけてきたことか。いまはただ、彼のために飛びきりの笑顔を見せてあげたい。「ええ、もちろんよ。あなたを選ぶわ」晴れやかな笑顔をはじけさせ、彼の腕に飛びこんで体をあずけた。そう、これでこそ本来のわたし、解き放たれたわたしだ。ラヴェンはマリアンナのステンドグラスの窓にも似た輝きに包まれているのを感じていた。「なにがあろうとあなただけを」

訳者あとがき

毎回好評を博しているアイリス・ジョハンセンのヒストリカル・シリーズ。ひさびざの登場です。今回もまた、波乱に富んだ物語にふさわしい舞台が用意されました。

時は十九世紀初頭。ヨーロッパ大陸は、類いまれな軍事的才能を備えた野心家、ナポレオン・ボナパルトの登場によって、大きな変化の波に呑みこまれつつありました。フランス革命の時流に乗って権力を手中にしたナポレオンは、一八〇四年に皇帝に即位。その後、怒濤《どとう》の勢いで侵略戦争をくり返しながらヨーロッパ全土を戦火に巻きこみ、物語の冒頭一八〇九年には、イギリスとスウェーデンを除くヨーロッパを制圧し、得意満面、まさに人生の絶頂期にのぼりつめようとしています。そのナポレオンの絶頂期から、一八十二年のロシア遠征失敗を発端とした滅亡までの約三年間のヨーロッパが、今作の舞台となります。

一八〇九年のバルカン半島。両親を亡くした十六歳の少女マリアンナは、幼い弟アレックスを連れて、モンタヴィアという国のとある教会にやってきます。ところが教会は、モンタヴィアのネブロフ公爵の軍によって破壊され、彼女の目的だった『天国に続く窓』というステンドグラスの窓は、無惨にも破壊されていました。じつはその窓には、ヨーロッパ全土の覇権を左右するほどの恐ろしい謎が隠されていたのです。一方、そのステンドグラスを求めてもうひとり、はるばるイングランドからやってきた男がいました。イングランドのキャンバロン公爵、ジョーダン・ドラケン。マリアンナと同じく、そのステンドグラスの窓に並々ならぬ興味を抱く彼は、彼女がこの窓の製作者の孫であることを知って故郷のイングランドへ連れていこうとします。傲慢で危険なにおいを発するジョーダンを警戒し、戸惑うマリアンナでしたが、もはや身よりのない彼女には彼の保護に頼る以外、弟を守る方法はない。なにより彼女には、ネブロフ公爵によって殺された母親との約束を果たす、という重大な使命がありました。その母との約束を胸に、彼女は弟アレックスとともに、ジョーダンの故郷イングランドへ旅立つ決心をします。しかし行く手には幾重もの苦難が待ち受けていました。はたして彼女は母親との約束を守れるのか？　そもそも『天国に続く窓』に隠された謎とはいったいなんなのか？

ジョハンセンの作品に登場するヒロインの魅力は、なんといっても、純粋無垢なだけではなく内なる強さを秘めている点ではないでしょうか。本作品のマリアンナも例外ではありません。母親が目の前で強姦され殺される。その過酷な体験を経て、彼女の内には、母親との約束を守り、唯一の残された肉親である弟を守りとおすという確固たる信念が貫かれます。ときにジョーダンの誘惑に揺らぎ、お金や権力の前に無力感にさいなまれながらも、決してその信念を手放そうとはしない。頑固なまでのその潔さに、おのれの野心のために彼女を連れ去ったジョーダンの心にもじょじょに変化がきざします。彼もまた公爵という権力も富も手にした地位にありながら、不幸な過去の呪縛から逃れられずにいたのです。

いつしか心を通わせるふたりでしたが、ステンドグラスの謎をめぐって、皮肉にも相対する立場に追いこまれていきます。そのあたりのジョハンセンお得意のロマンスも、きらびやかなステンドグラスの世界とあいまって、今回はひときわロマンチックな色合いを深めています。ジョハンセン・ファンの読者の方々にも、かならずやご満足いただけることでしょう。

また、バルカン半島からイングランド、そしてロシアへと、広大な大陸を縦横無尽に駆け抜けて展開される壮大なストーリーも大きな魅力。わずか十六歳の、本編登場のグレゴーの言葉を借りれば〝いたいけな少女〟が、一〇〇キロもの距離を歩いて教会にたどり着いたかと思えば、今度はバルカン半島から数週間もかけて、モスクワ郊外をめざして馬を駆る。過酷すぎる旅に読んでいるこちらはめまいがしそうですが、そのぶん、当時の荒涼とした風景や延々と続く山並みがリアルに浮かんできて、ときに草原を駆け抜ける風のにおいや鼻をつく馬のにおいさえも嗅ぎ取れるような気がします。

ナポレオン自身は実際に物語のなかに登場することはなく、つねに影の脅威として登場人物らを揺さぶりつづけます。しかしながらそのナポレオンの失脚に、じつは本書のヒーローであるジョーダンがひそかに絡んでいた、というあたりは、史実と虚構が巧みに絡みあわせてあり、いつもながらにジョハンセンはうまいな、とうならされます。

ヨーロッパ列強のナショナリズムが火花を散らした十九世紀へのつかの間の旅、どうぞ存分にお楽しみください。

ザ・ミステリ・コレクション

虹《にじ》の彼方《かなた》に

［著　者］　アイリス・ジョハンセン

［訳　者］　酒井《さかい》　裕美《ひろみ》

［発行所］　株式会社　二見書房
東京都千代田区神田神保町1-5-10
電話　03（3219）2311［営業］
03（3219）2315［編集］
振替　00170-4-2639

［印　刷］　株式会社　堀内印刷所
［製　本］　ナショナル製本協同組合

落丁・乱丁本はお取り替えいたします。
定価は、カバーに表示してあります。
©Hiromi Sakai 2005, Printed in Japan.
ISBN4-576-05062-1
http://www.futami.co.jp

スワンの怒り
アイリス・ジョハンセン
池田真紀子［訳］

エリート銀行家の妻ネルの平穏な人生は、愛娘と夫の殺害により一変する。整形手術で絶世の美女に生まれ変わった彼女は、謎の男と共に復讐を決意し…

真夜中のあとで
アイリス・ジョハンセン
池田真紀子［訳］

遺伝子治療の研究にいそしむ女性科学者ケイト。画期的な新薬RU2の開発をめぐって巨大製薬会社の経営者が、彼女の周囲に死の罠を張りめぐらせる。

最後の架け橋
アイリス・ジョハンセン
青山陽子［訳］

事故死した夫の思いを胸に、やがて初産を迎えようとするエリザベス。夫の従兄弟と名乗る男の警告どおり、彼女は政府に狙われ、山荘に身を潜めるが…

そしてあなたも死ぬ
アイリス・ジョハンセン
池田真紀子［訳］

女性フォトジャーナリストのベスは、メキシコの辺鄙な村を取材し慄然とした。村人全員が原因不明の死を遂げていたのだ。背後に潜む恐ろしい陰謀とは？

失われた顔
アイリス・ジョハンセン
池田真紀子［訳］

大富豪から身元不明の頭蓋骨の復顔を依頼されたイヴ・ダンカン。だが、その顔をよみがえらせた時、彼女は想像を絶する謀略の渦中に投げ込まれていた！

顔のない狩人
アイリス・ジョハンセン
池田真紀子［訳］

すでに犯人は死刑となったはずの殺人事件。しかし自らが真犯人と名乗る男に翻弄されるイヴは、仕掛けられた戦慄のゲームに否応なく巻き込まれていく。

二見文庫　ザ・ミステリ・コレクション

風のペガサス（上・下）
アイリス・ジョハンセン
大倉貴子［訳］

美しい農園を営むケイトリンの事業に投資話が…。それを境に彼女はウインドダンサーと呼ばれる伝説の美術品をめぐる死と陰謀の渦に巻き込まれていく！

女神たちの嵐（上・下）
アイリス・ジョハンセン
酒井裕美［訳］

少女たちは見た。血と狂気と憎悪、そして残された真実を…。18世紀末、激動のフランス革命を舞台に、幻の至宝をめぐる謀略と壮大な愛のドラマが始まる。

女王の娘
アイリス・ジョハンセン
葉月陽子［訳］

スコットランド女王の隠し子と囁かれるケイトは、一年限りの愛のない結婚のため、見果てぬ地へと人生を賭けた旅に出る。だがそこには驚愕の運命が！

爆　風
アイリス・ジョハンセン
池田真紀子［訳］

ほろ苦い再会がもたらした一件の捜索依頼。それは後戻りのできない愛と死を賭けた壮絶なゲームの始まりだった。捜索救助隊員サラと相棒犬の活躍。

眠れぬ楽園
アイリス・ジョハンセン
林　啓恵［訳］

男は復讐に、そして女は決死の攻防に身を焦がした…美しき楽園ハワイから遥かイングランド、革命後のパリへ！　19世紀初頭、海を越え燃える宿命の愛！

風の踊り子
アイリス・ジョハンセン
酒井裕美［訳］

16世紀イタリア。奴隷の娘サンチアは、粗暴な豪族、リオンに身を売られる。彼が命じたのは、幻の彫像ウインドダンサー奪取のための鍵を盗むことだった。

二見文庫　ザ・ミステリ・コレクション

光の旅路（上・下）
アイリス・ジョハンセン
酒井裕美［訳］

宿命の愛は、あの日悲劇によって復讐へと名を変えた…インドからスコットランド、そして絶海の孤島へ！ゴールドラッシュに沸く19世紀に描かれる感動巨編

鏡のなかの予感
アイリス・ジョハンセン他
阿尾正子［訳］

ディレイニィ家に代々受け継がれてきた過去、現在、未来を映す魔法の鏡……。三人のベストセラー作家が紡ぎあげる三つの時代に生きる女性に起きた愛の奇跡の物語！

ミステリアス・ホテル
E・C・シーディ
酒井裕美［訳］

事故、自殺、殺人……ルームナンバー33は死の香り――忘れ去られた一軒の老ホテルが、熱く危険な恋と、恐るべき罠を呼ぶ！愛と憎しみが渦巻く戦慄のサスペンス！

幻想を求めて
スーザン・エリザベス・フィリップス
宮崎槙［訳］

かつて町一番の裕福な家庭で育ったヒロインが三度の離婚を経て15年ぶりに故郷に帰ってきたとき……彼女を待ち受ける屈辱的な運命と、男との皮肉な再会！

影のなかの恋人
シャノン・マッケナ
中西和美［訳］

サディステックな殺人者が演じる、狂った恋のキューピッド。愛する者を守るため、燃え尽きた元FBI捜査官コナーは危険な賭に出る！絶賛ラブサスペンス

心ふるえる夜に
タミー・ホウグ
木下淳子［訳］

大農園を継ぐことを拒み都会で精神科医になった女と怒りを秘め森に暮らす男が出会ったとき……アメリカ南部の大自然を舞台に心揺さぶられる感動の名作！

二見文庫　ザ・ミステリ・コレクション

二度殺せるなら
リンダ・ハワード
加藤洋子［訳］

長年行方を絶っていた父親が何者かに射殺された。父の死に涙するカレンは、刑事マークに慰められるが、射殺事件の黒幕が次に狙うのはカレンだった…

石の都に眠れ
リンダ・ハワード
加藤洋子［訳］

亡父の説を立証するため、考古学者となりアマゾン奥地へ旅立ったジリアン。が、彼女を待ち受けていたのは、死の危機と情熱の炎に翻弄される運命だった。

心閉ざされて
リンダ・ハワード
林 啓恵［訳］

名家の末裔ロアンナは、殺人容疑をかけられ屋敷を追われた又従兄弟に想いを寄せていた。10年後、歪んだ殺意が忍び寄っているとも知らず彼と再会するが…

青い瞳の狼
リンダ・ハワード
加藤洋子［訳］

CIAの美しい職員ニエマと再会した男は、彼女の亡き夫のかつての上司だった。彼の使命は武器商人の秘密を探り、ニエマと偽りの愛を演じること…

夢のなかの騎士
リンダ・ハワード
林 啓恵［訳］

古文書の専門家グレースの夫と兄が殺された。犯人は、目下彼女が翻訳中の14世紀古文書を狙う考古学財団の理事長。いったい古文書にはどんな秘密が？

Mr.パーフェクト
リンダ・ハワード
加藤洋子［訳］

金曜の晩のジェインの楽しみは、バーで同僚たちと「完璧な男」を語ること。思いつくまま条件をリストにした彼女たちの情報が、世間に知れたとき…！

二見文庫 ザ・ミステリ・コレクション

二見文庫 ザ・ミステリ・コレクション

夜を忘れたい
リンダ・ハワード
林 啓恵［訳］

かつて他人の心を感知する特殊能力を持っていたマーリーの脳裏に、何者かが女性を殺害するシーンが映る。そして彼女の不安どおり、事件は現実と化し…

あの日を探して
リンダ・ハワード
林 啓恵［訳］

叶わぬ恋と知りながら、想いを寄せた男に町を追われたフェイス。引き金となった失踪事件を追う彼女の行く手には、甘く危険な駆引きと予想外の結末が…

パーティーガール
リンダ・ハワード
加藤洋子［訳］

すべてが地味でさえない図書館司書デイジー。34歳にしてクールな女に変身したのはいいが、夜遊びデビュー早々ひょんなことから殺人事件に巻き込まれ…

一度しか死ねない
リンダ・ハワード
加藤洋子［訳］

彼女はボディガード、そして美しき女執事——不可解な連続殺人を追う刑事と汚名を着せられた女。事件の裏で渦巻く狂気と燃えあがる愛の行方は!?

悲しみにさようなら
リンダ・ハワード
加藤洋子［訳］

10年前メキシコで起きた赤ん坊誘拐事件。たった一人わが子を追い続けるミラが遂に掴んだ切り札、それは冷酷な殺し屋と噂される危険な男だった…

くちづけは眠りの中で
リンダ・ハワード
加藤洋子［訳］

パリで起きた元CIAエージェントの一家殺害事件。復讐に燃える女暗殺者と、彼女を追う凄腕のスパイ。危険なゲームの先に待ち受ける致命的な誤算とは!?